逻辑时空　刘培育 主编

倡导理性　恪守逻辑　正确思维

古诗词中的逻辑

（修订版）

彭漪涟

北京大学出版社
PEKING UNIVERSITY PRESS

图书在版编目(CIP)数据

古诗词中的逻辑/彭漪涟著. —修订本. —北京:北京大学出版社,2020.2
(未名·逻辑时空)
ISBN 978-7-301-30935-3

Ⅰ. ①古… Ⅱ. ①彭… Ⅲ. ①古典诗歌—诗词研究—中国 Ⅳ. ①I207.2

中国版本图书馆 CIP 数据核字(2019)第 258952 号

书　　名	古诗词中的逻辑(修订版) GUSHICI ZHONG DE LUOJI (XIUDINGBAN)
著作责任者	彭漪涟　著
责任编辑	魏冬峰
标准书号	ISBN 978-7-301-30935-3
出版发行	北京大学出版社
地　　址	北京市海淀区成府路 205 号　100871
网　　址	http://www.pup.cn　　新浪微博:@北京大学出版社
电子邮箱	zpup@pup.cn
电　　话	邮购部 010-62752015　发行部 010-62750672 编辑部 010-62750673
印刷者	三河市北燕印装有限公司
经销者	新华书店
	650 毫米×980 毫米　16 开本　24.25 印张　293 千字 2020 年 2 月第 1 版　2025 年 3 月第 5 次印刷
定　　价	68.00 元

总　序

2005 年,“未名・逻辑时空”丛书第一批书问世,到 2010 年共出版 16 种。

这套书的问世,受到了广大读者的欢迎。我和出版社收到大量读者来信。有人说,过去对逻辑不了解,读了“未名・逻辑时空”丛书以后,感到逻辑就在我们的身边,很有用。有人说,过去听说逻辑很抽象,很难学,这次看了“未名・逻辑时空”几本书,基本意思都懂了。有位读者还“说声对不起,我过去误会了逻辑学”。湖南一位高中同学发来邮件,说“未名・逻辑时空”丛书她看见一本买一本,至今还差两本没买到,希望我帮她买,她要保存一套全的。

这些年,我多次参加逻辑学研讨会,其中有位在高校教逻辑的朋友对我说,“未名・逻辑时空”丛书是他的教学参考书,书中很多实例和讲解他都讲给学生们,学生很喜欢。

2006 年,中共中央宣传部、文化部、教育部、科技部、广播电影电视总局、新闻出版总署等九部委联合主办中华全民读书书目推荐活动,把“未名・逻辑时空”丛书首批推出的七种书全部列入了“知识工程推荐书目”。

读者的厚爱激励着出版社,也激励着作者。经过两年多时间的酝酿和筹划,我们决定对“未名・逻辑时空”部分图书陆续修订再版。我们希望修订后的图书更贴近社会实际,更好读,更好用。

我钦佩北京大学出版社的社会责任感,钦佩他们的远见卓识。我钦佩“未名・逻辑时空”丛书作者修订自己著作的热情,钦佩他们严谨的治学精神。有的作者已是耄耋之年,有的作者欣然将三十多万字的原著压缩了近一半。我向他们致敬!

中华民族正在为实现伟大复兴而奋斗!我们面临着复杂的国内外形势,面临着许许多多以前没有遇到过的新情况。我们要意气风发,同时我们要保持理性,要冷静地、科学地分析形势和问题,作出好的决策,再将好的决策落到实处。学习逻辑学有助于我们提升逻辑思维素养,培养科学理性精神,我希望"未名·逻辑时空"丛书能尽微薄之力。

欢迎读者们批评指正。

刘培育

2019 年 4 月 10 日

修订版序

谢谢出版社同志和广大读者的厚爱，本书又得以修订重版。这次修订除了对原书中某些表述尚欠准确和重复之处作了必要删改外，未作大的修改。借此机会，仅将自本书问世以来我一直萦怀而想向读者讲清的一个问题，简要说几句。

在阅读古诗词的过程中，我常常感到《毛诗序》所说“发乎情，止乎礼义”道出了诗词创作的真谛。古代诗词作品作为一种文学体裁，无论其如何体现出创作者的神思妙悟、出神入化，如何“荡思八荒、神游万古”（胡应麟语），总离不开“情”“理”二字。唐代白居易《策林六十九》说得很明确：“大凡人之感于事，则必动于情，然后兴于嗟叹，发于吟咏，而形于歌诗矣。”宋人李颀则谓：“欧公云：诗源乎心，贫富愁乐，皆系其情。”明清之际的王夫之在《古诗评选》卷四中更是强调“诗以道情……诗之所至，情无不至；情之所至，诗以之至”。以上所说无非都是强调诗词创作必须有“情”，必须“合情”：不仅必须合乎人之常情，更须合乎具有感人至深艺术力量的至真之“情”。但不能因此而认定诗词创作与“理”无关。为此，王夫之曾批评王敬美“诗有妙语，非关理也”的主张，明确指出：“非理抑将何悟？”主张“非谓无理有诗，正不得以名言之理相求耳”（参见《船山遗书》第七十五册）。可见诗词创作并非与“理”无关，只是不能用一般名言之理去要求它就是了。这就是认定诗词创作不能因“发乎情”而置“礼义”之理于不顾。亦即诗词创作还必须“合理”，扩展一点说，不仅要合乎“礼义”之理（如人伦之理），还必须合乎自然事物之理，其中自然也还包括合于逻辑思维之理。如李白的“白发三千丈”看似违背自然之理,但却因其“缘愁似个长”描写愁之深、愁之长而显得合理;“燕山雪花大如席”也似违背自然之理,但以其形容燕山之寒、之冷,却也在理。这也就是所谓“诗不能离理”,只不过“贵有理趣”而已(《清诗别裁》语)。以上所说无非都是说诗词创作必须合情合理。

然而,古诗词作品作为一种文学作品,终归是用语言文字来表达的,是一种语言文字的艺术。而语言文字同时也是逻辑思维的载体,这就有可能让人们在阅读古诗词作品的过程中,自觉或不自觉地“以名言之理相求”,将作品中的语词、语句视为一般的普遍的语词和语句(词项和命题——包括“记事”的特殊命题和“说理”的普遍命题)来进行分析,因而也就有可能自觉或不自觉地将作品中的这些语词和语句局限于仅从逻辑的角度去理解和分析。但是,古诗词作品中的语词和语句本身是不同于一般具有普遍意义的语词和语句的。它们凝结和承载着诗词创作者独特的丰富思想感情与生动、具体的想象,因此,如果仅仅从逻辑的一般意义上去理解和把握,那是肯定无法真正领略到古诗词作品本身所固有的意味和艺术感染力的。金岳霖先生早年就曾举柳宗元《江雪》一诗为例,对此作了深刻而形象的说明:“即以‘千山鸟飞绝’那首诗而论,每一字都有普遍的意义,如果我们根据普遍的意义去‘思议’,对于这首诗所能有的意味就跟着鸟而飞绝了。”(金岳霖:《知识论》下册,商务印书馆,2003年,第816页)

这就是说,对某些古诗词作品,特别是一些怀古、咏史之作,就其所蕴含的逻辑因素以及围绕对某些古诗词作品的不同评价而引发的逻辑问题,作一点适当的逻辑分析,以帮助读者去更加精准地理解作品的丰富内容,更加深入地去领略和感悟作品的意境和意味,同时,也借此激发和引导读者学习逻辑学基础知识的意愿和兴趣,无疑是有一定帮助的。但我们却不能忘记和忽视:古诗词作品是古代诗人词家通过创造性的形象思维，并用语言文字凝练而成的，它所能创造和表现的具体生动形象是不可能仅仅局限于从一般词、句所具有的普遍意义（逻辑的与历史科学的意义）去领会和把握的。否则，如果仅仅满足于对古代诗词的词句从逻辑的角度去理解和分析，那就会使得古诗词作品所刻画的意境及其所具有的意味荡然无存，读之而味同嚼蜡了。

因此，作为一本分析古诗词中逻辑因素的著作，其主要任务固然在于揭示和分析其中所蕴含的逻辑因素，但目的无非是想帮助读者更全面、更深入地去把握作品的丰富内涵，更具体、更真切地去领悟作品的艺术魅力。因此，决不能将学习古代诗词作品的兴趣和努力仅仅停留于对这些作品的逻辑分析上，否则，那就有违本书写作的初衷了。

以上浅见，不过是管窥蠡测，难免画蛇添足，这就只能寄希望于广大读者的批评、指正了。

彭漪涟

2018年3月于沪上蜗居

目　　录

第一篇　古诗词作品与逻辑:阅读和欣赏古代诗词应懂得一点逻辑

一、“知否,知否？应是绿肥红瘦!”

——谈阅读诗词应懂得一点逻辑

宋代词人李清照,填有《如梦令》词一首:

昨夜雨疏风骤。浓睡不消残酒。试问卷帘人,却道“海棠依旧”。知否,知否？应是绿肥红瘦!

这是一首惜春之作,全词恰似一幅清新蕴藉的风景画:昨晚风雨交加,雨狂风猛,主人公因酒喝多而得以浓睡。第二天一早醒来,便急忙询问侍女(卷帘人):外面的花怎么样了？侍女却回答说“海棠依旧”。真是如此吗？经过一夜风雨,海棠花怎能和雨前并无两样呢!为此,主人公带着多少有点责备的口吻说:你知道吗,现在的海棠花应当是花少(“红瘦”)了叶显多(“绿肥”)了!应是那“夜来风雨声,花落知多少”(孟浩然诗句)的情景呵!可见,在主人公意味深长的责备声中,饱含着多么浓的惜春之情!

一首短短六句的小令,既写了主人公自夜至晓的经历,又写了清晨主人公与侍女的对答,还写了主人公思维中暗含的逻辑推理:虽然晚上是“浓睡不消残酒”,第二日凌晨也并未起床观看海棠花在风雨中的变化,但她却从“昨夜雨疏风骤”,推知出了不是“海棠依旧”,而是

"绿肥红瘦"。其所运用的具体推理可大致表述如下:

如果海棠花受到风雨打击,那就必然是红花少了,绿叶显得多了

(昨夜)海棠花受到了风雨打击

所以,海棠花必然是红花少了,绿叶显得多了

这是一个形式正确的充分条件假言推理,由于其前提是真实的(即:"如果海棠花受到风雨打击,那就必然是红花少了,绿叶显得多了"和"(昨夜)海棠花受到了风雨打击"这两个前提确实都是真的),所以,其结论("海棠花必然是红花少了,绿叶显得多了")也就必定是真实的。换句话说,既然"绿肥红瘦"为真,那么,"海棠依旧"自然也就不可能为真了。这是因为经过一夜风雨,海棠花有了变化("绿肥红瘦")与海棠花没有变化("海棠依旧")是互相矛盾的。按照逻辑规律不矛盾律的要求,二者不可能同真。既然前者为真,后者自然为假了。这也就难怪侍女("卷帘人")的回答要受到主人的责备了!

也正是从这里,我们不难理解,懂得一点逻辑推理和逻辑规律的知识对于我们深入理解诗词作品的内涵、构思的巧妙和表达的精练,是多么的不可缺少!而逻辑学恰好是一门研究思维形式(主要是推理形式)及其规律的科学,它会告诉我们,什么是推理?推理是如何由命题、由词项(概念)所组成的?什么推理是正确的、有效的?什么推理是不正确的、无效的等等。弄清这些问题,无疑会有助于我们在阅读和学习古代诗词作品时,也能结合运用有关的逻辑知识去进行适当分析,以提高我们的理解和欣赏水平。这也正是我们所以要提出阅读和学习古代诗词作品应当懂得一点基本的逻辑知识的主要原因。

二、“人生识字忧患始,姓名粗记可以休”

——再谈阅读诗词应懂得一点逻辑

宋代书法家石苍舒,长安人,与苏轼常年交往。熙宁元年(1068),苏轼曾在石苍舒家过年。石家藏有褚遂良(唐初书法家)《圣教序》真迹,取名“醉墨”。石苍舒曾邀苏轼作诗,苏轼遂写有《石苍舒醉墨堂》诗一首,其开头四句是:

人生识字忧患始,姓名粗记可以休。

何用草书夸神速,开卷惝怳令人愁。

四句的大意是:人生的忧患始源于识字,只要能用字记记姓名就可以了。何必用草书来夸耀写字写得快,草书写起来变化无端真令人发愁。对此,人们不禁要问,为什么作者在本诗首句就提出背离普通人常识的“人生识字忧患始”呢?联系苏轼当时在政坛不如意的经历,自然可以想到这无非是一句牢骚话而已。但问题在于,如何正确理解这句诗所表达的内容呢?换句话说,这句诗所表示的命题:“人生识字开始了忧患”(或者换一种说法“人生的忧患始源于识字”),其理由何在呢?显然,不弄清这一点,是不可能充分而准确地理解和掌握苏轼这首诗的内涵和艺术魅力的。

照普通人的常识看来,“识字”与“忧患”可以说是风马牛不相及的,但为什么苏轼却把前者视为后者的根源呢?联系苏轼因多次发表与当权者政见不合的言论而受贬谪、放逐的经历,不难想到,这句诗所表示的命题本身包含着一连串推理,或者反过来说,这句诗所表示的命题乃是一连串推理的结论。这些推理可大致表述如下:

其一:如果不识字,就不会知书识理

如果不知书识理,就不会发表多少个人见解

所以,如果不识字,就不会发表多少个人见解

其二:如果不识字,就不会发表多少个人见解

如果不发表多少个人见解,就不会祸从口出而引发事端和带来忧患

所以,如果不识字,就不会祸从口出而引发事端和带来忧患

其三:如果不识字,就不会祸从口出而引发事端和带来忧患

某人祸从口出而引发事端和带来忧患

所以,某人识字

在这三个推理中,前两个是充分条件的纯假言推理(前提与结论都是充分条件的假言命题),第三个大体上可看作是充分条件的假言推理(第一个前提是充分条件假言命题,第二个前提是一个联言命题),而且,它们都是形式正确的推理(即符合该种形式推理的逻辑规则的推理),因而其结论都是由其前提必然得出的。

由此,我们就可清楚地看到:前两个推理的结论表明:如果不识字,就不会引发忧患;后一个推理的结论表明:如果引发了忧患,是因为识字。这样,通过再现这一诗句本身所包含的推理,我们就会清楚地理解,为什么说"人生识字忧患始"了。很显然,如果我们意识不到这一诗句本身所包含的这些推理,我们自然也就不会对这句诗的内涵,从而对这句诗所表达的内容(即命题)有真正深切的理解,自然也就难以对全诗有真正深切的理解和把握了。这也就说明,懂得一点逻辑知识,特别是逻辑推理的知识,对于我们正确理解和把握某些诗的内容是很有用的,有时,甚至是必不可少的。为了证明这一点,我们还可再举一首小诗略加说明:

唐代诗人曹邺写有《官仓鼠》诗一首:

官仓老鼠大如斗,见人开仓亦不走。

健儿无粮百姓饥,谁遣朝朝入君口。

本诗写的是官仓里的老鼠。而人们知道老鼠是以体"小"而性"怯"著称的,那么,为什么诗的头两句却断言:官仓老鼠有像斗一样的"大"并有见人亦不惧那样的"勇"呢?诗人在诗中对此并未作出解释,但是,它却蕴含在诗句所包含的推理之中:

其一:如果老鼠饱食积粟,就会体"大"如斗

(官仓)老鼠饱食积粟

所以(官仓)老鼠体"大"如斗

其二:如果老鼠无人整治,就会"勇"得见人不惧

(官仓)老鼠无人整治

所以,(官仓)老鼠会"勇"得见人不惧

这是两个形式正确、前提真实的充分条件假言推理。通过运用这样的推理(也就是通过揭示诗句本身所包含的这两个推理),我们自然也就能清楚地理解前述诗句所表达的内容,并进而意识到诗句对管理官仓的那些贪官污吏的诛伐了。

三、"骨肉且相薄,他人安得忠?"

——谈诗词创作与逻辑

唐代著名诗人陈子昂,写有诗《感遇三十八首》,其中第四首是:

乐羊为魏将,食子殉军功。

骨肉且相薄,他人安得忠。

吾闻中山相,乃属放麑翁。

孤兽犹不忍,况以奉君终。

诗人从历史上选择了两个对比鲜明的典型人物,对其事迹夹叙夹议,用以借古喻今,抒发自己对时事的深沉感慨。

前四句讲的是战国时魏国的将军乐羊。一次,魏文侯命他率兵攻打中山国。中山国君就把乐羊在中山国的儿子杀死,煮成肉羹派人送给乐羊。乐羊为了表示自己忠于魏国,竟吃了一杯儿子的肉羹。以致魏文侯虽重赏其军功,却疑其心地残忍,而不加以重用。因为"骨肉且相薄,他人安得忠"。对自己亲生的骨肉尚如此寡情,对他人(当然主要指对魏文侯)又岂能真正尽忠。这明显包含了一个逻辑推理:

一个人如对自己骨肉尚且寡情,那么,对他人就难以真正尽忠

乐羊对自己骨肉尚且寡情

所以,乐羊对他人就难以真正尽忠

这样,魏文侯对之不予重用,也就是很自然的了。

后四句讲的是:中山国国君的侍卫秦巴西,随中山君孟孙到野外打猎,中山君猎获一只小鹿,交秦巴西带回。途中,老母鹿一直跟着,悲鸣不已。秦巴西心中不忍,私自放走小鹿。中山君不仅没有责备他,而且认定秦巴西是一个忠厚慈祥的人。后来起用他做了太傅,做王子的老师。这同样也包含着一个推理:

一个人如果对"孤兽"尚有恻隐之心,那么,对他的国君也一定能尽忠到底

秦巴西对"孤兽"尚有恻隐之心

所以,秦巴西对他的国君也一定能尽忠到底

由此不难看出:在诗歌创作中,特别是类似陈子昂《感遇诗》这类"遇"事而有"感"而发的诗,常常会直接或间接地表达着作者对历史、对现实的某种见解。为此,也就总是免不了要借助于这种或那种形式的推理,寓推理于艺术创作之中、于文学艺术形象之中。这或许是作为形象思维的诗歌创作也在不同程度上体现着逻辑推理,并因而常常包含着逻辑推理的又一个明显例证罢!

四、《宿山房即事》说明了什么?

——再谈诗词创作与逻辑

宋太宗雍熙年间,有位自认为诗才横溢的人,写了一首题为《宿山房即事》的诗:

一个孤僧独自归,关门闭户掩柴扉。
半夜三更子时分,杜鹃谢豹子规啼。

不难看出,这首所谓的诗,每一句都是用同义或近义词而写成的。"一个""孤僧""独自"三个词是同义的,指的都是"一个"人;"关门""闭户""掩柴扉"三个词是同义的,指的都是同一个动作;"半夜""三更""子时"三个词也是同义的,指的都是同一个时辰;"杜鹃""谢豹""子规"三个词也是同义的,指的都是同一种飞鸟。

由于语词中的同义词其含义是相同的,或者说是近似的,也就是说,它们的内涵,即其所表达的概念是同一个概念(逻辑上称这些近义或同义的不同语词是具有同一关系的语词),因此,在一般情况下,在诗歌和其他文艺作品中,将它们轮换使用,有时是有重要的修辞意义的,它可以避免用词的重复,增加作品的文采。但是,像上述诗中这样的使用,却是不可取的,因为,它不过是同一概念的重复运用而已,这只是内容贫乏、空虚的表现,是另一种形式的语词游戏,这在艺术创作中是应力求避免的。这位“诗人”还写有与此类似的《咏老儒》一首:

> 秀才学伯是生员,好睡贪鼾只爱眠。
> 浅陋荒疏无学术,龙钟衰朽驻高年。

其中“秀才”“学伯”即“生员”,故三词同义;“好睡”“贪鼾”亦即“爱眠”之意,亦即三词同义;“浅陋”“荒疏”就是“无学术”之意,故三词近义;“龙钟”“衰朽”都是“高年”之意,故三词也属近义。无疑,按这些语词所分别(就每一句来说)表达的基本上是同一概念而言,它们同样是概念的重复运用,同样是一种近义词和同义词的堆积,亦即另一种形式的语词游戏。

由于这种语词游戏不过是同一概念的多次重复,虽然并不违背逻辑规律和规则要求,因而,也并不存在逻辑错误,但它们却违反了文艺创作(包括诗歌创作)的规律和要求,不可能让人领略到真正的语言美并获得艺术享受。这就表明:一方面,无论是理论思维还是形象思维,无论是理论创作还是文艺创作,它们都需要遵守逻辑思维的规律,符合逻辑思维的要求。不遵守逻辑思维规律的要求的作品,难以成为好的作品;另一方面,遵守了逻辑思维的规律,符合逻辑思维的要求,不犯逻辑错误,并不意味着那样的理论作品就会是一部好的理论作品,也不意味着那样的文艺作品——包括诗词作品,就会是一部好的文艺作品,一首好的诗词。像上述《宿山房即事》《咏老儒》这样的作品,虽然不存在任何逻辑问题,但它不过是一些同义或近义语词排列组合,它既激发不起读者的艺术想象,也让读者领略不到任何诗情画意。虽然作者自命其为“诗”,但却毫无诗味,很难说是真正意义上的诗。

五、"夜深知雪重,时闻折竹声"

——谈诗词创作中的形象思维与逻辑思维

唐代著名诗人白居易有如下一首题为《夜雪》的五言短诗:

> 已讶衾枕冷,复见窗户明。
> 夜深知雪重,时闻折竹声。

这是一首写夜晚下雪的诗,全诗的每一句都紧紧围绕着"夜雪"这一主题,然而有意思的是:全诗中却没有一句是表明作者亲眼看到了夜里在下着大雪的,而只是通过作者对一系列事物情况的感觉,包括视觉和听觉来推知或联想到这一事实存在的。比如,第一句"已讶衾枕冷",是通过忽然醒悟到"衾枕"的寒冷而意识到晚上下雪了;第二句"复见窗户明",是通过夜深而见窗明,意识到这是因积雪的强烈反光而引起的,由此而推想出夜里雪下得很大、积得很深;第三、四句"夜深知雪重,时闻折竹声",则是通过听到竹子折断的响声而意识到这是由于竹叶、竹枝上的积雪过重,而使竹枝不时折断,从而推想出深夜的雪下得很大,很大。

不难看出,这种不是依赖于直接的感知,而是以某些直接感知到的事实、现象为中介,而间接地推知或联想到某种现象或事实的存在,这正是人类思维不同于感觉、知觉的一个重要特征,也就是思维的间接性。从《夜雪》一诗中我们不仅可以很容易地领略到人类思维、特别是理论思维的这种间接性,而且也可以清楚地意识到同理论思维明显不同的形象思维(包括诗词创作在内的文学创作主要是运用形象思维)也是离不开理论思维(或者说逻辑思维)的这种间接性的。由此,我们也不难意识到:文学创作所凭借的形象思维同理论创作所凭借的理论思维(或者说逻辑思维)常常是紧密联系在一起的,因此,在作为形象思维成果的古典诗词中,也就常常是包含着逻辑推理的。我们仍以《夜雪》一诗为例来说明这一点。

该诗第三、四句云:"夜深知雪重,时闻折竹声"表明:诗人之所以知道夜深雪重(即下大雪了),是因为诗人深夜未眠、不时听到有竹子折断的声音传来而产生的联想。而在这种联想中显然就隐含着下述这样一个推理:

只有夜深雪重,才会时闻折竹声

时闻折竹声

所以,夜深雪重

在这个推理中,其第一个前提在全诗所描绘的特定条件下(联系第一、二句所描绘的事实)是真实的;其第二个前提也是真实的。而整个推理作为一个必要条件的假言推理,其前提与结论之间的联系也完全是符合该推理形式的逻辑规则的,因此,其结论就是必然真实的。只不过推理的第一个前提,即"只有夜深雪重,才会时闻折竹声"这一必要条件假言命题在诗中被省略了,没有在诗句中出现。但是,它却是由整个诗所必然蕴含着的,因而也是可以根据"夜深知雪重,时闻折竹声"这两句诗所分别表达的两个命题而给以正确补充出来的。

以上事实说明,由于形象思维与理论思维(即逻辑思维)在人的思维过程中常常是交互作用、紧密联系的,因此,形象思维的过程(文艺作品就是这一过程的结晶即成果),常常也就同时包含着或运用着理论思维的过程,因而,在一些文艺作品,包括古代诗词中很自然地常常也就包含或体现着某些逻辑推理。而为要正确而深入地理解和把握这些诗词的内容,我们也就离不开对其中所包含或体现的推理有准确的认识和理解,这也就是我们所以认定学习和阅读古代诗词,需要学习和懂得一点逻辑知识的重要原因。

六、"千里莺啼绿映红"不能成立吗?

——再谈诗词创作中的形象思维与逻辑思维

晚唐风流才子杜牧有一首脍炙人口的好诗《江南春绝句》。诗云:

千里莺啼绿映红,水村山郭酒旗风。

南朝四百八十寺,多少楼台烟雨中。

此诗作为杜牧的代表作之一,对景色的描绘取得了很高的艺术成就。第一、二句把天然景物描绘得有声有色,而第三、四句则将东晋以后南朝时期的人文景观:佛寺楼台之类的历史陈迹作为描绘的中心,鲜明而生动地反映了当时的江南风貌。同时,在对江南春色的描绘中,还流露出一丝国势盛衰易代的兴亡之感。

但是,正如许多著名诗作都遭到后来者这样或那样的非议一样,本诗也受到某些后人的挑剔。比如,明代杨慎就曾提出批评说:"千里莺啼,谁人听得?千里绿映红,谁人见得?若作十里,则莺啼绿红之景,村廓楼台、僧寺酒旗,皆在其中矣。"(见《升庵诗话》)这一批评不仅一般地表现了人们对同一首诗的不同理解和不同欣赏水平的问题,而且,实际上也提出了一个如何正确认识和对待文艺创作与事理、与逻辑的关系问题。

确实,就一般常识或事理而言,"千里莺啼"和"千里绿映红"是听不到和见不着的,因为在自然状态下人们的耳朵不可能是"顺风耳",人们的眼睛也不可能是"千里眼"。但问题在于,读诗、解诗的对象是诗,是文艺作品,而不是吃饭穿衣之类的生活常识和 3+2=5 之类的数学公式,人们是不应以后者作为衡量和评价前者的尺度与标准的。一般读诗者在阅读本诗时都会懂得,作者所谓"千里莺啼绿映红"中的"千里"并不是指数学概念中作为十个百里之和的那个准确数字的"千里”,而不过是用以泛指地域的广大辽阔而已。这在包括诗词创作在内的文艺作品中是完全允许的,也是屡见不鲜的。否则,如果按杨慎那样去读诗、解诗,把“千里”改作“十里”,那又怎么能显示出无限春色遍江南的意境呢?而李白诗中的“白发三千丈”“黄河之水天上来”……那岂不也成了胡说八道了吗?

这就说明,科学与文学、哲学与诗虽然都是以反映一定对象为其任务的,但它们反映对象的方式、手段是各不相同的。包括诗词在内的文学作品是通过艺术方式来把握具体对象,是用形象思维,而不是像哲学与科学那样是用概念、用理论思维的方式来揭示客观世界的本质的。而形象思维需要遵守联想律,也就是形象结合的方式。具体一点说,人们在文艺创作中,必须从对象中选取最足以揭示其本质的形象,用联想律(如时空上的接近联想、现象上的相似联想、事件之间的因果联想和对立面的对比联想等)来把握形象的内在联系,形成具体的诗的意境,或构想出典型环境中的典型性格。很明显,形象结合的方式同概念的逻辑联系方式(哲学和科学用以反映和把握具体对象的主要手段)是根本不同的,因此,我们不应当用哲学与科学反映和把握对象的方式和手段来作为衡量文学作品,包括诗词作品反映和把握对象的尺度。必须看到,“千里莺啼绿映红”所给予我们的联想及其所创造出的意境是:在江南辽阔的土地上,到处是莺歌燕舞,遍地是绿树红花,一幅春意盎然的江南风景画展现在我们面前。怎么能把“千里”当作一个纯数学的标示一定距离的数字,用概念在科学上的精确性来衡量和否定艺术创作中的形象思维和意境的创造呢?

这就表明,阅读和解析诗词,必须按照诗词创作本身的特点及其所遵循的形象思维的规律来进行。决不能用具有普遍意义的语词、命题去理解和思议作为形象思维成果的艺术语言的语词和语句,更不能因此而用概念的逻辑联系的方式去衡量诗词创作中的形象结合方式,用前者去衡量和评价后者。否则,就会如金岳霖先生举柳宗元《江雪》

一诗为例所说:"即以'千山鸟飞绝'那首诗而论,每一字都具有普遍的意义,如果我们根据普遍的意义去'思议',对于这首诗所能有的意味就会跟着鸟而飞绝了。"[①]同样,如果像杨慎那样,把"千里莺啼绿映红"的"千里"当作普通数学概念去思索和讨论,那么,离这首诗所创造的意境就只能是"谬以千里"了。

七、《早梅》一诗的启示

——谈艺术形象的创作过程同逻辑思维进程的一致性

唐代诗人齐己,写有如下题为《早梅》的诗一首:

> 万木冻欲折,孤根暖独回。
> 前村深雪里,昨夜一枝开。
> 风递幽香出,禽窥素艳来。
> 明年如应律,先发望春台。

这是一首由修改"数枝开"为"一枝开"而闻名于世的诗(这一点,我们将在另文中分析)。这里,我们感兴趣的是这首诗所体现出来的另一个鲜明特色:全诗紧紧围绕着对早梅的咏颂,通过对梅花傲寒品性和素艳风韵的刻画所显示出的艺术形象的创作过程同逻辑思维进程的一致性。

首联一、二句,对比"冻欲折"的万木而衬托和颂扬了梅花"孤根独暖"的性格;第二联三、四句,用山村野外的一片皑皑白雪为背景,描绘了孤梅一枝独放的奇丽景象;第三联五、六句,刻画了因梅花的"风递幽香"而引起"禽窥"早梅素雅芳洁的情态;第四联七、八句,语义双关,以梅花在明年必将应时而先发"望春台"的憧憬来寄托自己对未来的

---

① 参见《冯契文集》(增订版)第8卷,华东师范大学出版社,2016年,第507页。

不甘寂寞和雄心抱负。可见,全诗相继从梅花的孤根“独暖”到“一枝”开放,再到一枝的“素艳”飘香,最后再到对梅花未来(明年)的展望,层次清晰、层层深入地对梅花进行了赞颂,同时,也寄托着作者对自身怀才不遇、孤芳自赏而又对未来充满信心的感遇和心境。

不难看出,这里通过对诗句内容的分析而显现的艺术创作过程及其形象思维进程,完全是同逻辑思维的进程相一致的。它完全符合普通逻辑的规律,首先是同一律的逻辑要求:基于任何思想都有其自身同一的性质,因此,同一律要求思维活动及作为其成果的任一思想都必须保持其确定和同一;就篇章结构而言,论述什么主题,就必须自始至终地论述什么主题;论述的内容当然可以多方面展开,但必须紧紧围绕同一主题。同时,论述的层次应当符合主题所描绘对象自身展开的自然进程,因而必须是合乎逻辑的,即层层深入的、循序渐进的……而这一切,在《早梅》一诗的艺术创作和想象中,得到了非常清楚而完满的显示。

比如:如前所述,全诗的四联都是紧紧围绕对早梅的赞颂而逐步深入地展示其形象和情态的:全诗自始至终赞颂了早梅凌霜斗雪的孤高气质,首尾一贯地突出了一个“孤”字(由首联的“孤根独暖”到二联的“一枝”,到三联的“独”递幽香,最后到四联的独自“先发”),也突出了一个“早”字(“孤根独暖”是“早”,“一枝”独开自然也是“早”,“禽窥素艳”也是因其“早”,而“先发望春台”自然也是“早”)。这一切都清楚地表明,作者以鲜明的艺术的形象所显示出的艺术想象和创作过程是完全符合逻辑思维的进程、符合逻辑思维规律的要求的!

可见,艺术创作所依据的形象思维固然不同于哲学、科学所依据的理论思维,但是,它们作为人类思维整体的一个侧面,总有其相通、契合之处。因此,它们所遵循的规律虽然有异,但是,它们之间不可能是根本对立的、毫不相干的。恰恰相反,《早梅》一诗告诉我们:形象思维的进程和艺术想象、艺术创作的过程,大体上也是符合一般逻辑思维的进程、符合普通逻辑规律的逻辑要求的。或许,这也正是《早梅》一诗所给予我们的一点启示罢!

八、“烽火城西百尺楼,黄昏独上海风秋”

——再谈艺术形象的创作过程同逻辑思维进程的一致性

唐代诗人王昌龄写有题为《从军行》的组诗七首。其中之一为:

> 烽火城西百尺楼,黄昏独上海风秋。
> 更吹羌笛关山月,无那金闺万里愁。

这是一首刻画边疆戍卒怀乡思亲的深挚感情的诗。笔法简洁、含蓄而意境深邃。首尾不过四句,而意境却逐步递进,句句深入,把主题一步步的展开和揭示出来,取得了很好的艺术效果。从逻辑的角度说,可以认为这是一首较为全面地体现了篇章结构的内在逻辑的好诗,它具有极严密的循序渐进、层层深入的逻辑特色。

诗的开头一句就点出了这是在青海烽火城西的戍楼上。青海的烽火城本来就是一个荒凉的地方,荒寂的原野,四顾苍茫,本身就容易引起戍卒的愁思,再加上身处百尺高楼的瞭望台上,一望无际,更显孤寂。第二句又点出时间正值黄昏时分,戍卒独坐在孤零零的戍楼上,遥望家乡的亲人,思念之情油然而生,更何况又从沙漠瀚海中吹来阵阵凄冷的秋风,更是使人倍添愁肠。第三句进一步写出,恰好在这种情况下,又传来了幽怨的羌笛声,而吹奏的又是使人凄然伤神的《关山月》曲调,就像亲人在声声呼唤,又像游子在声声叹息。此情此景,孤寂地处身在黄昏戍楼上的游子,更是情何以堪!最后一句,想到妻子在万里之外,独守闺房,更使戍卒的愁情难以排遣了。

不难看出,短短的四句诗,就这样从地点、时间、笛声等不同方面进行渲染,从而把戍卒的怀乡思亲的愁情一步步深入地展示开来。到诗的最后一句，更将那戍卒积郁在心中的思亲之情，集中地通过深闺妻子的万里愁怀而突现出来，把征人和思妇的感情完全交融在一起，把戍守边疆的士卒的愁情刻画和描绘得深沉浓郁、委婉动人。这从古诗的创作手法而言，是讲究所谓层递；而从逻辑的角度说，这就是注重篇章结构的逻辑：围绕主题，从不同角度、不同方面、一步步深入展开，一句句加深渲染，从而不仅体现出篇章结构由起点至终点（首句至尾句）的层层深入、相互呼应的内在逻辑，也体现出艺术形象的创作过程同逻辑思维进程的内在一致性。

九、“暮投石壕村，有吏夜捉人”

——谈篇章结构的逻辑性

唐代著名诗人杜甫的“三吏”“三别”，历来被推崇为元白新乐府的滥觞，是叙事诗的名篇。我们且选其一首，稍作逻辑分析，以见一斑。

石　壕　吏

暮投石壕村，　有吏夜捉人。
老翁逾墙走，　老妇出门看。
吏呼一何怒！　妇啼一何苦！
听妇前致词：　三男邺城戍。
一男附书至，　二男新战死。
存者且偷生，　死者长已矣！
室中更无人，　唯有乳下孙。
有孙母未去，　出入无完裙。
老妪力虽衰，　请从吏夜归。
急应河阳役，　犹得备晨炊。

夜久语声绝，　如闻泣幽咽。

天明登前途，　独与老翁别。

本诗以作者(我)暮来晨去的所见所闻为线索,演示了一幕官差抓伕的人间惨剧。全诗通过集中写出老妇人在恶吏面前的悲痛陈述,揭示了一家农民在安史之乱中的悲惨遭遇,塑造了一个经受着命运的无情打击(三男从军,两男战死),最后还代翁赴难的农村老妇的悲壮形象。全篇句句叙事,主题明确、一贯,层次清晰、恰当,前后呼应,步步深入,是一首叙事简练、意蕴丰厚、爱憎强烈、倾向鲜明的好诗。从逻辑的角度看,则可以认为是一首高度体现篇章结构内在合理性和严密逻辑性的诗作。下面,我们仅从其后一方面作些分析。

从总体来看,正如我们前面刚指出的,全诗的主题是通过老妇对其一家在战乱中悲惨遭遇的血泪控诉,暴露出当时封建统治阶级拉伕抓丁的残酷性。按此,诗的前四句是对当时情景的扼要介绍。"有吏夜捉人""老翁逾墙走",把老妇不得不开门出去应付恶吏的情景,写得真是惊心动魄。"吏呼一何怒,妇啼一何苦"把诗的主题在人物关系上反映了出来,极其概括而形象地写出了"吏"与"妇"的尖锐矛盾。二者的一"呼"一"啼"、一"怒"一"苦",有力地渲染出恶吏的蛮横和老妇的悲痛,这就为老妇的痛苦陈述描绘了更为沉重而惨痛的气氛。接下来,通过"听妇前致词",也就是通过老妇回答官差的陈述,把诗的主题具体而深刻地揭示和展现开来。

首先,由"三男邺城戍"到"死者长已矣"这五句,说明家中三个儿子一个不剩地上了前线,而且,两个已经战死。这是对官差查问家中是否有男丁时的答话。

其次,"室中更无人,唯有乳下孙"两句,说明家中已无成年男人,只有一个尚在吃奶的孙子。这显然是对官差查问家中是否尚有未成年男丁时的答话。

再次,"有孙母未去,出入无完裙"两句,说明正是因为还有一个孙子在吃奶,所以,这个儿媳还未出走。这明显地是对官差追问家中是否还有壮年妇女的答话。

最后,“老妪力虽衰”到“犹得备晨炊”四句,说明老妪在面对官差恶吏层层紧逼的追问,而看出其抓不到人不罢手的情况下,为了保全媳妇(也是为了保全孙子)和掩护老翁,不得不挺身顶差、慷慨赴难而作出的表白。

由此不难看出,老妪的答话和表白,不仅显现了官差为了抓丁拉伕而对老妇层层紧逼的追问,而且,也步步深入地展示了一个普通农民家庭在战乱中的悲惨遭遇,其内在逻辑性和逻辑力量不言而喻。

诗的最后四句,交代了官差紧逼抓伕的最后结果:“天明登前途,独与老翁别。”表明老妪确实已被官差拉走了;因此,“夜久语声绝,如闻泣幽咽”所表现的,则是老妇被拉走后,儿媳痛失婆母、孙子痛失祖母和老翁痛失老伴的呜咽声。把战乱中一个普通农民家庭生离死别的人间惨剧表现得淋漓尽致。

这样,整篇诗就紧紧围绕主题而依次展开,既有背景的介绍,也有人物间矛盾关系(通过“吏呼一何怒,妇啼一何苦”)的显示,同时,也有情节发展结果的交代,前后呼应,彼此关照,层层深入,一环紧扣一环。不仅显示了作品通过含蓄而生动的形象来刻画典型事件的高超艺术技巧,也显示了作品篇章结构的严密和强烈的内在逻辑力量,这正是作品所以具有极其巨大的感染力与震撼力的根本原因所在。由此,我们也就可以从中领悟到:一篇诗作,特别是一首叙事诗,其篇章结构具有严密逻辑性的主要要求和主要表现:

第一,必须主题明确,而且一以贯之。

第二,情节的展开必须符合事件自身固有的内在发展逻辑(自然进程),因而能够体现出明晰的具有逐步展开或逐步深入的逻辑

层次。

第三，必须是首尾呼应、前后关照的。其含蓄中的省略和言外之意，必须能合理地想象，也就是能合乎逻辑地予以推出的。

我想，以上几点或许就是《石壕吏》一诗所显示的篇章结构的内在逻辑力量之所在吧！因此，这或许也就是它对于包括诗词创作在内的一切文学创作所提供的一种重要启示和启迪吧！

十、"永元荔枝来交州，天宝岁贡取之涪"

——谈古诗与考古推理

宋代著名诗人苏轼写有一首历来被誉为"史诗"的《荔枝叹》：

> 十里一置飞尘灰，五里一堠兵火催。
> 颠坑仆谷相枕藉，知是荔枝龙眼来。
> 飞车跨山鹘横海，风枝露叶如新采。
> 宫中美人一破颜，惊尘溅血流千载。
> 永元荔枝来交州，天宝岁贡取之涪。
> 至今欲食林甫肉，无人举觞酹伯游。
> 我愿天公怜赤子，莫生尤物为疮痏。
> 雨顺风调百谷登，民不饥寒为上瑞。
> 君不见：
> 武夷溪边粟粒芽，前丁后蔡相宠加。
> 争新买宠各出意，今年斗品充官茶。
> 吾君所乏岂此物？致养口体何陋耶！
> 洛阳相君忠孝家，可怜亦进姚黄花。

全诗形象而深刻地揭露了由于封建帝王的穷奢极欲、地方官吏不惜媚上取宠,将各地名产名品争相进贡的弊政。

诗的前四句描写汉代帝王为了吃到南方进贡的新鲜荔枝而刻不容缓急如星火的情景。正如苏轼在“永元荔枝来交州”一句的自注中所说:“汉永元(‘永元’是汉和帝刘肇的年号——引者)中交州(今两广南部——引者)进荔枝龙眼,十里一置,五里一堠,奔腾死亡,罹猛兽毒虫之害者无数。”接着的四句,则描写了唐代从南方传送荔枝的情景。由于荔枝十分娇嫩,为了使荔枝在运输过程中不致腐坏,保证杨贵妃能吃到新鲜的荔枝,让“宫中美人一破颜”,唐明皇不惜使尽一切办法,威逼运送者把荔枝从远离长安的四川涪州(“天宝岁贡取之涪”的“涪”即指“涪州”,今为原属四川所辖的涪陵县,今属重庆市的涪陵区),以最快速度送到长安,以致“惊尘溅血流千载”,不知摧残了多少人的宝贵生命。全诗表现了诗人对受难民众的深切同情,对封建帝王奢侈腐朽的愤怒和控诉。

在欣赏和领略了诗的上述主旨以后,我们这里要着重讨论的是由这首诗所提出的一个令人极感兴趣的问题:无论是交州还是涪州,它们都远在长安的数千里之外,在当时交通极不发达的条件下,是如何能使新鲜荔枝由产地运到京城长安的呢?

我们知道,荔枝是一种十分娇嫩而不易保存的水果,在 25 摄氏度的气温下,它也只能保存两三天。但据《新唐书》记载,荔枝“走数千里,味未变”,那是如何做到这一点的呢?单靠缩短运输时间,无论如何是不行的。因为,即使两千里路程,最快的马也是在两三天内跑不到的。而运送荔枝从南方入贡长安,又经历了从汉代到唐代这么长的时间。这样,人们对之就只能有一种解释:汉代和唐代已经初步解决了荔枝长途运输中保鲜的技术问题。否则,“走数千里”而“味未变”这一事实是无法得到合理解释的。显然,这一思维过程就包含着下述这样一个推理：

只有初步解决了荔枝长途运输保鲜的技术问题，才能将数千里外的荔枝保鲜地运到长安

汉代(或唐代)已能将数千里外的荔枝保鲜地运到长安

所以，汉代(或唐代)初步解决了荔枝长途运输保鲜的技术问题

这是一个必要条件的假言推理，而且是一个从肯定后件到肯定前件的正确的必要条件的假言推理。它的公式是：

只有 p，才 q

q

所以 p

由于这是一个有效的、即形式正确的必要条件假言推理，所以，当其两个前提为真时，其结论必然为真。而事实上其两个前提都是真的，所以，其结论必然是真的。

那么，当时究竟是如何初步解决了荔枝长途运输保鲜的技术问题的呢？据现代的初步考证，发现唐代运鲜荔枝的工具是南方盛产的楠竹筒。把一段楠竹两头留节，打穿一头，就做成了一个楠竹筒。把荔枝从打穿的一头放进去，然后再加以密封，这样，楠竹筒就起了保温箱的作用，于是，鲜嫩的荔枝也就能经历较长距离的运输而做到基本保鲜的要求。这样，《荔枝叹》一诗所给予我们的就不仅是艺术美的享受，而且还给予我们用以进行推理，获得新知识的某种信息啦！

十一、"梅花吐幽香,百卉皆可屏"

——谈咏梅诗与物候学方法

梅花简称梅,原产我国,素为我国人民所喜爱,被赞为花中之魁,因而为中国历代诗人所普遍吟咏。宋代诗人陆游有《古梅》诗一首,对梅花称赞之极:

> 梅花吐幽香,百卉皆可屏。
> 一朝见古梅,梅亦堕凡境。
> ……

最早在古诗中提到梅花的是《诗经》中《秦风》的《终南》篇:

> 终南何有? 有条有梅。

说明当时的终南山曾有梅花生长。而终南山位于长安(即现在的西安)之南,这就表明在《诗经》产生的时代里长安是生长梅花的。但到现在,无论是野生的还是栽培的梅花,在西安附近都已绝迹了。这是因为,梅花虽然耐寒,但它只能抵抗-14℃的最低温度,如果气温下降到超过这一最低温度,梅花就不能生长了。而梅花的这一耐寒习性在长时期里是不会变化的。据此,我国当代已故著名地理学家竺可桢先生,通过搜集整理历代诗人对梅花的赞吟,从中确定梅花在不同历史时期的生长地的变化,从而推论出中国历史上不同时代气温的变化。这就是竺可桢先生所倡导的物候学方法。比如,竺先生就曾用此方法论证了唐、宋两朝在气候的温寒上有着明显不同。他是这样来论证的:

到8世纪初,梅树仍生长于长安的皇宫之中。因为唐玄宗李隆基时(712—756),妃子江采萍就曾因其所居之处种满梅花而被称为梅妃。而诗人元稹(779—831)在《和乐天秋题曲江》一诗中,也曾谈到曲江的梅。其诗的最初八句为:

十载定交契,七年缜相随。

长安最多处,多是曲江池。

梅杏春尚小,芰荷秋已衰。

共爱寥落境,相将偏此时。

诗中明确指出,在他所生活的唐代,位于长安南郊的曲江池还种有梅花("梅杏春尚小")。

然而,到了11世纪初期(已为宋代了),华北地区已不知有梅树(其情况与现代相似)了。著名宋代诗人苏轼(1037—1101)已作诗哀叹梅花在关中地区消失:

开花送余寒,结子及新火。

关中幸无梅,汝强充鼎和。

苏轼还特地在第三句后自注云:"关中地不生梅。"表明在苏轼生活的年代包括长安在内的关中地区已见不到梅花了。也正是因此,与苏轼同时代的王安石(1021—1086)也曾写有咏红梅的诗一首:

春半花才发,多应不耐寒。

北人初未识,浑作杏花看。

进一步说明,由于北方人久不见梅花,因而已不识梅花为何物,以致将其视为杏花了。

由此,竺可桢先生就运用物候学方法(通过分析动、植物生命活动现象与气候、节令之间的内在关系,来研究世代气候变迁的一种方法)作出推论:既然上述所引古诗表明,唐朝时长安地区还有梅花生长,而到宋朝时,同样的地区已不见梅花生长,而梅花的耐寒习性在唐朝或宋朝时必然是相同的(都只能抵抗-14℃的最低温度),那就表明,唐朝时的气温高于宋朝时的气温,即唐宋两朝在气候的温寒上存在明显差异:唐温而宋寒。

进一步分析又不难发现,这种物候学方法蕴含着逻辑推理在物候现象上的具体运用。仍以上述有关梅花的物候学分析为例,其中就蕴含和运用了如下两个推理:

其一:只有某地区最低气温不低于-14℃,该地区才会有梅花生长

(元稹诗表明)唐代长安地区有梅花生长

所以,唐代长安地区最低气温不低于-14℃

而如果同一地区,以往生长过梅花,而现在却不生长了,那一定是因为其最低气温超过了梅花所能生长的最低气温。于是,我们又有下述推理:

其二:只有长安地区最低气温低于-14℃,该地区才不会有梅花生长

(苏轼与王安石诗表明)宋代长安地区已无梅花生长

所以,宋代长安地区最低气温低于-14℃

这两个推理所运用的推理形式都是必要条件假言推理,而且都是形式正确(通过肯定后件而肯定前件,推理符合逻辑规则)和前提真实的推理,因此,它们的结论也必然是真实的。这样,再将两个推理的结论比较一下,自然就可得出唐、宋两朝气温不同,唐温而宋寒了。可见古诗词不仅给人以艺术享受,有的还包含着各种物候资料和信息,具有重要的科学价值,似也可由此而见一斑了。

第二篇　古诗词作品与逻辑规律

一、“叶垂千口剑，干耸万条枪”

——谈诗词创作与事理

《苕溪渔隐丛话》中有这样一则诗话：

> 东坡有言：世间事忍笑为易，唯读王祈大夫诗不笑为难。祈尝谓东坡云：有竹诗两句，最为得意。因诵曰：“叶垂千口剑，干耸万条枪。”坡曰：好则极好，则是十条竹竿，一个叶儿也。（《王直方诗话》）

《诗人玉屑》中也曾引以下诗话：

> 张仲达咏鹭鸶诗云：“沧海最深处，鲈鱼衔得归。”张文宝曰：“佳则佳矣，争奈鹭鸶嘴脚太长也。”（《荆湖近事》）

这两则诗话对诗的评论有一个共同特点：虽然赞之曰“好则极好”或“佳则佳矣”，但同时却通过推理指出了诗句中有违背事理之处。

先看第一则。王祈所作“竹诗”最为得意的两句是：“叶垂千口剑，干耸万条枪。”前一句形容竹叶似“剑”，而竹叶之多恰似下垂的“千口剑”；后一句形容竹竿似“枪”，并形容竹竿之多恰似高耸的“万条枪”。两句分开来看，都有较合适的形象描绘，可以说是“好”的。但联系起来看就有问题了。竹叶只有一千，而竹竿却有一万，那不就等于说“十条竹竿，一个叶儿”吗？即十条竹竿，才能分到一片竹叶，这显然是违背事理的，因此，苏东坡见此要想忍住不笑，确也够难的了。

从思维过程看，苏东坡的评论还包含着这样一个逻辑推理：

如果竹叶仅有一千，竹竿却有一万，那么，十条竹竿才有一片竹叶

而十条竹竿才有一片竹叶是不可能存在的(即应予否定的)

所以，“竹叶仅有一千，竹竿却有一万”是不可能存在的

即王祈“竹诗”的这两句是不合事理的，不能成立的。

再看第二则。张仲达咏鹭鸶诗有两句为：“沧海最深处，鲈鱼衔得归。”这两句诗是说，鹭鸶从沧海最深处衔着鲈鱼而回归了。“沧海最深处”有多深呢？至少大概也得有一两丈吧，而鹭鸶却能从这最深处，即一两丈深的地方把鲈鱼衔着了，那岂不是鹭鸶的嘴、脚至少也得一两丈长！因此，张文宝只好说：“佳则佳矣，争奈鹭鸶嘴脚太长也。”显然，这一评论中也包含着一个逻辑推理：

只有鹭鸶的嘴脚有沧海最深处那么长，鹭鸶才能从沧海最深处衔着鲈鱼

鹭鸶的嘴脚不可能有沧海最深处那么长

所以，鹭鸶不可能从沧海最深处衔着鲈鱼

推理的结论表明，张仲达咏鹭鸶的这两句诗显然也是违背事理的，因而不能成立的。

由于上述两则诗话中所包含的推理分别是一个充分条件和必要条件的假言推理，而且，分别是通过否定后件而否定前件和通过否定前件而否定后件的，因而都是分别符合各自推理的规则的，所以，当其前提为真时，其结论必然为真。这也就是这两则诗话对所评诗句的评论(指出其诗句中包含着不合事理的错误)所以能具有较充分的说服力的一个重要原因。

二、水仙是“借水开花自一奇”吗?

——再谈诗词创作与事理,兼谈事实错误与逻辑错误

唐代诗人杜牧有《过华清宫》绝句三首,其中广为传诵的一首是:

长安回望绣成堆,山顶千门次弟开。

一骑红尘妃子笑,无人知是荔枝来。

这是杜牧路经骊山华清宫时,有感于唐玄宗与杨贵妃骄奢淫逸的生活而写作的。它通过运送荔枝这一典型事件(为使杨贵妃吃到新鲜荔枝而不惜劳师动众,由千里之外的南方日夜不停地将荔枝运送来骊山),以微知著地鞭挞了唐代宫廷腐朽和奢侈的生活,具有极高的艺术价值和艺术效果。

然而,历史上也有人对此诗提出疑难,认为其“词意虽美,而失事实”。《诗林广记》引《遁斋闲览》:“据唐纪,明皇以十月幸骊山,至春即还宫,是未尝六月在骊山也。”既然唐明皇六月不在骊山,杨贵妃六月当也不在骊山。而荔枝需盛暑(约六月)方熟。怎么可能在荔枝熟了的三四个月之后(从六月荔枝成熟到明皇十月才幸骊山,其中相隔约四个月)“一骑红尘妃子笑,无人知是荔枝来”呢!说明杜牧此诗于史实有误。

宋代诗人黄庭坚有咏水仙花一诗云:

借水开花自一奇,水沉为骨玉为肌。

暗香已压酴醾倒,只比寒梅无好枝。

对此诗,《苕溪渔隐丛话》指出:“第水仙花初不在水中生,虽欲形容水字,却反成语病。”说明本诗“借水开花”之说亦属与事实不符,同样有误。

在此,我们暂不对上述疑难的是非作出评论(比如有人就认为"借水开花"是成立的。杨万里《水仙花》诗就曾说:"天仙不行地,且借水为名。"),我们想讨论的问题仅仅是:即使上述疑难是正确的,即前述两首诗分别存在与事实不符的错误,我们需要弄清的是:这样的错误究竟是什么性质的错误?或者更明确一些说,它们是不是逻辑错误?我们的回答:不是。

为什么呢?为了说明这一点,我们必须首先了解什么是逻辑错误?所谓逻辑错误主要是指违反形式逻辑规律的要求以及违反各种逻辑规则(首先是推理的规则)而产生的错误。比如,违反形式逻辑的基本规律同一律和矛盾律的要求而产生的混淆概念(把一个概念同另一个与之内容不同的概念混淆起来)和混淆论题(把一个命题同另一个与之断定内容不同的命题混淆起来)的错误以及同时肯定两个互相否定的命题而引起的自相矛盾的错误;再如,由于违反充分条件假言推理的规则而引起的由肯定后件到肯定前件或由否定前件到否定后件的错误……如果不属于这种性质的错误,即不是由于违反逻辑规律和规则的要求而引起的错误,我们就不能称之为逻辑错误。比如,今天事实上是晴天,而有人却说"今天下雨",这一命题当然是不真实的,错误的,但它却不是什么逻辑错误,而只是一种事实错误。再如,李白死于公元762年,但如有人对此记忆不清而说成"李白死于公元765年"。这后一命题自然也是不真实的、错误的。但这也说不上是逻辑错误,而只是一种记忆上的错误。这就是说,在思维中要区分两种不同性质的错误,一种是逻辑错误,一种是非逻辑的错误,后者我们也通常统称为事实错误。按此不难看出:有人对前述两首诗所指出的错误(如果真是错误的话),那只是事实错误,而不是逻辑错误。因为它们最多也只是把唐明皇与杨贵妃在骊山居住的季节搞错了(指前一首)

和把水仙开花最初是否需在水中的问题搞错了(指后一首),而不是由于违反逻辑规律的要求和逻辑规则而引起的。

当然,对错误作上述这样的区分(逻辑错误与事实错误)并不意味着谁的错误大,谁的错误小。其实,在一切文学创作,包括诗词创作中,逻辑错误与事实错误都是不应当有的,即应力求避免的。正是因此,历代的一些诗话论著中,常常指出某些著名诗作中违背事理之处,并对此表示惋惜。这是可以理解的,也是必要的。

三、“桃花潭水深千尺,不及汪伦送我情”

——从汪伦的“玩笑”谈同一律

李白乘舟将欲行,忽闻岸上踏歌声。

桃花潭水深千尺,不及汪伦送我情。

这是唐代大诗人李白写的一首抒情诗。天宝十四年(755),李白应汪伦之邀,从秋浦(今安徽贵池)往泾县(今属安徽)游桃花潭,受到当地主人汪伦美酒佳肴的盛情款待。临别时,汪伦热情相送,李白写了这首小诗留别。在这首诗里,李白向我们展示了一幅惜别友人的画面,并深情地表达了诗人对汪伦真挚纯洁的感情。这首小诗历来受到人们的赞赏,“桃花潭水”成了后人抒写别情的常用语;桃花潭一带也因这首小诗而留下了许多优美的传说和文化旅游遗迹。但是,或许有的人还并不清楚,李白的泾县桃花潭之游以及他和汪伦之间建立的深情厚谊,却是源于汪伦给他开了个大玩笑而引发的。对此,《随园诗话补遗》有过这样一段记述:

唐时汪伦者,泾川豪士也,闻李白将至,修书迎之,诡云:“先生好游乎?此地有十里桃花。先生好饮乎?此地有万家酒店。”

> 李欣然至。乃告之:“桃花者,潭水名也,并无桃花。万家者,店主人姓万也,并无万家酒店。”李大笑,款留数日,赠马八匹,宫锦十端,而亲送之。李感其意,作《桃花潭绝句》一首。

这段记述说明,汪伦为了使李白能应邀至泾川一游,玩了一个语词把戏。原来,在汪伦家乡的后面有一个山冈,山冈旁边有一个大而深的潭,叫桃花潭,当地人习惯称之为“十里桃花”;山冈上有一家小酒店,店主姓万,当地人习惯称之为“万家酒店”。然而,就一般常情的理解而言,所谓“十里桃花”应是指十里桃林,盛开着桃花;所谓“万家酒店”应是指有为数众多(“万家”仅形容其酒店数量之多而已)的酒店。这也就是说,“十里桃花”和“万家酒店”都是一个有其一般意义与特指意义的多义词,它们分别表达着两个不同的概念:就汪伦家乡特殊的或专门的意义而言,它们分别表示当地的“桃花潭”和“店主姓万的酒店”(亦即分别表达着两个相应的概念);而就一般的意义(比前者更基本)而言,它们分别表示“盛开着鲜花的十里桃林”和“为数众多的酒店”(亦即分别表达着这两个相应的概念)。然而,在汪伦给李白的邀请信中,却对这两个语词(“十里桃花”和“万家酒店”)在当地具有的专门的特殊含义不加以任何说明,实际上就是误导人们按其一般意义去加以理解。而就一般情况而言,人们也只能按这样的意义去理解。正因此,既有盛开桃花的十里桃林可供观赏,又有随处开设的众家酒店可供饮酒,这对于像李白这样的“乐游”者和“好饮”者来说,无疑是充满极大的诱惑力的。正是在这种情况下,李白兴致勃勃地来到汪伦家乡。但到后却发现当地既无十里桃花可供观赏,也无万家酒店可供随处痛饮。明知上当,心里当然不是滋味。但好个汪伦,一面赔礼道歉,倾诉敬慕之情;一面美酒佳肴,盛情款待。待李白离去时,还“赠马八匹,宫锦十端”,并亲自送行,一路放歌一路行,使李白不仅完全抛弃了最初那种受骗上当的怨气,而且,还为汪伦的热情迎送而深受感动,于是,即兴创作了前述七绝以赠汪伦。

可见,汪伦对李白开的这个大玩笑,最终还是以喜剧形式结束,客观上促进了李汪之间的友情。但是,合"情"却未必合理。无论如何我们得承认,汪伦的玩笑是有意违背逻辑规律的要求的、不合逻辑的,因而《随园诗话》的作者也不能不称其"修书"为"诡云"。

普通逻辑的规律要求我们,在任何思维和论辩过程中,必须保持思想的确定性。同一律指出,任何一个思想与其自身是等同的。具体一点说,任何一个思想是这个思想就是这个思想,它有其自身的同一性,有其自身确定的内容。据此,同一律就要求我们,在思维和论辩过程中,必须保持思想(由词项或命题所表达)的确定。稍具体一点说,同一律要求:每一个语词(词项)在确定的语言环境下具有什么含义就是什么含义,或者说表达了什么概念就表达了什么概念;每一个语句(命题)陈述了什么就陈述什么,或者说表达了什么判断就表达了什么判断。它们都不应当随意更换,否则,就会使词项或命题所表达的思想含混不清,就会犯逻辑错误。

而前述汪伦的"玩笑"——玩弄语词把戏的主要问题也正在于此。他故意对"十里桃花"和"万家酒店"这两个语词分别具有的两种含义(一种是只适用于汪伦家乡的特殊的、专门的含义,一种是其通常的、一般的含义)不加任何区分和说明,使这两种不同含义混淆起来,设下陷阱,诱使李白在根本不知"十里桃花"和"万家酒店"在汪伦家乡有其专门所指和确定含义的情况下,只能按这两个语词的本义,也是其通常意义去理解,从而上当受骗。可见,汪伦这一"玩笑"的错误,直接地说,是一种故意玩弄语词把戏的错误,从逻辑上说,则是故意混淆概念(语词所表达的含义),使同一语词在确定的语言环境下未保持其含义(即表达的概念)的确定性的一种逻辑错误,也就是违反普通逻辑的一条基本规律——同一律要求的逻辑错误。

四、“尝试成功自古无”与“自古成功在尝试”

——少年华罗庚评胡适混淆概念的逻辑错误

南宋诗人陆游(1125—1210)在一篇题为《能仁院前有石像丈余盖作大像时样也》的七绝中写道:

> 江阁欲开千尺像,云龛先定此规模。
>
> 斜阳徙倚空三叹,尝试成功自古无。

诗作者从能仁院前有准备作大像时取样的石像丈余着眼,想到了“江阁欲开千尺像”,并按此而预定了作为供奉神像或佛像的石室的“云龛”的规模。但这在当时当地的条件下,要完成这样的“千尺像”是极为困难的,“斜阳”也为此而徘徊叹息。因此,如想尝试一次就获得成功,这是自古以来所未有过的。

对诗中提出的“尝试自古成功无”这一论断,七百余年后的近人胡适在其所著《尝试集》一书的“序诗”中提出了异议:

> 尝试成功自古无,放翁此言未必是。
>
> 我今为之转一语,自古成功在尝试。
>
> 请看药圣尝百草,尝了一味又一味。
>
> 又如名医试丹药,何嫌六百零六次?
>
> 莫想小试便成功,哪有这样容易事!
>
> ……

序诗明确提出,陆游诗中所说“尝试成功自古无”未必是正确的。为此,胡诗提出了一个针锋相对的论题:“自古成功在尝试”,并用药圣尝百草,“六〇六”的试验为据来对这一论题进行了论证。无疑,仅就

胡适用这些论据来证明“自古成功在尝试”而言，其论据是真实的，论据对论题也是有一定推出关系（运用了典型事例作论据的归纳论证方式）的，因此，论题“自古成功在尝试”也是成立的。但是，能否因此而否定陆诗所提出的“尝试成功自古无”呢？不能。为什么呢？

照一般情况而言，“尝试成功自古无”同“自古成功在尝试”正好是两个互相否定，即互相矛盾的命题。而按照普通逻辑的不矛盾律，两个互相矛盾的命题是不可能同真的。既然胡适所提出的“自古成功在尝试”是经过证明了的，能够成立的，那么按不矛盾律的要求，“尝试成功自古无”自然也就应当是假的、不能成立的。但为什么我们却认定不能根据胡诗所提命题的真而判明陆诗所提命题的假呢？胡适作“序诗”的目的不正在于论证陆诗“尝试成功自古无”是“未必是”，即未必正确的吗？问题在哪里呢？

最初对胡适“序诗”提出质疑而发现了这一问题的却是一个 13 岁的小孩，少年时代的我国已故著名数学家华罗庚。

据报载《华罗庚传奇》称：华罗庚 13 岁读初中二年级时，他的一位国文老师是胡适的崇拜者，他要学生读胡适的作品，并写读书心得。分配给华罗庚读的是胡适的《尝试集》。华罗庚只看了《尝试集》前面的“序诗”就掩卷不看了。因为，当年华罗庚读罢“‘尝试成功自古无’，放翁此言未必是。我今为之转一语，自古成功在尝试”后就说道：这里的两个“尝试”是不同的概念，第一个“尝试”是只试一次的意思，第二个“尝试”却是试无数次的意思。胡适对“尝试”的概念尚且混淆，他的《尝试集》还值得读吗？

少年华罗庚对胡适《尝试集》“序诗”的这一批评无疑是正确的。联系整个诗句的内容来看，陆诗所讲“尝试成功自古无”中所说的“尝试”，确实仅仅是指“试一次”的意思。而做任何事情，特别是较复杂的事情：如陆诗中提到的“江阁欲开千尺像”这样庞大的工程，仅仅想试一次便能获得成功,这在历史上确实是很少见的。就此而言,陆诗提出"尝试成功自古无"显然是正确的。胡适如果想否定这一命题,按照普通逻辑同一律的要求,那就只能在同一意义下使用"尝试"这一语词,即必须使这一语词表达同一个确定的概念,即仅试一次的"尝试"概念,并证明这种仅试一次的"尝试",其成功并不是"自古无"的。只有这样,才能有根据地说:"放翁此言未必是"。但胡适的"序诗"并非如此,而是举出历史上通过多次试验(尝试)终于获得成功的事例,来证明其"自古成功在尝试"。然而,这里所说的"尝试",显然已不是陆诗中所说的仅试一次意义下的"尝试",而是指反复试验多次意义下的"尝试"了。以此用"自古成功在尝试"的论断来否定陆游的"尝试成功自古无"显然是把两个意义不同的"尝试"概念混淆起来了。这在逻辑上是一种违反同一律逻辑要求(在确定的语言环境下,同一语词只能表达同一概念)的混淆概念的逻辑错误。因此,少年华罗庚批评胡适《尝试集》的"序诗"是混淆了两个不同意义的"尝试"概念,可以说是一针见血的。一个13岁的孩子能够有这样的独立见解,敢于批评学术界知名人物的逻辑错误,这是需要勇气的、难能可贵的。这表明,华罗庚从少年时代起就养成了独立思考的习惯,并具有缜密的科学头脑,这或许也正是他在后来能成为一代数学大师的一个重要原因吧!

五、"日暖看三织,风高斗两厢"

——谈混乱的思维产生混乱的诗句

宋哲宗时,一个皇室弟子自号才子,常写一些令人莫名其妙的诗。其中有首题为《即事》的诗:

日暖看三织,风高斗两厢。

蛙翻白出阔，蚓死紫之长。

泼听琵梧凤，馒抛接建章。

归来屋里坐，打杀又何妨。

人们读其诗而百思不得其解，只好请教他本人。他解释说：

“刚才我看见三只蜘蛛在屋檐前结网，两只小鸟在两边厢廊争斗。又看见厢廊前有一只死青蛙，白肚子翻过来像‘出’字，还有一条死蚯蚓就像一个紫色的‘之’字。我刚吃泼饭（即稀饭）时，听到邻人用琵琶弹奏《凤栖梧》曲；我正在吃馒头，门子来报建安的章秀才来拜会，就抛下手中馒头去迎接；接待完章秀才回到屋里，看见内门上贴着钟馗击小鬼的图画，所以说‘打死又何妨’。”（以上材料引自《野诗趣谈》一书）

诗是一种语言的艺术，而作为一种艺术，它虽然可以通过联想、想象等形象思维活动使思想自由驰骋，但是，它决不能是毫无章法的。包括诗歌在内的文学艺术形式虽然是以艺术方式把握世界，而与哲学、科学等以理论方式把握世界有所不同，但是，它毕竟总有自己的规律，而不能是毫无规律可循的杂乱无章的文字拼凑。而上述题为“即事”的“诗”（如果说也能称之为诗的话）就恰好正是这样一种令人莫名其妙的文字拼凑。而所以如此，其直接原因在于：全诗不是以合理的艺术想象去构造情景，塑造形象，而是如同作者自己所解释的那样，把他在一段时间内所见所闻的一些毫无内在联系的偶然事件和现象罗列在一起，既无贯穿事件、现象的主题思想，也无合理的想象与联想，这显然是违背形象思维和艺术创作的规律和要求的。而其所以如此，显然还有其深层的原因：“诗人”思维混乱了，他背离了逻辑思维规律的基本要求，首先是违背了普通逻辑同一律的基本要求。同一律要求人们必须保持思维的同一性、确定性，首先是思维对象的同一性和确定性，即在同一时间里思维的对象必须是同一的、确定的，不能东拉西扯，漫无边际，像脱缰的野马到处乱跑，像凋落的野花随处飘散，否则，思维就必然混乱，既不能正确思考或表述任何问题，也无法令人对其有任何理解。所谓《即事》诗(如果还可以称其为诗的话)就是这样的“诗”！可见，混乱的思维产生混乱的诗句，这就是这首“即事”诗问题的实质所在。

无独有偶。唐代有一位左卫将军权龙褒，为表示自己文武全能，常以“诗人”自命。一次，他炮制了一首题为《秋日述怀》的五言诗：

> 檐前飞七百，雪白后园强。
> 饱食房里侧，家粪集野螂。

据说，他曾让府里一位参事拜读他的这首诗作。但该参事反复阅读，仍莫名其妙。于是，只好再求教于将军。这位“诗人”为此解释说：“我的诗写了这些东西：一只纸鸢在檐前飞过，它值七百文钱；洗了的衣服在后园晾晒，白得像雪一样。我吃饱饭了，正在房子里侧着身子睡卧，听人家说家里的粪堆聚集了一群蜣螂。”(转引自《逻辑使你机敏》，广东高等教育出版社，1990年，第6页)

不难看出，这首“诗”与前首题为“即事”的“诗”颇有异曲同工之妙，也是不顾艺术创作的规律和要求，像3岁小孩毫无定向的东拉西扯一样，把一些毫无内在关联的事件杂乱地拼凑在一起。既未能创作出什么艺术形象，当然也就不可能给人以任何艺术美感。究其原因，同样是由于没能遵守逻辑思维的基本规律，首先是同一律的基本要求：保持思维对象的确定与同一而导致思维的混乱的结果。也就是说，思维的混乱导致了语言表达的混乱，这就是出现《秋日述怀》这样的文字拼凑的根本原因所在。

六、“明月隐高树，长河没晓天”

——谈诗的意境必须和谐一致

初唐诗人陈子昂曾写有《春夜别友人二首》，其一为：

银烛吐青烟，金樽对绮筵。

离堂思琴瑟，别路绕山川。

明月隐高树，长河没晓天。

悠悠洛阳道，此会在何年。

这是一首记叙送别友人的律诗。词意显豁明白，但却把别意的深沉、离情的缠绵以及离人之间的隐隐哀愁，朴实而深情地描绘了出来，读之令人感慨欷歔。然而，明清学者中，对此诗的解析却褒贬不一。贬之者认为：“明月隐高树，长河没晓天”两句描写的景象“是秋夜，非春夜”，与诗题《春夜别友人》不合，“断不可学”（见《唐诗成法》）；褒之者则对此辩驳说，此两句中“‘隐’字内已有春”，春季树木葱茏，月当然隐于其中，秋季树木凋落，月绝不会隐于其中，故“明月隐高树”写的正是春夜景（参见《唐诗归》《唐诗合选详解》）。

近人韩理洲却认为：“‘明月隐高树’虽被褒者通解为春夜景，但‘长河没晓天’确属秋景。每值秋夜，银河西移，天晓时人眼无法望见。诗人常借此状写秋夜。”因此，只圆通“明月隐高树”，不对“长河没晓天”作出正确解释，“实难令指责此诗者哑口”（参见《百家唐宋诗新话》，四川文艺出版社，1989 年，第 35—36 页）。

这就是说，即使释“明月隐高树”为春夜景色，从而消去了它与诗题“春夜”的矛盾，但是，“长河没晓天”一句所描绘的确系秋夜景色，这是可以当时诗人的类似写法为证的。如李义山《嫦娥》一诗云：“云母屏风烛影开,长河渐落晓星沉”,其后一句写的就是秋夜景色。这表明“长河”句仍存在和诗题的矛盾。不对此作出恰当解释,仍然是会认定本诗在意境上存在不一致、不和谐,亦即存在自相矛盾的弊病,因而也就必须肯定前述那种对本诗的否定的评价的。

那么,本诗是否真的存在着这种意境上的弊病呢?韩理洲细品此诗后认定:本诗着意从“别”字上生发。“但叙别又不落俗套,不以浓墨重彩大力铺排难舍难分情景,而是别出心裁写‘思’,以思念分别之后,由春徂秋,登山涉水,万里奔波的孤单,借以反衬别离时难堪之苦。故第三句的‘思’字,是‘诗眼’。此后诸句,皆是想象中的情景。‘明月隐高树’,想象别后征途中的春夜;‘长河没晓天’,想象别后征途中的秋夜。”(同上书,第36页)按照这样的理解和解释,这两句合起来,就着重写出了诗人离别友人后将经春至秋,长途跋涉。而正好与诗的最后两句中的“悠悠”相互照应。如此统观,本诗全篇意境自然和谐一致,毫无矛盾之处了。

正是从这里我们不难看到,包括诗词作品在内的一切文学作品,必须保持作品在意境上的和谐一致,避免出现逻辑矛盾,这正是逻辑规律——不矛盾律在其中不依人意志为转移的逻辑要求和必然起作用的表现。但是,一篇作品是否真正存在意境上的逻辑矛盾,出现意境上不合谐和不一致的情况,那是必须通过对作品所创作的文学形象,包括通过对描绘这种形象的语言文字的透彻理解和正确分析,才能作出结论的。否则,就会如同本诗明、清时代的某些解析者那样,仅仅看到诗中某些语句在表面上的不一致或矛盾,而对本诗作出否定性的评价,使一篇好的或较好的诗作,其固有的真实的诗意得不到正确理解和揭示而蒙受冤评。这是很值得读诗者、解诗者所警惕的。

当然,如果包括诗词作品在内的文学作品中确实包含着意境上,甚至文字上的不一致或逻辑矛盾,那也必须予以正确揭示和指出,否

则，那也是无助于我们对这些作品的正确理解和公正、客观的评价的。

七、“贼、贼、贼……而今反作蓬莱客”

——谈两首谑诗与逻辑规律

解缙(1369—1415)是明代有名的风流才子，幼时被称为神童。他的轶闻趣事曾在民间广泛流传。明成祖永乐年间，他作为翰林学士主持编纂了卷帙浩繁的《永乐大典》。他曾写过一副对联，被毛泽东在《改造我们的学习》一文中用来批评那些没有科学态度和真才实学而只知背诵马列著作词句的人。这副对联是：

> 墙上芦苇，头重脚轻根底浅；
>
> 山间竹笋，嘴尖皮厚腹中空。

据传，解缙由于名气很大，有一个道士对他十分敬慕，曾拿自己的一幅画像来拜见解缙，并恭恭敬敬地请他题诗。解缙看了画像一眼，便笔走龙蛇，连写了“贼、贼、贼”三个字。道士见了大吃一惊，但又不好作声，只得在心中暗暗叫苦。

解缙看在眼里，毫不在意地继续挥笔写道：

> 有影无形拿不得。
>
> 只因偷却吕仙丹，
>
> 而今变作蓬莱客。

第一句指明了画像的特点：“有影无形”，自然也就是“拿不得”的。第二、三句对为什么题写画像是“贼……”作了解释，原来那是因为被画者(道士)偷了“仙人”吕洞宾的“仙丹”的缘故。偷来的“仙丹”自然也就被偷者吃了，于是，偷吃者(道士)自然也就成了“蓬莱”仙山之

“客”,成就了他日夜追求的成仙目标。而这样的“蓬莱客”自然也就法术无边,而“有影无形拿不得”了。可见,这首诗虽然没有什么值得称道的积极内容,但却能前后呼应,迎合道士成仙得道的心理。

无独有偶,据传明代江南才子唐伯虎也有过类似的题诗。一次,一家财主为其母亲祝寿,再三邀请唐伯虎赴宴,并在宴席上财主家五兄弟一齐请求唐伯虎题诗庆贺。唐伯虎乘着酒兴在纸上大笔一挥,写道:

这个婆娘不是人

把寿星老母亲称作“婆娘”,太不尊重人了,围观者尽都显得茫然无措,气氛极为紧张。但唐伯虎却毫不在意,随手继续写道:

九天仙女下凡尘

围观者一见,顿时松了一口气。原来“这个婆娘”是“九天仙女”下凡,自然也就不是一般的“人”了。接下来,唐伯虎又写了第三句:

生下五男都是贼

这还了得,这不是当面骂人吗!财主五兄弟气得脸红脖子粗,正要发火,唐伯虎又写下了最后一句:

偷得蟠桃献母亲

财主五兄弟一见,不由得喜笑颜开。原来诗句是在夸他们为了孝顺母亲而不惜冒犯天条去偷取圣品。

这样,短短四句诗把作为寿星的母亲与作为寿星之子的财主五兄弟都大大吹捧了一下,这当然是寿宴中最佳最合适的祝寿诗了。

联系前面解缙的诗不难看出,这两首诗都是采取先贬后褒的写法。前句贬得越低,则后句褒得越高。虽然就其思想内容而言,无多可取之处,但写法独特,亦谐亦谑,故能在老百姓中广泛流传。

我们在这里，所以要把这样的诗拿出来介绍一番，重要的不仅仅在于它们本身表现了一件轶闻趣事，而在于它还隐含着某些逻辑问题，值得谈论一下。

为什么这两首诗都能先抑后扬，先贬后褒，而那么过渡自然，乐于为当事者所接受呢？看来，最关键的原因在于：它们从抑到扬、由贬到褒有着一个共同的重要环节：选择了一个恰当的，也是能迎合世俗人们心理和感情需要的理由，去说明和解释了一开始提出的似为骂人的贬词贬句，从而使贬词贬句（如“贼”“某某人是贼”）由其一般的惯常的贬义（遭人鄙视的偷盗者）转化为某种特殊的具有某种值得称道的褒义（如因尽孝而偷圣品的孝子）。用逻辑的术语来说，就是经过解释而出现了词项（语词）含义的转化，也就是使某一语词改变了其通常表达的概念，而在特殊场合和语境下表达了另一个新的概念。

而且，这种含义的变化也是符合逻辑规律，首先是同一律的要求的。比如，开始讲寿星母亲“不是人”，接下来讲她是“下凡尘”的“九天仙女”，这显然在逻辑上是一致的。前面讲画中的道士是“贼、贼、贼”和讲寿星的五个儿子都是“贼”，接着又讲清他们所以是“贼”的原因，原来道士曾去“偷”仙丹，而寿星的五个儿子曾为给母亲祝寿而去“偷”蟠桃。这显然也是前后逻辑上一致的。因此，它们都是严格地遵循了同一律的逻辑要求（相应地也可说遵循了矛盾律的逻辑要求，而未出现逻辑矛盾），保持了语词或概念运用的确定性和同一性。从而表明这些诗句所采用的独特写法，也是有其逻辑根据的。

八、“明月”能在“广寒宫”里吗？

——谈诗词创作不能出现自相矛盾

据传明代的广东才子伦文叙，有一年上京赶考，与湖广（今湖南、湖北地区)名士柳先开争当状元。两人的试卷难分高低,考官难以决定,提请皇帝面试。皇帝指定他们以"明月"为题作诗。柳先开诗为:

> 读尽天下九州赋,吟通海内五湖诗。
> 月中丹桂连根拔,不许旁人折半枝。

表明自己有独占第一的信心和决心。

轮到伦文叙时,他写道:

> 潜心奋志上天台,瞥见嫦娥把桂栽。
> 偶见广寒宫未闭,故将明月抱回来。

皇帝一见伦文叙的诗,立即点其为状元。因为他既然要"将明月抱回来",那自然意味着柳先开诗中所说"不许旁人折半枝"的月中"丹桂"已同样为其"抱回来"了,而且,他既然"瞥见嫦娥把桂栽",那自然也表示他比柳先开更早到过月亮。这样,伦诗较之柳诗显得气魄更大,故皇帝点中伦文叙自然也就不奇怪了。

其实,虽然柳先开的诗并非上品,多有重复而不够精练(如诗中的"九州"与"天下"相同,"海内"与"五湖"近义等),但尚无不合事理之处。而伦文叙的诗却明显包含自相矛盾而不合事理。按传说,"广寒宫"乃月亮中的一个宫殿,"广寒宫"应存在于月亮之中。伦诗谓"潜心奋志上天台,瞥见嫦娥把桂栽",实际上也肯定了这一点,因为嫦娥无非是"天台"中之"广寒宫"的一个宫女而已("嫦娥"乃神话中后羿之妻,因偷吃不死之药而奔月宫)。但是,伦诗又谓"偶见广寒宫未闭,故将明月抱回来",实际上又把月亮视为存在于、包含于广寒宫之中。这显然是与前两句诗所断定的内容相矛盾了,因而是违背事理的。在这里,即使按传说中的另一说法,"广寒宫"指整个月亮,那也是无法说通的。因为,既然"广寒宫"就是月亮,他又如何能进入"宫"里把整个月亮"抱回来"呢?

总之，伦文叙的“诗”包含着自相矛盾的内容，也就是包含着逻辑矛盾。而既然包含着逻辑矛盾，那么，这样的所谓“诗”，就失去了艺术形象的真实性和合理性，因而，不可能是一首能够真正给人以艺术感染力的好诗。

令人感到有趣的是：类似这种包含逻辑矛盾的诗作在当代诗歌中也不难看到。我国20世纪50年代末的所谓“大跃进”时期，曾出现过这样一首民歌：

一个南瓜像地球，棚在五岳山上头。

把它扔到大西洋，世界又多一大洲。

真是豪言壮语，气魄非凡。然而只要稍加分析即不难发现其充满自相矛盾而破绽百出。

首先，既然“一个南瓜像地球”，又怎能“棚在五岳山上头”呢？谁都知道，所谓“五岳”只不过是地球的很小的一部分，既然如此，像地球的南瓜，又怎么能棚在仅仅是地球一小部分的“五岳山上头”呢？这是明显的逻辑矛盾。

其次，既然“一个南瓜像地球”，它又怎能被“扔到大西洋”呢？如果说它真能被“扔到大西洋”，那就意味着地球可以容纳于大西洋，也就是小于大西洋。然而，所谓“大西洋”其实不过是地球上存在的一个海洋，是远远小于地球的。而这两者之间不又正好是互相矛盾的吗？

再次，由于把地球那样大的“南瓜”“扔到大西洋”，“世界又多一大洲”，既然如此，那就意味着这样的“南瓜”只有一个洲那么大，既然只有一个洲那么大（因为把它扔到大西洋后，它就成了一个新的洲），又怎能说它像地球那么大（“一个南瓜像地球”）呢？这两者显然又是互相矛盾的。而如果一定坚持说它有地球那么大，那么，它又怎能为世界增添“一大洲”呢？

综上所述,这样充满着逻辑矛盾内容的诗歌,不管其想象如何新奇,立意如何宏伟,都只不过是形象思维混乱的产物,其所塑造的不可能是什么感人的艺术形象,也不会对人有什么真正的艺术感染力的。

以上这些都有力地说明,不仅在理论思维中,就是在形象思维中,在艺术构思和创作中,也是决不允许逻辑矛盾的出现或存在的。这一点,古代诗话也早指出过了。北宋诗人黄庭坚(1045—1105)在赠衡阳妓陈湘的《蓦山溪》一词中写道:"婷婷袅袅,恰近十三余。"对此,金人王若虚就曾指出:"夫'近'则未及,'余'则已过,无乃相窒乎!"(《滹南诗话》卷下十三)批评黄山谷上述词句"相窒",于理不通。所以如此,就是因为"近"与"余"是意思相反的两个语词,用它们来述说同一件事:"恰近十三余"就是一个包含逻辑矛盾的语句。而用这样的语句作为诗、词的句子是违背事理的。换句话说,在诗、词的创作中,是不允许出现这样的句子的。

对此,近人在诗歌创作中(当然不仅仅是在诗歌创作中)也是予以十分重视的。有一位老同志曾谈过自己学习写古体诗词时的这样一段经历:还在学校读书时,他写过一首题为《太湖泛舟》的七绝一首:

泛泛扁舟任好风,长歌对酒气如虹。
遥看平水浑天际,一抹青山在画中。

他的老师读后当面予以指点说:这四句诗分开来看没什么毛病,连贯起来就有问题:第一、二两句情调不一致。"泛泛扁舟任好风"是闲逸的情调,"长歌对酒气如虹"则是慷慨的情调。二者明显不一致。而第三、四两句又与实际情况不合:天水相接、无边无际,又哪来"一抹青山在画中"呢?他的老师还举古人诗"身在天中天水合,更从何处望蓬莱"给他听,使他深感老师批评得当,对老师佩服不已。(参见《上海教育》,1980年第5期,第32页)

不难看出,老师对他所写七绝的批评,实际上也就是指出他诗中

包含着的逻辑矛盾。这首先是表现在情调上的不协调：闲逸的情调和慷慨的情调不能同时成为诗作者写诗时的并存心境，也就是说，"作者当时心境（或情绪）是闲逸的"和"作者当时的心境（或情绪）是慷慨的"，就作者写诗时的同一时间而言，是不可能同时存在的，由此而形成的两个命题，自然是不能同真的。既然如此，当作者在诗的第一、二句中所表露出的是这二者的并列、共存时，那就表明它们不是作者面对烟波浩渺的太湖所抒发出的某种确定的自然感情的流露，而只不过是诗句的某种拼凑罢了。至于他的老师对该诗的第三、四句的批评，实际上也是指出诗中的景物描写同样包含着逻辑矛盾：诗的第三句"遥看平水浑天际"描写的是天水相接的情景，而第四句"一抹青山在画中"则描写的又是在这"平水浑天际"之中还存在"一抹青山"，既然还有"青山"在其间，又何为天水相接的"平水浑天际"呢？这就是说，诗的第四句所描写的情景，恰好是对第三句所描写的情景的直接否定，两者是不可能同真的。他的老师所指出的古人的诗句："身在天中天水合，更从何处望蓬莱"，清楚说明了在"天水合"之际，是望不见"蓬莱"这座仙山的。这才是对自然景观的情景合理的描写。

综上可见，理论思维不能违背逻辑规律——不矛盾律的逻辑要求，不能自相矛盾；在形象思维和艺术创作中，也不能违背逻辑规律——不矛盾律的逻辑要求，也不能出现自相矛盾。原因无它，自相矛盾的思维总是混乱的、错误的思维，总是违背事理的，既违背自然之理，也违背艺术创作、形象思维之理。

正是因此，无论是在历史上，还是在当代，人们都非常重视形象创作、意境描绘的一致性、协调性，也就是无矛盾性。因而，都极为重视对诗句所描写的、刻画的具体情景进行具体分析，看其是否包含逻辑矛盾（比如，如前所述视其是否存在情调矛盾、情景矛盾等），以此来对某一诗作的艺术性、内容的合理性作出评价。比如，唐代大诗人白居易曾写《大林寺桃花》诗一首：

> 人间四月芳菲尽，山寺桃花始盛开。
> 长恨春归无觅处，不知转入此中来。

后人就曾疑此诗第一、二句包含矛盾：在同一月份(四月)里，既然人间已经“芳菲尽”，又怎会出现山寺桃花“始盛开”的景象呢？而有的人则认为此二句并不包含矛盾，于是长期争论不休。直到宋代科学家沈括一次登山考察的发现，才结束了这场争论。这次考察恰值四月，这时山下的桃花确已到处凋零。而当他登上一座高山后，却发现那里满山桃花映入眼帘。这时，他才想到白居易《大林寺桃花》一诗所描绘的情景是存在的！虽然山下的“人间”桃花已经凋零了，但高山的“寺”里的桃树却盛开着鲜花。因此，如果就同一地区同一时期来说，既肯定“芳菲尽”，又肯定“桃花始盛开”，那当然是自相矛盾的、不合事理的；但是，就同一时期的山下“人间”和山上的“山寺”这不同的地区而言，一处“芳菲尽”，另一处“始盛开”，却是可以同时存在的，并不存在自相矛盾。现在科学已经辨明：这无非是由于山下山上气候不同，因而适应于一定气温才会出现的桃花开放，在温度较高的山下已经过时了，而在温度较低的“山寺”却恰正其时罢了。只是由于古人并不清楚这一点，而只能等到沈括亲自目睹四月的山上“桃花始盛开”后，才明确了白诗并不存在自相矛盾而结束了这场争论。但由此也足以证明，古人对诗歌创作中应当避免和排除自相矛盾这一点是极为重视的。而这也正是逻辑规律在人们的思维中(包括理论思维与形象思维中)总是强制地起着作用，即总是不管人们对其是否意识到而必然地规范着人们的思维活动(包括一切艺术创作活动)的生动表现。

九、西风能“吹落黄花满地金”吗？

——谈什么是逻辑矛盾

据《警世通言》第三卷《王安石三难苏学士》一文记载：苏东坡在湖州做官，三年任满，朝京，先去拜谒当时的丞相王安石。在相府书房等待王安石接见时，见书桌上一方素笺写有两句未完成的诗稿：

西风昨夜过园林，吹落黄花满地金。

东坡见后，认为“这两句诗都是乱道”，即不合事实，不合事理。因为在他看来，其首句说的是“西风”，西方属金，金风乃秋令也。即金风一起，梧叶飘黄，群芳零落，这是事实。然而，其第二句却说的是“吹落黄花满地金”，而“黄花”即菊花，它开于深秋，其性属火，敢与秋霜鏖战，最能持久，无论怎样焦干枯烂，并不落瓣。也就是说，西风可以吹落群芳，但吹不落菊花。于是，苏东坡兴之所发，不能自已。举笔舐墨，依韵续诗两句：

秋花不比春花落，说与诗人仔细吟。

写后才觉这颇对王丞相有所不敬。但已写在原诗稿上，无奈，也等不及再拜见王安石，赶忙一走了之。

很明显，由王安石所写的前两句和苏东坡所续的后两句所组成的一首形式上完整的诗，其内容却是前后矛盾的，即前两句和后两句分别包含着彼此互相矛盾的两个命题。前两句肯定和包含命题：西风吹落黄花（满地金）；后两句则肯定和包含命题：西风吹不落黄花。而这两个命题显然是互相矛盾的：前者真则后者假，后者真则前者假，二者是不能同真的。（苏东坡后被左迁至黄州任职时，发现当地确有西风吹落菊花遍地的情况，才知自己对王荆公的续诗是错了。但究竟谁是谁非,这已是事实问题,而不是逻辑问题了)这样两个命题所表现的矛盾就是我们通常所说的逻辑矛盾。

有人说,逻辑矛盾就是一种自相矛盾。这说法基本上是对的,但并不全对。一般地说,逻辑矛盾是指包含两个互相否定的思想(命题)而形成的矛盾。比如,一个命题及其负命题(命题A与命题非A)之间的关系就是一种矛盾关系,它们所表现的矛盾就是一种逻辑矛盾。而当着这种逻辑矛盾是由同一个主体(同一个人,同一本书,同一篇文章以及同一首诗等)而表现出来时,它就是自相矛盾。比如,有这样一首诗:

一树黄梅个个青,打雷下雨满天星。
三个和尚四方坐,无言无语念真经。

其中每一句都包含着逻辑矛盾:第一句包含"黄梅是黄的"和"黄梅是青的"两个相互矛盾的命题;第二句包含"天空无星"(打雷下雨时天上是无星的)和"满天空有星"两个互相矛盾的命题;第三句包含"三个和尚只能坐三方"和"三个和尚坐了四方"两个互相矛盾的命题;第四句包含"三个和尚无言无语"和"三个和尚念真经(有言有语)"两个互相矛盾的命题。而这些互相矛盾的命题所构成的逻辑矛盾,都是在同一首诗,甚至是分别在同一句诗中表现出来的,因而,它们都是明显的自相矛盾。

然而,如果当两个互相矛盾或否定的命题并非是由同一个主体而引起的,那么,它们虽然仍构成逻辑矛盾,但却不能说它们是自相矛盾。仍就前诗(指苏东坡补两句的王安石诗)而言,由于前两句诗和后两句诗所分别肯定和包含的命题,虽然构成了逻辑矛盾,而且就它们作为一首完整的诗来看,也可以说它是一种自相矛盾;但是由于诗的前后两句是由两个作者(王安石与苏东坡)分别写成的,所以,这样的逻辑矛盾就不能称之为自相矛盾。因为无论是就王安石(写作前两句)还是苏东坡(续作后两句)而言,他们各自所分别断定的思想(命题),只是与对方所断定的思想(命题)存在逻辑矛盾,而在他们各自的思想(命题)之中是不包含逻辑矛盾,因而是不存在任何自相矛盾的。

但是,无论是自相矛盾的逻辑矛盾,还是非自相矛盾的逻辑矛盾,只要它是逻辑矛盾,按照普通逻辑不矛盾律的逻辑要求,其两个互相矛盾的命题就不可能是同真的,因此,任何包含自相矛盾的思想总是不能成立的。也就是说,任何一部著作、一篇论文,或者一门科学、一个知识系统,只要其中存在自相矛盾,它们就是不严密的,包含着逻辑错误的,因而也就是不完全科学的,难以使人信服的。同样,任何一个艺术作品,比如一首诗、一幅画,只要其中包含着相互矛盾的情节、意境……那么,它们自然也就是有缺陷的、不完美的,不可能具有强烈的艺术感染力。

不过,要真正弄清在一部艺术作品,比如在一首诗、一首词、一幅画中是否包含逻辑矛盾也并不是十分容易的。以后各篇的分析中我们还将谈到这一点。

十、“恨君不似江楼月”与“恨君却似江楼月”

——再谈什么是逻辑矛盾

南宋词人吕本中有写别情的《采桑子》词一首:

> 恨君不似江楼月,南北东西。南北东西,只有相随无别离。恨君却似江楼月,暂满还亏。暂满还亏,待得团圆是几时?

这首词上片的第一句是“恨君不似江楼月”,而下片的第一句却又是“恨君却似江楼月”。“不似”与“却似”显然是相互否定的,也就是互相矛盾的,那么这是不是说这首词包含着逻辑矛盾,因而存在逻辑错误呢？稍加分析即可看出，二者并不是互相否定、互相矛盾的。也就是说，这首词是没有包含逻辑矛盾的。为什么呢？

首先，上片所说的“恨君不似江楼月”，指的是作者在宦海浮沉中行踪不定，南北东西漂泊，经常在花前月下思念他的妻子。“恨”（也就是“思念”）他的妻子“不似江楼月”，不能经常来陪伴着他（表面上的“恨君”不过是内心深处的思君、念君而已）。下片所说“恨君却似江楼月”，指的是“江楼月”总是“暂满还亏”，就恰如同“君”暂聚又别离一样，真是难得团圆呵！

可见，这两句中的“不似”与“相似”是相对不同情况即就不同关系而言的。“恨君不似江楼月”是“恨”他的妻子“不似江楼月”，不能经常陪伴着他；“恨君却似江楼月”是“恨”他的妻子“却似江楼月”，总是与之暂聚又别离，难得团圆。也正因为“不似”与“却似”在词中是分别就不同关系而言的，所以，表面上的语词之间矛盾并不意味着它们存在逻辑上的自相矛盾。恰恰相反，正是借助于这种针对不同情况而言的“不似”与“却似”的描写，更加深切地表达着作者的一种真情：对别离的妻子的深深怀念。

这种表面上存在语词或语句矛盾，而实际上并不构成逻辑矛盾的情况，在近人的诗歌创作中，也时有所见。比如，我国当代著名诗人臧克家，曾写有《有的人——纪念鲁迅有感》一诗。其开头四句是：

有的人活着，

他已经死了；

有的人死了，

他还活着。

从诗句中不难看出：这里所说“活着”或“死了”的“有的人”，分别指的是“已经死了”或“还活着”的“他”。因此，这四句诗实际所表述的意思(命题)是:“他活着”,但“已经死了”;“他死了”,但“还活着”。从形式上看,这分明是表述了两组互相否定或矛盾的命题。照一般理解:“他活着”,就不能说“他已经死了”;“他死了”,就不能说“他还活着”。因为一个命题不能既是真的又是假的。如果“他活着”为真,那么“他活着”就不能为假,即不能肯定“他已经死了”;如果“他死了”为真,那么“他死了”就不能为假,即不能肯定“他还活着”。换句话说,两个互相否定或矛盾的命题是不可能同时为真的。同时断定两个互相否定或矛盾的命题就是逻辑矛盾,就是必须排除的。

既然如此,为什么臧克家的诗还这么写呢?而且,这首诗还广为流传,被认为是一首好诗呢?原来,诗中所讲的“活”“死”,无论在第一、二句,还是在第三、四句中,都分别是就不同意义而言的:第一句所讲的“活”和第三句所讲的“死”是就一个人的肉体,或者说是就其生物学上生命是否保持的意义而言的;而第二句的“死”和第四句的“活”则是就一个人的精神、灵魂(内在价值)而言的。因此,这四句诗实际表述的思想是:“有的人虽然在肉体上还活着”,但“他的精神、灵魂已经死了”(这就是人们通常所说的“行尸走肉”);“有的人虽然在肉体上死了”,但“他的精神、灵魂还仍然活着”。

显然,按照这样的理解(这也是诗作者的理解),这四句诗的第一、二句之间和第三、四句之间,无疑就不存在什么相互否定或相互矛盾的关系,亦即不存在任何逻辑矛盾。这也就表明:两个思想(命题)彼此间是否存在相互否定或矛盾的关系,或者说是否构成逻辑矛盾,不能仅仅从陈述该思想的语言文字的字面上去辨别和把握。只有当着它们是就同一对象,并在同一关系(意义)下形成两个相互否定的命题时,我们才能说它们是具有矛盾关系、形成逻辑矛盾的。如果它们断定的对象虽然同一(如前诗中的“他”,指的是同一个人),但是在不同关系(意义)下(如前诗第一、二句分别是指肉体上的“死”和精神上的

“活”)进行断定的,即使所用语词是貌似相互矛盾的(如“死”与“活”),它们也并不构成矛盾关系、形成逻辑矛盾。

比如,清代的袁枚在其《随园诗话》中,曾提出一条重要的学习与创作诗词的经验:“不取亦取,虽师勿师。”从文字上看,“不取”与“取”“师”与“勿师”自然是相互否定的、矛盾的。但是,由于袁枚对此是就不同意义而言的:“不取亦取”指的是“取”其精华,而“不取”其糟粕;“虽师勿师”指的是“师”法其长,而“勿师”其短,所以,它们形似矛盾,而实无矛盾。

再如:近人王国维在《人间词话》中论及诗的创作时指出:“诗人对宇宙人生,须入乎其内,又须出乎其外。”“诗人必有轻视外物之意……又必有重视外物之意。”表面看起来,“入乎其内”与“出乎其外”“轻视外物”与“重视外物”是相互否定的、矛盾的,因而,用它们就同一对象(“诗人”)所分别形成的两组命题自然也就是相互否定的,即包含逻辑矛盾的。但联系王国维对此所作的具体分析即可发现,由于这些相互矛盾的语词所形成的命题分别是就不同关系、不同意义而言的(诗人“入乎其内,故能写之。出乎其外,故能观之。入乎其内,故有生气。出乎其外,故能高致”。“诗人必有轻视外物之意,故能以奴仆命风月。又必有重视外物之意,故能与花鸟共忧乐。”)既然如此,它们相互之间自然也就没有相互否定或矛盾的关系,因而也就不存在任何逻辑矛盾了。

十一、“举杯邀明月,对影成三人”

——三谈什么是逻辑矛盾

李白写有《月下独酌》四首,其中一首是:

花间一壶酒,独酌无相亲。

举杯邀明月，对影成三人。
月既不解饮，影徒随我身。
暂伴月将影，行乐须及春。
我歌月徘徊，我舞影零乱。
醒时同交欢，醉后各分散。
永结无情游，相邀邈云汉。

在这首诗里，诗人运用丰富的想象，以独白的形式，表现了诗人自得其乐的背面隐含着的无限孤独与凄凉之感。诗情波澜起伏、真挚感人，故一直为后人所传诵。

然而，丰富的想象，新奇的联想，也易为一般人所不解：既然“独酌无相亲”，怎么又能“对影成三人”呢？“独酌”者加上月光照射下的身影最多也不过“对影”成“二人”，怎么会出现“对影”成“三人”呢？既然诗中肯定“对影成三人”那不就同一般人所理解的“对影成二人”构成两个互相矛盾的命题，因而存在着逻辑矛盾么？

事实当然不是如此。原来，诗人在“花间”“一壶酒”的背景下登场时，确实只有他一个人。“独酌无相亲”表明了场面的单调和孤寂。然而，诗人却由此突发奇想，天上的明月，地上月光下自己的身影，连同自己在内不就化成了三人么！这样，在诗人的想象下，孤独、单调的场景也就换成了三人举杯共酌的热闹场景。笼罩着作者身心的孤独凄凉之感，也就可以暂时得到一丝慰藉！然而，月亮毕竟是月亮，是不懂得饮酒的；身影就是身影，也是难以真正共饮的。于是，“月既不解饮，影徒随我身”，诗人只好由此而得出“行乐须及春”的消极颓唐的思想，这自然是不可取的。但是，他的“对影成三人”的想象，却浸透着诗人的孤独感，从反面展示了诗人的孤寂与惆怅。作为一种艺术想象，它是成立的，而且，也是感人的。因此，我们是不能用一般常规（对影只能成“二人”）去衡量的。这或许就是诗歌创作不同于一般科学创作的区别所在吧!

因此,我们虽然肯定对影成"二人"是合乎事实的、真实的,但我们却不能因此而认为诗人艺术想象中的"对影成三人"是与之矛盾的,不能成立的。因为艺术想象与创作本来就同一般科学思维与科学作品不是一回事的。

十二、"月黑雁飞高"存在逻辑矛盾吗?

——围绕卢纶诗的质疑与反质疑

唐代诗人卢纶是"大历十才子"中的一员。曾写组诗《塞下曲》六首,其中第三首是:

> 月黑雁飞高,单于夜遁逃。
> 欲将轻骑逐,大雪满弓刀。

全诗反映了盛唐时期(尽管卢纶是中唐诗人)的军旅气象,雄壮豪放,充溢着英雄气概,读后令人振奋。

但是,当代已故著名数学家华罗庚却对此诗提出过某些质疑。据报载:

1975年,华罗庚到西安去推广他一再倡导的优选法。但由于当时还处在"文化大革命"的后期,一些所谓"造反派"的地方当权者对科学技术、科学技术工作者还存在着各种各样的偏见。因此,当华罗庚一到西安不久,就有一个人跑出来质问华罗庚:为什么要推广优选法、而不推广以往人们所公认的那些方法。对此,华罗庚感到仅从数学上对这种人作解释是讲不清楚的。他便从文学作品中提出一个问题,问她是否读过唐诗中卢纶的《塞下曲》(即前述第三首)?她回答说读过。于是,华罗庚便念了这首诗,然后问她:"你可知这些诗句有没有错?"

她说：这首诗历代都有注释，许多选家都加以选收，不会有错。接着，华罗庚便拿起笔在纸上写了如下几句：

> 北方大雪时，群雁早南归。
>
> 月黑天高处，怎见得雁飞？

并就此发挥说："千年前的二十个字尚可挑出毛病来，难道复杂的数学问题就不允许摆脱前人的框框吗？"在这里，华罗庚实际上是进行了一次论证：即用"前人写的二十个字的诗都还可以挑出毛病"为论据，证明"在复杂的数学问题上，更应该摆脱前人的框框"，从而也就证明了宣传和推广新的数学方法——优选法的必要性。

就一般情况（气象条件）而言，华罗庚的这个论证无疑是有力的。因为，他所提出的用以证明卢纶诗有"毛病"的论据在一般情况下是真实的、是充分的。从华罗庚就此所写的诗来看，他认为卢纶诗的"毛病"就在于诗句中包含着自相矛盾：雁是一种候鸟，一到秋天就会从北方飞往南方，即北方冬季的大雪时节，不可能有大雁高飞。这就是说："雁飞高"同"大雪满弓刀"是互相矛盾的，不能同真的；而且，没有月色的黑夜，人们也是看不见远方高飞的景物的，因此，"月黑雁飞高"这句诗本身也是包含逻辑矛盾的：既肯定没有月色的月黑天伸手不见掌，是看不见高处飞行的东西的，又肯定在月黑夜里看见了高飞的大雁，说明卢诗是在同一时间、同一地点，同时肯定了"看不见远处高飞的东西"和"看得见远处高飞的东西（雁飞高）"，也就是同时肯定了两个互相矛盾的命题，这无疑是一种逻辑矛盾。而存在逻辑矛盾的思想总是不能成立的，因而，卢纶诗所描写的景物也是不合事理的。

显然，华罗庚在此是在自觉运用逻辑规律——不矛盾律的逻辑要求来对古诗的内容进行分析、评判，应该说这是可取的，值得重视的。而且，华罗庚的分析就一般情况（在大雪纷飞的冬天，不可能有雁群飞过，而且，即使有雁飞过，月黑夜里也是看不见的）而言也是确有其事实根据的,具有很强的说服力的。问题在于:卢诗中的“月黑雁飞高”同“大雪满弓刀”以及“月黑雁飞高”的“月黑”同“雁飞高”是否确实不能同时存在,因而是相互否定的呢?如果确系如此,那就意味着卢纶诗同时断定一个命题及其否定命题是同真的,那当然是违反了不矛盾律的逻辑要求,诗中包含着逻辑矛盾,因而,也就直接影响到该诗内容的真实性与合理性,并直接影响到对该诗的艺术评价。问题在于,一般地区的一般气象条件是如此,是否就没有特殊情况了呢?如果在中国历史上的某些地区、某些季节(时间),卢诗所描绘的上述现象事实上是同时存在的,那么,卢诗中也就没有包含两个互相矛盾的思想(命题或描述),自然也就谈不上存在违反不矛盾律的逻辑要求的“毛病”了。这样华罗庚的对其自相矛盾这一“毛病”的分析和揭示自然也就是不成立的了。事实上,近年来也确实有人论及过这一点。

这种意见认为,卢纶的前述《塞上曲》第三首,是不包含自相矛盾,因而是没有漏洞的。他们同样以古诗作论据来对此进行了论证:同是唐代诗人的岑参(715—770),曾几度出塞,久佐戎幕,在西北边疆度过了六七年戎马生涯,对边地征战生活和塞外风光、自然气候,有长期的观察与体会。他曾作《白雪歌送武判官归京》一诗,其中开头两句为:

北风卷地白草折,胡天八月即飞雪。

说明“胡天八月(农历)”的边地,也就是秋天的塞外已经有大雪纷飞了。而雁作为一种候鸟,它的老家在西伯利亚,春夏之交它们在西伯利亚繁殖,八九月开始向南迁飞,亦即“胡天……飞雪”的日子正是雁群过境的季节。这也就是说,就一般情况(地区)而言,大多是冬天才下大雪的,但在当时的西北边地,八月份就开始下大雪了,而这期间也正是大雁过境的时候,因此“大雪满弓刀”同“雁飞高”的现象是可以同时存在的,二者之间并不互相否定,即不存在逻辑矛盾的。

其次,唐代著名诗人王维(701—761)曾奉使出塞,并在河西节度

使幕兼为判官，在出塞时曾有描写沿途景色的《使至塞上》诗一首。其前四句是：

单车欲问边，属国过居延。

征蓬出汉塞，归雁入胡天。

前两句说明作为使臣的王维自己坐着“单车”、轻车前往边陲，经过远在西北边塞的居延（今甘肃张掖西北）。后两句说明诗人自比“蓬”（一种随风卷扬的秋草）、“雁”，形容自己像蓬草一样出临“汉塞”，像归雁一样进入“胡天”。表明王维于秋天时节在甘肃玉门关以西地区的天空也确是看到了有大雁飞过。

再次，差不多与王维同时代的诗人高适（704—765），写有《别董大》诗二首。其一的前两句是：

千里黄云白日曛，北风吹雁雪纷纷。

这两句诗表现了落日黄云、大野苍茫的北方，大雪纷飞、北风狂吹，唯见遥空断雁出没云天的景象。似乎也可以证明大雪满天的黄昏时分，仍可见到归雁飞过，从而证明“月黑雁飞高”和“大雪满弓刀”是切合时令的，彼此并不是相互否定而存在逻辑矛盾的。

以上是根据塞外西北的特殊气象条件而对华罗庚前述质疑提出的一种反质疑，而且，就其恰好与卢纶诗中所描绘的地区大致相同而言，以此证明卢纶诗不包含逻辑矛盾，也是有根据的。

但不管如何，华罗庚教授作为一位知名的数学家，以数学的严谨性，根据一般地区的一般气象条件，指出卢诗中存在逻辑矛盾，这是可以理解的。这种自觉运用逻辑规律的原理来分析古诗、不迷信古人的精神，也是可取的。至于前述意见认为他没有能具体考虑到卢诗所描绘地区的特殊气象情况这一点，当然也是需要我们今后在古诗分析中引起注意的。

十三、“白发三千丈”是可能的吗？

——夸张与逻辑矛盾

李白《秋浦歌》十七首的第十五首是：

> 白发三千丈，缘愁似个长？
>
> 不知明镜里，何处得秋霜！

好家伙！“白发三千丈”，这可能吗？人们的头发一辈子不剪，恐怕也难超过一丈、两丈吧！《诗人玉屑》卷三引《艺苑雌黄》语就曾提出：“‘白发三千丈’，其句可谓豪矣，奈无此理何！”认为此句有违事理。换句话说，头发长到三千丈，这不是同客观实际情况相矛盾吗？这就涉及如何对包括诗词在内的艺术作品所运用的夸张手法正确理解和运用的问题。

如果不是在艺术创作中，而是在理论文章中，有人如提出“头发能长到三千丈”这一命题，那肯定是同其负命题“头发不能长到三千丈”相互否定而构成逻辑矛盾的。并且，科学及历史与现实的事实业已证明，在这一对矛盾命题中，是其负命题为真，而原命题为假的。然而，艺术创作主要是形象思维而不是理论思维，我们是不能照搬理论思维的那一套去衡量的。

“白发三千丈”确是骇人听闻的，单看这一句，确也难以理解。但是，读到下句“缘愁似个长”时，人们就会豁然开朗，原来这“三千丈”的白发，是因愁而生，因愁而长的。愁生白发，“朝如青丝暮成雪”(李白《将进酒》)，“三千丈”白发，叙说着多少愁思，记录着多么深重的愁绪呵！一当人们这样去咏读这句诗时，“白发三千丈”就不是不可理解的，而是完全可以理解的了。这也就正如李清照《武陵春》一词中所

写的：

> 风住尘香花已尽，日晚倦梳头。物是人非事事休，欲语泪先流。 闻说双溪春尚好，也拟泛轻舟。只恐双溪舴艋舟，载不动许多愁。

“日晚倦梳头”“欲语泪先流”，表现着主人公的心境无时无处不充满“愁”，以致怀疑一艘小船也会“载不动”了。这是多么深、多么苦、多么沉重的“愁”！这样一想，按一般常理难以理解的“只恐双溪舴艋舟，载不动许多愁”，不是变得可以完全理解了吗？

这些都表明，这类艺术想象上的夸张，似乎是没有事实上的可能性的，然而，它却有着形象思维、艺术想象的可能性。因此，它也就不存在同客观事实的任何矛盾，因为，它本来就是艺术创作、艺术想象；而不是如实反映客观事实的科学理论。

但这是否就是说，艺术想象、创作，就可以完全不顾事实而无中生有、夸大其词呢？当然不是。鲁迅就曾以李白的《北风行》一诗为例谈到过这一点。该诗中有这样两句：

> 燕山雪花大如席，片片吹落轩辕台。

对此，鲁迅指出：“‘燕山雪花大如席’，是夸张，但燕山究竟有雪花，就含着一点诚实在里面，使我们知道燕山原来有这么冷。如果说‘广州雪花大如席’，那可就变成笑话了。”（《漫谈“漫画”》，见《鲁迅全集》第 6 卷，人民文学出版社，1982 年，第 234 页）又如：杜甫有《饮中八仙歌》一诗，其中赞李白曰：

> 李白斗酒诗百篇，长安市上酒家眠。
>
> 天子呼来不上船，自称臣是酒中仙。

诚如郭沫若所说：“李白的诗，酒也写得太多了，‘斗酒诗百篇’未免太夸张了。"(《郭沫若谈诗》,载《文汇报》1962年3月29日)饮一斗酒就能写成诗百篇,确实"太夸张了",然而,李白毕竟确是嗜酒的,而且,在李白那里,诗与酒确实结下了不解之缘。李白自己不也说过:"百年三万六千日,一日须倾三百杯"(《襄阳歌》),而且"兴酣落笔摇五岳"(《江上吟》)么!既然如此,嗜酒如命,酒助诗兴,"李白斗酒诗百篇"虽有夸张,确也有其"一点诚实"在。

其实,古人评诗也早已注意到这一点。宋人葛立方《韵语阳秋》卷十六就曾指出:

> 杜子美《古柏行》云:"霜皮溜雨四十围,黛色参天二千尺。"沈存中《笔谈》云:"无乃太细长乎?余谓诗意止言高大,不必以尺寸计也。"

用杜甫《古柏行》诗句说明:其中所谓的"四十围""二千尺"无非形容其高大而已。诗就是诗,没必要按科学的标准去准确地计算其尺寸。

宋人黄彻《䂬溪诗话》卷七,也讲过类似的意见:

> 唐令狐相进李远为杭州。宣宗曰:"闻李远云'长日唯消一局棋',岂可使治郡哉?"对曰:"诗人之言,不足为实也。"乃荐远廉察可任。此正说诗者不以辞害志也。

所谓"诗人之言,不足为实也",说的也是诗句有夸张("长日唯消一局棋"无非说明李远对棋艺的执着与爱好而已),不能以此认为这就是李远对待工作的实际态度。

以上分析说明:夸张作为艺术手法或修辞手法,虽然有如放大镜,可以把事物放大,更能突现事物的本质,使人们对之看得更真切、更鲜明,然而,它的客观基础是真实。毫无真实性可言的夸张,就只能是无中生有的乱夸或夸大其词的浮夸,是不足取的,其结果必然会违背客观事理而包含逻辑矛盾。试看下述所谓的"诗":

一朵棉花打个包，压得卡车头儿翘。

头儿翘，三尺高，好像一门高射炮。

此所谓的“诗”完全背离生活的真实，生编瞎造。“一朵棉花”再大再重也不可能仅用它就可以“打个包”；即使打了个包，也不可能重到“压得卡车头儿翘”；卡车“头儿”怎么翘，即使能够翘，如果翘到“三尺高”，那卡车不就翻了，还能像什么“一门高射炮”呢！显然，这样的夸张是同客观事实不相符合的、相矛盾的，因而也是没有任何真实性可言的，当然也就谈不上有任何艺术感染力了。

相反，无论“白发三千丈”，还是“燕山雪花大如席”……诚如鲁迅所说，它们总“含着一点诚实在里面”。就“白发三千丈”来说，是因为“缘愁似个长？”就“燕山雪花大如席”来说，是因为燕山确实有雪，而且雪下得很大，气候很寒冷。正因为此，这样的夸张是合情合理的，它“廓大一个事件或人物的特点”，甚至“并非特点之处却更容易显出效果”来。（鲁迅：《漫谈“漫画”》）既然如此，这样的夸张是合理的夸张，自然就不会存在同客观现实的矛盾，也不会包含任何逻辑矛盾。相反，它正是艺术想象的特点和力量之所在，也是使艺术形象具有更强烈的艺术感染力的原因之所在。

十四、“乌啼月落桥边寺，倚枕犹闻半夜钟”

——谈必须明确对待相互矛盾的命题

唐代诗人张继在其著名的《枫桥夜泊》一诗中有两名句云：“姑苏城外寒山寺，夜半钟声到客船”，曾引起某些现代学者（包括国外学者）的质疑，其实，这是并不奇怪的，历史上也有其一定渊源的。《诗人玉屑》卷十一引《欧公诗话》就曾对此评论云：“句则佳矣，其如三更不是打钟时！”这样，欧阳修就提出了一个同张诗所蕴含的命题：“寒山寺的夜半是撞钟的”(否则,寒山寺何来“夜半钟声”呢?)相矛盾的命题:“寒山寺的夜半(‘三更’即夜半)是不撞钟的”。欧阳修自然认定自己的论题是正确的,因而,他就必然认定张诗所蕴含的论题是错误的,是于事理不合的。对此,欧阳修(1007—1072)去世后不久才出生的宋代诗人孙觌(1081—1169),曾写有《枫桥三绝》,其中一首云:

白首重来一梦中,青山不改旧时容。
乌啼月落桥边寺,倚枕犹闻半夜钟。

用他自身的亲身经历肯定:位于枫桥旁的寒山寺,“乌啼月落”时是可以“倚枕”听到半夜撞钟的声音的。

这样,孙觌就通过写作本诗表明,他不仅是了解在寒山寺夜半是否撞钟的问题上存在有不同的意见,而且,也清楚地知道,这些不同意见彼此间是相互矛盾的。支持一方就必然反对另一方。因此,我们暂不管孙觌是否真的在“乌啼月落”时的“桥边寺”里,“倚枕犹闻半夜钟”,但是,他写作此诗的目的或者说意图之一,显然就在于反对欧阳修的提法,而支持张继的提法。这也就表明,面对两个相互矛盾的论题,只能支持一个,反对另一个,不能对两者同时予以肯定或否定。同时肯定,那就会违反矛盾律的要求,而导致自相矛盾;同时否定,那就会违反排中律的逻辑要求,而导致模棱两可。而自相矛盾和模棱两可都是明显的逻辑错误,都是严重妨碍我们的正确思维的,对于一切文艺作品,包括诗词作品在内,都是必须尽可能予以排除的。

第三篇　古诗词作品中的语词、词项和概念

一、“兰若”与“招提”

——谈语词与概念的关系

在读杜甫诗时，我们读到了这样两首有关寺庙的诗：

其一是：《谒真谛寺禅师》

兰若山高处，烟霞嶂几重。
冻泉依细石，晴雪落长松。
问法看诗忘，观身向酒慵。
未能割妻子，卜宅近前峰。

其二是：《游龙门奉先寺》

已从招提游，更宿招提境。
阴壑生虚籁，月林散清影。
天阙象纬逼，云卧衣裳冷。
欲觉闻晨钟，令人发深省。

两首诗的题目标明，它们都是写“寺”的，而且分别描绘两座不同寺庙的奇异景色。然而，两首诗的诗句中却无一出现“寺”字。那么诗中是否真的就没有提到寺呢？不然，只不过它们用的不是“寺”这个语词，而是用的与之有着相同含义，即表达着同一概念的另外的语词。在前一首诗里就是“兰若”，后一首诗里就是“招提”。

按《辞源》的解释:“兰若”乃梵语“阿兰若”的省称,意为寂净、无苦恼烦乱之处,即指寺院。杜甫在题名为《大觉高僧兰若》的诗中亦写道:“巫山不见庐山远,松林兰若秋风晚。”至于“招提”亦源于梵语,义为四方。四方之僧称为招提僧,四方僧之住处称为招提僧房。北魏太武帝造伽蓝,创招提之名,后遂为寺院的别称。

可见,“兰若”与“招提”都是寺庙的别称。不过,按史籍记载,兰若与招提与官方赐额的寺庙还有所区别。《唐会要》云:“大历二年,薛平奏请赐中条山兰若额为大和寺。”这就间接说明,经官方赐额的称“寺”,民间自造的则一般称兰若或招提。这样,从语词与概念关系的角度说:“兰若”与“招提”这两个语词的含义与所指即内涵(概念)与外延(所指称的对象)是同一的,都是未经官方赐额的寺庙。就此而言,它们是表达同一概念的不同语词,不是两个不同的概念。而它们同“寺庙”这一语词之间的关系,由于内涵(即表达的概念)和外延都有所不同,因而,不是表达同一概念的几个不同语词的关系,而是虽然差别不大,但却并非同一的诸概念间的关系。如果就它们的指称即外延基本相同(指的都是寺庙)而言,则也可以认为它们是具有同一关系的概念(即外延相同而内涵有所不同),如果把它们理解为内涵也基本相同,那么,兰若、招提与寺庙同样也就成为只是表达同一概念的三个不同语词罢了。

正是从这里我们也就不难看到,杜甫在前述两首诗中,由于运用了不同的语词来表达同一个概念(就内涵说)和同一对象(就外延说),从而,鲜明地显示了杜甫在古诗创作中语词运用的多样性和丰富性,这无疑使诗句更加增添了绚丽色彩。

二、“玉盘”“婵娟”“蟾宫”与“宝镜”

——再谈语词与概念的关系

历代的不少著名诗人，曾写下了不少咏月的绮丽诗篇，给月亮冠上了许多生动形象的雅号。

苏东坡的《中秋月》一诗云：

暮云收尽溢清寒，银汉无声转玉盘。

此生此夜不长好，明月明年何处看。

诗中把月亮喻称为在“银汉”中无声转动的“玉盘”。

苏东坡还有著名的《水调歌头》填词一首，其最后几句为：

人有悲欢离合，月有阴晴圆缺，此事古难全。

但愿人长久，千里共婵娟。

词中又将月亮美称为“婵娟”。

还有另一些诗人，他们也写了一些咏月佳作，给月亮赐予了不同的雅号。

僧惠洪有《秋千》诗一首，其中有佳句为：

下来闲处从容立，疑是蟾宫谪降仙。

李朴《中秋》诗中，则有妙句：

皓魄当空宝镜升，云间仙籁寂无声。

前一首诗称月亮为“蟾宫”，后一首诗称月亮为“宝镜”。

自然，从古诗词中，我们还有可能找到对月亮更多的不同雅称。不过，仅就上述这些就足以说明，随着诗人在创作诗词时对所面临的具体情景及其所要抒发的意境的不同,诗人可以面对月亮产生各种不同的联想,形成各种不同的形象,从而,给它们以不同的雅号。但不管这些雅号如何不同,它们所指称的对象却是同一的。而它们之间的差别,只不过是对同一对象(月亮)形象描绘的着重点有所不同而已。因此,从语词的角度来分析,它们的内涵(表达的概念)和外延(所指称的对象)是完全相同的。所以,它们不过是表达同一概念的不同语词而已。而正是由于同一概念可以用不同的语词来表达,不同的作者可以用不同语词来形象地描绘同一对象,这才使我们诗词的百花园显得更加多姿多彩!

在日常思维中,在一般情况下,当我们需要反复地谈论某一个对象时,运用这种表达同一概念的不同语词,不仅不会违反逻辑规律的要求,产生混淆或偷换概念的逻辑错误,反而会更增加我们的书面语言或口头语言的语词的丰富性和多样性,克服和避免多次谈论某个同一对象时用语的重复。这在文学创作中,无疑对进一步增强语言表达的艺术性和感染力,有着直接的作用。

三、"黄鹤楼中吹玉笛,江城五月落梅花"

——三谈语词与概念的关系

唐代著名诗人李白,在放逐夜郎途经武昌游黄鹤楼时曾作诗《与史郎中钦听黄鹤楼上吹笛》一首,借闻笛以寄愁,抒发诗人迁谪之感和去国之情。

一为迁客去长沙,西望长安不见家。

黄鹤楼中吹玉笛,江城五月落梅花。

诗的第一句用西汉的贾谊因指责时政而受到权臣谗毁、贬官长沙

的不幸，来比喻自身因受永王李璘事件的牵连而被加罪流放夜郎的遭遇，表示自己和贾谊同样都是作为“迁客”而受到迁谪。贾谊去了长沙，而夜郎也是在当时的西南边地。第二句表明，即使受到这种政治上的打击，诗人也未能忘怀国事，他仍“西望长安”，寄托自己对往事的回忆和对国家命运的关切。第三、四句写诗人游黄鹤楼时听到楼上吹奏“梅花落”（笛子曲调）的笛声而倍感凄凉，好似五月的江城落满了梅花，使人充满哀怨之情。

在这里，人们不能不想到的是：江城武昌的五月无疑是没有梅花的，为什么诗人要用“江城五月落梅花”来形容和描绘自己的哀怨和悲愤之情呢？这不是不合事理么！为了弄清这个问题，就不能不涉及对“落梅花”这一词组如何理解的问题。

按一般的理解，“落梅花”就是指梅树上结出的梅花到一定时候从梅树上落下来。但五月的江城不会有梅树开花，当然也就不会“落梅花”了。但诗人为什么偏偏要写出“江城五月落梅花”呢？原来，诗人是把“落梅花”当作“梅花落”的倒置与双关来使用的。“梅花落”系笛子曲名，李白置身于黄鹤楼中，听着这动听的曲子，仿佛看到了梅花满天飘落的景象，而由于梅花是严冬时节才开放的，梅花虽美，却不免给人以寒气袭身的感觉。这恰好是诗人当时遭受冷遇、倍感失落的哀怨心情的如实写照。可见，诗人也正是借这种笛声来渲染自己的愁情的。

其实，对“梅花落”的这种用法，也在与李白同时的诗人高适的诗中出现过。高适曾写过如下题为《塞上听吹笛》一首：

> 雪净胡天牧马还，月明羌笛戍楼间。
>
> 借问梅花何处落？风吹一夜满关山。

诗的前二句写的是：塞外北地冰雪消融（“雪净”），牧马的军士回转营地,他们在月明之夜的军营吹起了羌笛,笛声响遍了军营。第三句"借问梅花何处落",同样是将"梅花落"三字拆用,仿佛那传遍"戍楼"的"梅花落"(曲名)笛声,恰似片片落梅的花瓣四处飘散,以至"风吹一夜满关山",并由此而使军士们想到家乡("胡天"的塞外是没有梅花的)梅花的散落并因此而牵动起思乡情怀。

由此可见,"落梅花"这个词(词组)在李白诗中成了笛子曲"梅花落"的倒置与相关,而"梅花落"又在高适诗中被拆用。它们都以"梅花落"的笛子曲声引发和倾诉着各自不同的心绪和感情。在李白诗中是无辜受谪的哀怨、愤懑之情,在高适诗中是久戍边疆的军士们的思乡之情。这就表明,语词和概念虽有联系,但却又是有着明显区别的。作为语词的"梅花落",按其本意而言,它所表达的是名为"梅花落"的笛子曲。这就是说,作为一种特定音律的曲子,就是"梅花落"这一语词(而且是一个专有名词)的内涵、或者说是它的含义,也就是它所表达的概念。在各种地方、各种场合由笛子所奏出的具有"梅花落"这一特定曲调的笛声,就是"梅花落"这一语词的外延,我们通常也就是用"梅花落"这一语词来指称在各种场合下所听到的这特定曲调的笛声的。

这就告诉我们,"梅花落"作为一个语词,特别是作为一个专门语词,它的含义和指称,也就是内涵和外延是确定的,不能随意更改的。但是,"梅花落"作为语词,它却是可以倒置的(如李白诗中的"落梅花"),也是可以拆用的(如高适诗中的"梅花何处落"),即它在文学作品的语言表达中可以是多样的。但这决不意味着它的内涵、外延也可以是相应多样化的。另外,上述情况也还告诉我们,同一语词的"梅花落",虽然在确定的语言环境下,即具有同样的内涵、外延,表达同样的概念,有着相同的指称,但是,随着具体语境的不同,它们是可以引发不同的联想,具有不同的感情色彩的。比如,"梅花落"这一语词在前述李白和高适的诗中就引发出不同的联想和想象，因而，表现着和流露出诗中主人公各自不同的感情。但这绝不意味着“梅花落”这一特定语词（这一专有名词），其内涵、外延有什么不同的。这就正如“小孩”作为一个语词虽然具有同样的含义和指称；表达同样的概念，指称同样的对象，但在不同场合、由不同人口里把它说出来（比如，坏人为了诱骗某小孩而呼“小孩”和善良人为了喜欢某小孩而呼“小孩”）其显现和流露的感情色彩显然是大不相同的。弄清这一点，对于我们深入理解诗词作品所塑造的意境无疑是有重要帮助的。

四、“前村深雪里，昨夜一枝开”

——谈语词运用的准确性

古人在诗歌创作中，留传了许多锤词炼句的佳话。这不仅给后人的诗歌创作，留下了极其宝贵的经验和范例，也给后人如何准确地使用语词及其所表达的概念留下了有益的启示。

在这一方面，人们常举出我们在前面已分析过的唐代诗人齐己的《早梅》诗。据《唐才子传》载：该诗的第三四句原来是：“前村深雪里，昨夜数枝开。”齐己曾就此求教于郑谷。郑谷读后笑着说：“‘数枝’非‘早’也，未若‘一枝’佳。”齐己十分佩服，立即“叩地膜拜”，将“数枝”改为“一枝”，并尊称郑谷为“一字师”。

无疑，由“数枝”改为“一枝”确系精彩之笔。它把梅花斗霜傲雪、“一枝”独开的奇丽景象，描绘得更形象，也更能确切地显示“早梅”之“早”。这就语词运用的角度说，是说明“一枝”这一语词较之“数枝”这一语词在诗中的运用是更形象、更贴切；而从概念运用的角度说，则是意味着后者较之前者更恰当、更准确。

其实，有这样的“一字师”的，又何止齐己。唐代诗人贾岛，曾作

《题李凝幽居》一诗,其中的前四句是:

> 闲居少邻并,草径入荒园。
> 鸟宿池边树,僧敲月下门。

其中第三四句是历来传诵的名句。据传这两句诗还包含着一个锤词炼句的故事:一天,贾岛骑驴缓行在大街上,忽得佳句:“鸟宿池边树,僧推月下门”,但又觉得“推”字似不如“敲”字,于是在驴背上用手作推、敲之势,反复斟酌,不觉一头撞到时任京兆尹的韩愈的车仗队伍,而被押到韩愈面前。贾岛便将作诗而选词未定的事情告诉了韩愈。韩愈听后不仅没有责备他,反而立马思之,为其出主意。最后对贾岛说:“作‘敲’字佳矣。”后来,二人还因此事而成了朋友。

无疑,韩愈的选择是对的。在月光皎洁、万籁俱寂的夜晚,老僧一阵轻微的敲门声,惊动了宿鸟……于响中寓静、动中寓静,别具神韵。而从概念的运用来讲,无疑也有重要的启示。它表示面对诗人所想象的具体情景,用“敲”这一概念较之“推”这一概念更切合诗人所描绘的意境,因而,也就更加准确。

宋代诗人王安石有诗《泊船瓜洲》一首,是写他第二次拜相,奉诏进京,船至瓜洲的情景的。诗云:

> 京口瓜洲一水间,钟山只隔数重山。
> 春风又绿江南岸,明月何时照我还。

据南宋洪迈《容斋续笔》卷八记载:“吴中人士家藏其草。初云‘又到江南岸’。圈去‘到’字,注曰‘不好’。改为‘过’,复圈去而改为‘入’。旋改为‘满’。凡如是十许字,始定为‘绿’。”表明在王安石看来,“到”“过”“入”“满”等词都不理想,只有“绿”这一语词才最为精当,事实确也如此。一个“绿”字把看不见的春风转换成鲜明的视觉形象,使静态的描写与动态的过程有机的结合,使情景显得更加生机盎然,这是“到”“过”“入”“满”等词都无法与之比拟的。而从概念运用的角度来说，“绿”这一概念较之其他概念，无疑更加适合当时当地的具体情景和作者的奉诏回京、再度拜相的喜悦心境，也就是说，运用这一概念较之运用其他概念更加恰当、更加准确。

在历史上，王安石是一个以喜欢改诗而著称的诗人，他不仅为同时代人改诗，也为古人改诗。南宋许顗撰《彦周诗话》载：王安石曾将谢贞的《春日闲居诗》中的“风定花犹舞”的“舞”字改为“落”字，从而使该诗“其语顿工”。这同样说明，王安石是非常重视诗词的锤字炼句，也就是重视诗歌创作中用词的恰当和概念的准确的。

其实，上述几则事例表明，诗人锤炼字句的过程，无不在实质上都是一个按照诗句所描绘的特定意境的需要，而在众多语词中选择一个最合适、最恰当的语词的过程。这是因为，一个语词总有其含义与指称。所谓语词（词项）的含义即语词的内涵，也就是语词所表达的概念；而语词（词项）的指称即语词的外延，也就是语词所表达的概念的适用范围，或概念所反映的那一个个、一类类对象。比如，在现代汉语中“人”这个语词，它的含义即它的内涵，就是它所表达的概念，即能制造劳动工具、能进行抽象思维的那类动物；而它的指称即其外延，就是古今中外的一个个、一类类的人。由于任何语词（主要指能表达概念的语词，即词项）都具有内涵和外延两个方面，因此，要把握一个语词的内容，就必须把握它的内涵和外延，这样，我们才能知道它的含义是什么，指称的是什么，才不会误用它。只有准确地把握一个语词的内涵和外延，才能准确地把握一个语词。也只有准确地把握每一个语词，我们才能在理论思维中，以及在形象思维中、首先是艺术创作中，有效地炼词造句，在众多基本适合需要的语词中，选择那些最足以表现艺术形象和意境的语词，从而做到用词恰当，并相应地做到概念运用准确。

再以王安石的“春风又绿江南岸”诗句为例。原稿曾用过的那些词:如“到”“过”“入”“满”,应当说都是基本适合需要的。然而较之“绿”这一语词来说,它们就显得内涵较少(缺乏丰富联想)、较抽象(不够生动、具体),而选用“绿”这一语词,把视觉不到的春风转换成鲜明的视觉形象,表现了烟花三月、草长莺飞这一充满生机的时节而为其他语词所不能表现的丰富内容。可以说,它不仅包含着“到”“过”“入”“满”等语词所具有的内涵,而且,也包含着这些语词所未能包括的内涵,因而,一个“绿”字使全诗立即增色,使人不由不产生丰富的联想并给人以强烈的艺术感染力。

因此,诗歌创作(当然不仅是诗歌创作)中锤炼字词的功夫,实际上是一个从众多相关语词中选择一个最适合于表现和刻画其所塑造的艺术形象和意境的语词的功夫,从逻辑的角度说,即是从中选择一个按其内涵、外延而言能最恰当地、准确地反映其所描绘对象和意境的具体语境的语词的功夫。我国古代和现代的著名诗人,他们对这方面都是极为重视的,这就是所谓“语不惊人死不休”的真谛所在。就以杜甫本人来说,在这方面也是用功最力的。欧阳修的《六一诗话》中曾记载了一段有关的趣事:“陈公时偶得杜集旧本,文多脱误。至《送蔡都尉诗》云:‘身轻一鸟’其下脱一字。陈公因与数客各用一字补之,或云‘疾’,或云‘落’,或云‘起’,或云‘下’,莫能定。其后得一善本,乃是‘身轻一鸟过’。陈公叹服,以为虽一字诸君亦不能到也。”正是这一“过”字,具体形象地勾勒出了蔡希鲁驰骋疆场时的矫捷雄姿。而也正是这个“过”字(即语词)是陈公及其数客谁也未能想到的。这真是不比不知道,一比吓一跳。大家无不惊服杜甫的这个“过”字应用之得当和巧妙。这不仅有力地表明杜甫用词功夫之深厚,而且也表明,用词的恰当、准确对于诗歌创作来说是何等的重要!当然,要想用词恰当、准确,实际上不能不涉及对语词内涵(概念)和外延(所指)的准确理解

和恰当选用的问题。所以，学习语言的同时还应学点逻辑，理由也正在于此。

五、“轻风细柳，淡月梅花”

——再谈语词运用的准确性

相传北宋著名诗人苏轼、黄庭坚和苏轼的妹妹苏小妹在一起评文论诗。苏小妹说：“有这么两句：‘轻风细柳，淡月梅花’，如果当中各嵌一字，该填什么字才恰当呢？”这里提出了一个用词恰当的问题。而用词是否恰当，不仅涉及用词的生动、形象问题，也涉及用词的准确问题。而用词的准确与否，首先是一个涉及对语词所表达的概念，即词项的内涵是否明确的问题，也就是语词的运用能否恰如其分地适应具体情境需要的问题。而这显然属于逻辑问题。这反映在文学艺术的创作中，则是如何选择一个最能形象而又具体地刻画其所创造的艺术形象和意境的语词的问题。

下面，我们来看苏轼、黄庭坚是如何回答苏小妹提出的问题的。

苏轼经过一番思索，提出了加“摇”“映”两字，于是这两句便成了：

轻风摇细柳，淡月映梅花。

应当说，这两个字是嵌得相当不错的，是颇合原句的意境的。但苏小妹却说：“这是常人用的俗字，平直，无味。”换句话说，即缺乏诗句应有的含蓄和诗味。于是，苏轼又改用“舞”和“隐”两字。这样，两句诗便成为：

轻风舞细柳，淡月隐梅花。

显然，一个“舞”字，一个“隐”字，动、静结合，把“轻风”与“细柳”

“淡月”与“梅花”之间的关系，描绘得颇为生动、形象而富有诗意。然而，苏小妹却对此仍不满意。

一旁的黄庭坚见苏轼的两次填字都遭否定，就一再请苏小妹自己填字。苏小妹说：“前加‘扶’，后增‘失’，就成了‘轻风扶细柳，淡月失梅花’，淡雅，不俗。”

苏、黄二人听了，不觉抚掌叫好。“扶”也是动态的，但较之“舞”，更有形体感，使无形的风人格化了；“失”也是静态的，但较之“隐”更具有月下景象的朦胧美，更有意境的真实感。确实朴实，而毫无夸饰，但又能最恰如其分地描绘出“轻风”“淡月”下的“细柳”和“梅花”的淡雅和秀丽，因而，也就可以说较之苏轼所嵌各词来说，是更为恰当的语词了。从逻辑的角度说，也就是适应诗句所描绘的具体意境，其概念的运用更为准确了。

六、“洗竹”一词的含义究竟是什么？

——谈必须准确把握语词(词项)的内涵

南宋诗人敖陶孙喜竹，曾写有赏竹诗三首，其第一首是题名为《洗竹——简诸公同赋》的七言诗：

舍东修竹密如栉，一日洗净清风来。
脱巾解带坐寒碧，置觞露饮始此回。
平林远霭开图画，西望群山如过马。
诗翁意落帆影外，孤村结庐对潇洒。
百年奇事笑谭成，向来无此苍龙声。
闲身一笑直钱万，剜粉劖青留姓名。

全诗描绘的是诗作者与几位诗友在其朋友陈元仰家“洗净”后的

竹林里赏玩、赋诗的情景。《宋诗鉴赏辞典》(上海辞书出版社,1987年)中对本诗的赏析有如下一段话:

> 诗的开首就写"洗竹"……陈家房舍东面种满了修竹(修,高),一排排竹子,就像梳子齿那样密密地排列着。一日,阵雨乍停,修竹苍翠如洗,别有一番明净清新的景象。他们簇拥着主人陈元仰,满心欢喜地观赏着这被洗净的、青翠欲滴的丛竹,其时清风徐至,更令人感到舒心惬意。(第1178页)

对于这段赏析文字,《咬文嚼字》2000年第1期曾载有《说"洗竹"》一文,指出其中存在语词毛病。该文指出:"说诗的开头写洗竹是对的,但'一日,阵雨乍停',这话在原诗中找不到依据,赏析也没有提供出这种说法的背景材料。另外,'修竹苍翠如洗',着一'如'字,似乎应该未洗;'观赏着这被洗净的',却又说是'洗净'了。赏析徘徊于未洗与已洗之间,显然未得诗人之心。赏析文字进退维谷的症结所在,便是没搞清楚'洗竹'。"(该刊第27—28页)

我以为,这一批评是正确的。它抓住了赏析文字所以会出现自相矛盾("徘徊于未洗与洗之间")的主要原因所在,即没有正确理解"洗竹"这一语词的含义,用逻辑学的话来说,就是没有正确把握"洗竹"这一语词(作为命题的成分而言即词项)的内涵,也就是它所表达的概念。

对此,前述《咬文嚼字》一文的作者在进一步分析时又指出:"'洗竹'的内涵是比较复杂的,不能像上面《宋诗鉴赏辞典》那样简单地理解。"其理由是:"'洗竹'有时确实可以与雨水联系起来……然而,'洗竹'有时竟是与水毫无关系的。"(同上)而这样来分析"洗竹"一词的内涵,似乎也值得商榷了。因为,"洗竹"本身作为一个语词,有其确定含义(内涵),表达着确定的概念,它不是一个多义词,因而不能对其作多义的解释。

《辞源》(商务印书馆,1981年)有"洗竹"专条谓:"削去丛竹的繁枝。宋陆佃《埤雅》十五《释草》:今人穿沐竹丛,芟其繁乱,不使分其势,然后枝干茂擢,俗谓之洗,洗竹第如洗华例,非用水也。"明确指明"洗竹"作为一个确定语词,其内涵只能是"削去丛竹的繁枝",而不具有另外别的什么内涵,包括前述《说"洗竹"》一文作者所说的"可以与雨水联系起来",即用雨水洗竹那样的内涵。其实,该文作者自己的举例分析也说明了这一点。当他举例说明"'洗竹'有时确实可以与雨水相联系"时,其例句(如杜甫五律《严正公宅同咏竹》之颈联:"雨洗涓涓净,风吹细细香。")中是不含有"洗竹"这一特定语词的;而当他举例说明"'洗竹'有时竟是与水毫无关系"时,其例句(如刘禹锡的排律《遥贺白宾客分司初到洛中戏呈冯尹》中一联:"洗竹通新径,携琴上旧台。")中是明白包含"洗竹"这一特定语词的。这也表明,古代诗人是在"洗竹"的确定含义下使用这一确定语词的,不能按"洗"一词的常用含义而将"洗竹"解释为也可"与雨水相联系",即认定其也可具有用雨水洗竹之类的含义。

由此也就说明,对古代诗词的赏析、解释,正确理解和把握其中语词的含义(即内涵,也就是其所表达的概念)是十分重要的。否则,就会对整个诗词的内容产生误解。在此,要特别注意像"洗竹"这样的语词,因其具有确定的含义(历史地约定俗成的),而决不能在通常意义上(比如,按通常所理解的"洗","洗竹"即用雨水去洗净竹子)去理解和加以解释。其实,即使在通常意义下的"洗"也并不都同雨水相联系的,如"洗心"的"洗","洗雪"的"洗"等等。

七、"床前明月光"的"床"指什么?

——谈必须准确把握语词(词项)的外延

唐代著名诗人李白有"妙绝古今"(胡应麟语)的小诗《静夜思》一首:

床前明月光,疑是地上霜。

举头望明月,低头思故乡。

这首小诗,正如《唐诗鉴赏辞典》中本诗的赏析者所指出的:"既没有奇特新颖的想象,更没有精工华美的辞藻;它只是用叙述的语气,写远客思乡之情,然而它却意味深长,耐人寻绎,千百年来,如此广泛地吸引着读者。"(上海辞书出版社,1983年,第249页)

然而,也正因为它用的是"叙述的语气",言简意明,朴实无华,于是,人们也就容易按照通常的理解,把诗中的"床"理解为就是人们睡卧的床,而整首小诗也就是叙述客中的诗人由于夜不成眠而于卧床前萌发的对故乡的思念。《唐诗鉴赏辞典》中本诗的赏析者就是这样来解读本诗的。但如再仔细分析一下就会发现,用对"床"的这种理解来解读本诗是会产生一些难以解释的问题的。

首先,就前两句来看,从看到床前的月光,怀疑是地上下了霜,而卧室的床前地上怎么可能下霜呢?无论怎样的卧室,无论怎样寒冷的气候,恐怕也难以使之地上有霜吧!既然如此,诗人怎么会因看到月光的照射就怀疑卧床前的地上是下了霜呢?

其次,就三、四句来说,作客他乡的诗人"举头望明月"而自然地思念故乡,这是完全可能的,符合本诗所描绘的特定情景的。但问题是:

处在卧室的床前怎么可能一抬头就望到明月呢？一般情况下，卧床总是放置于卧室的靠里面部位，而很少是置于紧靠卧室门窗的部位的，再加上房屋结构特别是屋檐的限制，置身于卧床前的人是很少有可能"举头"就望见明月的。

或许正是由于以上原因，近来有人著文指出：把"床前明月光"的"床"理解为是睡觉的床，这是一种误会。诗中的"床"指的应是围在井口的一圈栏杆。李白正是站在院子里，看到井旁的月光，才怀疑是地上下了霜。(参见《文化导报》2000年6月9日，载《床前明月光的"床"是井栏》一文)

显然，这一看法不仅解决了把诗中的"床"理解为睡觉的床而带来的前述问题，而且，也有其相当充分而合理的根据。首先，《辞源》(商务印书馆，1981年修订本)释"床"同"牀"，而"牀"的第三义即为"井上围栏"，并举《宋书·乐志》四《淮南王篇》"后园凿井银作牀，金瓶素绠汲寒浆"以为证。其次，在李白另一首题为《长干行》的诗中，开头四句为：

> 妾发初覆额，折花门前剧。
> 郎骑竹马来，绕床弄青梅。

在这描写一对小儿女"青梅竹马""两小无猜"情景的四句诗中，所谓"绕床弄青梅"的"床"显然不是卧床的"床"，而只能是指井栏的"床"，否则，就要让卧床置于"门前"，让小姑娘在那里折花玩耍。而这显然是不合情理的。(哪有把卧床置于门前的呢！)

其实，在唐朝人那里，卧床，特别是备客留宿的床，习惯是称"榻"而不称"床"(牀)的。如王勃的《滕王阁序》云"徐孺下陈蕃之榻"，可资佐证。

以上所述，提出和说明了一个重要的逻辑问题，理解和使用语词

(当然包括诗词作品中的语词),必须准确把握语词(词项)的外延,弄清语词的所指(指称)。以前诗为例,如果不是把诗中的“床”理解为它所实际指称的井栏(即“井栏”为其外延),而把它理解为指称现时人们所说的睡觉的“床”,那就不可能准确理解全诗所提供的特定情景,从而就不可能准确理解诗的含义所在,这样,也就必然会出现我们前面所提出的那些问题而无法得到正确的解释。相反,准确把握了语词(词项)的外延,把诗中的“床”理解为指称“井栏”,我们就能对全诗作出准确的解读,前面提到的那些问题,自然也就不复存在了。

八、“炙手可热势绝伦,慎莫近前丞相嗔”

——谈必须准确使用成语

杜甫有名诗《丽人行》一首,形象而尖锐地揭露和讽刺了唐玄宗时杨国忠兄妹骄纵荒淫的生活,也间接地反映了古代君王的昏庸和时政的腐败。其诗云:

三月三日天气新,长安水边多丽人。
态浓意远淑且真,肌理细腻骨肉匀。
绣罗衣裳照暮春,蹙金孔雀银麒麟。
头上何所有?翠微盍叶垂鬓唇。
背后何所见?珠压腰衱稳称身。
就中云幕椒房亲,赐名大国虢与秦。
紫驼之峰出翠釜,水精之盘行素鳞。
犀箸厌饫久未下,鸾刀缕切空纷纶。
黄门飞鞚不动尘,御厨络绎送八珍。
箫鼓哀吟感鬼神,宾从杂遝实要津。
后来鞍马何逡巡,当轩下马入锦茵。

杨花雪落覆白苹，青鸟飞去衔红巾。

炙手可热势绝伦，慎莫近前丞相嗔！

其中从“三月三日天气新”至“珠压腰衱稳称身”各句泛写长安曲江水边踏青丽人之众多，并描写她们意态之娴雅、体态之优美和衣着之华丽。接着，笔锋一转，“就中云幕椒房亲，赐名大国虢与秦”，即着力描绘以虢国、秦国以及韩国三夫人为代表的上层贵族的骄奢淫逸和娇贵暴殄。“黄门飞鞚不动尘，御厨络绎送八珍”，描写了内廷太监奉旨鞚马飞驰、从御厨房送来珍馐美馔给各位夫人助兴。表现了皇室的排场、气派及对杨氏姐妹的宠幸。以后各句则进一步形容杨国忠的骄横及其权重位高、气焰逼人的权势。因此，在一定意义上可以说，全诗都是为诗的最后两句“炙手可热势绝伦，慎莫近前丞相嗔！”作铺垫的。由此也就不难理解“炙手可热”这一词组(成语)主要是用以形容和描绘作为当时丞相的杨国忠的骄横权势的，因而，就词组的本意而言是指火焰灼手，或热得烫手，但其基本含义则是用以比喻权势和气焰之盛。这就表明，“炙手可热”这一词组(成语)的基本含义是由《丽人行》全诗的整个内容所确定的，不能再作其他任何别的解释。然而，我们却常见对这一语词(词组)的误解和错用。比如，报上曾载过一条体育新闻，其标题是“奥运会篮球门票炙手可热”，篮球门票怎么会“炙手可热”呢！看来，或许是由于“炙手可热”中既有“手”，又有“热”，因而，被想当然地理解为是“热门”“抢手”之意，因而使之误用了。而这就提出了一个与逻辑有关的问题。任何一个语词(包括词组在内)，都是有其确定的内涵(含义)与外延(所指)的，即使是一个多义词，其含义固然可以不止一种，但在确定的语言环境下，其含义总是确定的，只能在一种含义下去理解和使用。就语词与概念的关系的角度来说，一个单义词总是表达一个确定的概念；即使是多义词，它在确定的语言环境下，也同样只能表达一个确定的概念。为了准确地使用一个语词而不致

误用，就必须准确地把握该语词的内涵和外延，首先是准确把握它所表达的概念，只有这样，才能根据其固有的内涵、外延去准确地予以使用。对于一个用词组所表示的成语来说，由于它总是历史地形成的（比如，“炙手可热”这一词组所表示的成语就是在杜甫的《丽人行》这篇名诗中所提出和确立起来的），因而，总有其确定的含义的（成语一般不会是多义的），因此，我们更应该在明确其含义的基础上去准确地使用它。只有这样，我们才会在语言交流和文字表述中做到用词得当和概念准确，才不会出现误用语词和概念的逻辑错误。

九、“乍暖还寒时候”指的是什么时候？

——谈只有正确理解语词，才能准确运用语词

北宋著名女词人李清照，有词《声声慢》一首：

> 寻寻觅觅，冷冷清清，凄凄惨惨戚戚。乍暖还寒时候，最难将息。三杯两盏淡酒，怎敌他晚来风急！雁过也，正伤心，却是旧时相识。　　满地黄花堆积，憔悴损，如今有谁堪摘？守着窗儿独自，怎生得黑！梧桐更兼细雨，到黄昏，点点滴滴。这次第，怎一个愁字了得！

这是词人的一首悲秋之作。写作此词时，正是词人晚年，当时的国事、家事，无一不令作者发愁。人是临秋暮晚之人，国是临秋暮晚之国，词人自然按捺不住悲秋之戚，于是，词的一开始，连用了七个愁的叠词。紧接着，根据深秋时节天气冷暖无常的特点，写出“乍暖还寒时候，最难将息”的名句，以后各句及下阕进一步描绘了作者悲秋的惆怅心绪。

由此不难看出，这首词中所写的“乍暖还寒时候”，指的是深秋时

节,这不仅可由词的上阕中“雁过也”可资证明,词下阕中的开头一句就是“满地黄花堆积”也证明了这一点。但不少人在写早春时节文章的时候,却往往引用“乍暖还寒”来形容当时的气候。为此,《新民晚报》2000年3月6日有读者撰文(《有失原意的“乍暖还寒”》)提出了批评。该文指出:“乍暖还寒”是深秋气候的特点,把对深秋的描写换成早春,是一种误植。这一批评,就李清照在《声声慢》一词中对“乍暖还寒”的特定运用而言,无疑是正确的。但是,该文认定,“深秋是‘暖’往‘寒’转,而春天的基调应是‘寒’往‘暖’回,不能说是‘还寒’”,这就过于绝对了。我们且看同是北宋词人张先的《青门引》一词:

> 乍暖还轻冷,风雨晚来方定。庭轩寂寞近清明,残花中酒,又是去年病。　　楼头画角风吹醒,入夜重门静。那堪更被明月,隔墙送过秋千影。

词的起笔二句,写的就是作者对春天气候的感触:春寒忽然变暖,但风雨突来,又感轻冷袭人。“乍暖还轻冷”同“乍暖还寒”的句型一样,只不过“还寒”换成了“还轻冷”,然而写的却是明显的春天时节气候。可见,不能说写春天的气候就只能写成“‘寒’往‘暖’回”,而不能写成“还寒”或“还轻冷”。

以上的分析,从逻辑学的角度是说明:只有正确地理解语词,才能准确地运用语词。既然,“乍暖还寒”在李清照词里,是用以描绘深秋的气候的,因而是有其特定含义和所指的,因此我们在引用这一语词时,就不能随意用它来说明其他时季的气候,比如,用来说明春天的气候。否则,就是语词运用不当;就概念的角度说,就是由于概念不明确而使概念的运用不准确。但是,我们也不能对语词含义的理解过于绝对。在李清照词里“乍暖还寒”固然只是用于说明深秋的气候特点,但这并不等于说,在任何条件下“乍暖还寒”之类的语词都只能用于说明深秋的气候特点，张先词中的“乍暖还轻冷”就不是用于说明深秋而是用于说明春天的气候特点么！这就是说，如果对“乍暖还寒”这一类型语词的含义理解过于狭窄的话，那就会认定张先词中“乍暖还轻冷”一词运用不准确了。但事实上，它的运用却是十分准确的。

十、“东边日出西边雨，道是无晴却有晴”

——谈谐声双关及其逻辑意蕴

唐代著名诗人刘禹锡写有《竹枝词二首》，其一为：

杨柳青青江水平，闻郎江上唱歌声。

东边日出西边雨，道是无晴却有晴。

本诗描写了一位沉浸在初恋中的少女，置身于青青杨柳、平如镜面的江水岸边，忽然听到熟悉的情郎歌声。但不知情郎对自己有意与否？就好像东边日出、西边下雨的不定天气那样，让人捉摸不定。于是，描绘天气的“无晴”还是“有晴”也就成了这位初恋少女不知心上人对自己是有“情”还是无“情”的忐忑不安心情的真实写照了。

显然，本诗的艺术表现方式中突出了谐声双关语的运用，这在古诗中并不罕见。比如，南朝的吴声歌曲中就有使用这种谐声双关语来表达恋情的。如有一首《子夜歌》云：

怜欢好情怀，移居作乡里。

桐树生门前，出入见梧子。

其中的“欢”是当时女子对情人的爱称，而“梧子”谐声“吾子”指“我的人”。可见，诗里有明显的谐声双关语的应用。

类似的运用，在苏轼的《李思训画〈长江绝岛图〉》一首中也还可见到。该诗云：

> 山苍苍，水茫茫，大孤小孤江中央。
>
> 崖崩路绝猿鸟去，唯有乔木搀天长。
>
> 客舟何处来？棹歌中流声抑扬。
>
> 沙平风软望不到，孤山久与船低昂。
>
> 峨峨两烟鬟，晓镜开新妆。
>
> 舟中贾客莫猖狂，小姑前年嫁彭郎。

苏轼知画善画，上面这首诗是他评画、题画的诗作之一。诗中所说居于“江中央”的小孤山，讹音又作小姑山，其状如古时女子发髻，故又俗名髻山。该山所在之处的附近江岸有澎浪矶，民间又将其谐转“澎浪”为“彭郎”，并将其说成是小姑的夫婿。由此可见，诗的最后两句既是拟人，又是叶(xié)音双关。以“小姑”叶“小孤”，以“彭郎”叶“澎浪”，使诗的句末协韵铿锵。

从逻辑上说，这种谐声双关和叶音双关都是一种“声”“音”的巧用，以语词的“声”“音”的相谐和相叶，而使语词(词项)的内涵、外延发生向谐声、叶音语词的内涵、外延的转化。比如，在“道是无晴却有晴”中，其中的“晴”暗指谐声词“情”，相应地，也就有了语词的内涵、外延由前词向后词的转化。如果领略和意识不到这个转化，仅从字面上去理解(似乎“道是无晴却有晴”仅指天气的捉摸不定)，那是无法体会到这一诗句的丰富内涵和艺术美的。同样，在“小姑前年嫁彭郎”中，如果领略和意识不到“小姑”叶音“小孤”和“彭郎”叶音“澎浪”而引起的在语词内涵(含义)外延上的变化，那也是无法深刻体会到这一首诗构思和用词的精妙，也无法真正领略到这首诗是如何艺术地再现出李思训画的内容，并在此基础上对李思训这幅作品所作出的肯定评价的。

这就从另一个角度进一步表明：一个语词在不同的语境中，其内涵（所表达的概念）、外延（语词之所指对象）可以是有所不同的，可以是表达两个（或几个）不同的概念、指称两个（或几个）不同的对象，也可以是以一个（或几个）语词通过谐声双关或叶音双关而同时表示其相关语词，因而使之在内涵、外延上也发生相应微妙变化的。明确这一点，对于我们在阅读包括诗词在内的文学作品时，做到尽可能深刻地把握艺术作品的丰富内涵，无疑是很重要的。

十一、"修已知道你，你还不知修"

——再谈谐声双关及其逻辑意蕴

据传宋代有一位自命为"才子"的人，自以为老子天下第一。对人们称赞欧阳修的诗文写得好，很不服气。一次，他决心找到欧阳修，同他当面较量一番。

在途中，他见到一株大杨树，不由得诗兴大发，随口念道：

门前一棵树，两朵大丫杈。

虽无多少诗味，但他还自觉很不错。想接着再吟下去，但却拼命搜索枯肠也难以续上。这时忽听背后有人续道：

春至苔为叶，冬来雪是花。

他转身一看，原是一个穿粗布衣服的陌生人。由于这续吟的两句虽有点诗味，但也称不上是上品，因此，"才子"内心并不悦服。为了解闷，他约这位陌生人一起同行。两人来到江边，见一群白鸭正扑入河中，嘎嘎欢叫。该"才子"又禁不住高声吟道：

一群好鸭婆，一同跳下河。

当他还未想好如何接续下去时，陌生人又接口吟道：

白毛浮绿水，红爪荡清波。

这两句对仗工整，诗意浓郁。“才子”才开始感到有些佩服。后来，两人齐乘渡船过江，江面上清风徐来，碧波荡漾。“才子”不由得又在船头放声高吟：

两人同乘舟，去访欧阳修。

陌生人听后，微微一笑，接吟道：

修已知道你，你还不知修。

“才子”想了一下，才悟到陌生人就是欧阳修。于是，羞愧得满脸通红。为什么呢？原来陌生人这续吟的最后两句，不仅直接说明他就是欧阳修(两句中的“修”，按当时语境，不难推出指的正是欧阳修。因为，一路上的经历表明，欧阳修已知道了这个“才子”的自负和“诗才”，只是这个“才子”还不知道陌生人就是欧阳修罢了)，而且，最后一句的“你还不知修”，利用了“修”同“羞”的同音条件而使这一诗句具有双重意义：表面上指“你还不知道欧阳修”，实际上指的却是“你还不知羞”。这种利用语词的多义和同音条件而有意识地使语句具有双重意义、言在此而意在彼的现象，就是修辞学中所说的相关。我们前述所介绍和分析的，正是这种相关中的语音相关，也就是前篇中所说的谐声（或谐音)双关。

这种语音相关的运用，在野诗中并不少见。我们再举一个与前述相类似的例子。

据传明代江西吉州(即宋代的庐陵)有一个秀才欧阳伯乐到省会去参加科举考试时，在行李担上竖着一面旗，上书“庐陵魁选欧阳伯乐”，招摇过市。以此写出籍贯“庐陵”的办法来标榜自己是宋代大文学家欧阳修的后代(欧阳修是庐陵人);用自标“魁选”的办法来表明自己很有学问,应当名列考试前茅。这件事,迅速传遍了省城,其狂妄之举也激怒了一些应试考生。于是有人写了一首七绝讽刺道:

有客遥来自吉州,姓名挑在担竿头。

虽知你是欧阳后,毕竟从来不识修。

其最后一句,显然也是一种语音相关。表面上讲的是:虽然我们知道你是欧阳修的后代,但“毕竟你从来不认识欧阳修”,而骨子里讲的却是:“毕竟你从来不懂得害羞。”

一般地说,会话的方式准则应是尽量避免所用词、句具有歧义,而双关却恰好是故意利用歧义来表达一表一里的两个命题,而且,只有表达语里的那个命题才是说话人着意要表达的命题,也就是说话人着意要传达的会话含义。在人们的交际过程中,听话人是可以根据合作原则(人们会话和交谈中,为使彼此的谈话不致互不搭界而成为一连串互不连贯的话,必须相互配合而遵守的一些共同信守的准则)而由说话人的话语的意味和语境中推出这个含义来的。比如,前例中的“才子”,是可以从欧阳修所说“你还不知修”的意味和语境推出那是讲自己“不知羞”这个含义的。而后例中的那位“庐陵魁选”也是可以从“毕竟从来不识修”的意味和语境中推出那是讲自己“从来不识羞”这个含义来的。

也正是因为相关使语句具有双重意义,可以使词在此而意在彼,所以,双关在人们的会话中、特别是在文学创作中被经常使用。而为了正确使用和领会双关,又涉及人们会话和交际中的一系列问题,如话语的意味问题、语境问题,交际中的合作原则问题等等,因此,它越来越受到逻辑学家、特别是语言逻辑学家的关注。这也正是我们在这里所以要对其作出介绍和分析的重要原因。

十二、“水自潺湲日自斜，尽无鸡犬有鸣鸦”

——谈矛盾关系词项的运用

唐代诗人韩偓有题为《自沙县抵龙溪县，值泉州军过后，村落皆空，因有一绝》的七言诗一首：

> 水自潺湲日自斜，尽无鸡犬有鸣鸦。
>
> 千村万落如寒食，不见人烟空见花。

从诗的题名可知，这首诗是用以描绘泉州军洗劫农村而造成人烟绝灭的荒凉景象的。诗的第一、二句是说：水自缓缓地流而日自向西斜，遍地无鸡犬而只有鸣叫的乌鸦。第三、四句是说，千万村落都如同严禁烟火的寒食节一样，人烟不见哪有心思去欣赏花呢！全诗形象而深刻地揭露了泉州军对农村掠夺一空的罪恶，从一个侧面反映了唐末动乱的黑暗景况。

粗读本诗我们可以看到一个很有趣的现象：对矛盾词项的运用贴切而又巧妙。所谓词项是指能作为命题成分的语词，也就是能表达概念的语词；所谓矛盾词项是指诸如“文明行为”与“不文明行为”、“男运动员”与“女运动员”……这类分别具有矛盾关系的两个词项。而由这些例子可见，所谓具有矛盾关系的词项是指这样的两个词项：它们在外延上互相排斥，毫无重合之处，但它们却有一个共同的上位词项，它们的外延相加起来，正好等于这个上位词项的外延。比如，“文明行为”与“不文明行为”这两个词项在外延上是完全排斥的，但它们却有共同的上位词项：“行为”，而前两个词项的外延之和正好等于这后一个词项（“行为”）的外延；“男运动员”与“女运动员”这两个词项也同样如此，他们在外延上互相排斥，但却有共同的上位词项：“运动员”，而它们在外延上相加起来,却正好等于这个上位词项("运动员")的外延。凡是具有这样关系的两个词项之间的关系就是矛盾关系,具有这种矛盾关系的词项就可简称为矛盾词项。

按此,我们就可发现,前述韩偓诗中第二句的"无"与"有"、第四句中的"不见"与"见"正是分别具有这种矛盾关系的两组矛盾词项。正是通过这种矛盾词项的恰当运用,才对比鲜明地突出了全诗的主题,让读者形象而深切地领略到了本诗所描绘的那种"千村万落如寒食"的悲惨景象:"没有"(无)鸡犬而只"有"鸣鸦、"不见"人烟而空"见"花。由此不难看出:恰当地运用矛盾关系的词项,有助于在对比中塑造生动、鲜明的艺术形象,从而有助于更深刻而形象地显示作品的主题思想。

十三、"芳菲尽"与"花盛开"

——再谈矛盾关系词项的运用

1998年4月24日,中央电视台第一套节目的《晚间新闻》中,播出了如下一条消息:"四月的荷兰百花盛开,公园里几十万朵郁金香竞相开放……不由得使人赞叹:'人间四月芳菲尽。'"随着播音员铿锵的语调,屏幕上闪过一幅幅盛开的郁金香和游客们在花海中徜徉的画面。这时,电视观众不由得顿感迷惑,犹如坠五里雾中:既然画面是"花盛开",怎么又解说是"芳菲尽"呢? 这不是明显的自相矛盾吗!

看来,问题是出在新闻编者或记者对"芳菲尽"词意的错误理解上。为此,让我们先看看"人间四月芳菲尽"这句诗的出处和本意。该诗句出自唐代诗人白居易的《大林寺桃花》一诗。其全诗为:

人间四月芳菲尽,山寺桃花始盛开。

长恨春归无觅处,不知转入此中来。

短短四句诗,写得显豁明畅,毫无费解之处。但却意境深邃,颇富情趣。

全诗的大意是:作者登山时的四月,已是大地春归、时届孟夏,这时已是芳菲尽落了,但高山古寺之中却桃花盛开(有着意想不到的春景)。常恨春光匆匆不驻而不知其何处去了,谁知它却转入到这高山古寺之中。字里行间透露出作者一片惜春、恋春的童心。

由白居易诗可见,"人间四月芳菲尽"指的无非就是在四月这夏季已至、大地春归的时节,美盛芬芳的花卉均凋谢了。既然如此,怎么能用它来"赞叹"四月的荷兰"百花盛开"的景象呢?

从前面对《大林寺桃花》一诗的简释中我们不难看到,就语词角度而言,"芳菲尽"和"花盛开"显系两个含义互相矛盾的词项,它们所表达的乃是两个互相矛盾的概念,也就是逻辑著作中所说的两个具有矛盾关系的词项或概念。既然如此,它们当然是不能用来说明或断定同一对象的,否则,就会形成两个互相矛盾的语句,表示两个互相矛盾的命题而陷入逻辑矛盾的错误。前述新闻中所出现的问题就正在于此。一方面,它用"花盛开"来说明和断定"四月的荷兰"百花竞开的景象(而这是正确的,因为,在气候潮湿的荷兰,冬暖夏凉,四月正是郁金香等花儿盛开的时候),另一方面,它又用"芳菲尽"来说明和断定这同一个"四月的荷兰"("人间四月"在此新闻的特定语境中只能是指"荷兰"这个"人间"),实则说明和断定这"四月的荷兰"已是众花凋零、尽落了。这怎能不形成两个互相矛盾的论断而陷自己于自相矛盾的境地呢!

但是,它们为什么却能在白居易诗中同时出现而并无任何矛盾之处呢?根本原因也就在于它们各自用来分析说明和断定的是不同的对象。"芳菲尽"所说明和断定的是平原的"人间四月",而"花盛开"说明和断定的是处于高山中"山寺"的季节,而平地的"人间四月"和高山

中“山寺”的季节，它们气象情况不同，后者较前者季节的变换较迟，一般平地已是春归夏至，而高山之上却仍处于春季。这样一来，相互矛盾的词项或概念，分别说明和断定不同的季节，它们自然也就各得其宜，而以其所形成的语句或命题，自然也就并无任何逻辑矛盾可言了。

上述分析告诉我们，在逻辑思维及其语言表达中，必须正确区分和运用具有矛盾关系的词项或概念，绝不能运用它们去说明和断定同一对象，否则，我们就会因此而形成和作出两个互相矛盾的语句或命题而导致逻辑错误。

十四、“唯愿孩儿愚且鲁，无灾无难到公卿”

——谈用矛盾关系的词项进行的推理

据《东京梦华录》记载：宋代有时俗，婴儿出生第三天或满月时，要给婴儿洗身，俗称为“洗儿”，以此祝愿婴儿未来聪明、能干，当官、发财。而宋代文豪苏东坡却曾一反潮流写过一首洗儿诗：

人皆养子望聪明，我被聪明误一生。

唯愿孩儿愚且鲁，无灾无难到公卿。

全诗充满苏东坡对自己坎坷一生的激愤之情：聪明盖世、博学多才，却落得官运多舛、屡遭贬谪，这不就是因为聪明反而误了自己一生么！既然“被聪明”而“误一生”，那么，接受自己的教训而合乎逻辑的结论就自然是：要想让自己的后代不像自己那样因聪明而耽误一生，有一个平平安安、无灾无害的一生，那就只能希望他“愚且鲁”了。在这里，诗人透过其凝练、深沉的诗句而体现的愤激之情跃然纸上，同时，也显示着诗句所固有的内在逻辑力量与必然。

“聪明”与“愚鲁”、“误一生”与“无灾无难到公卿”就苏东坡诗句的具体场合而言,是两对互相矛盾的词项(词项是能作为命题成分的语词,也就是表达概念的语词)。既然如此,否定“聪明”,就必然要肯定“愚鲁”,否定“误一生”,就必然要肯定“无灾无难到公卿”(即“不被误一生”)。因此,当苏东坡根据自己的切身经历而深切地感受到“我被聪明误一生”时,为了使自己的后代避免“误一生”的遭遇,其必然结论就只能是“唯愿孩儿愚且鲁”了,而这是符合逻辑推理的规则的:

如果一生聪明,就会被耽误一生

不愿意自己后代被耽误一生

所以,不愿意自己后代一生聪明

而“不愿意自己后代一生聪明”,就是对“聪明”的否定,从而也就是对“愚鲁”的肯定。为此,诗人也就顺理成章地希望自己的后代愚鲁,即“唯愿孩儿愚且鲁”了。很显然,这是运用了充分条件假言推理否定后件式的正确形式。

与此相联系,相应地也可根据上述词项间的矛盾关系,而构成另一个与上式相对应的推理式:

如果一生愚且鲁,就不会被耽误一生

(但愿)儿子一生愚且鲁

所以,儿子不会被耽误一生

而“儿子不会被耽误一生”,就是对“误一生”的否定,从而,也就是对“无灾无难到公卿”的肯定。无疑这一推理也是一个运用了充分条件假言推理肯定前件式的正确形式。

正是在这里,诗的意境与逻辑得到了高度的合谐和统一。诗人用这样激愤的似乎不合常理(“唯愿孩儿愚且鲁”)的诗句,既表现了对自己聪明一世却坎坷一生的无比辛酸和愤懑,也暗含着对那些当朝权贵的无情讽刺！既然只有“愚且鲁”才能“无灾无难到公卿”,那不就等于说，那些“无灾无难”的“公卿”们，大都是一些“愚且鲁”的家伙么！这不也正是对腐朽的封建官场的有力抗议吗？

十五、蹩脚的“医诗”者

——谈词项（概念）的概括与限制

清明时节雨纷纷，路上行人欲断魂。

借问酒家何处有？牧童遥指杏花村。

这是唐代著名诗人杜牧写的一首题为《清明》的七绝，是古今广泛流传的、差不多家喻户晓的一首好诗。

传说从前有位秀才，对诗虽无什么研究，但却自吹会“医诗”。常说古诗有许多语病，必须经他医治，才会完美。于是，一次有人问他：“清明时节雨纷纷”这句诗有什么毛病？应当如何“医治”？他回答说：“此诗太肥，应当消导”，意即要对之进行“消肥”。如何“消”呢？他说：“为什么下雨尽在清明时节呢？”应当改为“时节雨纷纷”。

听罢“高论”，理所当然地引起了人们的嘲笑。因为这一修改即“消肥”不过是弄巧成拙而已。首先，诗人写的是清明时节细雨纷纷的凄迷而又冷清的情景，取消了“清明”的“时节雨纷纷”就完全失去了诗人所描绘的春雨的意境。其次，“时节雨纷纷”的说法也是不合事理的。难道说任何时节都是“雨纷纷”的吗？显然不是。最后，如果仅是“时节雨纷纷”而不是“清明时节雨纷纷”，诗的第二句“路上行人欲断魂”也就失去了它特定的情景。清明时节本是家人团聚的节日，可是孤身赶路的游子，面对纷纷细雨，不仅触景伤怀，心境加倍地凄迷纷乱，因而陷入“断魂”的愁绪之中。如果单是“时节雨纷纷”，就不会有赶路游子那种特定的心境，因而，“路上行人欲断魂”的描绘也就会变得难以理解了。

综上可见,这样的"医诗"和"消肥",显然是弄巧成拙。这正反映出这位"医诗"者不懂得诗,更不懂得杜牧的这首《清明》诗。

当然,这并不是说,所有的诗都是不能或无须进行类似的"消肥"即修改的。相反,当某一首诗确有"肥"需"消"时,或者,在某种情况下需要"消肥"以改其原意时,那确是需要适当而巧妙地"消肥"的。问题在于:所谓"消肥"始终有一个是否得当的问题。

相传唐宣宗大中元年(847)时,恰逢科举考试。时任主考官的是魏扶。他在进入贡院(考试试场)时曾题诗一首,以表明心迹:

> 梧桐叶落满庭阴,锁闭朱门试院深。
> 曾是昔年辛苦地,不将今日负初心。

他将这首诗贴在院墙上,以此表明自己今天虽然作了主考官,但不会忘记过去进试场考试的辛苦,一定要好好地选拔应试的士子。然而,由于他评卷十分苛刻,应试者考中者很少,使士子们极为失望。于是,有个考生在气愤之余,就将魏扶那首诗每句的开头两字抹去,使诗变成:

> 叶落满庭阴,朱门试院深。
> 昔年辛苦地,今日负初心。

这样一改,七绝成了五绝。无疑是"消肥"了。但是,这样的"消肥"有没有意思,有没有必要?

稍加分析即可发现:第一、二两句,是为第三、四句制造气氛、作铺垫的,因此,删去每句的开头二字,从内容上说,其含义变化不大;但第三、四句则有所不同了,特别是第四句:"不将今日负初心",其开头二字"不将"乃是对"今日负初心"的否定,因此,当将此二字删去时,该句所表达的决心,从而整个诗所要断定的内容都与原诗的意思相反了,即它将魏扶这位主考官原先"不将今日负初心"的表白(自然也是受应

试者们欢迎的表白)，变成了决心“今日负初心”的自我表白。可见，这里对四句诗的“消肥”，其作用是有明显区别的。就一、二句而言，可以说是真正的“消肥”(至于是否“消”得合适，那是另一个问题)，而第三、四句则是对诗句在含义上的根本更改。

为什么说其一、二句确是一种真正意义上的“消肥”呢？是因为在“梧桐叶落满庭阴”一句里，“梧桐”本来就是用来形容和说明“叶落”的“叶”的，即它所说的“叶”只是“梧桐树”的“叶”，而不是其他树的“叶”。去掉“梧桐”二字，只不过使诗句对树叶的说明泛化了，自然也不够具体了(泛指一切树叶，而不只是梧桐树叶)。但这种“消肥”并没有使诗句有根本意义上的改变。同样，第二句“锁闭朱门试院深”中的“锁闭”是用来说明和限制“朱门”的，它说明这里所说的“朱门”不是敞开着的“朱门”，而是“锁闭”着的“朱门”。但不管是敞开也好，还是“锁闭”也好，“朱门”还是“朱门”，因此，去掉“锁闭”二字，对“朱门”的说明、介绍虽然不够具体了，但整句所表达的意义同样是没有根本改变的。

但这是否就是说，这两句诗的开头两字，去掉或不去掉都是毫无关系的呢？当然不是。为了弄清这一点，还必须了解逻辑学中词项(概念)的概括和限制问题。

普通逻辑里，词项(概念)有一种逻辑推演活动，即可以由外延较小的词项(概念)逐步过渡到外延较大的词项(概念)，也可以由外延较大的词项(概念)逐步过渡到外延较小的词项(概念)，前者就称之为词项的概括(通常逻辑书上称为概念的概括)，后者则称为词项的限制(一般逻辑学称之为概念的限制)。前者如由“华东师大学生”逐步过渡到“师大学生”“大学生”“学生”等；后者如由“学生”逐步过渡到“大学生”“师大学生”“华东师大学生”等等。但必须注意，这里所说的词项或概念间的“概括”或“限制”，指的都是具有属种关系的词项或概念之间的过渡。比如，“大学生”与“学生”之间就具有属种关系，二者相较,前者为“种”,后者为“属”。而属种关系间的词项或概念,是具有内涵和外延的反比例关系的:即作为“属”的词项或概念(如“学生”这一语词或概念),在外延上大于作为“种”的词项或概念(如“大学生”这一词项或概念),但在内涵上却小于(即少于)作为“种”的词项或概念。这是因为“种”(如“大学生”)不仅具有“属”(如“学生”)的内涵,而且还具有不属一般学生、而仅属于“大学生”特有的内涵。因此,当我们要进行词项或概念的概括或限制时,我们就可以通过减少和扩大词项或概念的内涵来实现。比如,减少“大学生”这一词项或概念仅仅属于“大学生”的内涵,我们就由“大学生”过渡到了一般“学生”的词项或概念;反过来说,当我们在“学生”的内涵中再增加仅属于“大学生”的内涵,我们就由“学生”过渡到了“大学生”这一词项或概念。

由此即可看出,前述所谓的那些改诗,一般属于词项或概念的概括活动。比如把“清明时节雨纷纷”一句中的“清明”取消掉,就由专指“清明时节”而过渡到泛指所有“时节”。而如前所述,这种取消是不正确的,这在逻辑上就是一种概括不当的逻辑错误。换一个角度说,取消了“清明”这一限制后的“时节雨纷纷”一句,其中的“时节”就变成了泛指所有的时节,然而并非所有的“时节”都是“雨纷纷”的。就此而言,那位自吹的“医诗”者的“消肥”无疑是不适当的,这是一种“消”去必要限制而出现的概括不当的逻辑错误。

与此类似,魏扶诗的一、二句被取消开头二字,即“梧桐叶落”变成了“叶落”,“锁闭朱门”变成了“朱门”,虽然其基本含义并无大的改变,但是,就诗的形象性和感染力来说,显然有所减弱。比如“朱门试院深”较之“锁闭朱门试院深”在描写那决定应试者差不多是一生命运的“试院”之“深”(神秘、阴深……)的程度而言,无疑是减弱了。所以,这两句的“消肥”就诗的艺术性而言是不可取的,在逻辑上则也同样是犯了一种概括不当的逻辑错误。但其第三、四两句,由于“曾是昔年辛苦

地”的“曾是”和“不将今日负前心”的“不将”并不是对“昔年……”和“今日……”在逻辑上的一种语词或概念的限制活动，因此，它们的问题不是语词或概念的概括不当的问题，而是根本改变诗句的基本含义问题。这主要表现在原诗的第四句：“不将今日负前心”中的“不将”是对“今日负前心”的否定，而减去“不将”这个否定语词，诗句就变成了对“今日负前心”的肯定。因而，难怪气得魏扶双脚急跳，以致要追查改诗者，而大失其主考官应有的风度了。

十六、能够“十年久旱逢甘雨”吗？

——谈词项（概念）限制必须适当

据传，古时有人写了一首诗，概括了几种使人最感高兴的事。其中有两句是：

久旱逢甘雨，他乡遇故知。

可是，也有人对此不以为然。认为这两句诗写得还不够具体，应增加说明。于是将二句增改为：

十年久旱逢甘雨，千里他乡遇故知。

偶一看来，似乎对这两句诗的增改都是很合适的，因为后两句诗较之前两句而言，在使人感到高兴的程度上无疑是有所增加了。但仔细一分析即可发现：第二句诗增加“千里”一词，确是得当的，也可以说是好的。因为，一般地说“千里”之外的“他乡”遇到故知，那当然是较之距离近的“他乡”遇到故知更使人感到意外而更加高兴的。然而，对前一句增加“十年”一词就未必恰当了。这一方面是因为“十年久旱”把旱情之久，说成延续了十年，而这在事实上是不大可能的。另一方面,即使真的是“十年久旱”才“逢甘雨”,那人们不能不问:在这十年中,以耕种土地为唯一生计的农民们怎么能活得下去呢?那不早就背井离乡、四处逃荒了么!

这里,正好表明了一个逻辑问题:对词项(或概念)的限制要力求得当的问题。前述对原诗句的增改实际上是分别对原诗句的开头一词进行了限制:即用“十年”这一词项(或概念)来限制“久旱”这一词项(或概念),用“千里”这一词项(或概念)来限制“他乡”这一词项(或概念)。经过这样的限制,原有的词项“久旱”和“他乡”变成了“十年久旱”词项和“千里他乡”词项,当然在外延上是缩小了,因而更具体了;其内涵也更丰富了。但问题是:后一句的限制虽然是基本适当的,而前一句的限制却是不适当的。这也就是说,词项(或概念)的限制作为一种常用的逻辑推演活动,总有一个限制是否适当的问题。

比如,毛泽东生前曾与陈毅讨论过诗词问题。一次,毛泽东给陈毅写了一封谈诗的信,其中有这样一句:“如同你会写自由诗一样,我则对词学稍懂一点。”后来,这句话被修改为:“如同你会写自由诗一样,我则对长短句的词学稍懂一点。”显然,后述这一修改是非常适当的,因为对原来的“词学”加了一个限制:“长短句的”,就比仅仅用“词学”一词显得更加准确。因为,一般所说的“词学”既可指一种文学体裁,又可指“词汇学”,因而是有歧义的。但作了上述限制后,这种歧义就不存在了,它只能指毛泽东用此词的本意即指一种文学体裁了(古时作为一种文学体裁的“词”又称长短句)。可见,毛泽东在此对“词学”一词所作“长短句的”限制,是十分必要的,又是极为适当的。

十七、“大漠孤烟直，长河落日圆”

——谈对诗句中语词释义的逻辑问题

唐代著名诗人王维有题为《使至塞上》的五言诗一首：

单车欲问边，属国过居延。

征蓬出汉塞，归雁入胡天。

大漠孤烟直，长河落日圆。

萧关逢候骑，都护在燕然。

诗的前四句，我们已在另文中，作为重要的塞外历史气象考据资料提到过。这里我们仅就人们对诗中的一联名句“大漠孤烟直，长河落日圆”理解中所涉及的逻辑问题，作一点简要分析。

对古人诗词中的句子，特别是句中所用语词的含义，亦即语词所表达的概念，必须尽可能予以正确的、合乎历史与客观事实的理解，否则，就会在解释中出现讲不通的情况，甚至会产生不合事理以致矛盾的情况。其结果就会产生逻辑错误，出现逻辑问题。

以“大漠孤烟直”一句为例，其中的“大漠”泛指浩瀚无边的沙漠，这一点恐怕不会有什么异议。然而，“孤烟”一词如何理解，就颇费斟酌了。按通常的解释，“孤烟”即“狼烟”，也就是古时烽火台用狼粪作燃料而燃起的一股浓烟。然而这样的通常理解是否正确、符合实际呢？其中至少有两个问题需要考虑。一是古时烽火台升放狼烟是为了报警而作传递信息用的。既然如此，它就不可能是经常出现的。但从王维的诗来看，这个“孤烟”只是作为“大漠”的一个普通的景色来描写的，看不出它具有特殊的报警的意义，更何况诗的末二句写途中遇到“候骑”(指侦察敌情的骑兵),得知前方获得大胜,更不可能出现报警的狼烟。另一是,如“孤烟”果为“狼烟”,在大漠风暴频繁的情况下,要出现“孤烟直”的情况,似乎是很少可能的。这就是说,按上述这种通常的理解,就会出现:特殊紧急情况下才会出现的稀有的狼烟与作为大漠中惯常现象(经常出现)的矛盾;通常受风暴影响的狼烟(不可能烟“直”)与不受风暴影响的烟“直”的矛盾。这就是诗句解释中出现的逻辑问题。为此,有人曾提出,这里的“孤烟”并非指的是“狼烟”,而是指戈壁沙漠特有的一种垂直上旋的风尘沙暴。近期又有人提出,诗中所说的“狼烟”应为当地多年生(野生)“狼尾草”(亦称“狼草”)燃烧而成的烟。这些解释是否符合事实,符合诗作者当时的原意,这是可以进一步讨论的,但至少它避免了把“孤烟”解释为“狼烟”而引起的前述两方面的矛盾,这在逻辑上是说得通的,可以成立的。

再看“长河落日圆”句。这里首先需要弄清的问题是:“长河”指什么?一般唐诗注本都把“长河”注解为“黄河”。如《唐诗鉴赏辞典》对本诗此句的赏析中,就把“长河”解释为在沙漠中“横贯其间的黄河”。但按王维当年进入的居延乃地处甘肃张掖县的西北而论,此地离黄河最近点的兰州,尚有五百公里之遥,诗人怎么能在沙漠中看到“黄河”的“落日圆”呢?除非当时的黄河确实流经古居延一带,只是后来因改道才远离古居延地域。但这种假设是很难成立的,更没有得到任何历史事实的佐证。因此,把“长河”注解为“黄河”在事实上、逻辑上都是难以成立的。

那么,究竟应如何理解“长河”呢?有人指出诗中的“长河”是指发源于张掖的弱水,俗称黑河(该河西经临泽、高台,西北折流入额济纳旗,河长一千余里,有资格称为“长河”)。最近又有人将其注为“幻河”,这或许给我们提供了又一个新的思路。《新民晚报》2000 年 10 月 7 日《夜光杯》载《“长河”如幻河》一文称:笔者近年曾漫游过张掖及西

北塞上。大西北少雨，连日晴空，因此笔者每天见到“长河落日”的壮丽景观：干涸的戈壁与沙漠地带，自晨至夕，若汽车在行进中，但见地表远方，水色浩渺，若湖泊临近，若大河横亘，就是行车的柏油路上，也若雨后积水的样子。待行到近前时，则全无滴水痕迹，而那茫茫河湖景观，也向前推移远去。于是，该文作者提出“长河落日”或许就是大漠中这种海市蜃楼的现象，亦即当年王维所见到的“长河落日”或许就是在黄昏时分，夕阳在这种茫茫河湖的幻象中坠落下去的情景。这种对“长河”的解释自然还需要进一步的论证，但该文作者既有其切身感受，不能不认为这也是一种有根据的一家之说吧！至少它在一定程度上解决了把“长河”解释为“黄河”而在事理上出现的困难和问题，这或许也是值得我们应予重视的吧！

十八、“娉娉袅袅十三余，豆蔻梢头二月初”

——谈“豆蔻年华”语词的形成及运用

唐代诗人杜牧有题为《赠别》的诗二首，其一为：

娉娉袅袅十三余，豆蔻梢头二月初。
春风十里扬州路，卷上珠帘总不如。

本诗是作者用来赠别与他相好的一位歌伎的。诗的大意是：身姿轻盈美好、芳龄十三岁的小歌女，就像那二月初旬含苞待放在枝梢头的豆蔻花，车水马龙十里长街的扬州路上，多少珠帘下的“高楼红袖”也总比不上她。

由此可见，在此诗基础上逐渐形成的“豆蔻年华”一词，是有其特定的年龄指代的，主要用以喻指“娉娉袅袅十三余”的十三四岁的少女。如果弄不清这一点，不能准确把握这一成语的含义，主要是年龄界限,那么,就会出现用词不当、也就是概念运用不准确的逻辑错误,而闹出大笑话来的。

《广西日报》1997年4月18日曾发表过一篇题为《甘为“绿叶”扶“红花”》的通讯,记叙一位名叫邓爱馨的“先进贤内助”的事迹。其中写道:“1964年3月15日,正处豆蔻年华的邓爱馨与从柳州农校毕业已8年的曾吉恕等13名干部职工一起到柳城县寨龙乡建立蚕种场。8个月后,相中曾吉恕是个‘事业型’男子的邓爱馨不顾众人‘反对’,毅然与地主家庭出身的曾吉恕在茅房里举行简易的婚礼。”很明显,通讯中用“豆蔻年华”一词来形容和说明邓爱馨是很不准确的,因为按我们前面对这一成语的说明,它的年龄指代只能是十三四岁的少女,而这样年龄的少女,即使像通讯所介绍的经过“8个月后”,那也不过十四五岁,那是达不到我国《婚姻法》规定的结婚年龄的。因此,要么是邓爱馨违反《婚姻法》结婚,要么是邓爱馨不是十四五岁的少女,总之,不能用“豆蔻年华”来形容她。看来,问题只能出在后者(因为在一般情况下,当地的组织和同志们是不会同意让一位“豆蔻年华”的少女同别人结婚的)。该通讯的作者由于未能正确地理解“豆蔻年华”这一成语的确切含义和所指,也就是未能准确把握这一成语所表达的概念的内涵和外延,因而也就不适当地予以误用了。这就再一次说明,只有准确理解语词(词项)的含义和所指,也就是准确地把握概念的内涵和外延,才能正确地使用语词,准确地使用概念。

第四篇　古诗词作品中的语句、命题与判断

一、“娇儿不离膝，畏我复却去”

——谈语句、命题与判断的关系

唐代著名诗人杜甫写有著名诗篇《羌村》三首，描写诗人久别回家后悲喜交集的情景和矛盾苦闷的心境。其中第二首是：

晚岁迫偷生，还家少欢趣。
娇儿不离膝，畏我复却去。
忆昔好追凉，故绕池边树。
萧萧北风劲，抚事煎百虑。
赖知禾黍收，已觉糟床注。
如今足斟酌，且用慰迟暮。

其中“娇儿不离膝，畏我复却去”两句，描写出幼子倚人情状，栩栩如生。正如《杜诗镜铨》引王慎中的评赞：“一字一句，镂出肺肠，才人莫知措手；而婉转周至，跃然目前，又若寻常人所欲道者。”然而，对这两句诗（主要是后一句“畏我复却去”）的具体理解上，历来诗家却存在着分歧。

一种解释是：“复却去”的主语为“我”（即杜甫）。“畏”作“恐怕”讲。按此，整句诗的意思是：娇儿绕膝依依，怕我还要离开他们。由于杜甫此次回家，是因为至德二年杜甫为左拾遗时，房琯罢相，杜甫上书援救，触怒肃宗，被放还鄜州羌村（今陕西富县南）探家，这其实无异于

放逐。而杜甫此次回家的这样一种缺乏欢趣的心境,连孩子也觉察到了,“早见此归不是本意,于是绕膝慰留,畏爷复去”(金圣叹语)。

另一种解释是:“复却去”的主语是“娇儿”。“畏”作“畏惧”解。按此,整句的意思是:娇儿由于怕我,又悄悄地离开。描写出娇儿初见面时亲热又害怕的样子。这是否意味着杜甫长年在外,娇儿知其为父,初见时亲热,但终感其陌生而又离开呢?由此而表现出的作为父亲的诗人的悒郁和沉重,不也令人嘘唏、叹惜么!

可见,上述这两种理解都是可以成立的。不过,据《唐诗选》(人民文学出版社,1978年)上册的编者看来:“从杜甫对子女的一贯慈爱、从杜甫回家居留的短暂(六月至七月)以及娇儿的一般心理等来揣摩,前说或许更符合原意,与下面‘忆昔’句也似更连贯。”(见该书上册,第251页)

但不管如何,上述两种解释既然都是说得通的,可以成立的,那就表明这两句诗表现着两种不同的思想,表达着两个不同的命题或判断(前句表示一个简单命题、表达着一个简单判断:“娇儿畏我还要离开他们”;后句表示为由两个肢命题组成的复合命题、表达着一个复合判断:“娇儿因惧怕我,而又离开我”)。这就涉及语句同命题、同判断之间的关系问题。

概略地说,命题总是一个语句,而判断作为一种思想总是要通过语句来表达的。但并非所有的语句都表示命题,从而并非所有的语句都表达判断。具体一点说,命题不是一般的语句,而是一个有真假的语句。因此,它主要表示为一个陈述句,而判断就是这种语句即命题所表达的思想。基于上述这样的关系,所以,不仅并非所有的语句都表示命题、都表达判断,而且,不同的语句可以表示同一个命题、表达同一个判断,而同一个语句也可以表示不同的命题、表达不同的判断。前述我们所举“娇儿不离膝,畏我复却去”的后一句诗有两种不同的解释，正表明它可以表示两个不同的命题，表达两个不同的思想，即不同的判断。其实，这种情况在现代汉语中是常见的。

比如有这样两句诗：

庭前花未发，阁下李先生。

如果我们把后一句单独地抽出来，那么，它所表示的命题、表达的判断就是不确定的。既可以表示或表达"尊称为阁下的是李先生"这一命题或判断，也可以表示或表达"楼阁下的李树先开了花"这一命题或判断，从而，同一语句具有了不同的含义，表达了不同的思想。这是一种语句歧义的现象。语句有歧义，一般地说，在科学论著中，是应当避免的。而在具体的语境中（即具体的语言环境，通常指引文中的上下文，有时也指说话者所处的客观环境等），原本具有多义的语句也是可以确定其具体含义，从而避免其歧义的。如"阁下李先生"一句，如联系其上下文，放在"庭前花未发"一句之后，它自然就只有一种解释（表示阁下的李树先开了花），从而只表示一个确定的命题，表达一个确定的判断。

至于在文艺作品中，适当地保留某些语句的多义性，在我看来，或许更能丰富语句的含义，增加读者多方面的想象，似乎并非是毫无意义的。"娇儿不离膝，畏我复却去"这样的诗句，不正具有这样的作用么！

二、"红豆生南国，春来发几枝？"

——谈语句与命题的区别与联系

唐代诗人王维写有题为《相思》的脍炙人口的绝句一首：

红豆生南国，春来发几枝？
愿君多采撷，此物最相思。

此诗题一作《江上赠李龟年》。李龟年系唐玄宗时的著名歌唱家。天宝之乱后,曾流落江南。杜甫曾著诗《江南逢李龟年》,其中谓“正是江南好风景,落花时节又逢君”可以为证。本诗作者正是借写“红豆”(一名“相思子”)以抒发自己思念朋友(李龟年)之情。

诗的首句“红豆生南国”,点明了红豆产地的“南国”即南方,也正是诗作者所思念的友人的所在地,以此引发出后文的相思之情。第二句,“春来发几枝?”以发问的口吻进一步寄托诗作者的思念。第三句,“愿君多采撷”祈望友人多采红豆以寄托友情,珍视友谊。第四句“此物最相思”说明红豆最能寄托友人间的相思之情,因而是最使人难以忘怀的呵! 总之,全诗围绕红豆,借咏物而咏情,诚挚感人而又朴素无华,读之令人动容。

在这里,我们想着重提出的是:这首仅由短短四句组成的五言绝句,从语法学的角度看,却正好依次表示了四种不同的句型:陈述句(“红豆生南国”),疑问句(“春来发几枝”),祈使句(“愿君多采撷”),感叹句(“此物最相思”)。而这四种句型正好是按语句的功能和作用而对语句作出区分的全部句型。由此,我们也就不难发现:诗人是多么巧妙地运用着这多种不同的句型来抒发自己对友人的诚挚情谊的!

其次,分析这四种句型,也可有助于我们去弄清语句同命题之间的区别与联系。

所谓命题是指一个有真假的语句,比如“地球的气候在变暖”“并非闪亮的东西都是金子”等等。通常所谓的判断,是指人的思维中用来对事物(指思维对象)的情况作出某种断定的一种形式。而对事物情况的断定总是存在一个是否符合事物实际情况的问题,因而总是或真或假的。人们把这种在思维中作出的判断、断定用语句表达出来,就成为命题。这就表明,所谓命题是一个有真假的语句,也就是表达判断的语句,而不是所有的语句。

按此,也就不难看出:在句子的上述四种句型中,由于陈述句是用来陈述事物情况的,而它的陈述总是或真或假的。比如,“红豆生南国”这个陈述句陈述了红豆的生长地情况,而且是一个陈述了红豆生长地的实际情况的语句,即是一个真语句,因而它表示的就是一个真命题。反之,如果有人说“红豆不生长在南国”,它陈述的就不是红豆的实际情况,因而是一个假语句,也就是一个假命题。也就表明,陈述句是直接表示命题的。

疑问句是对事物情况表示疑问、提出问题的一种语句。由于这种语句没有对事物的情况作出断定,只是提出了待回答的问题,所以,就疑问句本身而言,它是无所谓真假的。比如,“春来发几枝?”只是对红豆树到了春天会生发几枝这一事物情况表示了疑问,提出了问题,而没有作出任何肯定或否定的陈述,所以,这种语句本身是没有真假的,因而,一般说来疑问句是不直接表示命题的。不过,有的疑问句,比如反诘疑问句,(如:“难道吸烟还有什么好处吗?”)这是一种不疑而问,即运用疑问句的形式表达了某种断定(如前述反诘疑问句就表达了“吸烟是没有什么好处的”这一断定),因而,它是有真假的,故这类疑问句是表示命题的。

祈使句是表示某种请求或命令的语句。由于这种语句提出的目的不在于表达对事物情况的某种断定,而只是表示某种请求、提出某种命令,因此,一般地说,祈使句是没有真假的,因而是不表示命题的。比如,“愿君多采撷”只是表示一种愿望、请求,而这种愿望、请求可能存在的只是是否合适的问题,是否适当的问题,而不存在什么真假的问题(我们一般不会说“愿君多采撷”这一请求本身是真的还是假的,而只说它是适当的还是不适当的),所以,祈使句一般是不直接表示命题的。

同样,感叹句作为一种抒发某种感情的语句,也是不直接表示命题的。因为,写出这种语句的目的,或者,这种语句所承担的功能或作用并不在于陈述事物的某种情况,不在于表达某种断定,而只在于抒发某种感情,所以,它本身也是无真假可言的。比如,“此物最相思!”只是表示诗作者借物寄情的一种感慨、一种感情,(“红豆是最相思的呵!”)而不在于直接陈述和断定事物(比如“红豆”)的某种情况(“是否是最相思的”),所以,它本身并无真假可言,因而,也就不表示命题。

当然,我们说后述三种句子并不表示命题,都是直接就它们自身的功能、作用而言的。如果进一步分析,比如从语句的预设的角度来进行分析,那也不能说它们就毫无真假可言、因而与命题毫无关系的。比如说,“春来发几枝?”这个疑问句之所以是一个有意义的疑问句,在于这个疑问句至少预设了这样一些命题:“红豆树是有生命的”“它在春天是会发枝的”。否则,如果红豆树不是植物,不具有生命,或者,红豆树虽然是植物、有生命,但“它在春天不会发枝”,即其预设是假的命题,那么,“(红豆树)春来发几枝”的问题就是没有意义的问题,在一定意义上也可以说它是一个假问题。就此而言,所以我们说疑问句也不是完全没有真假问题的。祈使句、感叹句的情形与此类似,就不再多说了。至于什么是预设的问题,我们将会在以后的某些篇什中再作出分析和说明。

三、“长江悲已滞,万里念将归”

——谈“诗无达诂”的逻辑根据:同一诗句可释为表示不同命题

初唐诗人王勃有题为《山中》的五言诗一首:

长江悲已滞,万里念将归。

况属高风晚,山山黄叶飞。

本诗描写诗人在江边的山中，遥望高风送秋、黄叶纷飞的情景，禁不住生发出久客之悲、思归之念。正如《唐诗鉴赏辞典》的本诗赏析者所说："诗的前半首是一联对句。诗人以'万里'对'长江'，是从地理概念上写远在异乡、归路迢迢的处境；以'将归'对'已滞'，是从时间概念上写客旅久滞、思归未归的状况。两句中的'悲'和'念'二字，则是用来点出因上述境况而产生的感慨与意愿。诗的后半首，即景点染，用眼前的'高风晚''黄叶飞'的深秋景色，进一步烘托出这个'悲'和'念'的心情。"

但从赏析者的这段话里，我们又不难看出，当其认为"以'将归'对'已滞'，是从时间概念上写客旅久滞，思归未归的状况"时，他是将"长江悲已滞"一句理解为诗作者谓自己留滞蜀中（"长江"理解为泛指巴蜀地区）已久的意思。按照这样的理解，本句中作者所悲叹凝"滞"的对象即为诗作者"自己"。而该句所表达的命题应为："诗作者悲叹自己滞留巴蜀已久。"

然而，也正如前述本诗的赏析者所指出的，由于"诗无达诂"，在一定范围内，理解也可因人而异。《百家唐宋诗新话》（四川文艺出版社，1989 年）一书对本诗第一句的评解，就正好说明了这一点。与前述理解相反，该书的评解认为："这里的'滞'，非谓诗人留滞巴蜀，应是用凝滞之本义指水。"即谓江水凝滞，东去缓慢的意思，以此反衬第二句中的"念将归"的急切心情。按此，"长江悲已滞"一句中作者所悲叹的对象就为"长江"之水，而本句所表达的命题即应为"诗作者悲叹长江水凝滞"。由此，对同一诗句有不同的理解，就使同一诗句所表达的命题的谓项有着不同，从而使之表达的命题也就不同。

那么，"长江悲已滞"一句所表达的命题的主项如何呢？在我看来，由于本诗是一首抒写旅愁归思的诗，它所抒发的是诗作者的急切盼归的客旅愁情。因此，本句就其所表达的命题而言，其主项都只能是“诗作者”本人。即无论其“悲已滞”者如何,都是诗人自己在“悲”。这一点,不同的赏析者、评解者,大体上是没有异议的。分歧之处仅在于诗人所悲滞者为何,即本句所表达的命题的谓项为何上。如前所述,正是在这一问题上人们有着不同的理解,才使这同一诗句表达着两个不同的命题谓项,并从而表达着两个不同的命题。

但是,就我个人而言,我较为赞同后一种,即《百家唐宋诗新话》一书评解者对此所作的解释,也就是较为赞同该书对这一诗句所表达的命题(思想内容)的理解。因为,正是这种理解和解释,把作者在诗中所表现的那种离家万里而归心似箭,虽江水奔流不息但犹悲其凝滞的急迫心情,真实而透彻地揭示和显露了出来。

也正是从这里,我们看到了历来所谓的“诗无达诂”是有其逻辑根据的。这根据就是:同一诗句,人们可按自己的不同理解而对之作出不同的解释,从而,使之表达着不同的命题,具有不同的意味及不同的艺术意境。至于谁的理解更符合诗句的原意,更为贴切、适当,见仁见智,有时确是难以判断的了。

四、“来日绮窗前,寒梅著花未?”

——谈语句的预设

唐代诗人王维有《杂诗》(其二)一首:

> 君自故乡来,应知故乡事。
>
> 来日绮窗前,寒梅著花未?

这是一首寓真情于平淡的小诗。作者用近似白描的写法,把一个异乡客的思乡之情,表现得朴实而亲切。

“君自故乡来,应知故乡事”,表现了离乡游子急于了解家乡情况

的急迫心情。而家乡窗前的寒梅，可能正是游子对家乡魂牵梦绕之所在。于是，“来日绮窗前，寒梅著花未？”通过对寒梅是否开放、梅花是否显露的独自提问，表现了游子深切而挚诚的思乡情怀。读之，真使人回味无穷。

由此也不难看出，诗的最后两句，特别是“寒梅著花未”一句，乃是全诗点睛之笔。它集中寄托了一位异乡客的思乡之情。而这一个句子却是一个疑问句，它用提问的形式，蕴含了非常丰富的思想。分析这个句子的预设，可有助于我们更清楚地理解到这一点。

在释《红豆》诗时，我们已经提出，一个疑问句就其本身而言，由于其没有表示对事物情况的任何肯定或否定，所以，它是没有真假的，从而是不表示命题的。但是，这并不意味着，一个疑问句是与真、假毫无关系的。一个有意义的问句，也就是一个能够成立的问句，总是以其具有的相关真命题为前提的，这就涉及语句的预设问题。

什么是预设呢？通俗地说，就是指一个语句真假（就陈述句而言）或有意义（就疑问句、祈使句等而言）的前提。比如：“小王不再抽烟了”，和它的否定“小王还在抽烟”这两个语句（都为陈述句），都是以“小王曾经抽过烟”为前提的。没有这个前提，无论是讲“小王不再抽烟了”还是讲“小王还在抽烟”，都谈不上谁真谁假，因而是没有意义的。就此而言，“小王曾经抽过烟”就是这两个互相否定的句子的预设。再如，前诗的最后一句“寒梅著花未？”这一疑问句之所以成立或者说有意义，就在于它预设了“寒梅是会开花的”这一前提。没有这一预设，即如果“寒梅是会开花的”是一个假命题，那么提出“寒梅著花未”就是无的放矢，毫无意义的。正是在这个意义上，我们在前面曾经提出：虽然疑问句一般是不直接表示命题的（因其没作出断定，因而是没有真假的），但这并不意味着它是与命题、与真假毫无关系的。原因就在于，一个有意义的疑问句总是有其预设的，而其预设总是一个真命题。

也正因如此,我们就可以通过对“寒梅著花未”这一疑问句的预设的分析而进一步意识到,前诗中所谈到的那位异乡客,其家中的寒梅必然是年年吐芳送香的,再加上他或许有着对寒梅的某种特殊偏爱,想必在家时总是年年离不开观赏这寒梅吐芳的美境的。因此,远方的游子思念家乡的浓浓真情,就形象地表现为对“寒梅著花”的思念,从而,一句“寒梅著花未”的提问,也就很自然地集中地寄托了思乡者对家乡的深切怀念之情!

自然,不仅仅是陈述句、疑问句是有预设的,祈使句、感叹句同样也是有预设的。比如,“请你开门”这一祈使句之所以是有意义的,能够成立的,至少在于它预设了这样一个前提:“(所指的)门是可以打开的”,即“门是可以打开的”是一个真命题。否则,如果说话者所处的具体场合根本没有门,或虽然有门,但却是打不开的,那么,“请你开门”这一祈使句的提出就是毫无意义的。不仅如此,我们还可设想:即使在说话者所处的具体场合里是有门可以打开的,但受话者却意识不到这一点(指有门,并是可以打开的),那么,“请你开门”这一祈使句的提出也是没有意义的。正是在这个意义上,人们通常所说的预设主要是一种语用预设,即关系到语言的使用者和语境的预设,它主要存在于人们的交际活动之中,并在事实上是指说话者的预设。稍准确一点说,所谓语用预设是指:一个说话者在说出某一句话“B”时预设命题“A”,只有当他在说出这句话“B”时认为“A”当然真,而且也假定了听话者同他一样认为“A”当然真,而且,“B”是否成立或有意义,是以“A”为前提的。

我们且再以《红豆》诗中的“愿君多采撷”一句为例稍加说明:这一祈使句显然是以红豆树上的红豆成熟后可以采撷为其预设的。所以如此,不仅在于“红豆树上的红豆是可以采撷的”这一命题既是诗作者

认定其为真的，也是被其思念的友人同样认定为真的，而且，“愿君多采撷”一句正是以之为前提的。

也正是因此，我们也才肯定地说，虽然祈使句（表示命令、愿望的语句）的主要功能不在于对事物情况作出陈述和断定，因而，是并不直接表示命题的，但是，通过对其预设的分析表明，它并不是同命题的真假毫无关系的，就此而言，也可以说它是间接地表示命题的。

五、“门外水流何处，天边树绕谁家？”

——谈古诗中的疑问句

中唐诗人皇甫冉曾写有一首题为《问李二司直所居云山》的诗。诗云：

门外流水何处，天边树绕谁家？
山色东西多少，朝朝几度云遮？

这是一首全用疑问句写成的诗。疑问句简称问句，是语句按功用区分的一种重要句型。它是一种仅仅提出问题、提出疑问而未作任何断定的语句。不过，从我们上面抄录的诗中不难看出，用它所写成的诗确具有为其他类型语句（如陈述句、命令句、感叹句）所不具有的特殊修辞意味和表现功能：它不仅透过一句一句的提问婉转地描绘出作者友人所居云山的主要自然景色，而且，也把诗人对好友的深切关怀和思念之情，朴实、自然而真切地表达出来，读来真让人回味无穷，感慨不已。

这种全用问句写成的诗，在北宋诗人王安石那里也有一首。其题为《勘会贺兰溪主》：

贺兰溪上几株松，南北东西有几峰？
买得住来今几日，寻常谁与坐从容？

同前诗一样,本诗通过四个问句,亲切地询问了友人移居后的种种情况。从移居地的自然风光如何,到友人移住新居的时日多少,以及在新居处是否有人从容对话等一一问及,把作者对友人的亲切关怀与思念之情表露得朴实、自然而真诚。

从上述两首诗的介绍中不难看出,用问句写成的诗确实较之用其他句型写成的诗是别有韵味,也别有意味的。这一点,也正是古代诗人们所以在他们的诗作中常常运用这种疑问句来抒发他们感情的一个重要原因,也是我们所以要对我国古诗词中的疑问句作一些逻辑分析的重要原因。在本篇中,我们将首先对疑问句的组成即逻辑结构,作一点简要的分析。

以前述两首诗为例,它们分别运用了四个问句,各自提出了四个不同的问题。它们所提问的问题的具体内容显然各不相同,但是,作为疑问句它们却有着相同的一般结构:它们都是由"问式"和"题设"这两部分所构成的。所谓"问式"是指提问的方式,它包括问号和问词。问号是用来标示疑问句的标点符号;问词是标示问句的疑问的语词,如一般问句中的"吗""呢"以及前述两首诗中"何处"中的"何","几度""几株"中的"几","谁家""谁与"中的"谁"等等。所谓"题设"是指问句中除了问式以外的其余部分。如"今天去图书馆吗?"问句中的"今天去图书馆","你为什么不读点古诗词呢?"中的"你不读点古诗词"。用前述两首诗的诗句来说,如"门外流水何处?"中的"门外流水","贺兰溪上几株松"中的"贺兰溪上的松"等等。可见,题设可以是一个句子(如"今天去图书馆"),也可以是一个语词(如"贺兰溪上的松")。

问式可以是各种各样的。在同类问句中,其问式是相同的,因此,我们可以把问式看作是问句的"常项";相对问式而言,则可以把题设看作是问句的"变项"。任何一个问句,都是由这两部分所构成的,这就是问句的一般逻辑结构。按照这个结构,我们就可以对古诗词中那

些涉及问答的诗句，包括有问无答或有答无问的诗句作出分析，由问以推答或由答以推问，并对包括古诗词在内所运用的各种问句进行归类，从而对之作出进一步的逻辑分析。

六、“问余何意栖碧山，笑而不答心自闲”

——谈由问推答和由答推问

唐代著名诗人李白有一首题为《山中问答》的小诗：

问余何意栖碧山，笑而不答心自闲。
桃花流水窅然去，别有天地非人间。

本诗一题作《山中答俗人》，可见，诗的第一句乃是“俗人”的提问：诗人（“余”）为什么要住在这青翠苍绿的山中呢？对此，诗人“笑而不答”。第三、四句写山中有桃花随水漂流，向深远的地方流去，那儿好似“非人间”的世外桃源。此两句虽不是对首句的作答，但实际上已是诗作者在心里作答了，只不过这内心的作答可能不是为俗人道吧！因此，本诗看似淡雅悠闲，其实却表现出李白的愤世嫉俗及对现实社会的不满。但从问答的角度而言，这可以说是一首有问无答之作。

与此相反，唐代诗人贾岛有题为《寻隐者不遇》的小诗一首，直接表现出的却是有答无问。贾岛诗云：

松下问童子，言师采药去。
只在此山中，云深不知处。

首句写明“松下问童子”，但问的什么却并未写明。而第二和第三、四两句却又分别都是童子的答问。故本诗虽用问答方式写成，但全诗无一问句。所以,这是典型的有答无问。

但不管是有问无答,还是有答无问,由于问与答之间是有其内在联系的,我们总是可以由问而推知其答,由答而推知其问的。比如,就李白诗而言,既然首句提出的问题即包含的问句是"问余何意栖碧山",那就表明该问句的"题设"为"余栖碧山",问词为"何意",即何事、为什么等等。可见,该问句属问句"x——类"的"为什么 A?"型结构的问句。按此,该诗的第二句虽然表明作者对此问题是"笑而不答",但其第三、四两句对"碧山"的描绘,实际上表明了作者所以愿意"栖碧山"的原因,因而,可以推知它们实际上是第一句所提问题的回答。而就贾岛诗而言,既然第二句"言师采药去"是对第一句"松下问童子"的回答,那么,按照这一回答("师傅采药去了"),与之相应的问词必然是"何处""哪里"之类的语词,其题设则应是"师傅去了",这样,把二者联系起来即为问句:"你师傅哪里去了?"反过来说,"师傅采药去了"也正好是对这一问句的明确对答。按这样的方法,由该诗的第三、四句"只在此山中,云深不知处"作为童子的答问,再联系第二句的回答即可推知其第二个问句是:"你师傅到什么地方采药去了?"

不难看出,这里的由问推答和由答推问,都是以问与答之间的内在联系为其根据的,所以,它是人们不难推知和想象到的。也正是因此,作者在诗中就能做到最大限度的用语的省略,全诗也由此而显得更加含蓄、简练而意味隽永,发人深思。

七、"春草明年绿,王孙归不归?"

——谈对疑问句的逻辑分析:问句的分类

唐代诗人王维和李白分别写有下述小诗各一首:

山中送别　王维

山中相送罢，日暮掩柴扉。

春草明年绿，王孙归不归？

哭宣城善酿纪叟　李白

纪叟黄泉里，还应酿老春。

夜台无李白，沽酒与何人？

两首诗都从生活中选取了看似平凡的素材，寓深厚、真挚的离别和怀念之情于朴实、自然的语言之中，读来令人深思、令人动情。而两首诗中的最后一句，皆是一个问句：前诗描写主人公在刚刚送别故人后的日暮关门时，才将本应在送别时提出而又未能提出的一个悬念，从内心深处流露出来，形成了一个疑问句（或简称“问句”）：明年春草再绿时，“故人是否归来呢？”后诗描写主人公为了悼念一位善于酿酒的老师傅而故作痴语地提问：老师傅！你已去漫漫长夜的“黄泉里”，而我李白还活在人世，你在幽冥中酿出的老春好酒，又将“沽酒与何人”呢？

很显然，这两个问句所问的（即要求回答的）具体内容多不相同，但作为疑问句它们却有着相同的结构：它们都是由“问式”（提问的方式。其中包括问号和问词：类似“吗”“呢”“谁”“还是”之类的语词）和题设（问句中除了问式的其余部分）这两部分构成的。在同类问句中，其问式相同，可视为问句的“常项”；相对于问式而言，题设（可以是一个词，或一个短语或语句……）可视为问句的“变项”。题设和问式就形成了问句的一般结构。

按照问式的不同，对疑问句可以进行一定的分类。比如，“王孙归不归?”和“沽酒与何人?”这两个疑问句它们不仅题设各不相同,它们的问式也是不相同的。前句属于问句中的“是——否”类型,可称为“是——否问句”,具有“A 吗?”(其中“A”表示题设,“吗”为问式)的问句结构。这是疑问句的一种主要类型。前面我们谈语句的预设时,曾分析过王维的《杂诗》一首,其最后一句“寒梅著花未?”也属此种类型。

后句“沽酒与何人?”则属问句类型中的“x——类”问句。比如,李白有《子夜吴歌》四首,现录其中的《秋歌》一首:

长安一片月,万户捣衣声。
秋风吹不尽,总是玉关情。
何日平胡虏,良人罢远征?

李白另还有《春思》一篇,诗云:

燕草如碧丝,秦桑低绿枝。
当君怀归日,是妾断肠时。
春风不相识,何事入罗帏?

前诗最后两句提出的问题是:什么时候才能打败胡虏,而使丈夫能罢征回家?后诗最后两句所提出的问题是:当春风吹入闺房、掀动罗帐时,诗的女主人公申斥春风,为什么要进入罗帐?显然,提出这两个问题的疑问句,明显不是属于前面刚分析过的“是——否”型的疑问句,而是属于“x——类”的疑问句,它是具有“A 什么?”“什么 A?”“A 谁?”“谁 A?”“什么地方 A?”“A 什么地方?”“A 什么时候?”“什么时候 A?”“A 怎样?”“怎样 A?”“A 多少?”“多少 A?”“A 为什么?”“为什么 A?”之类结构的疑问句,通称 x——问句。显然,在李白前述两首诗中,前诗的疑问句是属于“什么时候 A?”的疑问句;后诗的疑问句是属于“A 为什么?”的疑问句。而贾岛《剑客》一诗谓:

十年磨一剑，霜刃未曾试。

今日把示看，谁有不平事？

其最后一句提问的疑问句，显然又是属于“谁 A?”的疑问句。而前述“沽酒与何人”则显然属于“A 谁?”的疑问句。

除上述外，疑问句还有一种类型，即选择问句的类型。比如，南宋诗人家铉翁有题为《寄江南故人》的小诗一首：

曾向钱塘住，闻鹃忆蜀乡。

不知今夕梦，到蜀到钱塘？

南宋词人刘克庄在《一剪梅》（袁州解印）一词的上阕中写道：

陌上行人怪府公，还是诗穷，还是文穷？下车上马太匆匆，来是春风，去是秋风。

前一首诗的最后两句提出了一个问题：“今夕是梦到钱塘呢还是梦到巴蜀?”后一首词一开始就通过陌上行人对词人“下车上马太匆匆”的惊奇，而提出了一个问题：“府公很快就被革职罢官（词作者刘克庄是一个关心民族命运、渴望为国立功的人。但在腐朽的南宋年代，他的仕途却充满曲折。刘克庄在嘉熙元年，即公元 1237 年，出任袁州知府，数月后即因火灾被劾罢官）。是诗使人穷呢还是文使人穷?”

显然，这两个问句也是提问的内容虽然不同，但作为问句的类型却是相同的。这是不同于前述两类疑问句类型的另一种问句类型，即选择问句的类型，它具有“a 还是 b?”的问句结构。

以上是从逻辑学的角度对问句所作的一种常见的划分（即分类）。这种划分同目前语言学界对问句所作的划分（将语句分为“是非问”“特指问”和“选择问”）[①]，大体上是一致的。区分和熟悉这些问句的类

① 参阅胡裕树主编：《现代汉语》，上海教育出版社，1995 年，第 376—377 页。

型,对于我们正确地理解和把握诗词中所运用的问句的内容,从而准确地理解和把握诗词的丰富内涵和艺术手法,无疑是会有一定帮助的。

八、"人生到处知何似?应似飞鸿踏雪泥"

——再谈对疑问句的逻辑分析:问句的预设和回答

宋代著名诗人苏轼有题为《和子由渑池怀旧》名诗一首,诗云:

人生到处知何似?应似飞鸿踏雪泥。
泥上偶然留指爪,鸿飞那复计东西?
老僧已死成新塔,坏壁无由见旧题。
往日崎岖还记否?路长人困蹇驴嘶。

这是苏轼按照其弟苏辙(字"子由")写的一首题为《怀渑池寄子瞻兄》一诗原韵而写成的和诗。诗的前四句写了一段议论。一个人为了谋生,或为了读书、应举、做官,总免不了到处奔走。这像什么呢?像南迁北回的鸿雁,脚爪踏在雪泥上虽然偶然留下了爪痕,转眼又飞走了,那留下的爪痕又哪能都记着呢?人们后来形成的用以比喻行踪无定、偶然到达和相遇的"雪泥鸿爪"这一成语,就源于此。

后四句诗应和了其弟诗中的怀旧之情。苏辙在《怀渑池寄子瞻兄》一诗中有注云:"昔与子瞻应举,过宿县中寺舍,题老僧奉闲之壁。"但现在老僧已经故去,只留下埋葬骨灰建成的新塔。而当日题写在墙上的诗句,也因墙壁破坏而无由得见了。暗应了前四句中"雪泥鸿爪"的意思。于是,诗的最后二句,又以追忆往事提问:子由弟还记得吗?那一年,我和你骑马过崤山,在二陵之间颠颠簸簸地走着,谁知骑的马死了,只好改骑驴子,路长人困而驴子又不停地嘶叫。这种情境,你还

记得吗？诗人又通过这样的提问，让他弟弟记取以往的艰辛，蓄积更多战胜困难的勇气，更加奋发前进。

在这里，我们又看到一个很值得注意的现象，短短八句诗中，有六句是直接或间接地同疑问句的提出或回答相关的。比如，第一句是用问句提出了问题，第二句则是对问句的回答；第三、四句和七、八句则分别是问句的提出和对问句题设的说明。按此，我们就可以对疑问句作进一步的逻辑分析，从不同角度来弄清疑问句在逻辑上究竟有些什么样的重要特征：

一、疑问句本身未作出断定，因而不表示命题，也不表达判断，是没有真假可言的。

从前述的各个例句可见，一切疑问句都只是提出疑问。提出了问题（比如："人生到处知何似？"这一问句只是提出了"人生四处奔走像什么呢"这样的问题），而并未对所涉及的问题作出任何断定。既然没有作出断定，当然也就没有因断定而出现的真或假，因此，疑问句也就不表达判断，不表示命题。这是疑问句有利于陈述句的一个显著特点。

二、疑问句是有预设的，而预设总是由一个陈述句所表示的命题，是有真假的。

什么是疑问句的预设呢？我国著名逻辑学家周礼全先生曾举例说过："问句也有预设的问题。'他到哪里去了？'预设他去某处。'谁做这件事？'预设有人做某种事情。"由此可见，问句的预设是问句成立即有意义的一种前提，它是用陈述句表示的、隐藏在问句中的某种思想，有了这个前提或这种思想，问句的提出才是有意义的。就此而言，预设是问句被提出和得以成立的必要条件。

比如，前诗中"往日崎岖还记否？"这一问句的提出暗含着"往日曾经有过崎岖行程"这一陈述句及其所表示的命题。"往日崎岖还记否?”这一问题提得是否正确,即是否有意义而能否成立,关键就取决于这一暗含命题的真实性。如果这一命题(“往日曾经有过崎岖行程”)本身是假的,或不是预先知道的,那么,“往日崎岖还记否?”这一疑问句的提出就是没有意义的。正如我们提问“他上班了吗?”总是预设着“他是有工作的”这一命题。而且,只有“他是有工作的”这一命题是真的,预先知道的,提出“他上班了吗?”这一问句才是有意义的。否则,如果“他从不上班”,即“他是上过班的”这一命题为假,提出“他上班了吗?”就是没有意义的,也就是不正确的、不合适的。

这就是说,疑问句本身虽然是没有断定、从而没有真假的,但是,作为疑问句成立和有意义的必要条件和前提的预设,都是有所断定的,是一个命题,因而是有真假的。

三、疑问句是有回答,也就是有答案的。

用疑问句提出问题,总是要求有回答、有答案的,比如:前述苏轼诗中的第二句“应似飞鸿踏雪泥”就是对诗的第一句所提问题的回答即答案。自然,答案可以是多种多样的,但从逻辑上说,无非三种情况:(1) 可能答案。这是指能够满足问句提问要求的各种答案。比如,就“是……否问句”而言,可能答案是对问句肯定或否定的回答。如问“今天下雨了吗?”其可能答案是:“是”或“不是”;就“选择问句”而言,可能答案是对问句中提出的至少肯定或否定其中一个题设的答案。如问“今天在下雨还是没下雨?”其可能答案是:“今天在下雨”或“今天没有下雨”;就“x——问句”而言,可能答案是对问句中的问词作出回答的答案。如问“你去哪?”(其问词为“哪”)其可能答案是:“我想去图书馆”,或“我想去书店”等等。(2) 真答案。是指其答案是问句的可能答案,并且是一个真命题。如问句“今天星期几?”“星期一”到“星期日”各天均是其可能答案,但如回答为“今天星期一”,而且当天确实是星期一,那么,这一答案就是一个真答案。(3) 假答案。是指答案为问

句的可能答案，但却是一个假命题。如问句“现在是黄梅季节吗?”其可能回答为“是”或者“不是”，但如实际情况是，虽然下雨天多了一点，但却不是黄梅季节，而对此回答为“是”，那就是一个假答案。

由此不难看出，问句总是有预设和答案的。而问句的预设和答案是有真假的。但预设的真假和答案的真假之间是没有直接联系的。二者的关系仅在于：预设真，问句才有可能的答案；预设假，问句则无可能的答案。

通过上述分析可以清楚地看到，疑问句同用陈述句及其所表达的判断和命题，是有着明显差别的，这差别就在于：疑问句本身只是对事物情况提出了疑问，而没有对之作出断定，因而，它不表达判断，也不表示命题，从而也就无真假可言；然而，疑问句是有预设的和答案的，而其预设和答案都是由陈述句所表达的判断和命题，因而，也都是有真假的。就此而言，疑问句又同判断、命题存在着密切的联系。这种既区别而又联系的现象，正是疑问句的主要逻辑性质之所在。我们只有把握了疑问句这一逻辑性质，才能真正深刻理解疑问句并进而对之提出正确的、符合实际的答案，也才有可能对古代诗词中的疑问句所表达的思想有较深入而确切的理解。

九、“今夜月明人尽望，不知秋思落谁家?”

——三谈对疑问句的逻辑分析：问句的回避、回驳和回问

唐代诗人王建，有题为《十五夜望月》诗一首：

> 中庭地白树栖鸦，冷露无声湿桂花。
>
> 今夜月明人尽望，不知秋思落谁家?

诗人在中秋之夜，面对照耀得“中庭地白”的月色和鸦鹊栖宿的寂

静,望着深夜秋露打湿了的庭中桂花,想到人们都会在这中秋团圆佳节里,凝神注望着天空的一轮明月,但不知那茫茫的秋思会落在谁的身上("谁家"即指"谁","家"是语尾助词)? 全诗用这样一个疑问句结尾,把月明人远、思深情长的意境表现得更加思绪绵绵、委婉动人。从我们前面对疑问句的分类来看,这个疑问句("秋思落谁家")显然是属于"A 谁?"的"x—类"疑问句。

对问句的逻辑分析,除了要弄清其必然有预设、有答案之外,还必须弄清问句的回避、回驳和回问等问题,以有助于我们正确地使用问句和回答问句。

什么是问句的回避呢? 如果一个语句表达的命题是某问句的预设所蕴含的命题,那么,该语句即是某问句的回避。比如,"秋思落谁家?"这一问句的预设是"秋思要落在某家",而其回避就是:"秋思要落在某家",或者"秋思要落在它该落的某家"。(后述这两个语句所表达的命题,是为该问句的预设"秋思要落在某家"这一命题所蕴含的。即问句预设的命题真,则问句的回避必真)可见,所谓问句的回避,通俗地说,即对问句所提出的问题貌似回答,其实未作回答。

什么是问句的回驳呢? 如果一个语句所表达的命题是某问句的预设的否定命题(即矛盾命题),那么,该语句即是某问句的回驳。比如,"秋思落谁家?"这一问句的预设是"秋思要落在某家",而其回驳则是:"秋思不会落到谁家。"正如我们有问句:"小王戒烟了没有?"其预设是"小王是抽烟的",其回驳则为:"小王根本不抽烟"。可见,所谓问句的回驳,通俗地说,就是对问句成立的前提(即预设)的否定。

什么是问句的回问呢? 如果一个语句是对某问句的问词的提问,那么,该语句即是某问句的回问。比如"秋思落谁家?"这一问句的问词是"谁",其回问则为:"什么谁?"或者"'谁'指的是什么?"问句的回问是人们对较为复杂的问句中的问词不完全理解的时候,或者,故意

拖延回答的时候常常用到的。比如，有人问某人“近来怎么样？”而某人可能出于对该人的提问不完全明白(如，不知对方是问自己身体怎样，还是工作、婚姻方面的问题怎么样)，或不愿直接作答，便针对其问词“怎么样”而回问说：“什么怎么样？”或“‘怎么样’是什么意思？”等等。

以上可见，为了正确掌握和使用疑问句，弄清问句的回避、回驳和回问也是非常必要的。这不仅对于我们正确理解和运用疑问句，从而提高我们的日常交际(言语交流)水平，是有一定重要作用的，就是对于我们理解和把握含有疑问句的古典诗词的艺术创造手法和内容来说，也是有一定帮助的。

十、“飞镜无根谁系？姮娥不嫁谁留？”

——对疑问句的逻辑分析举隅

南宋词人辛弃疾写有名为《木兰花慢》的诗一首，采用屈原《天问》的手法，从“月落”着笔，对月提出了一个个问题：

> 可怜今夕月，向何处，去悠悠？是别有人间，那边才见，光影东头？是天外。空汗漫，但长风浩浩送中秋？飞镜无根谁系？姮娥不嫁谁留？　　谓经海底问无由，恍惚使人愁。怕万里长鲸，纵横触破，玉殿琼楼。虾蟆故堪浴水，问云何玉兔解沉浮？若道都齐无恙，云何渐渐如钩？

按词所提问题的顺序：第一个问题是：今晚的月亮多可爱呵，它晃晃悠悠地要走向何处呢？第二和第三个问题是在第一个问题的基础上、为回答第一个问题而提出的：是另有一个人间，在我们这边落下的月儿又在它们的东面升起呢？还是那浩荡的清风把这中秋明月送往那天外的广阔宇宙中去了呢?第四个问题是:月儿似一面飞入天空的宝镜,却不会掉到地面,是谁用无形的长绳把它系住呢?第五个问题是:月宫里的嫦娥至今犹未出嫁,又是谁将她留住了呢?

接下来的问题是:有人说月亮游经海底,可无从去查问根由,这真使人发愁。真害怕大海中的万里长鲸横冲直撞,会触破月宫里的玉殿琼楼。月经海底时,月中的蟾蜍(虾蟆)固然因其会游水而不用担心,但那玉兔如何能解脱海水的沉浮呢?如果海水对这一切(玉殿琼楼、虾蟆、玉兔)都没有伤害的话,那么月亮又如何会渐渐亏缺而变成弯钩的模样呢?

词人在这里任凭想象的快意驰骋,把关于月亮的各种神话传说,巧妙地编织起来,对月亮提出了一个又一个饶有风趣而又耐人寻味的问题,使人不仅感受到词中浪漫主义色彩的神话形象的艺术魅力,也领略到其中所显示的词作者的聪明睿智的思想光辉和艺术才思。

从逻辑学的角度来分析,由于本词大量使用问句,因而较多涉及问句逻辑的一系列问题,诸如关于问句中问题的分类问题,问句预设的真假问题,关于问句的回答、回避和回绝的问题,以及依据问题间可能存在的真假关系而进行推理的问题,等等。这些问题,我们在前面对疑问句进行逻辑分析时,已作过初步介绍。下面,我们就根据这些初步介绍对《木兰花慢》一词所提出的各种问题,再作简要的分析。通过这种分析,将会有助于我们对本词中各个问句所包含的问题有更深入的理解和准确的把握,从而也会有助于对全词深邃而丰富的内容有更加深刻的理解。

我们先分析该词的第一句。这无疑是一个疑问句,它所提出的问题是:“今晚的月亮晃晃悠悠地要走向何处呢?”这是属于问句类型(分类)中的“x——问句”,其中“x”表示任一时间、地点、对象等等,就本句而言,“x”表示“走向的地点”。而这一问句所以能成立的预设,则至少有以下几条：

(1)“宇宙中有一个被称为月亮(月球)的东西(天体)。”

(2)“月亮不是永远停留在一个地方的。”

(3)“宇宙中有着月亮可以移动、去留的广阔空间。”

没有这些预设(它们都表现为真的陈述句)作为前述问句的前提条件,该问句就是没有意义的,不能成立的。自然,上述这几条预设就现代科学意义而言,不能说都是完全真实的,从而,这一问题(指“今晚的月亮……要走向何处?”)的提出并非是完全准确的。但在当时科学发展的水平和条件下,仅就人们的肉眼观察而言,我们不能不承认它们(指前几条预设)是有相当程度的真实性的。显然,稍作这样的逻辑分析,我们就不难领略到隐含在这一问句后面的词作者的另一些卓越思想。

其次,词的第二和第三问句所提出的问题,是基于对第一个问句提出问题的两个不同的回答而形成的问题(“是另有一个人间,在我们这边落下的月儿又在它们的东面升起呢?还是那浩荡的清风把这中秋明月送往那天外的广阔宇宙中去了呢?”)就问句的逻辑类型而言,这属于选择类的问题,具有“a 或是 b”的结构。它们当然也是分别各有其预设的(由于这一问句是在第一个问句的基础上提出的,所以,第一个问句的那几条预设,也可视为本问句的预设,这里不再详谈了)。而透过对这些预设的分析,我们也就可以进一步领略到在这些问句后面所隐藏着的词作者的更深邃的思想。

再次,该词所提出的第四、五两个问题分别是:“月儿……不会掉到地面,是谁用无形的长绳把它系住呢?”“月宫里的嫦娥至今犹未出嫁,又是谁将她留住了呢?”这两个问题是词作者当时还不具备有关万有引力等宇宙空间知识的条件下提出的,但他把对月亮永浮天际原因的大胆探索同关于月亮的神话的浪漫想象结合在一起,仍给人以丰富的联想和启迪。当然,从今天已达到的科学水平来看,这两个问题无疑都是不成立的。因为,它们各自的预设(如前者预设:“月球可以用长绳把它系住”;后者预设:“月亮里有一个月宫”“月宫里有一个叫嫦娥的人”“嫦娥还未出嫁”等等),都是一些虚假的命题。因此,在当前科学水平的条件下,对这两个问题不可能有问句的真回答,只能采取问句的回绝(亦称“问句的回驳”)。所谓问句的回绝是指:当一个语句x是与问句q的预设相矛盾的语句,即是对问句预设的否定,那么,语句x就是对问句q的回绝。比如,就上述两个问题的第一个问题而言,问句的回绝是:“月球根本不可能是用长绳系住,才永浮天空的”;对后一个问句的回绝是:“月亮里没有什么月宫”,或“月宫里没有什么叫嫦娥的人”等等。

词中提出的其他问题,大多与上述问题基本类似,在此不一一分析了。仅此可见,对问句进行初步的逻辑分析,是有助于我们对问句的更深刻理解和正确回答的。就本词而言也是有助于我们对该词所体现的深邃睿智的理解的。

十一、“东风不与周郎便,铜雀春深锁二乔”

——谈诗句中的反事实条件句

唐代著名诗人杜牧有题名为《赤壁》的名诗一首:

> 折戟沉沙铁未销,自将磨洗认前朝。
>
> 东风不与周郎便,铜雀春深锁二乔。

“赤壁”在今湖北蒲圻西北,长江南岸,相传为三国时吴、蜀联军火烧魏军之处。诗的第一、二句,写诗人借此处发现的一件古物——一支折断了的铁戟,经一番磨洗,发现它确系六百年前赤壁之战的遗

物——来抒发他对前朝人、事的感叹。第三、四句，则根据那次战争的战况进行设想：如果当时不是东风给周郎以便利，使之能借东风火烧魏军水寨，而使魏军大败，那么，魏军就有可能获得胜利，吴蜀就有可能失败。在这种情况下，曹操就会“揽二乔于东南兮，乐朝夕之与共”（《三国演义》中孔明诵《铜雀台赋》中语）了。于是，诗人由此推论：“东风不与周郎便，铜雀春深锁二乔。”

显然，杜牧诗中这一设想并不是历史事实。即：“东风不与周郎便”这一条件不是事实（并不存在这一条件），“铜雀春深锁二乔”这一依赖于前述条件而成立的推断也不是事实（并未出现“铜雀春深锁二乔”的情况）。但是，这两句之间的条件关系——广义的因果关系却是成立的。因为，如果其中第三句所表述的条件能得以存在的话，那么，第四句所表述的情况也就必然存在。这就是说，这第三、四两句确实是构成了一个条件句，相应地确实是表达了一个条件命题，一个充分条件的假言命题。然而，如前所述，这一条件句却是一个其前后件所断定的情况都不存在（即都不是历史事实，因而其值均为假）的条件句，所以，人们就通称这种条件句为“反事实条件句”，它所表达的命题就是一个反事实条件命题。

反事实条件命题同现代逻辑的实质蕴含在逻辑性质上有着明显的区别：首先，实质蕴含的蕴含式“$p \rightarrow q$”，只要其不出现 p 真而 q 假的情况，它就总是真的，而不问“p”与“q”所表示的命题之间是否有意义上的条件关系。而反事实条件命题的前件与后件之间总是存在一种条件关系的。其次，由于反事实条件命题的前件总是违反事实的，亦即总是假的，因此，如果用蕴含式来予以解释的话，那么，反事实条件命题就总是真的（因为前件为假的蕴含式，不论其后件的真假，其值总是为真），而这显然是同人们所面对的实际情况不相符合的，因而是难以为人们所接受的。所以，用实质蕴含来解释反事实条件命题是不适宜的。

反事实条件命题常用于人们用来表达某种设想或假想，用以阐明某种事理，或进行某种揭露。

比如：同属唐代诗人的罗隐写有《金钱花》诗一首：

占得佳名绕树芳，依依相伴向秋光。
若教此物堪收贮，应被豪门尽劚将。

其中的第三、四句所表述的当然都不是事实，所以，它们构成了一个反事实条件句，表达了一个反事实条件命题。这一命题是说："金钱花"作为一种"占得佳名"的花，如果它真的是金钱而可以收藏的话，那么，那些豪门贵族出于对金钱的无限贪欲，必然会毫不怜惜地要将它全部掘尽砍光(第四句中的"劚"音"竹"，即掘、砍之意)。显然，诗人正是通过这一反事实条件句，对豪门贵族贪得无厌的本性进行了尖锐而深刻的揭露。

十二、"若教生在西湖上，也是须供使宅鱼"

——谈反事实条件句在交际中的运用

唐代末年的著名诗人罗隐，一生皆不得意。从28岁起就考进士，一直考到55岁，考了十次以上，始终未被录取。后来，他投奔在浙江一带割据的吴越王钱镠，担任过钱塘令等官职。钱镠称王后，定都在今天的杭州。当时赋税繁重，连鸡蛋、鱼都要纳税。西湖中捕鱼的渔民每天需交鱼数斤，叫做"使宅鱼"。罗隐看到这种现象后很不满意，一直想加以劝谏，但未有合适机会。

一次，罗隐陪着钱镠清谈。附庸风雅的钱镠指着墙上挂的一幅《磻溪垂钓图》，请罗隐在画上题一首诗。罗隐借此机会，题下了下面这首题为《题磻溪垂钓图》的七言讽刺诗：

吕望当年展庙谟，直钩钓国更谁如。

若教生在西湖上，也是须供使宅鱼。

据说，钱镠看到罗隐题的这首诗后，自感愧怍，就下令把“使宅鱼”这项捐税免征了。这是为什么呢？

原来，罗隐所题《磻溪垂钓图》画的是姜太公在磻溪（今陕西宝鸡东）钓鱼的图画。传说商末时，姜子牙曾用直钩在离水面三尺的空中钓鱼，嘴里还念道：“负命者，上钩来。”他当时并非真的是在钓鱼，而是在等待有作为的君主来任用他。后来，周文王果然发现了他的才能而予以重用，并最后由其辅佐周武王灭了商朝而建立了周朝。罗隐的上述七言诗乃是就此有感而发的。诗的大意是：吕望（姜子牙）当年施展雄才大略，用直钩去钓一个国家的谋略谁能相比。假如他现在还生活在西湖上，那也是逃不掉要交纳“使宅鱼”的捐税的。

很明显，罗隐在此无疑是借题发挥，用诗中第三、四句所表述的一个反事实条件命题（“若教生在西湖上，也是须供使宅鱼”所表述的条件命题，是一个前后件均违反事实，即均为假但前后件的联系却能成立的条件命题。这类条件命题通称为反事实条件命题）来说明即使像姜子牙这样具有雄才大略的名相，即使他是用直钩钓鱼，假如他现今仍生活在西湖上，那也是必须交纳“使宅鱼”这种税的。以此用姜子牙的名望，特别是用他的直钩钓鱼（根本就钓不上鱼）的传说来讽刺收缴“使宅鱼”税的不合理性。这就难怪钱镠读过此诗后总算还有点良知而不得不下令免除这种捐税了。

十三、“我愿燕赵姝，化为嫫母姿”

——谈反事实条件句在议论中的运用

唐代诗人于濆写有五言诗《辛苦吟》一首：

垅上扶犁儿,手种腹长饥。

窗下投梭女,手织身无衣。

我愿燕赵姝,化为嫫母姿。

一笑不值钱,自然家国肥。

诗的前四句以浅显明白的诗句,深刻地揭露了封建社会中劳动人民的不幸境遇:在垅上扶犁耕种的男子,理应有饭吃,但却“腹长饥”;在窗下投梭织布的妇女,理应有衣穿,但却“身无衣”。即就情理而言,“扶犁儿”和“投梭女”应当有饭吃、有衣穿,但就事实而言,他们却“腹长饥”“身无衣”,这种通过对比情理与事实而出现的巨大反差,无疑是对封建社会的本质及其腐朽性的有力揭露和鞭笞。

后四句是说:我希望燕赵一带地方的美女,都变成面貌丑陋但德行贤惠的“嫫母”,如果能够这样,她们的笑就不值钱了,那种传说燕赵出美女、一笑值千金的挥霍现象不再有了,这样,“家”“国”自然也就富有了。

不难看出,前四句对封建社会劳动者无衣食这一不合理现象的揭露,提出了一个问题,如何避免这种不合理现象,使“家国”富起来,而使“扶犁儿”有饭吃,“投梭女”有衣穿呢?作者的设想是:杜绝那种使美人锦衣玉食、一笑千金的穷奢极侈的靡费现象,劳动者也就有可能逐步富裕起来。而这在当时固然是不可能的,然而,它却让人们从这种设想里,意识到了正是封建上层社会的奢侈享乐,造成了当时社会的不公平、不合理。这也正是作者写作本诗的意图和意义之所在。

很明显,作者的设想只是一种不能实现的主观愿望和假设,因此,由其所形成的一个条件句(如果“燕赵姝”都能“化为嫫母姿”,那么,“一笑不值钱”而“自然家国肥”了)只能是一个反事实的条件句。其所表示的命题也就只能是一个反事实条件命题。《辛苦吟》一诗也正是通过这种反事实条件句及其所表示的反事实条件命题,而对封建的上层社会进行了深刻的揭露和鞭笞。正因此，在许多诗歌中，特别是在人们的日常思维、论证中，反事实条件句的应用是非常广泛的。

比如，唐人皮日休的《汴河怀古》(其二)一诗中，也有这种反事实条件句的运用：

> 尽道隋亡为此河，至今千里赖通波。
> 若无水殿龙舟事，共禹论功不较多。

本诗作者认为，许多人谈论隋亡的原因时，都把它归咎于运河(汴河是其中的一段)。作者却不以为然，因为迄今为止，千里河运不正依赖于它而贯通的吗！由此，作者进一步设想："若无水殿龙舟事，共禹论功不较多"，意即如果没有隋炀帝"水殿龙舟"之事发生，那么，同夏禹相比，隋炀帝的功业也不差多少。而由于"无水殿龙舟"之事发生这并不是历史事实，而让隋炀帝同夏禹论功劳的大小这也不是历史事实，但前者与后者之间的条件关系却是成立的。所以，这一条件句显然是一个反事实的条件句。诗作者正是运用了这一反事实条件句，对"尽道隋亡为此河"的论调进行了有说服力的辩驳，显示了作者对运河，以致对隋炀帝的历史功过，有着高出前人一头的眼光。

第五篇　古诗词作品中的推理(上)：古诗词中常常隐含推理

一、"平明忽见溪流急，知是他山落雨来"

——谈什么是推理

宋人翁卷有写山雨诗一首，题为《山雨》。

一夜满林星月白，亦无云气亦无雷。
平明忽见溪流急，知是他山落雨来。

诗的一、二句告诉人们，这是一个星月皎洁、无云无雷的晴朗夜晚，毫无下雨的迹象。第三、四句却笔头一转，述说平明时分忽然见到溪水流急，从而推知"他山落雨"了。显然，"他山落雨"这不是诗人眼前所能直接感知到的，这只是由眼前见到的"溪流急"所推知出来的。这种推知乃是一种间接性的认知，这正是人们的理性思维不同于感性认识的一个重要特点。这里的推知实际上是通过下述这样一个推理而获得的：

如果(本处无雨的情况下)溪水流急，那么，定是他山落雨
(本处无雨的情况下)溪水流急

所以，定是他山落雨

由于作者处于"此山"之中，所以，落雨的"他处"即为"他山"。

这种由一个或几个已知的命题出发推出另一个新命题的思维形

式就称之为推理。在推理中,作为推理依据的命题(如上例中的第一、二两个命题)称为推理的前提。由前提所推出的命题(如上例的第三个命题:“定是他山落雨”)称为推理的结论。因此,所谓推理无非就是由一个或一些命题(在此推理中是两个命题)推出一个新命题的一种思维形式,也就是由前提推出结论的一种思维形式。

就上述推理而言,其第一个前提“如果溪水流急,那么定是他处落雨”,是一个充分条件的假言命题,表述的是一个具有普遍意义的道理;第二个前提“(作者所见到的山中)溪水流急”是一个个别事实。然后,根据第一个前提所表述的具有普遍意义的某种条件关系,从而推出结论,这“定是他山落雨”了。很明显,这是一个按照某种一般性道理而推出个别情况的推理。这种推理只要其前提是真的,推理的形式(前提与结论之间的联系)又是正确的,即有效的,推出的结论也就一定是真的。在逻辑学中称此类推理为演绎推理。这是人们在科学研究和日常思维中运用最广泛的一种推理。

二、“未谙姑食性,先遣小姑尝”

——再谈什么是推理

唐代诗人王建写有《新嫁娘》三首,其一为:

> 三日入厨下,洗手作羹汤。
> 未谙姑食性,先遣小姑尝。

诗人所描绘的这位新媳妇(新嫁娘),按照古代女子出嫁后的第三天应下厨房做菜的习俗,“三日入厨下”了,而且,为了表示自己对在婆家的第一次下厨劳动是郑重其事的,还特地“洗手”后去“作羹汤”。但问题来了,自己并不熟悉婆婆,更不知婆婆的口味如何,在这种“未谙姑(古时称婆婆为姑)食性"的情况下,怎样才能使自己做的菜赢得婆婆的赞许呢?聪明、细心的新媳妇想到了一个妙招:"先遣小姑尝。"这是因为,小姑(丈夫的妹妹)和婆婆长期生活在一起,女儿最熟悉母亲的口味,只要让小姑先尝一尝,如果小姑认可了,自然也就会让婆婆感到合味了。

由此,我们不能不赞赏这位新媳妇的聪明和机智。更深入一点地分析,我们又不难看到,新媳妇的这种聪明和机智原来是建立在如下这样一个逻辑推理上:其前提是:1. 由于小姑与婆婆长期生活在一起,她们自然会有相近的口味(食性),小姑自然也最谙熟婆婆的食性(口味);2. 做好的羹汤如果符合小姑的口味,自然也就能符合婆婆的口味。结论:为了检验羹汤是否符合婆婆的口味,可以先送小姑品尝。如果把这一推理简化,则可表示为:

推理一:

长期生活在一起的人具有相近的食性

小姑与婆婆是长期生活在一起的人

所以,小姑与婆婆具有相近的食性

推理二:

如果小姑与婆婆具有相近的食性,那么,符合(或不合)小姑口味的羹汤也一定符合(或不合)婆婆的口味

小姑与婆婆具有相近的食性

所以,符合(不合)小姑口味的羹汤也一定符合(不合)婆婆的口味

根据后一推理的结论,羹汤是否符合婆婆的口味,自然也就可由小姑先尝一尝来予以评定了。

这里,当然还得说明一点:上述的推理过程只是新媳妇在作出"先

遣小姑尝”的决定(从推理的角度说即结论)时所必然遵循的逻辑思维过程,但在实际考虑(即思考、思维)这一问题时,特别是在用语言表达(或内心独白)这一过程时,并非都如上述推理这样,一定是把前提、结论排列得整整齐齐、一丝不差、一毫不变的(如真要是那样,思维的表达、即人们的语言交流就显得太呆板了)。实际情况恰恰相反,往往是有所省略、有所简化的。诗中的新媳妇从“未谙姑食性”,而作出决定要“先遣小姑尝”,不正说明了这一点嘛!

三、“遥知不是雪,为有暗香来”

——谈古诗中推理的运用

宋代政治家、诗人王安石,喜颂梅花凌寒开放、傲霜斗雪的高洁品格。有赞梅花的五言诗一首,题为《梅花》:

墙角数枝梅,凌寒独自开。

遥知不是雪,为有暗香来。

诗的一、二句对在严冬季节,群芳纷谢,而“凌寒独自开”的梅花,表示了由衷的赞赏。

诗的三、四句,就梅花的洁白而引发出梅花与雪的联想与对比。宋代词人曾有“雪似梅花,梅花似雪。似和不似都奇绝……”的雅唱。凌寒独自开放的梅花,恰似严冬的雪花。然而,诗人已经“遥知(它)不是雪”了,因为已有梅花的暗香传来了。这样,王安石就突出地赞颂了雪、梅相较中梅花的香,以此表明严寒摧毁不了梅花的色,也压不倒梅花的香。这样,梅花的“凌寒”傲骨就更加鲜明地显示出来了。

正是在这里,我们又可以清楚地看到,诗人在诗中的艺术创造也包含着某种逻辑推理。为什么诗人能从极为相似的雪花与梅花中,作出明确区分而“遥知不是雪”呢？根据在于“为有暗香来”。也就是说，虽然“雪似梅花，梅花似雪”，然而，“雪却输梅一段香”(宋代诗人卢梅坡《雪梅》一诗中的诗句)，梅花还具有雪所不具有的香的品格，因此，既然有“暗香”传来，那自然也就表明那一枝枝洁白的貌似“雪花”的白花，却原来并不是真正的雪花，而是貌似雪花的梅花了！

显然，这里明显地包含了下述两个前后相继的逻辑推理。(为简化推理的表述，我们用“它”来表示“远处那一枝枝洁白的花儿”)

其一：(在严寒季节里，在雪花与梅花中)

只有它是梅花，它才能散发出香气

它散发出香气

———————————————

所以，它是梅花

其二：它或者是梅花，或者是雪花

它是梅花

———————————

所以，它不是雪花

这就是说：远处那一枝枝洁白的“花儿”不是雪花。因为它是梅花。而之所以说它是梅花，是因为它有梅花的香气传来，而雪花是不会有香气传来的。

四、“吴王在时不得出，今日公然来浣纱”

——谈诗词创作与逻辑推理的关系

唐代诗人王昌龄写有题为《浣纱女》的小诗一首。诗云：

钱塘江畔是谁家，江上女儿全胜花。

吴王在时不得出，今日公然来浣纱。

这是一首小中见大、意境颇美的短诗。用词浅显明白,但角度新奇、寓意甚丰。第一句是一个问句,第二句紧接回答,说明家住钱塘江畔的是一些"全胜花"的姑娘,她们比花还美。后两句是说:这些"全胜花"的姑娘在吴王当政的时候是不敢外出的,而今天却公然外出"来浣纱"了。

那么,为什么这些"全胜花"的姑娘"吴王在时不得出"呢?为什么她们又能"今日公然来浣纱"呢?这里所说"吴王在时不得出"同"今日公然来浣纱"又说明了什么呢?这些都是隐含在诗句之中而又未能由诗句本身直接说出的。这就需要读者通过这些诗句去思索、去领会。而在这个过程中,人们总会自觉或不自觉地进行着逻辑推理。

首先,人们在思索前述第一个问题时自然先要了解诗句中所说的"吴王"指的是春秋时期的吴王夫差,而这是一个好色的昏君。弄清了这一点,就不难理解为什么那些家住在钱塘江畔的年轻貌美的姑娘不敢外出了,原来她们是害怕外出遇到这个好色的昏君,而把自己抢入宫去。这里显然就包含着一个推理:

如果姑娘们敢外出,就有遭遇吴王抢掠的危险

姑娘们不愿冒遭遇吴王抢掠的危险

所以,姑娘们不敢外出

显然,如果不是自觉或不自觉地进行这样的推理(这是一个有效的充分条件的假言推理),人们是无法理解这一诗句的基本含义的。

其次,姑娘们所以能"今日公然来浣纱",至少有一个条件:今日不会存在前述"吴王在时"那样的危险了。诗句中的"公然"一词,把这一点表现得非常出神。无疑,这里同样包含着一个推理:

只有不再存在"吴王在时"那样的危险,姑娘们才敢"公然来浣纱"

今日不再存在"吴王在时"那样的危险

所以,姑娘们能"公然来浣纱"

显然,如果读者不能自觉或不自觉地进行这样的推理(这是一个有效的必要条件的假言推理),他同样是无法理解这一诗句的基本含义的。

最后,把这两句诗结合起来就不难得出一个结论:当"吴王在时",姑娘们就不敢外出;而只有当吴王不在时,姑娘们才敢外出。这从一个方面("全胜花"的姑娘有没有外出的自由)表现了诗作者对吴王的憎恨和愤怒,也表现了作者对年轻貌美的姑娘们得以大胆外出的"今日"盛世的赞许和肯定。但是,是否领会到这一点就够了呢?我们的回答是:不够。因为这还不是对本诗丰富内涵的深刻挖掘。原因很简单,"吴王在时不得出,今日公然来浣纱"字面上讲的、批判的只是历史上一个好色君王——吴王,而"今日公然来浣纱"从字面上看,讲的也不过是作者所处的唐玄宗开元时期。这都是就具体的历史人物、历史时期而言的。因此,如果对本诗的主题的理解仅局限于这具体的历史人物和时期,那无疑是会局限本诗创作的深厚意境和艺术价值的。这自然也是有悖于作者创作本诗的初衷的。

相反,如果我们不是对本诗的理解局限于上述这样的一人一时,而是把诗句中的"吴王"理解为泛指类似吴王夫差的这类祸国殃民、性好渔色的昏君,因而把"吴王在时不得出"理解为泛指在类似吴王夫差这样的封建君王的统治下,由于君王的好色,也由于在其庇护下奸臣弄权、纨绔子弟欺男霸女以及各种歹徒恶棍横行乡里,年轻貌美的姑娘被迫不敢外出;而把"今日公然来浣纱"相应理解为由于类似"吴王"夫差这样的君王以及以之为祸首的恶势力的不复存在,人们处于太平盛世之中,这时年轻貌美的姑娘们,自然也就可以"公然"外出"浣纱"了。如果这样来理解,那么,本诗无疑就寄托着并表现着作者对太平盛世的追求、向往和热情讴歌了!

显然,这样的理解仍然是以前述那样的逻辑推理为其根据的,或者,换句话说,仍然是包含着前述那样的逻辑推理的,只不过其推理的前提所表述的思想内容更为广泛(即其前提:一个假言命题和一个直言命题,所断定的都不只是仅仅一个"吴王"有关的命题,而是涉及类似吴王这一类昏君的命题),因而也更具有普遍意义罢了。

由此可见,由于诗或者说诗歌(也包括长短句的词)作为一种文学体裁,不仅是按一定的音节、声调和韵律而写成的,更重要的还在于它是以极其凝练的语言、充沛的感情、丰富的想象,来高度集中地表现社会生活、表现典型的人和事件以及人的精神世界的,为此,它就总是要以最少的语句来刻画和反映最丰富的内容,从而必然要出现思维进程(当然主要是形象思维进程)的跳跃和高度概括,这从逻辑思维的角度而言,就是必然要出现逻辑思维进程(主要是推理过程)的某些必经环节在语言文字表述上的某些省略。换句话说,诗、词作品的作者,通过形象思维而用语言文字去进行艺术构思和创作时,大都免不了要自觉或不自觉地进行着这样或那样的逻辑推理,但他们并不会着意于这些推理过程本身,而是用他们自觉或不自觉地进行推理过程的结果即结论,把自己构思的形象和意境集中而概括地表现出来,用极其简练的文字把作品的主题表述出来。因此,当我们去阅读和领会这些诗歌的意境或者说其诗句所蕴含的丰富内容时,我们必须根据自己的生活经验和历史知识,去想象出作者所描绘的那幅历史的和现实的社会生活的图画,其中也就包括必须尽可能地把作者在诗歌创作中所实际进行的推理过程还原出来。只有如此,我们才有可能对作品的意境和丰富内涵有较真切的把握。这就有力地表明,作为艺术思维(主要是形象思维)成果的文学作品,首先是诗词作品,同逻辑思维,特别是逻辑推理是有着内在的密不可分的联系的。这也正是我们在阅读和欣赏诗词作品时,所以也离不开逻辑思维、离不开自觉和不自觉地运用某些推理知识的重要原因。

五、“人有悲欢离合，月有阴晴圆缺”

——谈运用月相知识进行的推理

北宋诗词大家苏轼，曾写有脍炙人口的《水调歌头》(丙辰中秋，欢饮达旦，大醉，作此篇。兼怀子由)词一首：

明月几时有？把酒问青天。不知天上宫阙，今夕是何年。我欲乘风归去，又恐琼楼玉宇，高处不胜寒。起舞弄清影，何似在人间！　　转朱阁，低绮户，照无眠。不应有恨，何事长向别时圆？人有悲欢离合，月有阴晴圆缺，此事古难全。但愿人长久，千里共婵娟。

正如《唐宋辞鉴赏辞典》本词的赏析者所说：“本词通篇咏月，月是词的中心形象，却处处关合人事，表现出自然社会契合的特点。它上片借明月自喻清高，下片用圆月衬托离别。”这段话说出了本词的基本特点及主要内容。对此，我们不予详谈。在这里，我们只想着重就词的下片的几句名句“人有悲欢离合，月有阴晴圆缺，此事古难全”，谈谈由它所引发的一个逻辑问题。

一般地说，“月有阴晴圆缺”，这是月球运动的客观规律，它同逻辑是挂不上钩的。但历史上却有人正是运用了“月有阴晴圆缺”的月相知识进行推理，而在法庭论辩中，为自己的立论作了有力辩护。

所谓“月有阴晴圆缺”，主要指人们从地球上观察月亮，其形状经常发生变化，这就是人们所说的“月相”。在夏历(即通常所说的农历)的每个月中，有四种不同的月相依次出现：“朔”(夏历每月初一。月亮一般与太阳同时升降，地球上看不见月光)、“上弦”(夏历每月初八或初九。月亮一般在中午东升，黄昏中天，夜半西落)、“望”(夏历每月十

五或十六。地球上可见整个月面,当太阳西落时,月亮正好东升)、"下弦"(夏历每月二十二或二十三日。地球上可见月亮东边明亮的半圆,一般在夜半东升,清晨中天,中午西落)。美国历史上一位著名的总统林肯,在他未担任总统前任律师的一段时间里,就曾运用月相的知识,为他在一个案件中的辩护词提供了有力的证据。

有一次,林肯得悉自己亡友的儿子小阿姆斯特朗被控谋财害命,并已初步判定有罪,于是就以被告的辩护律师的资格,向法院查阅了全部案卷。阅后,他要求法庭复审。

复审进行了。

这个案子的关键在于:原告方面的一位证人福尔逊发誓提出证据说:某一天(相当于我国农历九月初八或初九)晚上十一点钟,在月光下清楚地目击小阿姆斯特朗用枪击毙了死者。按照美国法庭的惯例,作为被告辩护律师的林肯和作为原告证人的福尔逊,进行了一场面对面的对质。

林肯:"你发誓说认清了小阿姆斯特朗?"

福尔逊:"是的。"

林肯:"你在草堆后,小阿姆斯特朗在大树下,两处相距二三十米,能认清吗?"

福尔逊:"看得很清楚,因为月亮很亮。"

林肯:"你肯定不是从衣着方面认清的吗?"

福尔逊:"不是的,我肯定认清了他的脸蛋,因为月光正照在他脸上。"

林肯:"你能肯定时间在十一点吗?"

福尔逊:"充分肯定。因为我回屋看了时钟,那时是十一点一刻。"

林肯问到这里,就转过身,发表了辩护演说:"我不能不告诉大家,这个证人是个彻头彻尾的骗子。"

听了林肯的辩护词,大家先是一阵沉默,紧接着大家都明白了。掌声和欢呼声一起迸发了出来。福尔逊顿时傻了眼。小阿姆斯特朗被宣告无罪。林肯一举成为全国有名的人物。

原因在哪里呢?原来林肯正是通过运用月相的知识,从福尔逊的证词中,作出这样一个推论:“只有在月光的照射下,才能看清被告的脸。”但是,这一天是上弦,到了晚上十一点钟,月亮早就下山了,因而不可能有月光照射被告的脸。既然如此,福尔逊说当时“我肯定认清了他(即被告)的脸蛋……”显然也就是完全不可能的了。这就说明福尔逊的证词是捏造的、虚假的,根本不能作为判案的依据。

从逻辑形式上说,林肯在这里运用了一个必要条件假言推理的否定前件式,即通过否定当时有月亮照射,从而否定福尔逊当时看清了被告的脸蛋。这符合必要条件假言推理的规则,因而有不可辩驳的逻辑力量。

六、“四海无闲田,农夫犹饿死”

——谈诗句中隐含的推理

唐代诗人李绅(772—846)写有诗《悯农》二首,其第一首是:

春种一粒粟,秋收万颗子。

四海无闲田,农夫犹饿死。

全诗虽然写得很通俗,但含义却颇深。第一、二句写明了春天种下“一粒粟”,秋季收获时收到了“万颗子”,这显然是一个丰收年。第三句推而广之,既然“四海无闲田”,那就意味着“四海”可能都得到了丰收。丰收后的农民如何呢?第四句的回答是:“农夫犹饿死”。庄稼丰收了,农夫仍然逃不掉“饿死”的命运,这又是为什么呢?诗人没有直接回答,而只是通过他的诗句激发人们不得不去思索或回答这一问题。答案自然是很清楚的:封建社会的封建剥削制度,无情地剥夺了农民的劳动成果,就是造成这一现象的根本原因。而这一答案并非是诗句直接给出的,而是隐含在整个诗句之中的,是要让读者通过阅读诗句而自然而然地去思索、去领会到的。这就是这首小诗的艺术感染力之所在。通过简单的逻辑分析我们会更清楚地意识到为什么它能具有这种强烈的艺术感染力量。原来,整个诗句中隐含着下述这样一个具有必然性的逻辑推理:

只有农夫的丰收成果被剥夺了,农夫才会在丰收之后犹饿死

农夫在丰收之后犹饿死

所以,农夫的丰收成果被剥夺了

这是一个必要条件的假言推理。第一个前提(必要条件假言命题)在诗句中是没有出现的,是隐含的,因而是在诗句中被省略了的。第二个前提,是整个诗句所明确提供的(诗的前三句表明了丰收,联系后一句即表明农夫在丰收后仍然被饿死)。由于这一推理的形式是正确的,两个前提在内容上也是真实的,因而其推出的结论:"农夫的丰收成果被剥夺了"也就是必然真实的,从而表明这一结论的得出是有其必然性的。而这一必然性是由它的前提即整个诗句所表现的内容所必然蕴含的。所以,只要读者阅读和领会了整个诗句,它所蕴含的结论自然也就会在不同程度上为读者所意识到了。这就是艺术作品的魅力:尽在不言中。

七、“窗含西岭千秋雪，门泊东吴万里船”

——谈由古诗引发的推理

两个黄鹂鸣翠柳，一行白鹭上青天。

窗含西岭千秋雪，门泊东吴万里船。

这是杜甫所写一组即景小诗中的一首。事先未曾拟题，诗成后也无意拟题，于是仅以“绝句”题之。

全诗看起来是一句一景，恰似四幅独立的图画。动态的描写与静态的刻画有机地交织在一起，显示出新鲜而优美的意境，展示出诗人的内在情感和复杂而细致的内心思想活动，也给予读者清新而欢娱的感受。

使人颇感意外的是：地质工作者对这首诗却有着非同寻常的兴趣和关注。原来，诗的最后一句触动了他们作为科学工作者的敏感神经，激发了他们要以此为线索去发现前所不知的历史真相的探索热情。

原来，上述这首小诗，是杜甫在安史之乱平定后的第二年回到成都草堂时创作的。而现时草堂前的浣花溪已是名副其实的小溪，不要说来自东吴的万里客船无法行驶，即使是蚱蜢小舟也难以浮载。但现在的成都又无其他水道与长江相通，从而与江浙直接通航。既然如此，为什么杜甫在诗中却非常明确地写着“门泊东吴万里船”呢？那是否意味着在一千二百多年前杜甫(712—770)生活的唐代，成都确有水道与长江相连，从而与处于长江下游的东吴直接通航呢？否则，来自东吴的万里船又怎么能停泊在草堂门前呢？地质工作者显然在这里进行着严谨的逻辑推理了：

只有成都草堂与东吴有水道通航,来自东吴的船舶才能停泊在成都草堂门前

(杜甫诗肯定)来自东吴的船舶停泊在成都草堂门前

所以,成都草堂与东吴有水道通航

这是一个由必要条件的假言命题作为假言前提的假言推理,而且是一个由肯定后件到肯定前件的、符合该推理规则的有效的假言推理。因此,当其前提为真时(从两地通航的一般道理和杜甫的诗来看,已知两个前提是真的),结论必然为真。表明当时的成都是确有水道与远航东吴的水道直接相通的。

当然,由于对一个假言命题来说,如果其前件是后件的必要条件,那么,其后件就是前件的充分条件,按此,地质工作者也可能运用的是另一个假言推理:

如果成都草堂门前停泊过来自东吴的船舶,那么,成都草堂与东吴之间就一定有水道通航

(杜甫诗肯定)成都草堂门前停泊过来自东吴的船舶

所以,成都草堂与东吴之间一定有水道通航

这是一个从肯定前件到肯定后件的充分条件假言推理,而且是一个符合推理规则的有效的充分条件假言推理。因此,当其前提为真时(已知其前提为真)结论必真。而这一结论与前一必要条件的假言推理的结论是完全相同的。表明由这一结论所显示的地质工作者所作出的前述推论,很可能是一个历史事实。

20 世纪 60 年代中期,成都市在青年宫附近修建贮水池时,发掘出一座北宋时期规模颇大的水磨坊,进而发现了一条古河道。据考古学家鉴定,这条河道在当时水深河宽,是可以通行来自东吴的航船的,因而,来自东吴的万里客船确有可能一直停到草堂门前。这样也就证实

了地质工作者们以杜甫诗句为根据而作出的上述推论。古诗给我们留下了历史上河道变迁的历史资料，这可以说是千古绝唱的杜甫诗作给我们留下的又一笔宝贵的历史财富吧！

八、“谋臣本自系安危，贱妾何能作祸基”

——谈几首“西施”诗的逻辑推理

王安石既是诗人，又是政治家，因此，他常以政治家的眼光论物评事，并写出一些政治内容很强的诗。《宰嚭》就是其中的一首：

谋臣本自系安危，贱妾何能作祸基。

但愿君王诛宰嚭，不愁宫里有西施。

全诗用词浅显明白，但谈的却关国家兴亡大事。诗的每一句都有其独特内容，彼此之间体现着内在的逻辑联系，使全诗所要表达的观点十分明确，论证力和说服力也颇强。

第一、二两句讲国家的安危，自应由谋臣负起责任，不能把国家的安危归之于女人，在男人当政的封建社会里，女人不可能成为国家危亡的“祸水”。第三、四句是说由于在春秋时的吴越战争中，导致吴国败亡的是掌握当时吴国军政大权、时任吴国太宰的伯嚭(即诗中的“宰嚭”)，因此，只要君王惩罚伯嚭这样的奸臣，即使宫里有像西施这样的美女也是不值得担心的！

不难看出，全诗各句之间在内容上的这种内在联系，实际上是表现着它们所表达的命题之间严密的逻辑推理关系。就全诗而言，一、二句所表现的内容是一般性原理，第三、四句，则是运用这种一般性原理于个别典型事件而得出的必然结论。具体一点说，既然认定“谋臣本自系安危，贱妾何能作祸基”，那么，相应于春秋时期的吴越之战中

吴国的败亡而言,其责任自然在于作为吴国主要谋臣的伯嚭(王安石作为一个封建社会的政治家是不可能把责任归之于君王的),而不能推在西施这个女人身上。再展开一点说,作者在诗中显然是把“伯嚭”“西施”视为个性化的一般,讲的虽然只是“伯嚭”这个人,实际上指的却是所有那些肥私祸国的大臣;讲的虽然只是“西施”这个美女,实际上指的却是所有那些在宫中的美女。这样,“但愿君王诛宰嚭,不愁宫里有西施”实际上就是在总结历史教训的基础上,借吴国败亡的典型事例,提出了作者作为一个有眼光的政治家和诤臣的主张:君王应严惩那些肥私祸国的乱臣,这才是治国强国之道。

以上是就全诗而言的。就一、二两句和三、四两句分别而言,它们也都各自分别包含着一定的推理关系。具体一点说,肯定了第一句,就必然要肯定第二句,其中实际上隐含着一个不相容的选言推理:

国家的安危或系于谋臣,或系于贱妾(美女)

国家的安危只可能系于谋臣

国家的安危不可能系于贱妾(美女)

这当然不是普通逻辑教材上所讲的那种典型的不相容选言推理,因其第二个前提和结论中,分别包含“只可能”和“不可能”这样的模态词。这是由其诗句的内容所决定的(第一句中“本自”系安危,表明“只可能”由谋臣系安危,第二句中的“何能”作祸基,表明“贱妾”不可能作祸基)。但无论如何,我们得承认这是一个有效的选言推理(由“只可能 p”是必然能推出“不可能非 p”的)。

同样,第三、四句之间也有相应的推理关系:既然国家的安危不可能系于美女而只能系于谋臣,那么,惩罚了肥私败国的谋臣(“宰嚭”只是这种谋臣的一个代表),就可使国家免于祸乱败亡,宫里即使有美女(“西施”也只是美女的一个代表),自然也就用不着有什么不安心的了。固然,写诗不等于写论文,诗歌创作不同于理论创作,它是不需要把它所隐含的思想和推理关系一句句都写出来的,否则,那就称不上是诗,甚至也不可能是一篇好的、简练的论文。

顺便说一下:在封建时代,常常把乱政、亡国这样的悲惨局面,归罪于女人,实际上是开脱某些当权者的责任。唐代诗人崔道融就曾写过一首《西施滩》,为西施不平、翻案。其诗云:

> 宰嚭亡吴国,西施陷恶名。
> 浣纱春水急,似有不平声。

后来的晚唐诗人罗隐,也曾写《西施》一首,无疑也是很好的辩诬之作。诗中这样写道:

> 家国兴亡自有时,吴人何苦怨西施。
> 西施若解倾吴国,越国亡来又是谁?

对于历史上那种把吴国败亡的原因强加在西施头上的“女人是祸水”的论调,进行了有力的驳斥(对此,本书另有专文予以分析)。

但是,把上述二诗同王安石的《宰嚭》一诗相较即可清楚看出:崔、罗二诗主要是以诗人的眼光,为西施鸣不平的。只不过罗诗较崔诗明显前进了一步,不是只提出论点(对事件的观点),而且,还就此作了较有力的论证。但王安石的诗则不然,王安石是以政治家的眼光和远见卓识来认识和刻画这一事件的。诗中所谈及的,已经不限于伯嚭、西施这些个人所涉及的有关事件本身,而是从治国安邦的角度,把个别事件提升到“谋臣本自系安危”这一对封建社会具有普遍意义的治国方略上。无疑,这是崔、罗二诗所远远不及的。

九、“自家骨肉尚如此,何况区区陌生人”*

——谈古诗中涉及程度的推理

据传,明代苏州的蒋思贤父子号称画家,门口高挂“写真”(画肖像)的招牌,以招徕顾客,可是来者寥寥。为了扭转这种局面,他们贴出告示,要当众表演父子互相“写真”画肖像。

到了预定日子,来参观的人很多。父子二人使尽力气,想在众人面前露一手。无奈技艺低劣,互相对画了大半天,却画得不伦不类。于是,有人在哂笑之余,赋诗一首:

父写子真真未像,子传父像像非真。

自家骨肉尚如此,何况区区陌生人。

揭露此父子二人,既属父子,平时接触最多,观察也最细致,彼此的特征也最熟悉,在这种情况下,相互都画得不像,那么,要是画陌生的、不熟悉的人,那必定画得更加不像!很明显,从内容上看,这是一个涉及程度性质的推理。其推理形式则是运用了下述这样一个假言推理:

如果自家骨肉尚且画得不像,那么,画陌生人就会更加不像

此父子二人自家骨肉尚且画得不像

所以,此父子二人画陌生人会更加不像

这是一个由肯定前件到肯定后件的充分条件假言推理,因而是一个正确的、符合充分条件假言推理规则的有效推理,具有无可辩驳的逻辑力量。正因此,当这首诗写出并流传之后,立即为人们所认同,不

* 本篇取材于《野诗趣谈》,花城出版社,1984年,第73页。

胫而走,迅速传遍苏州全城。蒋思贤父子也就只得无奈地悄悄把门口的招牌摘掉,去另谋生路了。

十、“若活七十年,便是百四十”

——谈古诗中涉及时间的推理

相传,苏东坡很喜欢在夜晚静坐读书,而一静坐读书就到深夜。为此,他曾作诗云:

无事此静坐,一日似二日。

若活七十年,便是百四十。

深赞自己这种静坐到深夜的习惯为自己挣得了更多的读书时间,以至“一日似二日”。若按此坚持下去,以活七十年计,那就等于多活了七十年,故为“百四十”了。

这里,我们暂把这种静坐读书到深夜的习惯是否科学、是否于身体有益的问题搁置一边,苏东坡通过此诗所表达的那种从有限时间之中尽量挤时间学习的精神却是值得我们学习和赞扬的。时间自然有其绝对性的一面,一天就是一天,一个小时就是一个小时;但它也有其相对性的一面,一个人只要善于利用和支配时间,抓紧工作或学习,那确实是可以为自己争得更多的时间,做到变“一日似二日”的。当然,也正因为时间有其相对性的一面,所以,也可能出现与苏东坡前述相反的情况:即有人这样或那样的虚度时光,把时间白白浪费掉,一天时间只做了半天的事或仅读了半天的书。这种人也确实存在的,与苏东坡同时代就有这样一个人,该人喜欢睡懒觉。一次,这个人的一位朋友前来看他,见他直到晌午才懒洋洋地起床。于是,就将苏东坡的诗略作改动,以讽刺这位嗜睡者。

无事此静卧,卧起日将午。

若活七十年,只算三十五。

按照苏东坡前诗所表述的对时间相对性的理解,这位嗜睡者每日睡懒觉到中午才起床,那就意味着有二分之一的时间浪费在懒觉静卧之中,亦即一日只等于半日了。按此计算,自然也就可推出:该人如活七十年,实际上也就只能算是活了七十年的一半即三十五年了!

由此可见,这两首诗都是以时间所固有的相对性一面为根据而进行推论的。只不过,前一首诗,是充分利用了时间,变一日为二日;后者是虚度了时间,变一日为半日罢了。这样,再以“一日似二日”或“一日似半日”为前提而进行推理,自然也就可分别推出结论:“若活七十年”,一为“百四十”,一为“三十五”了。

就两首诗之间的关系而言,显然后诗又是以前诗为其根据的。即如果苏东坡诗中的推论是成立的,那么,后一首诗中的推论自然也是成立的。即二者的逻辑关系可表示为如下推理:

如果前诗的推论是成立的,那么,后诗的推论也是成立的

(而我们认定)前诗的推论是成立的

所以,后诗的推论也是成立的

这是一个前提真实,而且形式有效的推理,所以其结论也自然是真实的、有其必然性的。

第六篇　古诗词作品中的推理(中)：简单命题及其推理

一、"此马非凡马，房星本是星"

——谈直言命题及其推理

唐朝著名诗人李贺有写马的诗二十三首。其第四首是：

> 此马非凡马，房星本是星。
> 向前敲瘦骨，犹自带铜声。

从诗句本身来看，是在讲一匹非比寻常的好马。头二句，似乎也不过直叙而已，没有多少诗味。但是，如果联系《晋书·天文志》中的这样一段话："房四星……亦曰天驷，为天马，主车驾。……房星明，则王者明。"即把"房星"与"王者"联系起来，那就表明"房星"同王者的明暗、国家的治乱密切相连了。这样一来，诗的后两句显然就隐含着深意了：既然马非凡马，而是好马，但却"瘦骨"嶙嶙（"向前敲瘦骨"），表明其遭遇不好，那不就正好说明这是由于王者不明的缘故么！于是，作者就用这种迂回曲折的手法，借题发挥，表达了自己怀才不遇而郁积于心中的愤懑之情。如果我们对这首诗再稍加逻辑分析，将其中所蕴含的一系列逻辑推理揭示出来，那么，对于该诗通过写马而表现出来的这种深刻意境，就更容易领会了。

诗的一、二句："此马非凡马，房星本是星"，从命题的角度看，这是两个直言命题，也就是两个简单的性质命题："这匹马不是凡马"和"房

星(指'此马')原是天上的星宿"。从推理的角度看,这两个直言命题之间有一种推理关系,第一个命题是由第二个命题所推出来的,只不过它省略了另一个不言而喻的命题:"凡天上的星宿就不是凡马。"这样,用推理的形式把它排列出来即为:

凡天上的星宿都不是凡马

房星原是天上的星宿

所以,房星不是凡马

而"房星"在诗中即指"此马",故用后者代换前者即为"此马不是凡马",亦即"这匹马不是凡马"。

上述这类命题,即断定某对象具有或不具有某性质的命题,通常称作性质命题,亦称直言命题。而由这类命题组成的推理就称之为直言推理,也称直言三段论,简称三段论。上述推理就是逻辑学所讲的一个典型的直言推理,而且,是一个遵守直言推理规则的有效推理。它是可以从真前提(作为推理根据的命题称"前提",如上述推理中的前两个命题)必然推出真结论的。(由前提推出的命题称为"结论",如上述推理中的后一个命题)

该诗的第二、三两句"房星本是星""向前敲瘦骨"如同《晋书·天文志》所述"房星明,则王者明"联系起来,又可构成另一种形式的推理。由于这二、三两句必然蕴含着这样一个命题"房星不明"(房星本是星,但却瘦骨嶙峋,表明其遭遇很差,故即"房星不明"),而"房星明,则王者明"所蕴含的则是一个必要条件的假言命题:"只有房星明,才(表示)王者明"(即:只有当"房星"这种非同寻常的马亦即素质很好的马处境是非常好的;才表明王室统治者是开明的,明于事理的)。把这两个命题联结起来,就构成了一必要条件的假言推理:

只有房星明,才(表示)王者明

房星不明

———————————

所以,(表示)王者不明

这是一个有效的,即符合必要条件假言推理规则的假言推理,也就是说,其结论是由其前提必然得出的。所以,这一推理的结论虽然在整个诗中没有直接表达出来,但它却是由整个诗所必然蕴含着的。这也就是我们前面所说:这首诗直接讲的是马,但它不过是借题发挥,用以影射王者不明而使自己怀才不遇罢了。也正是从这里我们不难意识到,这个推理所给予我们的启示:一首好诗所蕴含的深邃思想常常是尽在不言中,然而,它却又是通过诗句本身所能领会到的,其中也就包括由诗句本身包含的推理所能必然推出的。诗的意境与逻辑推理在此可说是相得益彰了。

二、"今人未可非商鞅,商鞅能令政必行"

——谈直言推理的省略式:省略三段论

宋代诗人,也是当时推行新法的政治家王安石写有题为《商鞅》的七言短诗一首:

自古驱民在信诚,一言为重百金轻。
今人未可非商鞅,商鞅能令政必行。

本诗对战国时期的政治改革家商鞅坚决执法、理政严明进行了赞颂。根据商鞅的政治实践,诗中明确提出:自古以来要有效统治老百姓必须做到信诚,即说话应有信用,要使一句话的分量重过百金。认为今人不应当去非议商鞅,因为商鞅能做到政令必行。联想王安石所处的历史条件不难理解,王安石之所以写作此诗,是有感于当时的现实而发的。他是意图通过此诗对商鞅执法坚决地赞颂,表现其推行新

法的决心,并以此对当时反对新法的那些大官僚顽固派非议商鞅变法的行径进行抨击和抗争。

不难看出,全诗的重点在最后两句:“今人未可非商鞅,商鞅能令政必行。”而这两句却典型地表现为一个省略了大前提的省略三段论:

凡能做到政令必行者是无可非议的(被省略的)

商鞅能做到政令必行(“商鞅能令政必行”)

所以,商鞅是无可非议的(“今人未可非商鞅”)

那么,为什么能由这首诗的三、四两句而知道它是一个包含着省略了大前提的省略三段论呢?为此,就必须弄清什么是省略三段论以及如何正确地补充其被省略了的部分。

所谓省略三段论就是省去了三段论中的某一个组成部分(或者是省去前提中的一个,即省略大前提或省略小前提,或者是省去结论)。由于省去的部分通常具有不言而喻的性质,整个推理仍易于为人们所理解。但由于它对三段论的组成部分有所省略,所以,它可以使人们的语言或文字表述具有简洁明快的特征而常为人们在实际思维及其语言、文字表达中所广泛使用。为此,我们可再引王安石的《登飞来峰》一诗为例:

飞来山上千寻塔,闻说鸡鸣见日升。

不畏浮云遮望眼,自缘身在最高层。

本诗是说:在杭州灵隐山上的飞来峰顶有座很高的塔,相传在鸡鸣时登上峰顶可以望见日出。在这山顶上不用害怕浮云挡住视线,因为这已经是身在最高层了。这首诗借景抒情,含蓄而又深刻地显示了作者对前途充满信心的豪情和立志改革的抱负,并形象地说明了只有站得高,才能看得远的哲理。而这首诗的第三、四句,显然也是一个包含省略了大前提的省略三段论:

一个身在最高层的人是不害怕浮云挡住视线的(省去的前提)

某人[1]是一个身在最高层的人("自缘身在最高层")

某人[2]是不害怕浮云挡住视线的("不畏浮云遮望眼")

很明显,通过运用这样的省略三段论,不仅使文字表述简洁了,而且,诗句更显得含蓄而紧凑。不过,也必须明确,由于省略三段论省去了三段论的某一组成部分,因而,如果运用不当,又容易隐藏某些逻辑错误或论断错误。比如,有的人说:"我又不想做运动员,我不需要经常锻炼身体。"这就是一个隐藏了逻辑错误的省略三段论。当我们把它省去的部分正确补出后,就可以清楚地看出它的逻辑错误之所在。从该人的说法可知,如同前述王安石的两首诗一样,它也是运用了一个省去大前提的省略三段论:

凡想做运动员的人需要经常锻炼身体

我不是想做运动员的人

所以,我不需要经常锻炼身体

在这个三段论中,其两个前提虽然都可能是真的,但其结论却是一个假命题。所以如此,就在于这个三段论是一个形式不正确的(逻辑学上通常称之为"非有效的")三段论。如用公式来表示即为:

所有 M 是 P

S 不是 M

所以 S 不是 P

而这个三段论形式是一个违反三段论规则的非有效的三段论形式。

[1][2] 诗中指作者本人。

三段论的规则告诉我们,凡是具有这种形式的三段论(逻辑上称“第一格”的三段论式),其小前提不能是否定的,即不能是一个否定命题,否则,就违反了三段论规则,其前提的真就不能保证结论的真。

因此,我们虽然需要运用省略三段论,但是必须注意正确地运用省略三段论。在一般情况下,为了检验一个省略三段论是否有效,可以根据其已有的前提或结论,弄清其省略的部分究竟是大前提还是小前提,或者是结论,再把省略的部分正确地补充出来,然后,再检验其是否是一个遵守了三段论规则的、形式正确即有效的三段论。当然也可以检验其补充的部分作为一个命题是否是真实的。只有通过这样的检验,证明其形式正确、前提真实,我们才可以有充分根据地断定:该省略三段论的运用是正确的、可靠的。

就人们在一般情况下的语言表达和交流而言,人们在进行推理或论证时,常常不是将其所使用的推理或论证完整地表达出来,而是更多地使用省略推理。这在文艺作品,特别是诗词作品中更是如此。因此,正确地理解诗词作品中所包含的省略推理,这对于我们正确地理解作品所表现的内容和作者创作手法的简练、含蓄来说,无疑也是一个不可或缺的重要条件。

三、“寒山寺”的“夜半钟声”表明了什么?

——谈利用具有矛盾关系的直言命题进行的直言推理

月落乌啼霜满天,江枫渔火对愁眠。

姑苏城外寒山寺,夜半钟声到客船。

这是唐代诗人张继所写的一首题为《枫桥夜泊》的小诗。它描写了一位羁旅的客子,面对江南水乡秋夜幽美景色的感受创造出一种情景交融、情味隽永的艺术意境,一直广为人们所传诵,也多为历代书法家所手书。

20世纪80年代的某一天,日本京都大学佛学研究专家柳田圣山教授参观了上海著名寺庙玉佛寺。在大雄宝殿,教授就洪钟使用的规矩、方法请教玉佛寺的法师。这位法师说,庙里做隆重佛事的时候,七七四十九天,日日夜夜都要敲击洪钟。柳田教授听后,表示不赞同这个说法。他说:"'七七'期间,白天敲钟,夜里是不敲的。因为佛教寺庙的规矩是'晨钟暮鼓',夜里敲钟,佛教经典上无此记载。"

法师听后,未予置辩。他们一道走出殿堂,来到庙里开设的小卖部。柳田教授仔细观赏着清人俞樾手书的上述唐诗《枫桥夜泊》,甚为喜爱。这时,法师走上前去,随手在该诗第四句中的"寒山寺""夜半钟声"上画了几个圈圈,提请柳田教授注意。教授见此,略有所思,很快感到震惊,并立即立正、低头、合掌,连连向法师致敬。

为什么柳田教授会这样呢?原来,他从法师所圈出的"寒山寺""夜半钟声"上,意识到自己所持的"晨钟暮鼓"说是不能成立的。既然唐人张继在《枫桥夜泊》中就已经记载了寒山寺这座姑苏城外的唐代著名佛教寺庙曾经夜半敲钟,那么,认定佛教寺庙夜里是不敲钟的"晨钟暮鼓"之说,又怎能成立呢!而正是在这里,又恰好表现了一种规律性的逻辑关系:

柳田教授提出的"晨钟暮鼓"说,按其解释,实际上蕴含了一个逻辑上的全称否定命题:"所有佛教寺庙夜里不会敲钟",而《枫桥夜泊》的最后一句却包含了一个与之正相矛盾的特称肯定命题:"有的佛教寺庙(如唐代的寒山寺)夜里会敲钟。"由于这两个命题是互相矛盾的,前者真则后者假,后者真则前者假,二者既不能同真,也不能同假。而张继诗句所记载的是一个历史事实,它表明"有的佛教寺庙(如唐代的寒山寺)夜里会敲钟"是一个真命题,既然如此,与之相矛盾的"所有佛教寺庙夜里不会敲钟"这一命题自然也就是假的而不能成立了。在这

里,实际上是包含着一种逻辑推理,即运用两个具有矛盾关系的命题而进行的推理:由一个命题的真而推出另一个命题的假。当然也可以根据这种矛盾关系而由一个命题的假,推出另一个命题的真。比如,如果我们已知"所有佛教寺庙夜里不会敲钟"是假的,我们自然也就可据此而推出与之相矛盾的命题:"有的佛教寺庙夜里会敲钟"是真的了。这种基于两个互相矛盾的命题都是直言命题,而从已知一个命题的真假即可推知另一命题的真假情况的推理,就是普通逻辑中所说的依据"逻辑方阵"的命题间关系的直接推理。

四、"雪似梅花,梅花似雪"

——谈关系命题及关系推理

南宋词人吕本中写有借梅怀人的词一首,词名《踏莎行》:

> 雪似梅花,梅花似雪。似和不似都奇绝。恼人风味阿谁知?请君问取南楼月。　　记得去年,探梅时节。老来旧事无人说。为谁醉倒为谁醒?到今犹恨轻离别。

这可以说是一首词浅意深、风味隽永的词。词的上片,从写雪与梅花的相似和不相似的"奇绝"景色入手,紧接着设下悬念:"恼人风味阿谁知?"由景生情而被撩起了心事。词的下片点明了这些心事:原来是去年的"探梅时节",有人共赏,南楼之月可为此作证,而今是风物依旧,人事已非,怎能不令人触景生情,"犹恨轻离别"!

这首词选择雪与梅花的比较入手并不意外。梅花的绽放大多与降雪同时,二者外形又极为相似,因此,极易引起联想:由梅花想到雪,由雪想到梅。唐代诗人张谓就曾有《早梅》诗一首说它们相似难辨:

> 一树寒梅白玉条,迥临村路傍溪桥。

不知近水花先发,疑是经冬雪未消。

由于二者的相似,而把早发的寒梅当作了冬天未消的雪花。

从逻辑上说,"雪似梅花,梅花似雪"显示的乃是雪花与梅花在颜色、形状方面存在着一种"相似"的关系。逻辑上有一类命题就是用来表达对象与对象之间存在的各种各样的关系的("相似"不过是其中的一种"关系"),这种命题被称之为关系命题。比如"雪似梅花"与"梅花似雪",从逻辑学的角度就可视之为是两个关系命题,前者断定了"雪"与"梅花"这两个对象之间存在着"相似"的关系,而后者则断定"梅花"与"雪"之间也存在着"相似"的关系。

必须注意不能把这种断定对象与对象之间具有某种关系的关系命题同断定对象具有或不具有某种性质的性质命题即直言命题混淆起来。关系命题断定的是对象间的关系,而关系一般总存在于两个(或两个以上)对象之间(比如"杭州介于上海与金华之间"这一关系命题所断定的"关系"是"介于……之间"的关系,涉及的是三个对象之间的关系),性质命题则断定的是对象具有或不具有某种性质,而性质总是一个对象或一类对象所具有的,涉及的对象仅仅是一个或一类对象。比如:

"张三是学生"

这是一个性质命题即直言命题。它断定了"张三"这个对象具有"学生"的性质。而

"张三与李四是同学"

则是一个关系命题。它断定了"张三"与"李四"两个对象具有"同学"的关系。

运用各种不同的关系命题作为前提,可以进行各种不同的关系推理。比如,前述词中"雪似梅花"与"梅花似雪"这两个关系命题实际上构成了一个推理:后一关系命题("梅花似雪")可以视为是由前一关系

命题(“雪似梅花”)所必然推出的。这是因为:“似”(相似)的关系是一种具有对称性的关系,而对称性的关系可以用公式表示为:如果以“aRb”(其中“a”和“b”表示任意两个对象、“R”表示关系)表示关系命题,当“aRb”为真时,“bRa”必真,那么,R 关系就是一种对称关系。比如“相等”“相同”“同学”“朋友”等关系就是具有对称性质的关系。按此,既然“雪似梅花”中的“似”(相似)是一种对称关系,那么,我们就可以之为前提而推出结论:“梅花似雪”。此推理可写为:

雪似梅花

所以,梅花似雪

当然,对称性关系除了有对称关系而外,还可以有反对称关系和非对称关系。前者是指当“aRb”为真时,“bRa”必假。这时的关系 R 就表示反对称关系。比如“大于”“小于”“在前”“在后”“早于”“晚于”“胜过”之类的关系就是反对称关系。后者是指当“aRb”为真时,“bRa”可真可假,这时的关系 R 就表示非对称关系。比如“认识”“佩服”“批评”“喜欢”之类的关系就是非对称的关系。非对称关系的命题,如“甲认识乙”,由之是推不出“乙认识甲”的,因当“甲认识乙”为真时,“乙认识甲”可能为真,也可能为假(即“乙不认识甲”)。但以反对称关系的命题,如“甲大于乙”为前提是可以推出结论“乙不大于甲”(即“乙大于甲”为假)的。对此,我们还可以例析一下宋代诗人卢梅坡所作题为《雪梅》的七绝一首:

梅雪争春未肯降,骚人阁笔费平章。

梅须逊雪三分白,雪却输梅一段香。

其中第三、四句中的“逊”和“输”所表示的关系,显然就不是对称关系,而是反对称关系。梅有“逊”雪三分白的关系,那么雪就一定会没有“逊”梅三分白的关系。更简单些说:在颜色谁“白”的比较上,卢梅坡诗肯定了“梅逊于雪”，既然如此，以之为前提就必然推出“雪逊梅”必假，即“雪不逊于梅”；就“雪”与“梅”在香味方面的比较而言，“雪却输梅一段香”，即“雪输于梅”。既然如此，以此前提就必然推出“梅输于雪”必假，即“梅不输于雪”。很明显，这两个推理都是利用反对称关系所进行的推理。

这就是上述一首词和一首诗所分别蕴含的两种不同的关系推理（一是利用对称关系进行的推理，一是利用反对称关系进行的推理）。正是通过这两种不同的关系推理，一方面表现了“雪”与“梅”的相似之处（总体而言雪花相似于梅花）与不相似之处（就白而言，梅逊于雪；就香而言，雪输于梅）。这不仅从一个侧面表现了形象思维与逻辑思维（诗、词所塑造的形象及其所蕴含的意境与逻辑推理）的密切联系，而且，在一定程度上也显现出诗人的全面观点与相互联系的观点：即使是“雪”与“梅”这样两种相似的对象，它们也各有所长，各有所短。梅耐寒而清香，雪洁白而无瑕。二者并美而贵在相互联系、相辅相成。这也正是上述诗、词所给予我们的一种启示。而这种启示不仅显示在诗、词所塑造的形象中，也显现在诗词所包含的逻辑推理中。

最后还得说明一下，本文所举诗词所涉及的只是对称性关系的命题和推理。而关系命题及其推理当然不仅仅局限于对称性的。常见的、常用到的还有涉及传递性的关系命题及其推理，用公式来说，如果 aRb 和 bRc 为真而 aRc 必为真，那么 R 关系就是一种传递关系，日常所说“大于”“包含”“在前”“在后”等所表示的就是这样一种传递关系。运用这种传递关系也可进行推理。如：

孔子早于孟子

孟子早于荀子

孔子早于荀子

其所以能由“孔子早于孟子”和“孟子早于荀子”这两个前提推出“孔子

早于荀子"的结论,就因为"大于"是一种传递关系的缘故。同前述对称性关系命题及其推理相类似,传递性关系也可有反传递的关系(如"父子"关系)和非传递的关系(如"同学关系"),从而,运用前者可以进行正确推理。如:

曹操是曹丕的父亲

曹丕是曹叡的父亲

曹操(必定)不是曹叡的父亲

运用后者(非传递的关系)则不能进行这样的推理。如:

甲是乙的同学

乙是丙的同学

?

这是因为,"同学"关系作为一种非传递关系,既不是一种传递的关系,也不是一种反传递的关系,因此,由具有这种关系的两个关系命题为前提是无法得出必然结论的。以上例而言,我们是既推不出"甲是丙的同学",也推不出"甲不是丙的同学"的结论的。

第七篇　古诗词作品中的推理(下)：复合命题及其推理

一、“凌烟阁上人，未必皆忠烈”

——谈负命题及其推理

唐代诗人于濆写有《戍卒伤春》五言诗一首。诗云：

连年戍边塞，过却芳菲节。
东风气力尽，不减阴山雪。
萧条柳一株，南枝叶微发。
为带故乡情，依依藉攀折。
晚风吹碛沙，夜泪啼乡月。
凌烟阁上人，未必皆忠烈。

本诗通过描绘边塞戍卒（即捍卫边疆的军士）的凄苦生活：军士们连年戍边，驻守在没有花草芬芳时节的塞外高寒山区，即使春到塞外，东风也无力吹化阴山的积雪。萧索的孤柳也仅有南枝微发。由内地征来的军士只有借攀折移自内地的柳树枝条以寄托思念故乡之情。晚风阵阵吹起碛沙，更激起了思念乡月的军士们的悲啼。而这一切都有力地表明，那些声威显赫一时的功臣、大将们的功名正是靠这些受尽千辛万苦的千万戍边战士换来的。也正是因此，戍边军士们自然也就免不了要怀疑那些所谓立过边功、因而受到朝廷封奖的“功臣”（“凌烟阁”系唐太宗于贞观十七年命人将开国功臣二十四人图像画于其上

的地方。所谓“凌烟阁上人”在此乃用以比喻那些所谓立过边功的“功臣”),是否名副其实,因而提出“凌烟阁上人,未必皆忠烈”的论断。以此说明:有功者未必高位,而高位者未必有功。

由此不难看出,全诗的主旨、核心,主要表现在本诗的最后两句。而从逻辑学的角度来看,它所表示的是这样一个命题:“凌烟阁上人未必都是忠烈的。”这是一个什么命题呢?这不是一个简单命题(即仅由词项而构成的命题),而是一个作为复合命题(即包含了其他命题的命题)的负命题。换句话说,它不是对“凌烟阁上人”这一主项(即作为表示该命题所断定的对象的词项)的单纯肯定或否定(断定“凌烟阁上人”是或者不是“忠烈的”),而是对“凌烟阁上人是忠烈的”这一整个命题的否定。正如我们说“闪光的东西未必都是金子”是对“闪光的东西都是金子”这整个命题的否定一样。这种通过对某一个命题(不管该命题是简单命题还是复合命题)的否定而形成的命题,逻辑学上就称之为负命题。用符号来表示即为:如果以“P”表示被否定的命题,那么“非 P”(如用符号“$\neg$”表示“非”,即为“$\neg$P”)就是“P”的负命题。

负命题在现代汉语中的表现形式可以是多种多样的。因为,用来表示负命题的联结词(即“$\neg$P”中的“$\neg$”),在现代汉语中可以是多样的。比如可以是“并非”“未必”,也可以是“……是假的”“……是不真实的”(其中“……”表示某个命题)。如日常所说:

并非“宣传都是文艺”。

未必“宣传都是文艺”。

它们都是通过运用“并非”“未必”这样的语词(它们都是表现“$\neg$”这种逻辑联结词的汉语语词形式)来对“宣传都是文艺”这一命题的否定的。当然我们也可以将上述负命题表示为下面的语句:

“宣传都是文艺”是假的。

“宣传都是文艺”是不真实的,等等。

在日常语言中,“并非”“未必”这样的语词被用来表示对某一命题的否定时,虽然一般是放置于命题的前面,但有时也可放置在命题之中,比如:

“宣传并非都是文艺”。

“宣传未必都是文艺”,等等。

但不管负命题的语言表达是如何多种多样的,由负命题的定义中我们可以清楚地了解到:一个负命题(¬P)与其所否定的命题(P)之间的关系乃是相互矛盾的关系,即如果一个负命题(¬P)为真,其所否定的命题(P)则为假;如果一个负命题(¬P)为假,其所否定的命题(P)则为真;反之亦然。按此,我们也就可以进行相应的推理:由P真,可推知¬P假;由P假,可推知¬P真;由¬P真,可推知P假;由¬P假,可推知P真。在此基础上,我们还可以进一步进行推理:既然一个命题同其负命题之间是矛盾关系,那就意味着:对“P”的否定即“¬P”再予以否定,即为¬(¬P)。而从真、假的角度来看,¬(¬P)的真或假必然是等同于“P”的真或假的。这在逻辑学上就叫作“P”和“¬(¬P)”在真值上(在真假值上)是相同的,也就是相等的。据此而进行的相应推理,一般就称之为负命题的等值推理。比如说:当我们知道:一个全称肯定命题(符号表示为:“所有S是P”,如“所有闪光的东西都是金子”)和相应的一个特称否定命题(符号表示为:“有的S不是P”,如“有的闪光的东西不是金子”)是互相矛盾的。即不能同真、同假的,那么,如果我们用符号“A”表示前者,用符号“O”表示后者,两者的真值关系就是:如果“A”真,那么“O”假;如果“A”假,那么“O”真;反过来说,如果“O”真,那么“A”假;如果“O”假,那么“A”真。既然如此,那就意味着:“A”同“O”的负命题即“¬O”是等值的,而“O”同“A”的负命题“¬A”是等值的。由此,即可得如下公式:

¬A=O(“=”表示真值相等)

¬O=A

这样,就可由“¬A”的真,推出“O”的真;由“¬O”的真,推出“A”的真;同理,由“¬A”的假,可推出“O”的假;由“¬O”的假,可推出“A”的假。类似这样的推理就是前面所说的负命题的等值推理。

在日常生活中,我们是经常运用这样的推理的。比如,当我们回答人们提出是否去参加某个会议这一问题时,既可以说:“我去”,也可以加强语气地说:“没有说我不去。”这后一句话同前一句话就其所表示的命题而言,它们在真值上显然是相等的。其所以相等,就是因为后句所表示的命题乃是对前句所表示的命题的负命题(“我不去”)的否定(“没有说”在该句中表示对“我不去”的否定)。这实际上就是负命题等值推理的应用。

综上不难看出,正确理解和掌握负命题及其等值推理,不仅对我们的日常思维及其语言表达是很必须的,而且,对于我们深入理解某些运用了表示负命题的语句的古代诗词作品的内容及其语言运用的艺术性和丰富性来说,也是有重要启示和帮助的。

二、“桃花红,李花白,菜花黄”

——谈联言命题及其推理

北宋著名词人秦观(1049—1100),曾填词《行香子》一首:

> 树绕村庄,水满陂塘。倚东风、豪兴徜徉。小园几许,收尽春光。有桃花红,李花白,菜花黄。　远远围墙,隐隐茅堂。飏青旗、流水桥旁。偶然乘兴,步过东冈。正莺儿啼,燕儿舞,蝶儿忙。

词人在这里随着他游春的足迹,给我们展示了一幅田园风光的生动画卷。上片以“小园”为中心,写词人所见的烂漫春光。下片则由眼前的小园转向远处的茅堂小桥,描绘出春色满目、生机勃勃的景象。质朴的田野风光随着词人轻松的脚步和欢快的情绪而次第展现,让人感受到一种美的意境。

这首词在写法上有一个明显的特点:上下片完全对称,每片多为三、四字短句,节奏明快,尤其是上下两片的结尾,皆由三字排偶句组成:上片为“有桃花红,李花白,菜花黄”,下片为“正莺儿啼,燕儿舞,蝶儿忙”。这些排偶句的运用,更增加了词的轻快格调。从逻辑学的角度看,这种排偶句所表达的则是一种联言命题。

所谓联言命题乃是一种复合命题(即自身还包含有其他命题的命题),它是断定若干事物情况同时存在的命题。比如:

> 他是一个学生,而且是一个优秀学生。
>
> 诗言志,歌咏言。

这都是联言命题。前者同时断定了“他是一个学生”和“他是一个优秀学生”这两种事物情况,只不过在语言表达中,由于断定的对象相同(都是“他”),所以,在后一命题中将“他”省略罢了。后者则同时断定了“诗言志”与“歌咏言”这两种事物情况。当然,联言命题断定的事物情况不仅可以是两种,也可以是多种,如三种、四种。比如:中共中央国务院“关于深化教育改革,全面推进素质教育的决定”的开头的一句话:

> (当今世界)科学技术突飞猛进,知识经济已见端倪,国力竞争日趋激烈。

就是一个具有三个肢命题(所谓肢命题即复合命题所包含的命题)的联言命题。它同时断定了三个事物情况(这三个事物情况分别表述为三个不同的命题,这三个命题就组成联言命题的肢命题)。

从真假的角度而言,联言命题作为一种复合命题,其真假乃取决于其肢命题的真假。具体地说,一个联言命题为真,必须是其所有肢命题同时为真,如果其中有一个肢命题为假,则整个联言命题为假。以“他是一个学生,而且是一个优秀学生”而言,如果其后一个肢命题为假,即当他是一个学生,但不是一个优秀学生时,这一有两肢的联言命题就必然是一个假命题。

根据上述,回过头来我们看看秦观《行香子》一词就很容易看出:“有桃花红,李花白,菜花黄”和“正莺儿啼,燕儿舞,蝶儿忙”就分别表达了两个各有三个肢命题的联言命题。前者断定了“桃花红,李花白,菜花黄”的同时存在(“有”就是存在的意思);后者断定了“莺儿(正在)啼,燕儿(正在)舞,蝶儿(正在)忙”的同时存在。而按联言命题的性质,其肢命题必须同时为真,如果其中有一肢为假则整个联言命题为假,因此,在诗词创作中,当着运用排偶句时,也必须使之所表现的人物、景色……是真实的(或至少是有其客观可能性的),否则,如有一句所描绘的情景是不真实的,那就会被读者认定为是凭空虚构和捏造,从而,影响诗词所表现的艺术的感染力。正是在这里清楚表明艺术创作也必须遵守逻辑思维的法则。

联言命题当然也可以之为前提而进行推理。比如,肯定了一个联言命题,就可推出其中的任一肢命题(如以“桃花红,李花白,菜花黄”这一联言命题为前提),则可分别推出结论“桃花红”(或推出“李花白”……)。反之,也可以由几个分别为真的命题,以之为前提,而推出结论:由这几个命题作为肢命题而构成的联言命题。如,分别看到(即“肯定”)“莺儿在啼”,“燕儿在舞”,“蝶儿在忙”,就可以这三个命题为前提,而推出结论:一个由这三个肢命题组成的联言命题(“正莺儿啼,燕儿舞,蝶儿忙”)。可见,只要弄清了什么是联言命题,由之构成的联言推理就显得较为简单,可以无须多说了。

三、"花无人戴,酒无人劝,醉也无人管"

——谈以负命题为肢命题的联言命题

南宋末,有无名氏《青玉案》一首,抒发游子的春日感怀。词云:

> 年年社日停针线。怎忍见、双飞燕。今日江城春已半。一身犹在,乱山深处,寂寞溪桥畔。　　春衫著破谁针线。点点行行泪痕满。落日解鞍芳草岸。花无人戴,酒无人劝,醉也无人管。

上片一开始是写每年的"社日"(古代祭社神——土地神的节日,到处举办迎神庙会)妇女们停做针线,人们兴高采烈。可独居他乡的游子面对春社时节燕子双双飞回归巢的情景,禁不住涌起一阵阵思乡之情。今日江城春天已过去一半了,可游子仍漂泊在乱山深处,孤寂地行走在小溪桥畔。下片是写由于游子离乡时间太长,衣衫已穿破了,谁来缝补呵!破衫上满布斑斑泪痕,那是游子内心凄苦的表现。太阳快落山了,游子解鞍伫立在溪桥旁边的芳草地里,面对繁花似锦,却无人同赏;借酒浇愁又无人相劝,酒喝醉了也无人照管。孑然一身的游子多么孤寂、多么苦闷呵!

由这里我们看到,词的结尾三句:"花无人戴,酒无人劝,醉也无人管。"句型虽有所重复而寓意却步步深入;用词虽通俗浅显明白,却将游子的内心痛苦刻画得极为形象、深沉。从逻辑分析的角度来看,这实际上是表达了一个由三个肢命题组成的、而在内容上有递进性关系的联言命题,更具体一点说,是对命题形式相同,而表达内容逐步深入的三个负命题的联合使用。

"花无人戴,酒无人劝,醉也无人管。"三句的句式显然相同,问题在于它们表达的是什么类别的三个命题呢?从表面上看,似乎是三个

直言命题的否定命题,其实不然。仔细分析即可发现它们表达的实际上是三个负命题:即否定另一个命题的命题。因为,用现代汉语来表述的这三个句子应当是:花没有人戴,酒没有人劝,醉也没有人管,而这分别是对“花有人戴”“酒有人劝”“醉有人管”的否定,也就是“并非花有人戴”,“并非酒有人劝”,“并非喝醉了有人照管”。这样,词作者就分别用表达这三个负命题的句子,把游子面对繁花似锦却无人共赏(“花无人戴”)、借酒浇愁却无人劝酒(“酒无人劝”)、喝醉了酒也无人照管(“醉也无人管”)的孤寂与飘零无助的悲、愁心情,逐步深入地刻画了出来。

而由于这三个负命题内容上虽然有层层递进、即逐步深入的关系,但形式上却是并列的,所以,我们说它们表达的是一个由三个肢命题构成的联言命题,也就是一个以三个负命题为其肢命题的联言命题。理解和懂得这一点,无疑是会有助于我们对词作者在这首词中所要表达的深刻内容的理解和把握的。

四、“夕阳无限好,只是近黄昏”

——谈普通逻辑的联言命题与现代逻辑的合取式

向晚意不适,驱车登古原。

夕阳无限好,只是近黄昏。

这是晚唐诗坛的一颗明星李商隐(813—858)所写的一首题为《乐游原》的五言绝句。“乐游原”是诗人素所深喜、不时前去观赏的地方。一天,诗人为排遣他“向晚意不适”的情怀,又驱车重登古原。面对霞光一片,壮丽辉煌的斜阳,他陶醉于这近黄昏时的大自然令人叹为观止的一刻,于是,抒发自己对生活的热爱,对易逝时光的惋惜,而写出了“夕阳无限好,只是近黄昏”的千古绝唱。

对于诗的这后两句,我国古典文学界素有不同的解释。大多认为其中的“只是”按其语义当近于现代汉语的“只不过”“但是”之类语词;而当代我国研究古典文学的著名学者周汝昌则认为其中的“只是”并非近代转折词义,而乃“正是”“就是”之意(详见《唐诗鉴赏词典》,上海辞书出版社,1983 年,第 1136—1137 页)。学者们的不同意见,无疑将有助于我们对本诗的深入领会。但对一般的读者包括古诗爱好者而言,大多免不了还是按现代汉语“只是”的词义去加以理解。因此,在电影《蓝色的海湾》中,一位老工程师曾无限感慨地引用这两句诗来表达自己面对盛世、正可大展宏图、然而却近人生晚年的心境,从而多少流露出一些伤感情怀。对此,影片中的一位厂领导接着纠正说:应该是“只是近黄昏,夕阳无限好”。这样把两句诗的次序一颠倒,其意境就明显不同了,再没有一丝消极伤感的情绪,而是抒发了“但得夕阳无限好,何须惆怅近黄昏”的心境,体现出“老夫喜作黄昏颂,满目青山夕照明”(叶剑英诗)的革命情怀。

正是在这里,上述对话向我们显示了联言命题(或联言判断,后同)一个很重要的逻辑特性:比如,“亲贤臣,远小人”(诸葛亮《出师表》)这是一个联言命题,它同时断定了“亲贤臣”与“远小人”这两种事物情况,实际上也就是同时断定这两个肢命题(用以组成联言命题的两个命题)都为真。在现代逻辑(数理逻辑)中,通常用一个合取式“$p \wedge q$”(其中“p”“q”分别表示肢命题。“$\wedge$”是联结肢命题的联结词,读作“合取”)来表示联言命题。其实,普通逻辑的联言命题与现代逻辑的合取式并不完全等同。合取式如同现代逻辑的其他命题形式一样,只是一种真值形式,它只考虑命题的真假,而不考虑命题所断定的其他内容,如意义上的相互联系等。

比如,就“$p \wedge q$”这一形式来说,只要“p”和“q”为真,$p \wedge q$ 就是真的,其中任一肢命题假,它就是假的。至于各个肢命题(如 p、q 等)之

间的前后位置的调换,并不影响合取式的真假。即当“$p \wedge q$”为真时,“$q \wedge p$”同样为真。原因就在于,作为合取式的联结词“$\wedge$”只是一种真值联结词,它只要求其肢命题都真,它就是真的。至于真命题的前后排列顺序,并不决定肢命题的真,因而也不影响由其组成的联言命题的真。正因此,所以我们说“$p \wedge q$”只是一种真值形式,它只是联言命题在真值(真值指真、假两值)上的一种抽象而已。显然,这就同普通逻辑的联言命题不完全一致了。一个联言命题为真,固然表示它的所有肢命题都真,在这一点上,它同合取式是一致的。但与之不同的是,联言命题是运用自然语言所建构的一种命题,而自然语言的丰富性决定了它不仅要考虑肢命题的真假,还要考虑肢命题在具体意义上的联系、考虑肢命题所蕴含的感情因素等等。比如,“王岗是一个大学生,而且是一个优秀大学生”这一联言命题的两个肢命题的次序就是不能随意更换的,我们不能说“王岗是一个优秀大学生,而且是一个大学生”,因为这两个肢命题之间有一种意义上的递进关系。

曾经有这样一个传说,古时一个县官断案,给犯人写下了如下判词:“情有可原,理无可恕。”但当犯人的亲属给他行贿后,他对原判词不作大的修改,只将两句话(实际上是一个联言命题的两个肢命题)前后顺序颠倒了一下,使之变为“理无可恕,情有可原”,这样一来,重罪也就可以轻判了。

这个例子进一步表明,普通逻辑的联言命题,并不完全等同于现代逻辑的合取式。在运用联言命题时,我们不能仅仅考虑该联言命题与其肢命题之间的真假关系,还要重视用自然语言所表示的肢命题之间在内容上、意义上、甚至感情上的联系。正是由于这个原因,当人们把“夕阳无限好,只是近黄昏”(它包含着由两个肢命题构成的联言命题)这两句诗的顺序前后颠倒,使之成为“只是近黄昏,夕阳无限好”时,它所强调的重点就随之发生了变化,从而它所表达的含义、意境也就明显不同了。

五、“风劲角弓鸣,将军猎渭城”

——再谈普通逻辑的联言命题与现代逻辑的合取式

盛唐诗人王维有题为《观猎》的五言诗一首:

风劲角弓鸣,将军猎渭城。
草枯鹰眼疾,雪尽马蹄轻。
忽过新丰市,还归细柳营。
回看射雕处,千里暮云平。

从内容看,全诗写的是一次将军的狩猎活动,半写出猎,半写猎归。写得激情洋溢,豪气遄飞。清人沈德潜在《唐诗别裁》中曾品评此诗云:“章法、句法、字法俱臻绝顶,盛唐诗中亦不多见。”可谓卓识。

这里,我们将着重分析的是诗的开头两句。《百家唐宋诗新话》一书的一位讲评者,曾对此诗的首联写了一段简要的评析,其中颇含逻辑意味。现摘抄如下:

“从内容上看,这联诗写‘角弓’、写‘将军’、写‘猎渭城’,交代了人物、地点和打猎情事。而要表现这些内容,也可以平直叙起,先写‘将军猎渭城’,再写‘风劲角弓鸣’。但如果这样发端,便是一般的写法,没有什么出奇之处。如沈德潜所说:‘起二句若倒转便是凡笔。’(《唐诗别裁》)王维摒弃了一般化的开头,而将‘风劲角弓鸣’一句置于篇首,施补华说这是‘倒戟而入’,从而显得‘笔势轩昂’,胜人一筹。”(四川文艺出版社,1989年,第86—87页)

这段话说明,如把首联的两句换一下位置,写成“将军猎渭城,风劲角弓鸣”,从叙事的事件内容而言,固然基本未变,但就诗的发端气

势、新奇而言,则有上下之别。这就典型地表现了普通逻辑的联言命题与现代逻辑的合取式($p \wedge q$)的明显区别。

具体一点说:就首联的两句所表达的命题而言,这是一个由两个肢命题(分别由一、二句所表达)所构成的联言命题。而作为联言命题,它所断定的就不仅仅是它与其肢命题之间的真值关系,而且,还断定了肢命题之间某种意义方面的联系,因此,其两个肢命题的顺序是不能随意颠倒的,即"风劲角弓鸣,将军猎渭城",不能倒转其顺序为:"将军猎渭城,风劲角弓鸣"。因为正如前述讲评者所指出的,这样的倒转就是将新奇变为平凡,将使整个诗失去其原有笔势和特色。但是,如果仅仅从真值的角度来看(即仅从该联言命题的真假角度来看),两句的颠倒,显然不会发生真值的改变。就此而言,就可将其表示为一个现代逻辑的合取式。而作为一个合取式,其两个肢命题确实是可以随意倒转而不影响其原有真值的。用公式来说,即"$p \wedge q$"("$\wedge$"表示合取)同"$q \wedge p$"在真值上是完全相等的。按此,如果将首联的两句解释成一个合取式,那么,这两句自然就是可以倒转的,即"风劲角弓鸣,将军猎渭城"和"将军猎渭城,风劲角弓鸣"都是具有同样真值的,如果前者是真的,那么后者也是真的。但问题在于作为艺术作品的诗,是不能仅仅满足于其内容的真实性的,它还要求在塑造艺术形象上的新奇、生动而富于想象,这就不是完全撇开命题(诗句所表示的)内容上、意义上联系的现代逻辑公式、包括合取式所能予以刻画的。从这里,我们也可以清楚地看到普通逻辑的联言命题同现代逻辑的合取式是不能混为一谈的。后者只不过是前者在真值方面的抽象而已。对于寓意丰富而涵蕴深邃的艺术作品,特别是诗词作品,虽然不宜仅仅从普通逻辑的命题(如联言命题)的角度去作出解释和刻画,但是,如果仅仅用现代逻辑的公式来进行解释和刻画那就更加不适当了。

六、“落花人独立，微雨燕双飞”

——再谈联言命题：引用诗句不能随意更换前后顺序

前文中我们曾经谈过，普通逻辑的联言命题和现代逻辑的合取式($p \wedge q$)是并不完全等同的，因为其肢命题之间不仅存在着合取式所刻画的真值联系，而且还存在某种意义上(包括感情上、情节发展上)的联系(这是合取式所撇开了的)。因此，联言命题的肢命题之间的顺序，一般是不能像合取式的肢命题(p 与 q)那样可以随意彼此颠倒的。然而，我们有些论著的作者，常常不自觉地忽视了这一点。这里，我们且举《读者》1977 年第 11 期一篇文章中的一个例子，予以简要说明。

该刊第 32 页《给爱一个容器》一文中有后述这样一段话：“‘放手’是人世间最悲凉最凄烈的场景。‘微雨燕双飞，落花人独立’，放手之后，世界便成了黑洞。”该文借用两句古诗来表示“放手”之后的孤寂与凄楚，这无疑有助于增添叙述的文采。但可惜的是，该文却把这两句诗的前后顺序颠倒了，因而，在一定程度上又伤害了原诗句所固有的文采。

此两句诗出自五代翁宏《宫词》(一作《春残》)：

又是春残也，如何出翠帏？
落花人独立，微雨燕双飞。
寓目魂将断，经年梦亦非。
那堪愁向夕，萧飒暮蝉辉。

原诗写的是一位女子春末怀人的情景。其前四句的大意是：又到了春残时节，翠帏中佳人梦断，面对落花飘零，寒窗独自凝望，眼见微雨中飞燕双双，更增添无限孤寂惆怅。不难看出，其中“落花”两句的先后次序展示着特定情景的有层次的深入推衍。微雨中燕子双飞,反衬着片片落英前的愁人独自伫立,更增添着春末怀人者的孤独与空寂。北宋著名词人晏几道,也正是在这样的意境下而在《临江仙》一词中袭用这两句的。其词的前片是:

> 梦后楼台高锁,酒醒帘幕低垂。去年春恨却来时。落花人独立,微雨燕双飞。

同是春残时节,同样恼人的情思又涌上心头。只不过,这里的春末怀人者却是词人自己。孤独的词人,久久伫立庭中,面对落英飘零,又见燕子双飞,更显孤寂而不由黯然神伤。

可见,无论是在翁宏的原《宫词》中,还是在晏几道的《临江仙》中,"落花"二句都是有其特定情景的内在确定联系,而不能随意更换其先后次序的。固然,改变了这种次序,并非就完全讲不通了、不能让人理解了,但是,原顺序中那种融情入景、以景显情、情景交错的意境便大为逊色了。

当然,这里讲的是诗句,不是命题。但是,如果我们就这两句诗所表达的思想而言,我们大体上也是可以把它们视为表达着两个命题,而且,是予以同时断定的两个命题,即一个联言命题的两个肢命题。按此,从上述的分析中我们就不难再次理解:联言命题的肢命题之间的前后顺序并不像现代逻辑的合取式的肢命题之间的顺序那样可以随意颠倒。原因无他,作为合取式,它只是体现了一种真值关系,而不需顾及肢命题间在意义上、情感上……的联系,而联言命题却不能不顾及这一点。

七、"林花著雨胭脂湿"?

——谈选言命题与选言推理

唐代著名诗人杜甫有《曲江对雨》诗一首:

城上春雨覆苑墙,江亭晚色静年芳。
林花著雨胭脂湿,水荇牵风翠带长。
龙武新军深驻辇,芙蓉别殿漫焚香。
何时诏此金钱会,暂醉佳人锦瑟傍。

据传北宋时的一个寺院墙壁上,有人题写了这首诗,但其中的第三句"林花著雨胭脂湿"的最后一字"湿"看不清了。有一天,苏轼、黄庭坚、秦观、佛印四人同游至此。见此字缺都想好一个字补上。苏轼补了一个"润"字,黄庭坚补了一个"老"字,秦观补了一个"嫩"字,佛印补了一个"落"字。后来一查,方知原来是个"湿"字,大家一思量,俱感各人所补不及"湿"字,尽皆叹服杜甫用字之功力。

不难看出,苏东坡等四人对"□"的补字都是颇具功力的,也都在不同程度上适合整首诗的特定情景。但比较起来,无疑仍以"湿"字最为贴切,最具神韵。当然,关于这方面的问题,见仁见智,还可进一步讨论。这里,我们只想对四人的补缺,从逻辑的命题角度作一点分析。

苏东坡等四人分别对缺遗所补的四个字,实际上是形成了由四个肢命题构成的一个不相容的选言命题:"缺字为润,或者缺字为老,或者缺字为嫩,或者缺字为落。"而查杜甫原诗后已知缺字为湿。因此,由上述四个肢命题所构成的选言命题,无一肢命题为真,故整个选言命题为假。

由此可见,所谓选言命题是断定若干可能的事物情况的命题(以

前述补缺字的例子来说,苏东坡等四人的补字,实际上就是断定了该缺字可能的四种情况)。一个选言命题只有当其肢命题中至少有一肢为真时,该选言命题才是真的。而上述苏东坡等四人补字所形成的四个肢命题无一为真,故由其所构成的选言命题是一个假命题。

选言命题一般又分为相容的与不相容的两类。一个选言命题如果其各个肢命题(一般称为选言肢)之间是彼此不相排斥的、可以并存的,亦即各肢命题是可以同真的,那么,该选言命题就是一个相容的选言命题。如以 p、q、r……表示肢命题,以“或者”表示相容选言命题的联结词,那么,相容选言命题的公式即为:

p 或者 q 或者 r……

比如,“苏轼是宋代人,或者黄庭坚是宋代人,或者秦观是宋代人,或者佛印是宋代人”就是一个相容的选言命题。在现代逻辑中,一般用符号“∨”(读为“析取”)来表示相容选言命题的联结词,从而就可将上述相容选言命题的公式表示为:“p∨q∨r”,并称之为析取式。一个相容的选言命题是真的,则其肢命题至少有一个是真的,当然也可以是各肢命题同真的。

一个选言命题,如其肢命题之间是彼此互相排斥的,不能并存的,亦即其各个肢命题是不能同真的,那么,该选言命题就是一个不相容的选言命题。如以 p、q、r 表示肢命题,以“要么……要么”表示不相容选言命题的联结词,那么不相容选言命题的公式即为:

要么 p,要么 q,要么 r……

比如,前述由苏东坡等四人分别对缺遗补字所形成的、由四个肢命题所构成的选言命题就是一个不相容的选言命题。但由于这四个选言肢中无一为真,故它只能是一个假的不相容选言命题。由此,从真假的角度来说,一个真的不相容的选言命题必然是一个其选言肢至少有一个为真,而且最多也只能有一个为真的选言命题;一个真的相容选言命题则是其选言肢至少有一个为真（当然也可同时为真)的选言命题。

而用上述这样的选言命题作为前提来推出结论的推理就是选言推理。通常运用最多的选言推理是选言直言(或联言)推理,即该推理的主要前提是一个选言命题,另一个是直言命题（或联言命题),它是通过直言前提(即作为前提的直言命题)对选言前提(即作为前提的选言命题)的肢命题的肯定或否定而推出结论的。不过,由于选言命题有相容与不相容之分,所以,由它们组成的选言推理的有效式即符合其规则的正确形式是有所不同的。简略地说,一个相容选言推理的有效式是:(以有两个肢命题的选言命题为例)

p 或者 q
非 q(非 p)
———————
所以 p(q)

一个不相容选言推理的有效式是:(仍以有两个肢命题的选言命题为例)

p 要么 q
p(q)
———————
所以,非 q(非 p)

和

p 要么 q
非 p(非 q)
———————
所以 q(p)

由上述公式可见,对于相容的选言推理来说,只有否定肯定式(即前提中的直言命题对选言前提的一肢或数肢作了否定,在结论中则肯定选言前提未被否定的肢)才是有效式,而不可能有肯定否定式为其有效式,因为其选言前提的选言肢之间是可以并存的,肯定其中一肢(或数肢),不能就否定另外的肢。对于不相容选言推理来说,由于其选言前提的选言肢之间是相互排斥的、不能同真的,因此,其有效式既可以是肯定否定式,也可以是否定肯定式。

八、“新来瘦,非干病酒,不是悲秋”

——谈选言命题及其推理在诗词中的运用

宋代著名女词人李清照基于其自身经历,多有描绘离情之作。其中有一首题为《凤凰台上忆吹箫》,其上阕是:

> 香冷金猊,被翻红浪,起来慵自梳头。任宝奁尘满,日上帘钩。生怕离怀别苦,多少事、欲说还休。新来瘦,非干病酒,不是悲秋。

词的前五句,全写的是别后相思,什么事都懒得去做:狻猊(狮子)形状的铜香炉香消烟冷却无心再焚;床上的棉被乱放得像“红浪”一样也无心折叠;起床后也懒得梳头;听凭宝奁(装饰物和其他贵重物品的小匣子)沾满灰尘也懒得去擦掉;日上三竿也不觉光阴催人。紧接的三句告诉读者:这一切都是因为主人公“生怕离怀别苦”所致。由于离怀别苦,让人心愁的事太多了,又从何说起呢?说了又有什么用呢?不是更增加彼此的“离怀别苦”么!于是,只好把这些压在心头,“欲说还休”了。最后“新来瘦”三句写得更为凄婉。新近人消瘦了,但这不是因为酒喝多了(“病酒”),也不是因为“悲秋”伤感。到底是因为什么呢?词中没有直接告诉我们。但是,联系前面的句子我们不难想到,这原是因为“离怀别苦”呵!必然的结论蕴含在全词的内在逻辑之中,不必明显点出,而是让它成为读者读罢全词后的自然感受。这正是词作者创作手法的高明之处。这一点,如果我们能把词中(特别是这后面的三句)所包含着的推理,正确地显示出来,那么,我们一定会对之有更清晰、更深切的理解。

那么,词中(特别是这后三句)所包含的是什么样一个推理呢?简单地说是一个选言推理,即一个以选言命题为主要前提并按选言命题各个肢命题之间的关系而推出结论的推理。其中,作为选言推理前提之一的选言命题就是下述这样一个选言命题:

新近人消瘦或者由于病酒,或者由于悲秋,或者由于离怀别苦

很明显,由于这一选言命题中所断定的引起词作者"新近人消瘦"的几种可能情况(原因),是可以同时存在的,因而,这是一个由三个选言肢所构成的相容选言命题。如用公式则可表示为:

p或者q或者r

以这一相容选言命题为选言前提的推理就是相容的选言推理。前述李清照词中所包含的正是这样一个以此为选言前提的相容选言推理。它可具体展示为:

新近人消瘦或由于病酒,或由于悲秋,或由于离怀别苦

新近人消瘦不是由于病酒,也不是由于悲秋

所以,新近人消瘦是由于离怀别苦

如用公式即可表示为:

p或者q或者r

非p而且非q

所以,r

而且,我们还不难了解,这是一个推理形式正确、即有效的相容选言推理。因为既然新近人消瘦只可能是由于这三种情况造成的(否则,这一选言命题就不是一个真命题),而且又知道,新近人消瘦不是由于前两种情况造成的,那么,自然就可推出结论:新近人消瘦是由于另一种未被否定的情况所造成的(指由于离怀别苦)。这就是说,就一个相容的选言推理来说,我们是可以通过在前提中否定选言命题所

断定的几种可能情况的某个(或某些)情况,而在结论中肯定其另一情况(或另一些情况的析取)。但能否通过在前提中肯定选言命题所断定的几种可能情况的某个(或某些)情况,而在结论中否定其另一(或另一些)情况呢?不能。理由很简单,因为,作为相容选言命题的肢命题所断定的几种可能情况是可以同时并存的。以前例而言,既然引起"新近人消瘦"的三种可能情况是可以同时存在的,那么,当我们肯定其中之一时(比如,肯定是"由于病酒"),我们又怎能因此而否定它是由于另外两种情况中的一种或两种呢?有什么理由可以排斥它是由三种或两种情况同时起作用的呢?没有。

因此,对于相容选言推理来说,我们只能通过否定(在前提中否定选言肢中的一肢或几肢)而得到肯定(在结论中肯定未被否定的一肢或几肢的析取),而不能通过肯定而得到否定。更清楚、简明一点说,相容选言推理只能有否定肯定式:

$$\frac{p \vee q \qquad \neg q}{p}$$

而不能有肯定否定式:

$$\frac{p \vee q \qquad p}{\neg q}$$

换句话说,前一个推理形式是有效式,后一个推理形式是无效式。

至此,我们也就不难发现,李清照的《凤凰台上忆吹箫》一词确实包含着前面所展示的那样一个相容的选言推理,而且是一个完全正确、有效的推理。只不过其推理的选言前提和结论都在词中被省略而未明确表达出来罢了,这正表现了词作者用语的含蓄、精炼,而且,也留给读者更多的想象,让读者自己去思索、去品味,从而更显现出词的艺术魅力。

九、“道是梨花不是。道是杏花不是……人在武陵微醉”

——再谈选言命题及其推理在诗词中的运用

南宋词人严蕊,填有《如梦令》词一首:

道是梨花不是。道是杏花不是。白白与红红,别是东风情味。曾记,曾记,人在武陵微醉。

全词的大意是:有一种花(词人所咏之花),说它是梨花,不是;说它是杏花,不是。那么,这“别是东风情味”的又红又白的花究竟是什么花呢?词作者用“曾记”“曾记”来提醒读者的注意,唤起读者的记忆,进而以“人在武陵微醉”来暗示对上述问题(是什么花)的回答(陶渊明《桃花源记》云:武陵渔人曾“缘溪行,忘路之远近,忽逢桃花林……”),原来,这白白红红的花既不是梨花,也不是杏花,而是世外桃源之花的桃花。全词用语浅显含蓄,清新隽永而意境高远,真可谓词中之逸品,耐人寻味不已。

粗读本词不难看出,作者对词中所咏之花究系何种花,是通过先否定(先讲它不是什么花)而后肯定(再暗示它是什么花)的。这就表明词中隐含着某种逻辑推理。这是什么样一种逻辑推理呢?简单地说,是一种不相容的选言推理,它是以下述不相容选言命题为选言前提而构成的一种选言推理。这个不相容的选言命题是:

这种“白白与红红”的花要么是梨花,要么是杏花,要么是桃花

如用公式可将其表示为:

要么 p,要么 q,要么 r

在现代汉语中,不相容选言命题的联结词一般为"要么……要么",但有时也可用"或者……或者"(如用后者时,它表示的究竟是相容的还是不相容的选言命题的联结词,只能按使用者使用时的具体语境来确定)。前述严蕊词中所包含的选言推理正是以这一不相容选言命题为选言前提而构成的一个不相容选言推理。它可具体展示为:

这种"白白与红红"的花要么是梨花,要么是杏花,要么是桃花

这种"白白与红红"的花不是梨花,不是杏花

所以,这种"白白与红红"的花是桃花

如用公式即可表示为:

要么 p,要么 q,要么 r

非 p,非 q

所以,r

而且,不难看出,这一推理公式是一个有效式,即只要其两个前提都为真时,其结论就必然是真的。这是不相容选言推理的一种有效式,即通过前提中对选言前提中一肢或几肢的否定,而在结论中肯定余下的一肢,也就是通常所说的否定肯定式。除此以外,不相容选言推理还有另一种有效式,即通过前提中选言前提的某一肢的肯定,而在结论中否定另一肢或另几肢,这就是通常所说的肯定否定式。用公式可表示为:

要么 p,要么 q p ――――― 所以 q	或	要么 p,要么 q q ――――― 所以 p

比如：

这种“白白与红红”的花要么是梨花，要么是杏花，要么是桃花

这种“白白与红红”的花是桃花

所以，这种“白白与红红”的花不是梨花，也不是杏花

而这一不相容选言推理的有效式，对相容选言推理来说则是无效的。这是因为对于不相容选言命题来说，当其为真时，其选言肢有一个为真，而且也只有一个为真。正因此，我们不仅可以通过否定其一肢(或几肢)而肯定另一肢，也可通过肯定其一肢而否定其另一肢(或几肢)，原因就在于其肢命题中只能有一个肢为真，而不可能同真。既然如此，它当然就可以通过否定而肯定(肯定那个唯一真的选言肢)，也可以通过肯定而否定(选言肢中一肢被肯定了，其余的肢当然要被否定了)。

按此，从逻辑分析的角度来看，我们既可以把前述严蕊《如梦令》一词中所包含的不相容选言推理解释为是一个否定肯定式(把开端两句，理解为是在前提中对“这种白白与红红的花要么是梨花、要么是杏花”这两个选言肢的否定，而把最末一句“人在武陵微醉”所暗示的该花是桃花理解为是在结论中对余下一肢的肯定)，也可以将其解释为是一个肯定否定式(把最末一句“人在武陵微醉”所暗示的此花是桃花理解为是在前提中对此花是桃花这一肢的肯定，而把开端两句理解为是在结论中对另两个肢的否定)。而这样的两种解释都是可以成立的，不存在逻辑问题的。不过，就全词而言，还是以前一种解释为好，因为它更合于词作者在词中所塑造的含婉而隽永的意境，更能显示“曾记，曾记，人在武陵微醉”对桃花风韵的巧妙写照！

十、"若使当时身不遇,老了英雄"

——谈假言命题及其推理

北宋政治家、诗人王安石,曾写有一首鉴古论今的咏史词。词曰:

伊吕两衰翁,历遍穷通。一为钓叟一耕佣。若使当时身不遇,老了英雄。　　汤武偶相逢,风虎云龙。兴王只在笑谈中。直至如今千载后,谁与争功。

词的上片是说,伊尹和吕尚这两位分别辅佐汤王和武王,灭了夏桀和殷纣而建立了商朝和周朝的功臣,他们经历了由穷至通(被赏识、重用而立大功)的过程,而当他们功名确立时,已是年岁老矣(故称"衰翁")。一为"钓叟",一为"耕佣",如若在当时不遇商汤、周文,则英雄终将老死岩壑。下片接着说,恰好商汤、周武与之相逢,才出现"风虎云龙"的局面,在伊、吕的笑谈中完成了兴王建国的大事业。此二人真是功盖当世,至今虽超越千载,也无人能与之匹敌。

不难看出,全词不仅歌咏了伊尹和吕尚自身具有的才干,更赞咏了英明的君主为他们提供了施展才干的机会和条件。通过这样的歌咏,词作者本人、作为当时倡导变法革新的政治家自然会从中受到鼓舞,更加增添推行变法的勇气和信心,同时,也表现出作者期望他所倡导的变法革新能得到当时君王(宋神宗)的支持,以成就他也像伊吕一样的一世功业。"若使当时身不遇,老了英雄",就是从反面强调这种"君臣遇合"重要性的最集中表露。从逻辑的角度说,这个句子乃是一个条件句,它表达的是一个假言命题。

所谓条件句就是含有某种条件关系内容的语句,一般由两个子句构成:表示条件的子句和表示依赖条件而成立的子句。比如:上述词中的“若使当时身不遇，老了英雄”，就是这样的一个条件句。其中含有条件的子句即“当时身不遇”，表示依赖这一条件才得以成立的子句是“老了英雄”。

再如李白《襄阳歌》一诗中有云：

遥看汉水鸭头绿，恰似葡萄初酦醅。
此江若变作春酒，垒曲便筑糟丘台。

其中的后两句也构成了一个条件句。联系前面两句(远看襄阳城外碧绿的汉水，好像刚酿好的葡萄酒一样)表述的内容可以看出，这一条件句是说：如果这汉江能变作春酒，那么，单是用来酿酒的酒曲就会垒成一座糟丘台了。其中，“此江变作春酒”是表示条件的子句，“垒曲便筑糟丘台”则是表示依赖前述条件而得以成立的事物情况的子句。

从逻辑上说，条件句所表达的命题就是条件命题，在目前的逻辑论著中通称为假言命题。它是断定一事物情况为另一事物情况某种条件的命题。比如，前述两个条件句就分别表示两个假言命题。

如果把假言命题稍加分解即可见到：任何一个假言命题都是由两个肢命题结合而成的，其中表示条件的命题称为假言命题的前件，表示依赖该条件而成立的命题称为后件。前件和后件是通过一定的联结词而联结起来的，通常就称之为逻辑联结词，就命题而言即称命题联结词。在假言命题中，联结词可以有所不同，它表现着和确定着假言命题中前件和后件之间各种不同的条件关系。一般来说，有三种不同的假言命题的联结词，相应地也就有表示三种不同条件关系的假言命题：

1. 充分条件的假言命题

断定一事物情况是另一事物情况的充分条件的假言命题。本文前面所举假言命题，如“若使当时身不遇，老了英雄”和“此江若变作春酒，垒曲便筑糟丘台”都是充分条件的假言命题，因为它们都断定了前

件是后件的充分条件,亦即断定了有前件就必然有后件。通常可用符号表示为:“如果 p,那么 q”,其中“p”与“q”表示命题,即分别表示前件与后件;“如果……那么(或“只要……就”“如果……则”等)是充分条件假言命题的联结词,在现代逻辑中,通常用符号“→”来表示,读为“蕴含”。“p→q”就称为蕴含式。但要注意,蕴含式只是充分条件假言命题在真值上(真、假关系上)的抽象,它舍弃了充分条件假言命题的前件与后件在意义上的其他各种联系。所以,不能简单地把二者等同起来。

2. 必要条件假言命题

断定一事物情况是另一事物情况的必要条件的假言命题。比如,“只有年满 18 岁,才有选举权”就是一个必要条件假言命题,因为它断定了其前件是其后件的必要条件,亦即断定了没有前件就没有后件。通常可用符号表示为:“只有 p,才 q”,其中“只有……才”(或“无……就无”“没有……就没有”等)是必要条件假言命题的逻辑联结词。在现代逻辑中通常可用符号“←”来表示,读为逆蕴含。这就是说:必要条件假言命题与充分条件假言命题有其固有的内在联系:即当“p”为“q”的充分条件时(即“如果 p,则 q”成立),“q”即为“p”的必要条件(即“只有 q,才 p”也成立)。以前面诗句而言,既然“若使当时身不遇”是“老了英雄”的充分条件,那么“老了英雄”就一定是“当时身不遇”的必要条件。反过来说,如果“p”是“q”的必要条件,那么,“q”一定是“p”的充分条件。以前面所举命题为例:既然“年满 18 岁”是“有选举权”的必要条件,那么,当一个人“有选举权时”,该人一定“年满 18 岁”,即“有选举权”就成为“年满 18 岁”的充分条件。按此,我们就可对这两种假言命题进行等值变换(指在不改变其真假值的条件下变换其命题形式)。如“p→q”就等值于“q←p”。

3. 充分必要条件假言命题

断定一事物情况是另一事物情况既充分又必要的条件的假言命题。比如,“当且仅当三角形的两底角相等,三角形才是等腰三角形”就是一个充分必要条件的假言命题,因为其前件既是后件的充分条件,又是后件的必要条件。通常可用符号表示为“$p \leftrightarrow q$”。从我们前面对充分条件假言命题和必要条件假言命题的介绍中可知,在充分必要条件假言命题中,既然前件是后件的既充分又必要的条件,那么,后件对前件来说,就同样是既充分又必要的条件。这就表明,在“$p \leftrightarrow q$”中,“p”与“q”在真值上是完全相等的,即前件与后件总是同真同假的,故逻辑学上又称充分必要条件假言命题为等值命题,表示其命题联结词的“$\leftrightarrow$”符号通常也就直接表示为“$=$”或“$\equiv$”符号。“$p \leftrightarrow q$”或“$p = q$”也就称为等值式。

以上就是三种不同性质的假言命题。以这几种不同的假言命题为前提,我们就可进行不同种类的假言推理。当然,从前面的分析中我们也不难看出,在这三种假言命题中,充分条件假言命题是最基本的。因为不仅必要条件的假言命题($p \leftarrow q$)可以用它来表示($q \rightarrow p$),充分必要条件的假言命题($p \leftrightarrow q$)也可用它来表示(“$p \rightarrow q$”而且“$q \rightarrow p$”)。这就是说,只要正确理解了充分条件的假言命题,我们也就不难理解另两种假言命题。因此,在假言命题和假言推理中,我们要首先着重把握的是充分条件假言命题及由其构成的充分条件假言推理。在下一篇中我们将对此作具体介绍。

十一、“东海若知明主意,应教斥卤变桑田”

——再谈假言命题及其推理

宋代著名诗人苏轼,在其杭州通判任上,于宋神宗熙宁六年

(1073)中秋,曾在赴钱塘看潮时写下《八月十五日看潮五绝》,其第四首为:

吴儿生长狎涛渊,冒利轻生不自怜。

东海若知明主意,应教斥卤变桑田。

这是作者作为地方官因看潮而触发的议论。其一、二句是说,吴越儿郎因多习水性而常狎玩弄潮于涛澜的深水之中,重利轻生而不自怜惜。第三、四句是说,东海的海神如果知道当代君王的意旨,那就应该让海边盐碱之地变为桑田。其暗含的意思是:如能这样,弄潮人就可不必弄潮而冒生命的危险,而兴办海滨水利的事业也会显得更加切实而有成效。这既表现了作者对当地人民贪利轻生的怜悯心情,也表现了作者对当时朝廷兴建水利常常不切实际的讽喻。不难看出,诗的这第三、四两句只是作者提出的一种假设,它所表达的是一个充分条件的假言命题。而我们又知道,在当时条件下,要使海边盐碱地变成肥沃的桑田,那只是一种空想,一种神话而已,于是,这一假言命题实际上也就表达着下述这样一个充分条件的假言推理:

如果东海知道明主意旨,就应让海边盐卤之地变为桑田

海边盐卤之地不可能变为桑田

所以,东海不知道明主意旨

如用公式表示,该推理的形式即为:

如果 p,那么 q,

非 q

所以,非 p

这是充分条件假言推理的一个有效式,它通过前提中另一个前提对假言前提(构成第一个前提的假言命题)后件的否定,从而,在结论

中否定假言前提的前件,所以通常又称此式为否定后件式。

充分条件假言推理的另一个有效式是肯定前件式,即通过前提中另一个前提对假言前提前件的肯定,从而,在结论中肯定假言前提的后件。比如:

如果某人骄傲,某人就会落后
某人骄傲

所以,某人会落后

如用公式表示即为:

如果 p,那么 q
p

所以,q

除以上两个有效式外,其余式皆为非有效式。比如:

如果某人骄傲,某人就会落后
某人不骄傲

所以,某人不会落后

如用公式表示即为:

如果 p,那么 q
非 p

所以,非 q

再如:如果某人骄傲,某人就会落后
某人落后

所以,某人骄傲

如用公式表示即为:

如果 p,那么 q

　　q

———————

所以,p

都是不正确的式,即都为非有效式,它们都不能保证由真前提而必然推出真结论。稍加分析就会看出,前者在前提中断定"某人不骄傲",结论就推出"某人不会落后"这不是必然的。因为一个人不骄傲,并不能保证他就不落后,骄傲只是落后的充分条件而非必要条件。后者因在前提中断定"某人落后"了,而在结论中就推出"某人骄傲"了,显然也不具必然性。因为某人落后可以是由其他原因引起,而不一定非由骄傲引起不可。

综上可知,充分条件假言推理有两个有效式:1. 由前提中肯定前件,到结论中肯定其后件的肯定前件式;2. 由前提中否定后件,到结论中否定其前件的否定后件式。另有两个无效式:由否定前件到否定后件的否定前件式和由肯定后件到肯定前件的肯定后件式。如果我们在思维和论证过程中,运用无效式来进行推理,我们是无法保证由真前提得到真结论的,因而是不合逻辑的。

以上所说是关于充分条件的假言推理。下面,简要再介绍一下必要条件的假言推理。

唐代大诗人李白曾写有著名的《江上吟》一诗。其末两句云:

功名富贵若长在,汉水亦应西北流。

这直接表达的是一个充分条件的假言命题,但按我们前篇中关于充分条件与必要条件相互关系的说明(如果 p 是 q 的充分条件,则 q 是 p 的必要条件),我们就可将此命题改为一个相应的必要条件假言命题:"只有汉水西北流,功名富贵才长在。"这样"汉水西北流"就是这一必要条件假言命题的前件,"功名富贵长在"则为其后件。而事实上

(从西北流向东南的)汉水向西北流是根本不可能的,也就是说,作为其后件("功名富贵长在")成立的必要条件的前件("汉水西北流")是应予否定的。于是,这就包含了一个必要条件的假言推理:

只有汉水西北流,功名富贵才长在

汉水不能西北流

所以,功名富贵不能长在

如用公式表示,此推理形式即为:

只有 p,才 q

非 p

所以,非 q

这是必要条件假言推理的一个有效式:从前提中否定前件到结论中否定后件的否定前件式。其另一有效式为从肯定后件到肯定前件的肯定后件式。如:

只有年满 18 岁,才有选举权

(某人)有选举权

所以,(某人)年满 18 岁

用公式即可表示为:

只有 p, 才 q

q

所以,p

以上是必要条件假言推理的两个有效式。除此以外,其余的式(指由肯定前件到肯定后件的肯定前件式和从否定后件到否定前件的否定后件式)都是无效式,是不能保证由真前提必然推出真结论的。其基本原因就在于:在必要条件的假言推理中,其假言前提(即作为前

提的假言命题)的前件只是后件的必要条件而并非是充分条件。

至于充分必要条件的假言推理,基于其假言前提的前件和后件是等值的,因此,肯定(或否定)前件,就应肯定(或否定)后件;而肯定(或否定)后件,就应肯定(或否定)前件。其有效的推理形式较易于理解和掌握,故不再予以介绍。

综上所述,假言命题和假言推理是我们思维过程中最常运用的一种命题和推理。为此,为了使我们能在实际思维过程中,正确地运用各种不同的假言命题来有效地进行假言推理,我们就必须严格地按照其命题联结词的性质来把握各种假言命题的前后件之间的关系,并按照不同假言推理的逻辑要求,根据它们各自的有效式来正确地进行推理。只有这样,我们所运用的假言推理才是有效的,合乎逻辑的,从而才能保证我们在思维过程中能由真前提必然地推得真结论,保证我们获得的推出知识的正确性和可靠性。

十二、"和靖当年不娶妻,如何后代有孙儿?"

——三谈假言命题及其推理

宋代诗人林逋(967—1028),字君复,系宋代隐士。钱塘(今浙江杭州)人。早年曾浪游于江淮之间,后归杭州,在孤山隐居达二十年,杭州至今还有他的遗迹。终身不娶,亦不仕,伴随梅花、白鹤度日,时人称其为"梅妻鹤子"。卒谥和靖先生。与钱易、范仲淹、梅尧臣、陈尧佐均有诗相互酬答。历来受到人们的敬慕。

到了明代,有一个姓林的年轻人,为提高自己身价,竟冒充自己是林逋的十世孙,前去求见当时名人陈嗣初。终身不娶的林逋哪里会有后代呢?陈嗣初为此当即赋诗一首:

和靖当年不娶妻,如何后代有孙儿?

想君自是闲花草,不是孤山梅树枝。

年轻人听完诗后,自觉羞愧,狼狈逃跑了。

为什么呢?原来诗中包含着一个推理。这个推理揭露了这位“十世孙”不过是冒牌货而已!

诗的一、二句,隐含着如下一个假言推理:

如果一个人不娶妻,那就不会有后代

和靖(当年)不娶妻

和靖不会有后代

不会有后代,当然也不会有十世孙儿了。

上述推理,也可改换为另一种形式的假言推理:

只有一个人娶妻,才会有后代

和靖不娶妻

和靖不会有后代

两个推理的结论是相同的,但其前提却不完全相同。说明这两个推理有着内在联系和相互制约的关系。前一个推理的第一个前提是一个充分条件的假言命题,第二个前提和结论分别是一个直言命题。由这样的前提构成的推理是充分条件假言推理,而且是一个从肯定前件(前提中的直言命题肯定了充分条件假言命题的前件)到肯定后件(作为结论的直言命题肯定了作为推理第一个前提的充分条件假言命题的后件)的推理。这是一个完全符合充分条件假言推理规则的正确推理。故而,只要其前提为真,其结论就必然为真。既然如此,当已知“如果一个人不娶妻,就不会有后代”,而“和靖当年并未娶妻”确实为真时,其结论“和靖不会有后代”(自然也不会有十世孙儿)就必然为真了。故此,冒充和靖十世孙儿的年轻人,自然也就只能羞愧地逃走了。

后一个推理的第一个前提是一个必要条件的假言命题,第二个前

提和结论也分别是一个直言命题。由这样的前提所构成的推理是必要条件的假言推理,而且,这是一个从否定前件(前提中直言命题否定了必要条件假言命题的前件)到否定后件(作为结论的直言命题否定了作为推理的第一个前提的必要条件假言命题的后件)的推理。这同样是一个完全符合必要条件假言推理规则的正确推理。当其前提为真时(上述必要条件假言推理的两个前提已知事实上为真),其结论也就必然为真。

由此也就不难发现,这两个推理的前提(主要指作为其推理的第一个前提的假言命题)虽然不同,但结论却相同,表明二者有着内在的相互制约关系。这一点,是由充分条件的假言命题和必要条件的假言命题二者之间的内在联系所必然决定的。就充分条件的假言命题来说,因为其前件(指假言命题中表示条件的肢命题:如"如果一个人不娶妻,那么就不会有后代"中的"一个人不娶妻"这一肢命题)是后件(指假言命题中依赖条件而成立的肢命题,如前例中"不会有后代"这一肢命题)的充分条件,所以当肯定前件所表示的充分条件存在时,那自然就要肯定后件所表示的情况的存在。反过来说,当后件所表示的情况不存在时(比如:"不会有后代"这一情况不存在,亦即"有后代"时),那么,其前件所表示的情况即条件,自然也就不会存在(比如"一个人不娶妻"这一表示条件的情况就不存在,亦即"一个人娶妻")这即表明,当一个假言命题其前件为后件的充分条件(即系一充分条件的假言命题)时,那么,其后件即为前件的必要条件。为了更清晰地说明这一点,我们且用符号来表示和分析:以 p、q 分别表示假言命题的前件和后件,以"如果……那么(就)"表示充分条件假言命题的联结词,以"只有……才"表示必要条件假言命题的联结词。这样,前面我们所说的这两种假言命题的内在联系即为:由"如果 p,那么 q"即可知:如果 p 为 q 的充分条件,那么"q"则为"p"的必要条件,即由其就可必然推出："如果非q，那么非p"。而由"如果非q，那么非p"又必然可知"非p"为"非q"的必要条件。这样，我们如用表示必要条件假言命题的联结词来表示即为："只有非p，才非q"。由此可见，只要"如果p，那么q"成立，那么，"只有非p，才非q"就必然成立，因为后者是由前者必然推出的。用逻辑的语言来说，即此二者是等值的(即同真同假的)。这样，再把这两个公式中的"p""q"分别代换为前述的两个具体命题，即："一个人不娶妻"和"不会有后代"，那就会有下述两个假言命题："如果一个人不娶妻，那么就不会有后代"和"只有一个人娶妻，才会有后代"(注意：当"p"表示"一个人不娶妻"时，"非p"即表示"一个人娶妻"，因后者是前者的否定；当"q"表示"不会有后代"时，"非q"即表示"有后代")。而按前述由"如果p，那么q"必然推出"只有非p，才非q"(即此二式等值)那自然也就意味着，由"如果一个人不娶妻，那么，就不会有后代"必然推出"只有一个人娶妻，才能有后代"(即此两个命题是等值的)。这就是充分条件假言命题与必要条件假言命题二者间固有的内在联系，也正是我们在前面所以能由陈诗的第一、二句而构成两个不同的假言推理(一假言前提为充分条件假言命题，另一为必要条件假言命题)、而其结论却完全相同的根本原因所在。

至于陈诗的第三、四句，那不过是基于时人称林逋为"梅妻鹤子"、而对该年轻人冒充林逋十世孙的做法，略带讥讽意味的形象化的否定罢了，在此就不具体分析了。

第八篇　古诗词作品中的语义和语用推理

一、“今日山川对垂泪，伤心不独为悲秋”

——谈诗词中的语义推理

唐代诗人李益（约750—约830），有一首触景生情之作，题名为《上汝州郡楼》。诗云：

黄昏鼓角似边州，三十年前上此楼。

今日山川对垂泪，伤心不独为悲秋。

诗的第一句写出了登汝州楼时的所见（“黄昏”）所闻（“鼓角”）及所感（“似边州”），透出了一片苍凉萧瑟之状。第二句，从时间上回忆那逝去的漫长岁月（其中自然包含着对世运治乱、年华盛衰的无限感慨）。第三句，表现出诗人面对当时“国破山河在”（杜甫诗句）的现实而流露出的忧时伤世之情。最后一句以“伤心不独为悲秋”，不说明“伤心”的任何具体原因而结束了全诗。但读者却从这“伤心不独为悲秋”中，自会推想出那有着比这悲秋更为深层和重要的社会原因：人民的苦难、时局的败坏呵！

无疑，读者的这种“推想”“推知”是有根据的。诗人的“伤心”既然“不独”是为了悲秋，那自然就意味着还有其他原因而使诗人“伤心”。换句话说，从诗人“伤心”的原因不仅仅在于“悲秋”这个语句出发，必然可以推出：诗人所以“伤心”还有着其他（更重要）的原因（至于这其他的原因究竟是什么？这是诗人留待读者自己去思索、去品味的）。

这其他的原因确实存在是诗的最后一句所必然蕴含着的。由此可见,这里确实包含着一种推理、一种根据语句意义的关系而进行的推理。这种推理就是逻辑学上所说的语义推理。

很明显,由于这种语义推理是根据语句意义的关系而进行的推理,它是不同于逻辑学上通常所讲的三段论推理和一系列复合命题的推理(如选言推理、假言推理……)的。因为后述这些推理都是可以按其推理形式而推出普遍有效的结论的。但语义推理却不能如此,它必须借助于对语句间的意义关系的分析才能进行。比如,“伤心不独为悲秋”就同“伤心还有其他的原因”之间必然存在一种意义上的联系。正是因其有着这种语句意义上的必然联系,我们才能由前者而必然推出后者,实际上也就是以前一诗句为前提,而推出后一诗句为结论。而且,我们还可以由诗的前三句所表述的意思的分析而推出所以使作者“伤心”的那另外的具体原因是什么。而这一点,也正是作者所以能用语如此精练、含蓄,而把那些“尽在不言中”的思想让读者自己思索的根本原因。

由此也不难看出,这种语义推理也不同于语用推理。因为,语用推理作为一种话语在特定语境中的具体意义的推理,是必须依赖于语境的。而语义推理却不必依赖于语境,它可以从语句的字面意义去直接推导出其结论来。比如,应用义素(语义成分)分析法推出的同义关系推理(如从“小李是单身汉”推出“小李是未婚的”)、反义关系推理(如从“小李是有配偶的”推出“小李不是单身汉”)、下义关系推理(如从“小李是大学生”推出“小李是学生”)等,都是可以不必依赖于语境而通过对语句本身的字面意义的分析去推出其结论的。

我国古诗词中应用或包含语义推理的语句是不少的,因此,懂得一点语义推理的知识,需要时应用一点这方面的知识去分析和解读古诗词,这对我们多方面地深入把握和理解古诗词的艺术成就和丰富内容，一定会有所帮助的。

二、“虚心未能待国士，皮上何须生节目”

——谈诗词中的语用推理

唐代初期有一个名叫裴略的朝廷小官，在任期届满参加考试时，因一件小事被解职了。裴略不服，前去拜访当时的中书令（相当于宰相）温彦博。其时，温彦博正与朋友闲谈，不想见他，过了很久才勉强出来与之见面。温彦博为了测试裴略是否有学问，就随手指着庭中的竹子，让他吟咏。裴略一气之下吟出了下面这首诗：

庭前数竿竹，风吹清肃肃。
凌寒叶不凋，经冬子不熟。
虚心未能待国士，皮上何须生节目。

温彦博听后，即知裴略吟诗是在批评自己。为什么呢？

从全诗来看，其中前四句乃是对竹子特性的描绘，也写出了竹子“凌寒不肯凋”的骨气。但全诗的主旨却在最后两句。表面上看是在讲竹子：竹子是空心的，也就是“虚心”的。但它虽然“虚心”却未能正确对待“国士”（“国士”系指被全国所推崇的士人，亦即德才兼备的读书人）；竹子皮上有节眼，但它（既然“未能待国士”）生来又有什么用呢？考虑到裴略所吟诗句的语境，主要是这位吟诗者颇为自负（以“国士”自居），而当他前来拜访时，温彦博又未能及时、诚心地接见他。据此，温彦博也就很快意识到诗句本来要表达的真实含义，并因而得出结论：该诗是在批评自己不识人才和不能正确对待人才。

显然，温彦博在这里所得出的结论（认识到该诗是在批评自己），并不是裴略所吟诗直接告诉他的，而是根据裴略所吟诗的内容，再考虑到裴略的情况和他自己勉强予以接待的情况等推理出来的。这种在推理过程中,考虑了说话人和听话人的某种情况,考虑了说话人的意图及其言语所完成的行为,或者考虑了语境而进行的推理,就是现代语言逻辑所说的语用推理。

无独有偶,这种运用诗句而进行的语用推理,在诗人中并不罕见。再如,据传宋朝有位进士名叫吕大防,是苏东坡的好朋友。一天,苏东坡前去拜访他,他却高卧未醒,很久才睡眼惺忪地走出来。苏东坡很生气,看见盆子里养着一只绿毛龟,于是借题发挥,一本正经地对吕大防说:"这种龟不算什么,六眼龟才难得。"吕大防从未听说过有什么六眼龟,赶紧打听这种龟的出处。苏东坡依然一本正经地介绍说:"唐庄宗时,外国进贡过这种龟。当时,伶人敬新磨还献诗一首表示祝贺呢!"接着就念起这首诗来:

不要闹,

不要闹,

听取这龟儿口号。

六只眼儿分明,

睡一觉抵别人睡三觉。

吕大防听后方才恍然大悟,原来苏东坡是变着法儿在骂自己,不由得哈哈大笑。

现在我们要问的是:为什么吕大防能意识到这首诗是在骂他呢?首先是他考虑了当时的语境:苏东坡专程前来拜访他,而他却长卧未起,以致让苏东坡等了很久,他可以想象到苏东坡会生气的。其次,苏东坡所念的诗是在他不满自己(吕大防)睡懒觉而让他久等的情况下念出的。最后,所谓的"六眼龟"过去从未听人说起过。在诗中,只是为了给最后一句"睡一觉抵别人睡三觉"作陪衬(人有两只眼睡一觉,六眼龟有六只眼，自然睡一觉就抵别人睡三觉了）。显然这最后一句才是全诗的要害所在，自然也是念诗者所要表示的真意所在。

这样，吕大防从上述这些情况（根据）出发，自然就能借助推理而推出结论：苏东坡所吟诗是在借“六眼龟”“睡一觉抵别人睡三觉”来骂自己睡懒觉而未能及时去接待他。显然，吕大防在此所进行的推理也是一种考虑了说话人与听话人当时的情况（广义的语境），并考虑了说话人的意图而进行的语用推理。

三、“想是郎君怀别恨，忆人全在不言中”

——再谈诗词中的语用推理

据传古时有位远离家乡的“士人”（读书人），在给妻子的信中寄了一张白纸，写了一封无字的信。在一般情况下，人们收到这样无字的信，是难以理解的。但是，士人的妻子是一个才女，她很快理解了这封无字信的含义。于是，接信后立即写了一首诗作为回信：

碧纱窗下启缄封，尺纸从头彻尾空。

想是郎君怀别恨，忆人全在不言中。

不难看出，这首诗写出了士人妻子对士人寄给她一封无字信的深切理解。而这种理解是通过诗句所包含的推理表达出来的。这个推理即：

如果他（郎君）为离别深感痛苦，那么，他对妻子的怀念就会尽在不言之中

他为离别深感痛苦

所以，他对妻子的怀念尽在不言之中

这是一个充分条件的假言推理，而且是一个从肯定前件到肯定后

件的符合充分条件假言推理规则的有效的假言推理。

具体分析这一推理时我们便会更加清楚地看到,这一推理的两个前提的提出,正如我们前面已经指出的,那是同妻子(才女)对丈夫的深切了解,特别是对丈夫因夫妻分离而必然引起的痛苦感受的了解分不开的。士人的妻子也正是因此而能从丈夫的一封无字信形成上述推理的。可见,这一推理的形成是基于交际者和对话者(在此是夫妻双方)的相互理解和相互信任的,亦即是以具体的语言环境(不仅包括语言的上下文,而且包括语言的客观环境,亦即交际双方共同认知或相信的一系列情况)为依据的,就此而言,我们可以把这一推理称之为语用推理,也就是考虑到话语在特定语境中的具体意义而进行的推理。这种语用推理的一般特征是:(1)考虑了说话人和听话人的情况;(2)考虑了说话人的意图或听话人的解释;(3)考虑了语境背景;(4)考虑了说话人的言语所完成的行为。因此,具有以上特征的一个或几个,就可称之为语用推理。由于这种语用推理主要是依赖和通过一定语境来进行的,我们似乎也可将其称之为语境推理。

这种语用推理或语境推理,在我们日常思维中,特别是人们的交际活动中,其运用是非常普遍的。比如:

> 甲:晚上有场精彩的足球赛,去看看好吗?
>
> 乙:我有篇论文还未杀青。

仅就字面而言,乙的回答似是答非所问。但甲却可以按乙的回答推出:乙晚上不能去看足球赛了。这就是一个具有上述多个特征的语用推理,其推理可完整表述如下:

> 如果乙晚上要写完论文,那么乙晚上就不能去看足球赛
>
> 乙晚上要写完论文
>
> ---
>
> 所以,乙晚上不能去看足球赛

四、“国破山河在，城春草木深”

——谈诗句分析中语义分析和语用分析的不可偏废

杜甫有一首题为《春望》的名诗。诗云：

> 国破山河在，城春草木深。
>
> 感时花溅泪，恨别鸟惊心。
>
> 烽火连三月，家书抵万金。
>
> 白头搔更短，浑欲不胜簪。

本诗写于唐肃宗至德二年（757）三月。当时，杜甫已为攻下唐都长安的安史叛军所俘，只因其官卑职小，而未被囚禁。全诗表现了作者热爱国家、眷念家人的美好情操。前四句写春城败象，伤亡国之痛；后四句写心念亲人境况，感离乱之哀。读来令人感慨不已！

关于前四句，司马光有一段评析：“‘山河在’，明无余物矣；‘草木深’，明无人矣；花鸟，平时可娱之物，见之而泣，闻之而悲，则时可知矣。”（《温公续诗话》）这一段话，且不论其是否评说深透，但有一点必须承认，它根据诗句本身的内容，特别是其谓语的语义关系，而简要揭示（也就是推出）了诗句所表示的另外的意义。比如，他根据“国破山河在”一句中的谓语“山河在”一词的语义分析，而提出“‘山河在’，明无余物矣”，这就是说，“国破”而仅“山河在”，那是表明（亦即可推出）其余东西都没有了（被叛贼劫掠一空了）；根据“城春草木深”一句中的谓语“草木深”一词的语义分析，而提出“‘草木深’，明无人矣”，这也就是说，“城春”而“草木深”，显系表明（亦即可以推出）很少人迹，已是荒无人烟了。同理，司马光对三、四句着重的是语义分析，因此，他也就自然地以“花鸟平时可娱之物，见之而泣，闻之而悲”为根据，而得出

"时可知矣"的结论。显然,司马光在此对诗句的分析,主要表现为仅从诗句的语义,特别是其谓语词的语义关系(比如,仅仅强调"山河在",那自然意味"其他东西无"了。前者与后者显然有其一定的语义关系)入手来进行分析的。正是通过这种分析,他从一个句子推出了另一个句子——另一种思想,或另一种含义(如由"国破山河在"推出"无余物矣";由"城春草木深"推出"无人矣")。这种分析方法显然是一种语义分析的方法,其中所包含和运用的推理自然也就是现代语言逻辑所说的语义推理了。

但是,正是由于语义推理主要是根据语句的意义关系而进行的推理,所以,一般说来,它是无须依赖语境的分析,而仅根据语句本身的字面意义去进行推导的,因此,它就和语用推理有着明显的不同。但一般说来,对诗句的深刻含义的理解,是离不开对语境,特别是对说话人(比如,就一首诗来说的诗作者)当时处境、心情的分析的。就此而言,对语句的分析可以说又常常是离不开借助对语境的分析而进行的推理即语用推理的。也正因此,《百家唐宋诗新话》一书中本诗的一位评析者郭世欣曾就前述司马光的评析提出了下述批评:

> 司马君实谓:"'国破山河在',明无余物矣。'城春草木深',明无余人矣。"以上句概言无物,下句概言无人,自以为得言外之意。如此解诗,于他人自可,于少陵则失之。少陵作此诗,当安史乱发之顷,斯时西京陷敌,宗庙不守,黎庶流徙,亲故隔绝,然身陷贼巢之中,心萦千里之外者,皆为唐室中兴,早驱胡虏也。观其陷贼前后所作,或曰"王陵佳气无时无",或曰"神尧旧天下,会见出腥臊"。皆可鉴少陵拳拳之忠,固生死有所不渝。此联正隐藏少陵一腔忠愤,下句一"深"字,便画尽帝京残破,百姓流离之惨景;然太宗基业,必不可堕,社稷重光,必可指待。句一"在"字,道尽少陵胸中多少怨恨,多少深情,多少对邦国之忠贞信念。是亦"胡

命岂能久？皇纲未宜绝"，"北极朝廷终不改"之意。此种蕴其情，言其极，移不得，动不得之字，徒以"无物""无人"释之，或如卢元昌、顾宸所云："国破矣，所存只山河耳！"非真知少陵也。

显然，这段对《春望》一诗首联的评析，就是结合语境来进行分析的。它不仅考虑到杜甫其时的其他诗作（也可在广义上视为《春望》诗的上下文），也考虑到当时杜甫身陷贼巢的处境及心境……这样进行的分析，就是我们通常所说的语用分析。通过这种分析而得出新的认识（对语句含义的新的揭示），也就包含着现代语言逻辑所说的语用推理。而基于这种语用分析和语用推理基础上对诗的首联的分析和理解，自然就较司马光那种主要限于对此联语句的语义分析所得出的认识更为深刻。这也就是上述评析者所以认司马光之评析为"非真知少陵也"的缘故。

不过，我们也得客观地说一句：无论是对诗句进行语义分析还是进行语用分析，是运用语义推理还是运用语用推理，这对于正确而深入地理解和把握诗句的含义来说，都是必要的，不可少的。在一般情况下，二者总是联系在一起的：语义分析是基础、是前提，而语用分析则是语义分析的进一步深入和扩展。以司马光对《春望》诗句的评析而言，谁又能断言它是没有（或者说"很少"）意义和价值的呢？谁又能认定后人对《春望》诗句，特别是首联的分析完全与司马光的评析毫无关系呢！

把对诗句的语义分析和语用分析有机结合起来，把诗句分析中的语义推理或语用推理有机结合起来，或许这就是司马光对《春望》一诗的评析所留给我们的重要启示！

五、“夜深江上解愁思，拾得红蕖香惹衣”

——谈语境和语境推理

在唐人小说中，有一则借咏荷花诗而成就美满姻缘的故事。故事的基本情节是：

在唐德宗贞元年间，家住长沙而时任湘潭县尉的郑德璘在江夏(今湖北武昌)有个亲戚，他每年都要去探望一次，而且总要途经洞庭湖。船经湖中，常遇到一个老翁划着一只小船卖菱角。郑嗜酒，常邀老翁同饮。一次，郑在江夏将回长沙，船停在黄鹤楼下，船旁停有大盐商韦某的船。韦有个女儿，长得很美，正与邻家女儿在一起谈笑。这时已近夜半，但月正当空，而邻近的一只小船上却有个名叫崔希周的秀才正在赏月，当他发觉有物碰到小船时，捞起来一看，原是一束芳香扑鼻的莲花。于是，他诗兴大发，写了下面一首七绝：

江上夜拾得芙蓉

物触轻舟心自知，风恬浪静月光微。
夜深江上解愁思，拾得红蕖香惹衣。

崔希周写罢此诗后又反复咏诵，被盐商船中的两位姑娘听见了。邻女就取过一张红纸把它抄了下来。

第二天一早，郑德璘坐的船与盐商坐的船同时启航，傍晚又同时停在洞庭湖畔。韦家姑娘出船钓鱼被郑德璘看见。郑非常喜欢她，但却无法交谈。于是，郑德璘取了一尺红绸，上书七绝一首，并把它挂在韦女的钓钩上。其诗是：

投　韦　氏

纤手垂钓对水窗，红蕖秋色艳长江。

既能解佩投交甫，更有明珠乞一双。

诗的大意是：秀美的小手在船窗中垂下了钓钩，像初秋的红莲让长江也为之艳丽，水神既能解下自己的玉佩赠送给郑交甫（古代传说：天帝二女为水神，一天在江边遇到郑交甫，就解下玉佩送给他），我求你送我一对明珠吧！

韦女拿到红绸后，反复诵读上面的诗句，但弄不懂诗中的含义。想回答德璘，又不大会写书信，无奈之下，只好将昨晚邻女记在红纸上的诗（崔希周写的），钩在钓竿上扔给郑德璘。德璘细吟该诗，深觉正是对自己诗的回答，且表现出对自己的好感，于是高兴异常，但仍苦于无法来往。

后来，经过一段曲折，得水神的帮助，韦女与德璘终成眷属。在这里，我们自然没有必要去叙述那些神助的细节，我们感兴趣的只是：崔希周有感于夜拾芙蓉而写成的诗，为什么经韦女投掷后，会让郑德璘深感是对自己赠韦女诗的回答呢？原来这里又存在着由于语境的不同而使同一首诗表现着不同的意境，并因而出现意义转移的情况。

就崔希周诗的本意而言，无非是说，在风平浪静月光暗淡的时候，感到有东西碰触小船，拾得的这束红莲使我满身芳香，解除了我在深夜江上的缕缕愁思。但对郑德璘而言，由于他是在《投韦氏》一诗中刚刚抒发了自己对韦女的爱慕并欲“乞”明珠一双之后而从韦女那里得到崔诗的；而且，也由于他根本不知此诗为崔希周所写，只以为这是韦女对自己《投韦氏》一诗的答诗。在这样的语境下，崔诗的含义自然也就相应改变了。也就是说，郑德璘在这样的语境下所理解的崔诗的含义就只能是：在风平浪静月光暗淡的时候，我感到有东西（你的红绸诗)碰到船边。在深夜的江上,这柔情的诗句解除了我多少愁思,就像拾得美丽的红莲让我满身芳香一样。这样一来,崔希周诗的原有含义就变成了郑德璘所理解的韦女对他《投韦氏》一诗所显露的对韦女爱慕之情的肯定回答的含义。于是,同一首诗,在不同的语境下就出现了含义的转移现象,从一种含义转变成另一种含义,从而给人以不同的感受,提供着不同的信息。这从逻辑上可以解释为是因其包含着某种语境推理。具体一点说,郑德璘所以会对韦女投来的崔希周诗作前述那样的理解(即认定是韦女对自己诗的肯定的回应),这是他根据当时的具体语境(他写了《投韦氏》诗,表示了对韦女的爱慕,而韦女又写诗作答等)而推出的。没有这样的语境,他是不会作出上述这样的理解,也就是推不出前述那样的认定即结论来的。这种基于一定语境的语句的含义而推出结论的推理,大体上说可以称之为语境推理。这是我们在日常交际中会经常碰到的,而且也经常自觉或不自觉运用的一种推理。

六、“浮云游子意,落日故人情”

——再谈语境,兼析李白诗中“浮云”一词的两种不同含义

唐代著名诗人李白在其诗中常用“浮云”一词,并寓以正反两意,颇含逻辑意味,值得对之进行逻辑分析。我们先看其中一首,题为《送友人》:

青山横北郭,白水绕东城。
此地一为别,孤蓬万里征。
浮云游子意,落日故人情。
挥手自兹去,萧萧班马鸣。

这是一首充满诗情画意、情感真挚动人的送别诗。面对横亘在城北的青翠的山峦，绕东城潺潺而过的清澈流水，送别即将像蓬草那样随风飞去的友人。离去的游子将像浮云一样的飘浮不定，送别故人的情怀就如同那徐徐下落的太阳不忍遽然离开大地。然而，“送君千里，终须一别”，诗人只得和友人挥手告别，离群之马的萧萧长鸣也表达着即将别离的友人间的无限深情。

由此不难看出，诗中的“浮云”是喻游子。李白的另一些诗也多有在此意上运用“浮云”一词的。如《淮南卧病书怀寄蜀中赵徵君蕤》中云：

> 吴会一浮云，飘如远行客。

《峨眉山月歌送蜀僧晏入中京》云：

> 我似浮云殢吴越，君逢圣主游丹阙。

《闺情》一诗云：

> 流水去绝国，浮云辞故山。

很明显，以上诸诗中的“浮云”，大抵皆喻游子，且多属自拟，具有正面肯定的意义。但是，在李白的另一些诗中，“浮云”一词却具有与上述相反的意义。比如，有名的《登金陵凤凰台》一诗：

> 凤凰台上凤凰游，凤去台空江自流。
> 吴宫花草埋幽径，晋代衣冠成古丘。
> 三山半落青天外，二水中分白鹭洲。
> 总为浮云能蔽日，长安不见使人愁。

这是李白很少写作的律诗中的一首，然而也是唐代律诗中极具特色而脍炙人口的佳作。作为登临凤凰台的一首吊古之作，它把历史的典故、眼前的景物和诗人自己的感受交融在一起,抒发了他忧国伤时的情怀。而诗的最后两句正是这种情怀的集中表现。长安是当时朝廷之所在,“日”是帝王的象征。陆贾《新语·慎微篇》有云:“邪臣之蔽贤,犹浮云之障日月也。”很明显,“总为浮云能蔽日,长安不见使人愁”正是艺术地表现了皇帝被奸邪包围,而作者本人又报国无门的沉痛心情。也正是从这里我们可以清楚地看到,“浮云”一词在此乃寓奸佞者,多属他拟,具有反面否定的意义。类似的用法,还可在他写的另一些诗中见到。如《古风》(其三十七首)云:

浮云蔽紫闼,白日难回光。

《玉真公主别馆苦雨赠卫尉张卿》云:

苦雨思白日,浮云何由卷。

显然,以上诸诗中的“浮云”,皆指蒙蔽君上的奸佞者之意。

可见,在李白诗中,“浮云”一词分别具有正反两意:前者自拟,具有肯定意义;后者他拟,具有否定意义。这是否会因此而引起语词的词意不定,甚而构成逻辑矛盾呢?不会。根本原因在于,“浮云”一词的两种不同用法、其所具有的两种不同含义,是分别相对于各自所处的不同语境(比如,不同的上下文以及由之所表现的全诗的不同意境等)而言的。不同的语境决定了同一语词表示两个不同的概念,具有两种不同的内涵,这正是语词内涵多义性的表现,也是语词所以不同于概念的重要特点。当然,如果在同一语境下,使用同一语词而使之具有不同的含义,那自然会引起语词含义的混乱,甚至会出现逻辑矛盾。这是违反逻辑要求的,决不允许的,也是在包括李白这样的著名诗人在内一切诗人的诗作中一般不会出现的。

七、"章台柳，章台柳！昔日青青今在否？"

——谈独特语境中的语义双关

据传，唐代诗人韩翃与爱姬柳氏有一段悲欢离合的经历，其中曾有诗词唱和：

唐天宝十三年(754)，韩翃考中了进士，可一直未能当上现任官员。柳氏劝韩外出活动去想想办法，不要一直待在家里，那是没有办法可想的，韩翃于是离家出走。不久，安史之乱爆发，长安被叛军占领。柳氏长得貌美，担心自己被叛军掳去。于是剃光头发，扮作女尼藏身于法灵寺中。

韩翃此时正在平卢节度使侯希逸部下任书记，平叛胜利长安收复后，韩派人到长安寻访柳氏，特别给派遣的人准备了一个白口袋，袋内装放了一些金沙，袋上写了一首题为《章台柳》的词：

> 章台柳，章台柳！昔日青青今在否？
> 纵使长条似旧垂，也应攀折他人手。

此词从字面上看，写的似乎仅仅是对柳条的怀念。其实，却是写给柳氏的问候信：柳氏呵，柳氏！以往那样美丽的你如今还活着吗？即使你仍如当年那样可爱，可能也落到别人手中了吧！

在长安做尼姑的柳氏接到这个装有金沙的口袋后，失声痛哭，并写了下面这首题为《杨柳枝》的词作答：

> 杨柳枝，芳菲节，可恨年年赠离别。
> 一叶随风忽报秋，纵使君来岂堪折。

从字面上看，此词写的似乎同样是对柳条的怀念。其实，却是对韩翃《章台柳》问候的回答：杨柳枝呵！在那群芳争艳的芳菲时节，可怜你总是年复一年地被攀折来赠送给即将离别的亲人。一丝丝柳叶随风飘荡的秋天到来了,即使您再来,这枯萎的柳枝也不值得你攀折了(喻示即使你归来长安,我也再配不上你了)。

很显然,这两首词都是语意双关的。在词中,言语的明义与暗义双管齐下,而以明义为手段,以暗义为目的,言在此而意在彼。但和一般语义双关略有不同的是,这两首词中所运用的语意双关,除了特定的读者而外,一般读者往往是难以意识到它的暗义的。其所以如此,是因为要准确理解和把握这样的双关,那是离不开准确理解词作者所处的具体情景即语境的。人们如果不理解韩翃与柳氏是如何在互相思慕中结合的,不理解他们在结合后的不幸遭遇(因战乱而分离及因分离而引起刻骨铭心的思念)等,是很难以其词语中的明义而把握其暗义的。这也正是为什么当时只有柳氏才能最深切地理解《章台柳》一词的双关并能以《杨柳枝》一词应和作答的根本原因。

从逻辑的角度来说,可以把这种语义双关视为同一语词(词项)可以表达不同概念,因而具有不同内涵的一种特殊情况,也就是通常所说的一词多义(只不过这里仅为两义)的一种特殊情况。其所以说它是一词多义,是因其有明义和暗义两义;其所以它是一词多义的一种特殊情况,是因其两义都出现于同一语境、表达在同一句话(如同一的诗、词语句)之中,而不像一般的一词多义那样,其词的多义是分别就该词运用于不同语境即处于不同语句之中而言的。比如在"说话必须合乎逻辑"和"我们必须学习逻辑"两句话中,"逻辑"一词都出现了,但其所表达的概念,即其内涵是不同的。前者表达的是"思维的规律、规则"的概念,后者表达的是作为一门科学的"逻辑学"的概念。但这种语词的多义,是出现在不同语境之中的,而在同样的语境、同一句话中,语词是不具有多义的。

八、“鸟鸣山更幽”和“一鸟不鸣山更幽”

——谈语境及其对正确理解诗句含义的重要作用

宋代诗人王安石有题为《钟山即事》的诗一首。诗云：

涧水无声绕竹流，竹西花草弄春柔。

茅檐相对坐终日，一鸟不鸣山更幽。

本诗为读者描绘了一幅淡雅恬静的画面：山中的涓水缓缓地绕竹而流，由涧水滋润的花草破土而出，诗人面对茅檐终日独坐，一鸟不鸣使山变得更加幽静。

然而，由于本诗的最后一句，是对六朝诗人王籍题为《入若耶溪》一诗中“蝉噪林逾静，鸟鸣山更幽”这一名句的明显改动，因而曾引起历代诗评者的不同议论。

从字面上看，“一鸟不鸣山更幽”无疑是对“鸟鸣山更幽”的直接否定，因而二者是互相矛盾的。于是，王安石诗的这一改动，引起了一些诗论家的不满。南宋曾季貍在《艇斋诗话》中说王安石此句“却觉无味，盖‘鸟鸣’即‘山不幽’，鸟不鸣即山自幽矣！何必言更幽乎？此所以不如南朝之诗为工也”。清代顾嗣立更斥“一鸟不鸣山更幽”为“直是死句”(《寒厅诗话》)。事实是否果真如此呢？上述两句诗是否果真相互矛盾、必须强分优劣而肯定一个并否定另一个呢？我以为不然。最根本的理由是：它们各自是相对于不同的情景而言的。

“蝉噪林逾静，鸟鸣山更幽”是于动中见静，用“蝉噪”“鸟鸣”来衬托和突出山林的幽静。这确实是“文外独绝”之笔！而“一鸟不鸣山更幽”却是相对于与上述显然不同的情景而言的。正如《百家唐宋诗新话》一书本诗的讲评者所说的，“评论一句诗，必须考虑到全诗的意境。

此诗写王安石罢相隐居江宁(今江苏南京)钟山时,虽然退出了政治生活,但其内心则未完全平静,过去的成败利钝,当今朝政得失,尚时时萦绕于怀"(该书第518页),这种心态就必然在其诗中有所表现。因此,联系到王安石当时所处的这一具体情境"一鸟不鸣山更幽"显然就不单纯是描写山中的幽静(其实,本诗的第一、二句对此已经写得十分生动了),更重要的是表现出诗人内心的岑寂和对寂寞的不满足,以及对喧闹春天的期待,一个"山更幽"的"更"字,便把作者的这种心境集中地显现出来了。这就清楚地表明,"一鸟不鸣"句是明显的同"鸟鸣"句所相对和依赖的情景不相同的,因而,两首诗的意境也自然并不相同。也正是因此,这两句诗谈不上有任何实质上的矛盾和对立,当然也是不适用于用普通逻辑的不矛盾律去评判和解决的。因为,普通逻辑里违反矛盾律要求而产生的矛盾即逻辑矛盾,是相对于同一对象、在同一时间、同一关系的条件(也就是同一语境)而言的。两个在字面上似乎相互否定的语句(命题),如果它们是就不同时间、不同关系(也就是不同语境)而言的,比如说,"(师大学生)小李是老师"(相对于他实习教学的学生而言),和"小李不是老师,是学生"(相对于他就读的师范大学的教师而言),二者是谈不上有任何矛盾的。

上述分析表明,要弄清一个语句的真实含义,也就是要弄清一个语句所表达的是什么命题,那是离不开对整首诗的意境的分析和把握的。从逻辑的角度说,也就是离不开分析和把握语句所处的语言环境,也就是通常所说的上下文的。离开上下文,离开上下文所表达的思想、意境,是无法孤立地去把握一个语句的真实含义的。而这里所说的"语言环境"就是简称的语境,而且主要指的是狭义理解的语境。广义理解的语境还应包括社会环境,比如交际的时间、空间,交际者的社会经历和个人品貌等,这些当然也就包括我们前面分析王安石诗句时所提到的王安石当时所处的具体"情境"以及与之相关的王安石的

“心态”等。至此，我们就可以对前面的分析作如下简要归结：在王安石和王籍二人诗中分别出现的、字面上明显相互矛盾的两句诗（“鸟鸣山更幽”与“一鸟不鸣山更幽”）由于它们是相对不同的语境而言的，因此，它们就其各自所相对的具体语境而言，都是成立的，而且都无愧是情景相融的名句，人们是没有必要去区分其孰优孰劣的。

九、“少年不识愁滋味，爱上层楼……”

——再谈语境及其对正确理解诗句含义的重要作用

南宋著名爱国词人辛弃疾，被劾去职，闲居带湖期间（1181—1192），常闲游于博山道中，眼见国事日非，自己无能为力，遂在博山道中一壁上，题了《丑奴儿·书博山道中壁》词一首：

少年不识愁滋味，爱上层楼。爱上层楼，为赋新词强说愁。

而今识尽愁滋味，欲说还休。欲说还休，却道天凉好个秋。

词的上片是说，自己在少年时代，涉世不深，乐观单纯，没有对“愁”的真切体验，没真正尝过人们所说的“愁”的滋味，因而喜欢登楼赏玩。由于喜爱登楼，常常因此而触发诗兴，在“不识愁滋味”的情况下去勉强说些“愁闷”之类的话。下片是说，随着自己年岁的增长，处世阅历渐深，对于“愁”的滋味有了深切的体验，面对国运日衰，国将不国，而自己一生力主抗战，却反遭投降派排挤，一腔忠愤，无处发泄，真可谓是“识尽愁滋味”了，也正因为“愁”到了极点而无话可说了。而在当时投降派控制朝政的情况下，抒发为国愁苦之情是犯大忌的，于是只好转而谈说天气：“天凉好个秋。”这是多么沉重的“愁”呵！

很明显，词中的“爱上层楼”和“欲说还休”在词中的两次分别重复运用是非常有力的、极具创意的。从逻辑上说，它们分别表达了两个命题,并使这两个命题分别在词中各自紧接着重复运用两次。但必须看到,它们的重复运用,其地位和作用却是明显不同的。在上片中,前一个"爱上层楼"表述的是"少年不识愁滋味"的结果,而紧接着的后一个"爱上层楼"则成了"为赋新词强说愁"的原因。在下片中,前一个"欲说还休"表述的是"而今识尽愁滋味"的必然结果,紧接着的后一个"欲说还休"则成了"却道天凉好个秋"的原因。

可见,词的这两句,或者说这两句所表达的两个不同命题,虽然它们在词中分别各重复使用两次,而且,都是表现着客观环境和作者心情相互间的因果关系的,但是,它们的两次分别使用,其表现的因果关系却都是不同的(都是在第一次使用时为果,在第二次使用时为因)。把握不住它们的这种地位和作用是无法正确地理解全词的深刻含义的。因此,在一定意义上可以说,弄清这两个语句或命题在词中分别所处的不同地位和作用,是把握全词主题和思想内容的关键。

那么,如何才能弄清它们在全词中分别所处的不同地位和作用呢?关键在于分析它们各自所处的不同语境,首先是它们作为语句在词中所处不同的上下文(即前后文)。比如,就词的上片而言,只要具体分析一下两句"爱上层楼"所处的不同语境,我们就不难理解:前一个"爱上层楼"只能是"少年不识愁滋味"的结果;而后一个"爱上层楼"则只能是"为赋新词强说愁"的原因(下片中的两句"欲说还休"与此类似,不再具体分析)。正是这种不同的、然而是确定的语境决定了它们表现着各自不同的因果关系。这就再次表明语境的分析对于我们清晰而准确地把握诗词中的语句及其所表达的相应命题的含义、从而深入领会诗词作品丰富而深刻的内涵,具有多么重要的意义!

十、“一种青山秋草里，路人唯拜汉文陵”

——谈诗句中的隐涵

唐人许浑著有七言绝句《途经秦始皇墓》一首：

龙盘虎踞树层层，势入浮云亦是崩。

一种青山秋草里，路人唯拜汉文陵。

诗人用这首诗抒写了他途经秦始皇墓时的感想。诗的第一句描写了秦始皇墓给人的“龙盘虎踞”之感，它象征着秦始皇生前不可一世的煊赫声势。诗的第二句描绘了秦始皇的声势犹如浮云一样的迅速崩溃。第三、四句说明，同样是青山秋草，而“路人”却仅向汉文帝的陵墓去竭诚参拜。诗中的一个“唯”字，表明后人是非分明，因对汉文帝与秦始皇的不同评判而采取不同的态度：对谦和、俭朴的汉文帝表示崇敬，而对刚愎、奢侈的秦始皇表示唾弃。由此不难看出，诗的三、四两句虽然仅仅写出了后人对汉文帝的悼念，但同时也就隐含着对秦始皇的不满和愤恨。这从逻辑学的角度来说，就是在这两句诗中还隐含着另外的命题。这就涉及语句的隐含问题。

什么是“隐涵”呢？简单地说，是指在一定条件或语境下的某一句话，隐蔽地包含着另一句与之不同的话。比如，假定 A 说：“今天真热！”从字面上看，仅仅是对今天天气情况很热这一情况作了断定，但如果说话者 A 是两眼注视着空调或窗户的话，那就表示在“今天真热”这句话里还隐含着另一句话：“请开空调！”或“请打开窗户！”

由此可见，当许浑诗的第三、四句讲“一种青山秋草里，路人唯拜汉文陵”时，虽然其直接讲出的是“路人唯拜汉文陵”，但它却同时隐涵着另一句话或另一个命题：“路人不拜秦始皇陵”。而路人之所以不拜秦始皇陵,那自然也意味着后人对秦始皇的评价不同于对汉文帝的评价了。

其实,古诗词中应用这种隐涵的情况是不少的。我们可再举南宋著名诗人陆游的《楚城》一诗为例:

江上荒城猿鸟悲,隔江便是屈原祠。

一千五百年间事,只有滩声似旧时。

诗的第一句所说的"荒城"即楚城,也就是一千五百年前作为楚国发祥地的楚王城,由于今天成了"荒城"而难免引起猿鸟的悲啼了。第二句点明隔江的对面就是屈原的祠庙,让人不由不想到楚国的命运同屈原的遭遇的密不可分:屈原的放逐,就预示着楚国最后灭亡的结局。第三、四句:"一千五百年间事,只有滩声似旧时",那不正隐含着除了滩声依旧而外,其余一切都变了么!陵变谷移,城荒猿啼,以致人间沧桑,这一切的一切,不是都有了变化而不似旧时了么!于是,诗人正是通过这种诗句中的隐涵,把诗人抚今思昔、吊古伤今的无限情意,蕴蓄于这不言之中,令人寻味无穷。

可见,历来诗人在诗歌创作中多用隐涵是并不奇怪的。隐涵所固有的,或体现的那种意在言外、意在彼而言在此的特征,不正是诗人们所追求的那种诗句的含蓄、余味无穷的境界么!而这不也就启示我们:对一首诗的理解和领会水平,在很大程度上正是取决于对语句中这种隐涵的理解和领会水平。

十一、"山头烽子声声叫,知是将军夜猎还"

——再谈诗句中的隐涵

中唐诗人戎昱写有《塞上曲》小诗一首,颇耐人寻味:

胡风略地烧连山,碎叶孤城未下关。

山头烽子声声叫，知是将军夜猎还。

诗的第一、二句写吐蕃统治者的武装势力在边境地区略地烧山，当时的边城碎叶城虽然成了一座孤城，但还未闩上城门。第三、四句写山头瞭望敌情、守卫烽火台的士兵的叫声传来，人们知道这是守城将军夜猎返城了。这是诗句直接向我们传达的信息。然而，也正是通过这些诗句，却让人们觉察到了另一些并非诗句直接表达的信息：面对"胡风"的强敌的烧山略地和大军压境，边地守将不是积极从事戒备，为严守孤城保卫边疆准备一切，而是沉湎于狩猎。这样的守将，这样的边寨，怎能有效地严防敌人的侵犯、保卫边民的生命和财产的安全呢？

不过，后述这些信息、这些看法并不是诗句直接表现出来的，它只是由整个诗句，特别是第三、四两句（本应是瞭望敌情、警报敌犯的烽火台的"烽子"叫声，原来只是告知人们守塞将军狩猎至夜晚才刚刚返城了）所间接地传达给我们的。这是一种言外之意。从逻辑上说，这就是一种隐涵，即这种言外之"意"是隐隐地包含在其"言"中的。没有这个"言"，当然也就无言中所含的"意"。正确地透过诗句的"言"，让读者准确地去弄清其所含之"意"，这正是一首好的、富于想象力的诗句的固有魅力之所在。

由此，我们就可以进一步理解，所谓隐涵实际上就是指的会话含义，或者说会话含义的推理。稍具体一点说，如果在某个语境中，说话人说出了某个话语（语句），根据这个话语的意味，加上语言交际中的合作原则（指为了不致使言语交流成为一连串互不关联的语句，交际双方必须为了一个或一组目的互相配合而应遵守的一些原则。如说话要有关联、说话要清楚明白等），再加上关于语境的部分命题，可以推出另一个话语（语句），那么这另一个话语（语句）或者说意味，就是说话人说出的某个话语的隐涵。一般地说，隐涵常常是需要依赖于一定的语境才能推出的,所以它实际上是一种语用推理。前面我们刚刚分析过的《塞上曲》一诗的言外之意,不正是通过这种会话含义的推理而推出的吗!

十二、“妆罢低声问夫婿,画眉深浅入时无?”

——谈隐喻

唐代诗人朱庆馀写了一首题为《闺意上张水部》的七绝:

> 洞房昨夜停红烛,待晓堂前拜舅姑。
> 妆罢低声问夫婿,画眉深浅入时无?

陡然读此诗,谁都会以为这是一首写新婚夫妇闺房乐趣的诗,而且写得很传神:昨晚举行了婚礼,点上红烛夫妇进入洞房,第二天一早要到堂上去拜见公婆。新娘梳妆打扮后含羞轻声询问丈夫:我画的眉毛颜色的深浅程度合乎现在流行的式样吗?请看,全诗多么生动地描绘了一个新嫁娘的娇羞形象。

但诗的题目却是《闺意上张水部》,表明此诗是要呈献给当时任水部员外郎的唐代著名诗人张籍的。为什么要把“闺意”呈献给身为朝廷命官的张籍呢?表面上似乎让人难以理解。但如果考虑到当时的社会背景,再联系本诗还另有一个题名:“近试上张水部”,人们或许就容易明白了。原来,朱庆馀之所以写这首诗送给张籍,本意是想借新嫁娘的提问来表达他自己的心愿:希望得到张籍的赏识,能将他的诗在社会上代为宣扬,以便他参加考试(进士科考试)时能较容易地被录取。具体一点说,朱庆馀在这首诗中把自己比喻为新娘,把张籍比喻为新郎,将主考官比作舅姑(公婆),然后,用新娘就自己画眉深浅是否入时而对新郎的提问,婉转地向张籍表达自己的心意:很快要参加进

士科考试了，考试完后卷子就要交主考官评阅了。我虽然有信心考好这次考试，但我还是得向您请教，不知我写的诗文能否合乎主考官的口味？

张籍自然也是清楚朱庆馀的这番心思的。于是，他读罢这首诗后，也立即写了一首题名为《酬朱庆馀》的七绝，对朱庆馀的提问作出了回答：

> 越女新妆出镜心，自知明艳更沉吟。
>
> 齐纨未是人间贵，一曲菱歌敌万金。

张籍在诗中把朱庆馀比作刚打扮好的越女（古时越国多美女，故诗歌中常以“越女”作为美女的代称）出现在镜湖的湖心，自知非常明媚艳丽但还犹豫彷徨，其实，即使穿着齐纨（山东名产细绢）的浓妆美女也不是人间最尊贵的，最可贵的是越女的天然风韵，她唱的一曲菱歌（指朱庆馀的诗文）才是价值万金的呵！表示出张籍对朱庆馀诗文的高度赞赏。也正因此，张籍此后就多方推荐和赞扬朱的诗文。由于张籍在当时名望很高，人们非常重视他的推荐，于是，朱的诗文得以在当时广泛传播，朱庆馀也终于在唐敬宗宝历二年（826）考中了进士。

可见，朱、张二人借诗歌来进行的问、答都是在形象地建构隐喻的基础上进行的。具体一点说，朱诗是通过比喻，把自己比喻为诗中的新娘、通过向比喻为新郎的张籍的提问，来表明自己对比喻为公婆的主考官，是否中意于自己的诗文的忐忑和疑虑。而张诗也同样是通过比喻表示了对朱的诗文的赞赏，以此来回答和消除朱诗所表明的疑虑。只不过这两首诗中所进行的比喻同一般的比喻有所不同，它是在谈论或描绘一件事时，却意指另外的一件事。也就是说，它虽用某种名称或语句描写人或事物，但却不能用这名称或语句的字面意思去说明人或事物，它只包含某种暗示或类比的意思。用日常修辞学的术语来说,这是一种只有喻体,而没有出现本体、喻词和类似点的比喻。这种比喻可以说是一种隐含着的比喻,所以,现代语言逻辑称之为隐喻。

结合前面的分析我们不难看出,这种隐喻的一个重要特点在于它存在着一种意义转移的现象。所谓意义转移现象是指:它从其文字(或语言)的表面意义转移为它所比喻的隐含的意义。以前述两首诗而言,就是由前一诗句中表面的有关新婚夫妇闺房乐趣的意义转移为表述一个科举考试的应试者(诗作者本人)对即将参加的应试的忐忑不安和求助的意义,和在后一诗句中表面的对新妆越女一曲菱歌的赞誉的意义转移为对前一首诗的诗作者诗文的高度赞誉(亦即是对其求助的肯定回答)的意义。

当然,这种意义的转移现象之所以能为人们所理解、所把握,又是同一定的语境分不开的。张籍之所以能很好地理解和把握朱庆馀诗句背后所隐含的即转移后的意义,并能就此作诗《酬朱庆馀》,显然是同当时的科举制度及朱庆馀所面临的具体处境分不开的;而朱庆馀之所以能很好地理解和把握张籍诗句所提出的隐喻,显然也是同他意识到张籍诗作是对他自己诗作的回答这一具体语境分不开的。

显然,如果我们不能理解和意识到前述诗中的隐喻,我们是谈不上读懂这些诗的。

十三、"苦恨年年压金线,为他人作嫁衣裳"

——再谈隐喻

晚唐诗人秦韬玉写过一首题为《贫女》的诗,全篇通过一个未嫁贫女的独白,道出了唐代穷家女儿的可怜情景。

蓬门未识绮罗香,拟托良媒益自伤。

谁爱风流高格调,共怜时世俭梳妆。

敢将十指夸针巧，不把双眉斗画长。

苦恨年年压金线，为他人作嫁衣裳。

全诗的大意是：出身贫苦的姑娘没有穿过那华美的绸缎衣裳，想找个好的媒人给自己做媒又不由得暗自悲伤。有谁能欣赏我的高尚情操，又有谁能和我一道来爱怜这俭朴的梳妆。我敢和别人较量谁的针线活做得更好，而决不会迎合流俗画双眉去同别人争短长。可怜我自己亲事无望，却要年年去压针刺绣，为别的姑娘赶制出嫁的衣裳。

读过这位贫女的独白，我们不难想象到，类似这位"贫女"遭遇的姑娘即使在现代社会中也并不罕见，因此，本诗所表现的主题和内容至今也还有其现实意义。特别是诗的最后两句所表述的贫女的感叹，更具深刻的内涵，以致"为他人作嫁衣裳"成为后来传诵的名句，并据以演化而成我国习用的一个著名成语："为人作嫁。"

不过，我们在这里所要着重指出的，是本诗所具有的语意双关的特点。正是这种特点，使本诗具有明显的逻辑色彩。

沈德潜在《唐诗别裁》卷十六中指出：本诗是"语语为贫士写照"。近人俞陛云也指出："此篇语语皆贫女自伤，而实为贫士不遇者写牢愁抑塞之怀。"（《诗境浅说》）沈、俞二人均重视这首诗的比兴意义，道出了诗的语意双关的真谛。《唐诗鉴赏辞典》中本诗的赏析者还对这种语意双关作了具体说明："良媒不问蓬门之女，寄托着寒士出身贫贱、举荐无人的苦闷哀怨；夸指巧而不斗眉长，隐喻着寒士内美修能、超凡脱俗的孤高情调；'谁爱风流高格调'，俨然是封建文人独清独醒的寂寞口吻；'为他人作嫁衣裳'，则令人想到那些终年为上司捉刀献策，自己却久屈下僚的读书人——或许就是诗人的自叹吧？诗情哀怨沉痛，反映了封建社会贫寒士人不为世用的愤懑和不平。"

很明显，上述这些评语都在不同程度上揭示出了《贫女》一诗的主旨：借贫女的独白而表现潦倒不得志的读书人的苦闷遭遇，从而也就点明了本诗在内容上意义的转移:通篇字面上写的是“贫女的自伤”,而其实际含义却是“为贫士不遇者写牢愁抑塞之怀”。这是典型的语意双关,也就是现代语言逻辑所极为重视研究的隐喻。它用某种名称或语句去描写人或事物,但又不能按这种名称或语句的字面意义去说明它要描写的人或事物,它通过某种暗示的类比,用联想和推理来实现其意义的转移。以《贫女》一诗为例,就是通过暗示的贫女与贫士的类比,让人们通过贫女自伤的独白,而联想到贫士的怀才不遇,从而推出本诗“语语为贫士写照”的推断来。因此,如果我们读《贫女》一诗而不知其所隐喻,那么,我们就只能说是只知其“表”,而不知其“里”,是谈不上真正读懂了这首诗的。

十四、“白日枭鸣无意问,唯将芥羽害同群”

——三谈隐喻

唐末诗人韩偓曾写有题为《观斗鸡偶作》七绝一首,对当时人们热衷的斗鸡的争斗情况,作了生动而具体的描绘:

何曾解报稻粱恩,金距花冠气遏云。
白日枭鸣无意问,唯将芥羽害同群。

表面上看来似是写斗鸡的情况,即按诗的字面意义是说:“它们(指那些参加斗鸡的鸡)哪能懂得报答主人喂养它的恩惠,套上金距、摇着花一样的鸡冠,真是气焰冲天。大白天枭鸟残害小鸡它不闻不问,只知道用甲胄一样的羽毛去伤害对方。”但实际上呢?却另有所指,作者是以此来讽刺当时那些有权有势却不干好事的权贵和官僚们的。换句话说,诗的实际意思应当是:这帮人哪能懂得报答朝廷的恩典,他们飞扬跋扈、趾高气扬,但对军阀们残害百姓却不敢过问,而只会搞阴谋诡计去陷害好人。由此看来，诗人写作此诗也无疑是运用了隐喻的修辞手法，托物寓意，言在此而意在彼，从而使得话语（诗句）在特定的语境中产生了意义的转移现象，而这一点正是隐喻的重要特征之所在。也正是由于隐喻中必然伴有意义转移的现象，所以，它自然也就涉及一些相关的逻辑问题。下面，我们对此稍作一点分析。

隐喻中何以能产生这种意义转移的现象呢？以前诗为例来说，为什么人们能将直接描绘斗鸡的"何曾解报稻粱恩……唯将芥羽害同群"理解为权贵们"哪能懂得报答朝廷的恩典……而只会搞阴谋诡计去陷害好人"呢？最重要的是这二者之间存在着相似之处。也就是说，前者和后者虽然是两种性质不同的对象（前者所谈对象是参加斗鸡的鸡，后者所谈对象是权贵官僚），但是，通过比较就不难发现，它（他）们在不懂得报答主人的恩典，而只知想方设法去陷害别人这一点上却是有其相似之点和类似之处的。因此，人们通过诗作对斗鸡的"唯将芥羽害同群"的描绘，也就能形象而深刻地联想到封建权贵们类似的险恶本质，激发人们对之鄙视和愤恨。也正因为如此，诗作通过这种隐喻的运用，也就产生了诗句意义的转移：即由直接的对"斗鸡"如何陷害"同群"的形象描绘的意义，转移为喻示"权贵"险恶本质的意义。换句话说，正是由于二者有着上述这样的类似之处，于是，读者就可以由诗作字面上的意义而推知出其所暗含的另外的意义。在这里，显然也就在实际上包含着一个在类比基础上的推理过程。这也就是隐喻的逻辑意味之所在。

正因为隐喻包含着在类比基础上的推理，所以，人们自然就要求隐喻中的类比必须是合理的，类比的属性必须是较一致的、较本质的。只有如此，其推理才有可靠的基础。如果隐喻中的类比是不合理的，或者是表面的，甚至是牵强的，那么，以此为基础而进行的推理过程，当然也就不可能是很可靠的。这样的隐喻自然也就难以发挥其本应具有的说明作用,实际上也就很难被视为是真正意义上的隐喻。

十五、“冷笑这般轻薄物,难融能得几多时”

——谈隐喻的独特作用

唐朝末年,天下大乱,军阀们各据一方,残酷压榨穷苦老百姓,以供他们奢侈腐朽的生活。

一天,北方某地大雪,贫苦老百姓缺衣少食,饥寒交迫,而一个军阀却大摆宴席赏雪作乐。酒过三巡之后,在席的无耻文人轮流赋诗,通过赞扬雪景的秀美来颂扬该军阀的“功德”,无耻又肉麻。这时,一个姓杨的秀才却接吟道:

> 大拳大块满天飞,挺挺筠松被压低。
> 冷笑这般轻薄物,难融能得几多时。

全诗的大意是:拳头块大的白雪满天飞舞,挺而直立的竹竿(“筠”本意指竹的青皮)松枝都被大雪压弯了。冷笑雪花这般轻薄的东西,还能熬多少时候不被融化。

显然,从表面上看这无非是一首吟雪诗,但是,在座的文士们听后,却个个大惊失色。只有那位军阀因不通文墨而懵然无知。

现在我们要提出的问题是:这首诗究竟是写什么的呢?为什么文士们听后会大惊失色呢?

原来,这首诗表面上写的是雪,实际上却是通过它所建构的隐喻,把矛头直指着那些大军阀们。

稍具体一点说,诗中所说“大拳大块”满天飞舞的雪,就是用来暗喻那些军阀们的;而被大雪“压低”的“筠松”则是用来暗喻被军阀们压榨、欺凌的正直之士和广大劳苦大众的。这样,全诗的字面含义就转

化为它通过暗喻而隐含的另外的意义，这就是：

> 军阀们到处横行，气焰嚣张，正直的人们受到军阀的欺压。
>
> 冷笑这般轻薄的军阀，他们作威作福的日子不会太长。

明白这个隐喻的真实含义的文士们，听着这矛头直指军阀的诗句，其惊骇不已也就是很自然的了。而那位设宴摆阔、气焰嚣张的军阀，因其只知此诗的字面意义，而不懂其所隐喻的真实意义，所以，还以为这同其他文士的诗一样，也是一首吹捧自己的谀诗呢！

这就是隐喻，这就是隐喻不可替代的作用。

十六、“他年我若为青帝，报与桃花一处开”

——谈隐喻中的黄巢抱负

唐代农民起义的领袖黄巢，曾写有两首咏菊的七言诗。一首题为《题菊花》：

> 飒飒西风满院栽，蕊寒香冷蝶难来。
>
> 他年我若为青帝，报与桃花一处开。

大意是说：在秋天飒飒的西风中院内栽满了菊花。由于蕊寒香冷，蝴蝶也早随夏日离去。如果有一天我能成为司春之神的青帝，我一定要让这美丽的菊花同桃花同时开放。

另一首题为《菊花》：

> 待到秋来九月八，我花开后百花杀。
>
> 冲天香阵透长安，满城尽带黄金甲。

大意是说：等到秋天九月初八（农历九月九日为重阳节，在古代系登高、赏菊的日子），菊花盛开而百花凋谢了。冲天的菊香透满长安，满城都像是穿上了黄金甲。

按上述这样的解释来理解这两首诗,虽然只是这两首诗最直接的、表面的意义。联系黄巢作为唐末农民起义的领袖的历史背景来看,这两首诗无疑有着另外的更深刻的含义。就前一首诗来看,可以认为这是诗人用菊花来比喻当时处于生活最底层的千千万万农民。这样,诗的第一、二句,就既是对他们迎风霜而顽强生长的赞赏(第一句),也是对他们所处悲惨的不公平境遇的愤懑(第二句),而第三、四句很自然地也就成为作者表现自己未来决心和抱负的一种宣示:倘若有一天我能成为政权的掌握者,我就会使广大劳苦大众都能从充满肃杀的寒秋回到温暖的春天。

后一首诗则是把前一首诗的最后两句对未来的决心和抱负更加具体化了:待到时机成熟的时候,广大的劳苦大众奋起反抗了,那些统治者就会像百花一样凋谢了。当我带兵进入长安城后,满城都将是穿着黄金甲的将士。

由此不难看出,这两首咏菊诗都是言在此而意在彼,呈现着明显的意义转移现象,这就是我们通常所说的语义双关,同一句话、同一首诗,却有着两种不同的含义:一是对菊花处境的肃杀而引起的感慨,另一则是对广大劳苦人民遭遇的不平而引发的立志夺取政权的抱负和决心。前者是诗句所直接表明的,后者则是通过比喻而隐含于诗句的深层之中的,这就是隐喻,这就是隐喻在诗歌中的应用。正是由于这种隐喻的运用,才使得诗人在对菊花的表面咏颂中,寄托着、隐涵着诗人对现实社会更加深广的认识和对未来斗争的坚定信念,从而使诗作显得更加含蓄,意义更加深远。

十七、"身是菩提树"与"菩提本非树"

——谈隐喻在论辩中的运用

我国古典文学名著《红楼梦》的第二十二回："听曲文宝玉悟禅机……"载：黛玉、宝钗为了破除宝玉的参禅念头，宝钗讲了禅宗历史上的一段故事："当日南宗六祖惠能初寻师至韶州，闻五祖弘忍在黄梅，他便充作火头僧。五祖欲求法嗣，令诸僧各出一偈，上座神秀说道：

身是菩提树，心如明镜台：
时时勤拂拭，莫使有尘埃。

惠能在厨房舂米，听了道：'美则美矣，了则未了。'因自念一偈曰：

菩提本非树[1]，明镜亦非台：
本来无一物[2]，何处惹尘埃？

五祖便将衣钵传给了他。"

宝钗讲完这段故事后，黛玉趁势数落宝玉说："……连我们两个人所知所能的，你还不知不能呢，还去参什么禅呢！"宝玉自己想了一想，觉得"他们比我的知觉在先，尚未解悟，我如今何必自寻苦恼"。后来也就因此而打消了参禅念头。

在这里，让我们感兴趣的不在于宝玉是否因此而不再谈禅了，而在于神秀和惠能各自所作的偈语。这些偈语不仅从文学形式上说，它们都是谈佛性的短诗，而且，还因为这两则偈语都包含和运用着隐喻，甚至可以说它们本身就是隐喻，它们是分别用来表达他们各自对佛法

① 《坛经》本为"菩提本无树"。
② 《坛经》本为"佛性常清净"。

的认识的。前一偈是将身、心比作菩提树、明镜台，由于菩提树、明镜台都易染尘埃，故推出要“时时勤拂拭，莫使有尘埃”。这是其字面上的意义。而其实际含义却是表示一个佛教徒必须随时注意自己的身心磨炼，以免染上不合教义、佛法的种种邪念。无疑，这个类比是合理的，因而其所喻示的思想，即其所得出的推论也是能够成立的。不过，从佛法的观点来看，这个偈语中的隐喻还包含着一个预设：肯定“菩提树”“明镜台”的存在，从而也就肯定其喻示的身、心的存在，这从佛性修养的角度来看，还不能说是达到了彻底“空”的境界，因而弘忍也就认定他还“未见本性”。而后一偈语明显是针对前一偈语而提出的，它不仅一开始就以“菩提本非树，明镜亦非台”的论断否定了神秀偈语的预设(否定有菩提树、明镜台的存在)，进而还认定“本来无一物”，即一切皆是空无，哪里还有什么尘埃可染呢？这就把佛家的“四大皆空”喻示得更加清楚，而较之神秀的“空”显得更加彻底，当然也就更能得到五祖弘忍的赞赏。但是，从隐喻的合理性而言，两个偈语的本体与喻体都分别有其相似性，因而，它们在这一基础上的推理(前者推出的结论是：佛教徒应时时注意自己身心的磨炼，以免染上不合佛法的邪念；后者推出的结论则是：四大皆空，谈不上需要防止什么邪念)也都是易于为人们所理解的。也就是说，就隐喻的一般情况而言，这两个隐喻都是成立的，也是符合逻辑的，只不过两个隐喻所体现出来的对佛法理解的深度却是有着明显差异的。也正是因此，当惠能在偈语中提出了“本来无一物”的论断，强调了一切事物的虚幻不实或主体的空寂明净时，无疑较之神秀的偈语对佛法的理解和把握更加深刻，其“四大皆空”的理念也更加彻底。这就难怪两人在这场涉及对佛法的认识和理解的辩论中，惠能成为胜利者，从而也就难怪五祖弘忍要把他的继承人选定为惠能这个火头僧了。

十八、"得势猫儿雄似虎，退毛鸾凤不如鷄"

——谈隐喻在交际中的作用

据传明代文学家、四川新都状元杨慎(1488—1559)嘉靖三年任翰林学士时，因"大礼"之议而触犯世宗，被谪配至永昌卫(今云南保山)。

杨慎在贬官云南期间，常到临安府(今云南建水)游玩，结识了当地进士叶瑞，二人交谊甚笃。在叶瑞的《叶氏家谱》书柬中，珍藏着一页记有行酒令的诗笺，记载着当时杨慎等人行酒令的一则故事：

一次，叶瑞邀请杨慎状元、临安知府和正在临安的钦差大臣等人在东福寺宴饮。为助酒兴，杨慎以水字旁行一酒令。令云：

有水也是溪，无水也是奚；
去了溪边水，加鸟便成鷄(鸡)。
得势猫儿雄似虎，褪毛鸾凤不如鷄。

这一酒令表明，它先要求离合三字(如"溪""奚""鷄")，并且要一韵到底，还要求最后一句必为一成语(如"褪毛鸾凤不如鷄")。而且，全令最末一字还必须是第四句所组合之字("鷄")。这无疑有相当难度。第一人行令后，其他人必须接着行令。如果谁吟不出或不能按要求吟出，亦即所吟如不合格，那就得罚酒。

杨慎行令后，临安知府立即吟道：

有水也是淇，无水也是其；
去了淇边水，加欠便是欺。
龙困浅滩遭虾戏，虎落平阳被犬欺。

显然，这一酒令完全符合杨慎所行酒令要求。最后一句是一成语,而其最后一字也正好是第四句所组合之字。

接下轮到钦差大臣了,他也不动声色地吟道:

> 有水也是湘,无水也是相;
>
> 去了湘边水,加雨便成霜。
>
> 各人自扫门前雪,休管他人瓦上霜。

很明显,钦差大臣所吟的酒令也是完全符合要求的。

从表面看,上述这些酒令无非都是饮酒时玩的文字游戏。但是,稍加分析即不难发现,它们却表现着行令者各自不同的身份和地位,渗透着行令者各自不同的思想感情。只不过,这些都是通过他们各自诗中所包含的隐喻而显现出来的。

所谓隐喻,通俗一点说,就是一种不明白表现出来的、暗示着的一种比喻。比如,以前三首用诗句吟出的酒令而言,每个人所吟的前四句确实只是一种文字组合游戏。但每个人的最后两句,特别是最后一句,明显地讲述了一个比喻。然而,作为比喻它们都只有喻体而无本体。那么,它们比喻的本体是什么呢?这却是暗含着的。因此,我们就不能仅从其字面意义上去了解和把握这个比喻,而必须联系当时的语境,首先是说话人(作诗行吟者)的身份、地位及其经历与思想感情等,去找出比喻的本体,并通过对本体和喻体某种相似性的把握,从而看到表现该比喻的文字、话语所必然产生的意义转移现象,从而达到正确理解这些比喻,把握这三位所吟酒令的真实含义,完成其交流信息的交际作用。

比如,杨慎酒令的最后两句:"得势猫儿雄似虎,褪毛鸾凤不如鸡",联系到杨慎作为状元、翰林学士而遭谪发配边疆的身世,显然不过是以此来形象地描绘自己当时的处境和遭遇(就如同褪了毛的鸾凤,还不如那些"得势猫儿雄似虎"的"鸡"),并发泄自己身处逆境的不

满和愤慨。而临安知府酒令的最后两句："龙困浅滩遭虾戏，虎落平阳被犬欺"，联系到他对杨慎的处境和遭遇非常同情的情况就不难看出，他是把杨慎比作身陷浅滩而遭虾戏的"龙"、陷落平阳而被犬欺的"虎"，从而以此为杨慎的处境和遭遇大鸣不平。而那位钦差大臣酒令的最后两句："各人自扫门前雪，休管他人瓦上霜"，联系到他作为皇帝钦差而居高临下的权势和地位，显然无非是以此警告临安知府必须维护皇上处罚臣子的权威，不要对杨慎的遭遇抱有同情而说三道四，自己应夹着尾巴做人，少管杨慎之类他人之事。

当然，这里出现的意义转移现象，也就是这些隐喻所包含的真实思想，无论是杨慎、临安知府还是钦差大臣，他们彼此都是清楚的。杨慎的愤慨，临安知府的同情和钦差大臣的警告，都通过他们各自所作的隐喻而被听吟者通过一定联想和推理而分别意识到了，即完全理解了。这就是隐喻的独特作用，也就是隐喻所以会受到现代逻辑学家充分重视的原因。

十九、"选诗如选美，总觉动心难"

——谈比喻的逻辑根据

清代诗人袁枚(1716—1798)，字子才，号简斋、随园老人。论诗主张抒发性情，提倡性灵说，在一定程度上要求摆脱儒家"诗教"的束缚，反对泥古不化。曾撰《随园诗话》一书以宣传其诗学观点。在他刚准备撰写该书时，许多人闻讯纷至沓来，拉关系，走后门，企图让袁枚将自己的诗作收入其中，借以传名后世。

袁枚中过进士，任过知县，又是诗文大家，无疑交游甚广。时有一位翰林，系袁枚多年好友。但其人作诗并不高明，而又自视甚高。凭交情，袁枚不能不在其《随园诗话》中予以选录。但该翰林诗集竟有四十余卷,要从中摘录出像样的诗,却是一件苦差事。于是,袁枚将这一差事交给自己的弟子周武去完成。周武也因此而忙得晕头转向,但仍选不出什么好诗。于是,只得写诗向老师诉苦。诗云:

何苦老词坛,篇篇别调弹。

披沙三万斤,捡得寸金难。

袁枚见后,知其弟子所咏确是事实,且有邀功之意。于是,又以选美为喻,和诗一首。诗云:

消夏闲无事,将人诗卷看。

选诗如选美,总觉动心难。

很明显,无论是周武的诗还是袁枚的诗,都包含着一个比喻,因而使人读来明白易解。周诗是把从"篇篇别调弹"的"老词坛"中去选摘好诗,比喻为有如沙里淘金一样的困难,甚至比沙里淘金还要困难。而袁枚诗则为缓和周武的怨气,要他把看人诗卷当作"消夏闲无事"的消遣,而把从诗卷中的"选诗"就当作"选美"(选美女)一样,并肯定:要想从许多女人中选到令人"动心"的美女确实很难。

应该承认,这两首诗所用的比喻都是恰当的。因为其本体(周诗中是"从老词坛中选摘好的诗",袁诗中是"选好诗")和喻体(周诗中是"三万斤"沙中捡"寸金",袁诗中是"选美女")之间确实有其类似点(周诗中的选诗与淘金和袁诗中的选诗与选美女都有其类似点:很费事、很困难),而且,这个类似点对于本体和喻体来说,都是较为本质的、重要的,而不是表面的,可有可无的,正因此,我们就能很自然地由"披沙三万斤,捡得寸金难"而联想到,或者说推想到,要从那"篇篇别调弹"的"老词坛"中选摘几首好诗,实在是太难太难了;也能很自然地由从众多女子中选出令人动心的美女之难而联想到,或者说推想到要从众多平庸诗卷中选出几首好诗也实在是太难太难了。

也正是从这里，我们也就不能不承认，在这样的比喻中实际上包含着逻辑推理的因素或者说成分。可以这样说，比喻的基础即根据，在于本体和喻体之间的类似点，而比喻的作用在于通过联想，抓住这个类似点，用一事物而把另一事物表现得更形象、更具体，这就正如两个或两类对象在某些属性上的相同，以之为根据而推出它们在另一属性上也相同(用一个或一类对象还有另一属性而推知另一个或一类对象也有此另一属性)的类比推理一样。就这个意义而言，这种比喻方法就同逻辑方法中的类比方法一样，有着极为相似的思维进程和作用，以至我们可以说，这样的比喻实际上包含着类比推理，或者说是一个显现不完全的类比推理。换句话说，这样的比喻过程实际上隐含着一个推理的过程，以至我们可以在一定意义上直接把它称之为比喻推理。

这就是袁枚选诗给我们提供的一点逻辑意味。

二十、“应似东宫白赞善，被人还唤作朝官”

——谈比喻推理在诗词中的运用

在唐代人中颇受冷遇的白牡丹，白居易却有以其命题的七绝一首：

> 白花冷澹无人爱，亦占芳名道牡丹。
> 应似东宫白赞善，被人还唤作朝官。

诗的大意是：这丛白花冷冷清清无人喜爱，却也占用了牡丹这个名字。就好像是东宫(太子所住宫殿称东宫，为太子设置的官为东宫官)的赞善大夫白居易，虽是闲官却也被人称作朝中京官。

不难看出，这是以白牡丹虽为牡丹，但在当时却备受冷遇的境况，来喻示作者自己虽然也被称为炙手可热的京官，但却不过是无权无势、无所事事的闲官，因而也就免不了名不副实而遭冷遇。以白牡丹"名不副实"(虽同为牡丹，但得不到其他牡丹那样的同等对待)来喻示也被称为朝官的白赞善的"名不副实"(虽称为炙手可热的京官，但实则为无所事事的闲官)，进而也就用白牡丹的遭受冷遇来喻示作者作为闲官而身受的冷遇。显然，这样的比喻不仅形象鲜明而且极为贴切、准确——合乎逻辑。表面上本体与喻体似乎不伦不类(一是花，一是官)无从比喻；但实际上它们却在一定方面有着共同和相似之处(在当时条件下，都徒有其名，因而也都受到冷遇)，因而，自然也就可以用本体(白牡丹)的具体形象来更加鲜明地显示喻体(名为朝官的白赞善)的类似性质，从而让人们更清晰地意识到作者对自身处境的苦涩之感。正是在这个意义上，我们可以说这样的比喻，实际上是一种推理，是一种在比喻过程中显示喻体某种性质的推理。有的著作曾把这种推理称之为"变奏的类比推理"[①]，认为它既似类比推理，但又不完全同于类比推理，它在一定意义上是以类比推理为其基础的(它也是依据两类或两个对象在某种属性方面的共同点，从而推出新知识，只不过类比推理是推出某对象也具有类比对象的另一种属性，而比喻推理是以喻体的属性来更鲜明地喻示本体的类似属性，从而更清晰、鲜明地理解和把握这种属性)。我以为，这种看法是有一定道理的。也正因此，在我看来，既然这类比喻具有一定的推理性质，那就直接称之为比喻推理，或许也并不为过吧！

---

① 韦世林:《汉语——逻辑相应相异研究》，云南教育出版社，1994年，第294页。

二十一、“耳鬓厮磨五十载,梨花海棠相伴老”

——谈比喻不当的逻辑错误

在我国古代诗词和其他文献中,“梨花”与“海棠”合用,已成定格,历来用于比喻老夫少妻、白发与红颜的结合。梨花绽放时呈白色,喻指白发年老的丈夫;海棠怒放时呈红色,喻指红颜年少的妻子。二者并提涉及中国文学史上一桩逸事,且有诗为证。

北宋词人张先(990—1078)80岁时,娶18岁美女苏惠为妾。北宋大诗人苏东坡等为此前往拜访,问张先老前辈得此美眷,可曾写有大作?张先说有,随口念诗一首:

> 我年八十卿十八,卿是红颜我白发。
> 与卿颠倒本同庚,只隔中间一花甲。

苏东坡听后连声称好,并表示自己也有打油诗一首,唯恐冒犯老前辈,不敢吐露。张先表示不妨。苏东坡咏道:

> 十八新娘八十郎,苍苍白发对红妆。
> 鸳鸯被里成双夜,一树梨花压海棠。

张先听后大笑,不以为忤。由此,开始了以“梨花”“海棠”喻白发红颜、老夫少妻的先河。后人也正是按此含义而用这一比喻的。比如,近代诗人陈衍(1856—1937)号石遗,为同光体派巨擘。《文汇读书周报》2000年6月10日第798号曾刊载黎泽济撰写的一篇文章。其中说道:郑孝胥日记称,衍八十生日,章太炎撰“仲弓道广扶衰汉,伯玉诗兴启盛唐”一联寿之,有人以此联为颔联,凑成七律嘲衍云:

> 四月南风大麦黄,太公八十遇文王。

仲弓道广扶衰汉，伯玉诗兴启盛唐。

叔宝风流夸六代，季常约法有三章。

天增岁月人增寿，一树梨花压海棠。

末联有注云："石遗有幼妾。"可见，近人诗中用"梨花""海棠"也是用以比喻老夫幼妾。然而《中华新闻报》1997年8月4日第3版一篇讨论新闻标题的文章，却肯定地介绍了自己把"20对老鸳鸯喜迎金婚"的原标题修改为"耳鬓厮磨五十载，梨花海棠相伴老"这一新标题的做法，认为这样的修改"不仅避免了平平淡淡的陈述式标题，读来还有点韵味……"但结合我们前面的介绍不难看出，这一修改虽如作者自称读来颇有"韵味"，其实却是很不恰当的，这是用"梨花""海棠"来比喻或象征"耳鬓厮磨五十载"的金婚夫妻，是明显的语词误用。从逻辑的角度说，这是犯了比喻不当的错误，而之所以如此，根本原因又在于使用者没有真正弄清"梨花""海棠"历史地形成的固有象征意义，而想当然地随意使用。就此而言，这又可以说是一种对语词(语项)的含义(语词的比喻义也可以说是语词的一种含义)未能准确把握的错误，也就是人们通常所说的概念不明确(即对词项所表达的概念即其内涵不明确)的逻辑错误。其结果，又引起同一标题中语词间自相矛盾的逻辑错误：前句"耳鬓厮磨五十载"肯定了共同度过50个春秋的夫妻双方都已是满头白发的老翁老媪；而后一句"梨花海棠相伴老"则又肯定了夫妻二人原是白发红颜、老夫少妻，这不明显是违反不矛盾律逻辑要求而产生的自相矛盾的逻辑错误么！

二十二、"竹外桃花三两枝，春江水暖鸭先知"

——谈联想和联想推理

苏东坡曾作《惠崇春江晚景》二首。这是诗人为僧人惠崇的一幅

以早春景物为背景的春江鸭戏图而写的，故又题名为：《书衮仪所藏惠崇画》。其中一首是：

> 竹外桃花三两枝，春江水暖鸭先知。
>
> 蒌蒿满地芦芽短，正是河豚欲上时。

诗作不仅写出了赏画者在画幅上所能见到的盛开的桃花，水上浮游的鸭群……而且，还写出了水之"暖"、鸭之"知"和河豚之"欲上"。后述这一切都是仅凭诗人的感官所不能直接感觉得到的，而是通过诗人的想象和联想并在此基础上进行逻辑推理而得知的。

比如，由画面上的桃花开放、芦蒿长芽，想到了春季的到来。其中就隐含着一个逻辑推理：

> 只有春季到来了，才会桃花开放、蒿芦长芽
>
> 现在桃花开放、蒿芦长芽了
>
> ———————————————————
>
> 所以，现在是春季到来了

这是一个符合必要条件假言推理规则(即从肯定后件到肯定前件的规则)的有效推理。

再如：再由桃花开放、蒿芦长芽而推想到的春季的到来，又联想到河水的温度；再由画面上浮游于河面上的鸭子而联想到鸭子对春江水暖的感知。这种通过联想而作出的推理我们可以把它称之为联想推理。诗人正是通过这种联想推理，才由桃花的开放……而推知浮游于春江上的鸭子最先感觉到春江水暖，才由蒿芦的长芽而推知"河豚欲上"的时候到了。这就生动地表明，诗、词作为一种语言艺术是以艺术的方式来把握所描绘的具体对象的，也就是说，它是以形象思维而不是以概念来揭示客体的本质的。而形象思维就离不开联想，离不开形象的结合。"竹外桃花三两枝，春江水暖鸭先知……"就是诗人遵循联想律、运用一定的形象结合的方式而形成情景交融的诗的意境的。也

正因此,尽管人们早已见不到惠崇的这幅画了,但苏东坡的这首诗却依然是历代人们传诵的名篇。

不过,对这首诗的质疑者、挑短者也有之,清代诗人毛奇龄就是其中一个。据传,当一位诗人称赞苏东坡“春江水暖鸭先知”这句诗时,毛奇龄起而责难说:苏东坡写得并不准确,春江水暖,鸭子诚然可能知道,难道鹅就不知道吗?鸭子和鹅一起在水里游,春江水暖不暖,它们同时都知道,同时有体验。说春江水暖鸭先知,那么,鹅岂后知乎?毛奇龄的这一说法,使在座的诗人们,闻之不禁茫然。

显然,毛奇龄的这一责难是没有道理的。首先,如前所述,苏东坡的这一诗作是根据惠崇所画春江鸭戏图而写成的。既然惠崇所画的是鸭戏图,而不是鹅戏图,那么,由此而形成的联想及由之所推知的“春江水暖”的“先知”者,只能是画中戏游的“鸭”,而不可能是图中所无的“鹅”。这显然是不言而喻的。其次,“春江水暖鸭先知”的诗句并不否定在其他情况下春江水暖“鹅”先知,或其他什么家禽的先知的。比如,如果惠崇所画的不是春江鸭戏图,而是鹅戏图的话,那么,由此而形成的诗人的联想及其推理,那自然也就会是春江水暖“鹅”先知了。

可见,毛奇龄的责难完全是离开惠崇画图的具体情况的。这在艺术上是无的放矢的,在逻辑上则是违背充足理由原则的,也就是论据不足,或者说缺乏论据的。因而,毛奇龄对这一诗句的责难是根本不能成立的。但他为什么提出这样的责难呢?这是否如人们常说的是为了某一种目的(比如,企图以骂名人而显赫自己)而故意找茬呢!

二十三、“蓬莱有路教人到,应亦年年税紫芝”

——再谈联想和联想推理

唐代诗人陆龟蒙(?—约881)有题为《新沙》的七言诗一首:

渤澥声中涨小堤，官家知后海鸥知。

蓬莱有路教人到，应亦年年税紫芝。

诗的第一、二句描绘在渤海岸边，由于长年不断的潮涨潮落而形成的小堤内的一块沙地，虽然早已为一直飞翔盘旋在海上的海鸥知道了，然而，在它之前，贪婪成性的官家的双眼就已经盯住它了，因为他们为了搜刮地税，是不会放过任一寸土地的。多么辛辣的讽刺和极度的夸张！它有力地揭露了官家榨取民财赋税的贪婪本性。

由此，诗的第三、四句表述了诗人极为自然的联想：按照官家如此无孔不入的贪婪本性，如果仙凡隔绝的蓬莱仙境也有路可通的话，那么，官家也一定要向仙人征收灵芝税的。这就深刻地揭露了官家搜刮的触角无处不到，连神仙居住的地方也逃不了留下税吏的足迹了。

可见，诗的第三、四句所设想的，正是基于第一、二句所描绘的事实而产生的联想，而这种联想乃是对封建统治者的“官家”横征暴敛的更深刻、更尖锐的揭露：只要有可能，他们是不惜向仙人居住的仙境征收赋税的。同时，这种联想也包含着一个推理，只不过这个推理的主要前提是一个充分条件的假言命题：如果海中新生一个小岛官家就迫不及待地要去征收赋税，那么，蓬莱仙山如有路可通官家也会去征收赋税。而这一命题只是基于人们联想的结果。这样，诗的第一、二句表述的是另一个前提，它肯定了前述充分条件假言命题的前件（海中新生一个小岛，官家就迫不及待地想去征收赋税），而诗的第三、四句则表述了推理的结论，肯定了前述充分条件假言命题的后件（蓬莱仙山如有路可通，官家也会去征收赋税）。由于整首诗所包含的这个推理是一个有效的，即符合该推理规则的推理，因此，诗中所表现的作者的深邃联想及其对官家横征暴敛的尖锐揭露，是充满着不可辩驳的逻辑力量的。

第九篇　古诗词作品中的模态句与模态命题

一、“不薄今人爱古人，清词丽句必为邻”

——谈模态命题的必然命题

著名诗人杜甫曾写有《戏为六绝句》六首，以诗论诗。其中第五首是：

> 不薄今人爱古人，清词丽句必为邻。
> 窃攀屈宋宜方驾，恐与齐梁作后尘。

第一句就表明作为诗人的杜甫既爱古人（当然主要指爱古人的诗词）也不薄今人（同样主要指今人的诗作）。这里所说“今人”是指庾信（南北朝时期北周文学家。杜甫在《春日忆李白》诗中曾以“清新庾开府”表示过对庾信诗作的评价）和唐初四杰等当代诗人。第二句说明其所以要“不薄今人爱古人”，是因为在杜甫心目中，凡“清词丽句”之作都必然是相与为邻，亦即引为同调的。第三、四句进一步说明只有“窃攀屈宋”，即力争达到屈原、宋玉诗作的精彩绝艳，才不至于堕入南北朝的齐、梁时期轻浮侧艳的后尘。可见，杜甫在这里明确提出了他对南北朝时期文学的主张：既要继承，也要批判。对于杜甫这个主张的具体内容以及如何对其具体评价，应由当前的评论家们、古诗欣赏者们去考虑、去讨论。这里，我们只想就诗的第二句所表达的命题作一点较具体的分析。

稍仔细阅读我们就可看出，“清词丽句必为邻”不是一般提出（用

逻辑学的术语即“断定”)要与“清词丽句”为邻，而是断定要与之“必为邻”，也就是“必然”为邻。把其中省略的主语，即表示诗作者本人的“我”补充出来，此命题即为“我必然要与清词丽句为邻”(用现代汉语表述大体上即:“我必然要吸取一切清新美好的诗句”)。这样的命题就是现代逻辑中所说的模态命题中的必然命题。

所谓“模态”是英语 modal 的音译，有形态、样式等意思。表示模态的语词在逻辑学中就称为模态词，诸如表示命题的真假强度的模态词，如“必然”“可能”这样的语词；或是表示行为规范的模态词，如“必须”“允许”“禁止”之类的语词；或是表示某些认知概念的模态词，如“知道”“相信”“断定”等语词。这些“模态词”在现代逻辑中也常被称为“模态算子”，它们是表示模态命题用来进行运算的符号。由此，我们也就可以把模态命题简要地理解为乃是含有上述模态词的命题。在上述种种模态中，人们经常而且着重研究的是那些表示命题的真假强度，也就是表示事物的存在及对其认识的必然性、可能性或偶然性的这一类性质的模态，人们通常称之为狭义的模态(即人们谈论模态和模态命题而不加以特殊说明时，指的就是这类模态)，而将其余的模态，如“规范”“认知”等模态称之为广义的模态。

按此，狭义的模态命题即指由“必然”“可能”等模态词构成的命题，主要有必然命题与可能命题两种。本篇仅着重讲述必然命题。

必然命题是断定事物情况必然性的命题，又分为肯定的与否定的两种：

必然肯定命题是断定事物情况必然存在的命题。如前述杜甫诗中“清词丽句必为邻”就是一个必然肯定命题。再如，宋代词人黄庭坚《归田乐引》一词的后半阕有：

> 看承幸厮勾，又是尊前眉峰皱。是人惊怪，冤我忒搁就。拚了又舍了，定是这回休了，及至相逢又依旧。

这是一首写男女相爱中的好好恼恼、恼恼好好情景的词。其最后几句是说:这次拚了又舍了,同她闹翻了,又生气离开了她。心想,这回可是彻底地吹了,但没想到过些日子见面时又和好如初了。可见,"定是这回休了"表达的是一个必然命题,而且是一个把"必然"这个模态词置于命题前面的必然命题:"必然这回休了。"(当然也可写为"这回必然休了"。"必然"这一模态词是可以置前,也可置中,甚至置后的,如"这回休了是必然的")

必然否定命题是断定事物情况必然不存在的命题。比如,杜甫在《垂老别》这首抒写一老翁暮年从军与老妻惜别的苦情的诗中,曾有这样的诗句:

男儿既介胄,长揖别上官。

老妻卧路啼,岁暮衣裳单。

孰知是死别,且复伤其寒。

此去必不归,还闻劝加餐。

短短几句,把老翁应征时老夫老妻惜别时的凄惨情景刻画得淋漓尽致。老翁明知生离就是死别,还得去搀扶在路旁哭泣的老妻,为她未来的孤寒无靠而吞声饮泣。老妻也知老伴此去必然不得回归,还叮嘱老伴走后要注意加餐。而诗句中的"此去必不归"就是一个必然否定命题。用现代汉语将其完整表述出来即"老伴(这一走)必然不得回归了。"这种必然否定老汉"得回归"这一事物情况而形成的命题,显然是一个必然否定命题。再如:苏轼在《九月二十日微雪怀子由弟》第二首诗中的最后两句云:

遥知读易东窗下,车马敲门定不应。

表现出苏轼在远方也坚信其弟(子由)能专心致志地在东窗下阅读《易经》,以致车马敲门也必定不会理睬的。显然,这里的"车马敲门定不应”所表达的也是一个必然否定命题。其中的“定”用现代汉语来讲就是“必定”，亦即“必然”之意。而“定不”自然也就是“必然不”，即必然否定命题了。

对于上述两种必然命题，我们也可用符号予以表示。如用符号“□”表示“必然”这一模态词，用“p”表示命题，用“¬”表示否定，那么，我们就可将这两种必然命题分别表示为：

“必然 p”，或“□p”

“必然非 p”，或“□¬p”

那么，这两种命题之间在真假方面的关系如何呢？简单地说即：一个真，另一个假；一个假，另一个真假不定。具体一点说：如果“必然 p”真，那么，“必然非 p”假；如果“必然非 p”真，那么“必然 p”假。举例来说：“谎言必然会被揭穿”(必然 p)为真，“谎言必然不会被揭穿”即为假；“谎言不能持久是必然的”(必然非 p)为真，“谎言能持久是必然的”一定为假。这就是说，二者可以由一个真，推出另一个必假；但反之却不是必然的，即由一个的假，是推不出另一个的必真的。比如：“明天必然下雨”为假，推不出“明天必然不下雨”为真，因为，可能前者的假只是由于明天下雨仅有可能性，而无必然性。在这种情况下，以之推出“明天必然不下雨”自然也并非必然为真了。这就是说，下述公式是正确的：

$\Box p \to \neg\Box\neg p$

$\Box\neg p \to \neg\Box p$

上式读为由“必然 p”推出“并非必然非 p”或“不必然非 p”。(其中“→”表示必然推出。“¬□¬p”表示“□¬p”为假，下同)下式读为由“必然非 p”推出“不必然 p”。而下述公式则是不正确的：

$\neg\Box p \to \Box\neg p$(读为由“不必然 p”推出“必然非 p”)

$\neg\Box\neg p \to \Box p$(读为由“不必然非 p”推出“必然 p”)

即由前者是推不出后者的。前者与后者不存在必然的推出关系。比如,我们虽然可以由“抽烟必然有害身体健康”(“$\Box p$”即“必然 p”)的真,可以推出“抽烟必然不会有害身体健康”(“$\Box \neg p$”即“必然非 p”)为假(而“必然非 p”为假,也就表示“不必然非 p”为真,所以,由$\Box p$可以推出$\neg\Box\neg p$),但却不能由“抽烟必然会得癌症”(“$\Box p$”即“必然 p”)的假,而推出“抽烟必然不会得癌症”(“$\Box \neg p$”即“必然非 p”)为真。因为,抽烟虽有害于人的身体健康,但得不得癌症,却没有其必然性,因此,在此情况下,上述两个必然命题($\Box p$和$\Box \neg p$)可以同时都是假的,而正确的说法只能是一个可能命题:“抽烟可能得癌症。”在下一篇里,我们再对可能命题及其与必然命题的相互关系,作进一步的逻辑分析。

二、“西湖日日可寻芳,楼上凭栏意未忘”

——谈可能命题

宋代诗人汪莘有题为《秋日饮钱塘门外双清楼》诗一首。其诗云:

> 西湖日日可寻芳,楼上凭栏意未忘。
>
> 斫取荷花三万朵,作他贫女嫁衣裳。

诗一开始就认定西湖每日可供游览观赏群芳,第二句起则联想到那待字闺中的贫家女,她们像西湖的花朵那样美丽,但因家贫而难以缝制出嫁的衣裳,于是诗人突发奇想,要“斫取荷花三万朵”,来为这些贫家女作嫁衣裳。真可谓立意新奇,构思巧妙。

诗的第一句用现代汉语来表述即“西湖每日游览都可能观赏到群芳”,作为一个命题来看,它包含着“可能”这个模态词,我们可以把它看作是模态命题中的可能命题。因为逻辑学上所谓的可能命题指的

就是断定事物情况可能性的命题。而“西湖每日游览都可能观赏到群芳”这一命题，显然是一个断定“每日游览西湖观赏群芳”这一事物情况是有其可能性的命题。

可能命题也有肯定的与否定的两种。可能肯定命题是断定事物情况可能存在的命题。如上述诗中第一句所表达的命题。再如：南唐后主李煜有名词《虞美人》一首，其最后两句是：

问君能有几多愁，恰似一江春水向东流。

真不愧千古名句。李煜这位南唐后主，作为君王是失败的，以致终成亡国之君；但作为词人，却可以说是成功的。他把自己作为一个亡国之君所可能具有的“愁”比作“一江春水向东流”，以显示出愁思如汪洋倾泻，又似春水长流，无穷无尽。真是语夺天工！而其中的“问君能有几多愁”，在表面的提问中，实际上却肯定着、包含着一个可能肯定命题：“君可能具有无限多的愁。”

可能否定命题是断定事物情况可能不存在的命题。比如，白居易填有《忆江南》词数首，其中一首是：

江南好，风景旧曾谙。日出江花红胜火，春来江水绿如蓝。能不忆江南？

其最后一句“能不忆江南？”从句型上说是一个反诘疑问句，实际表达的意思即命题是：“不可能不忆江南”，亦即是对“可能不忆江南”这一命题的否定。而“可能不忆江南”显然就是一个可能否定命题，它断定了“忆江南”这一事物情况可能不存在。

对于可能命题我们同样可以用符号来加以表示。如果我们用符号“◇”表示“可能”模态词，以“p”表示命题，以“¬”表示否定（即“非”“不”），那么，我们就可把可能肯定命题表示为：

可能 p，或◇p

把可能否定命题表示为:

可能非 p,或$\Diamond \neg p$

可能肯定命题与可能否定命题也存在一种相互间的真假制约关系:“可能 p”($\Diamond p$)为假时,“可能非 p”($\Diamond \neg p$)一定为真;而“可能非 p”为假时,“可能 p”一定为真;但“可能 p”为真或“可能非 p”为真时,“可能非 p”或“可能 p”则不一定为假。比如:当“可能明天下雨”为假时,“可能明天不下雨”一定为真;而“可能明天下雨”为真时,“可能明天不下雨”不一定为假,因为两者所涉及的都只是“可能性”,而不是必然性。同样,当“可能明天不下雨”为假时,“可能明天下雨”一定为真;当“可能明天不下雨”为真时,“可能明天下雨”不一定为假,理由同前。由此,我们就可有以下正确推理形式:

$\neg \Diamond p \rightarrow \Diamond \neg p$ (“$\neg \Diamond p$”表示“$\Diamond p$”为假,后同。而“$\Diamond \neg p$”为真,可直接写为“$\Diamond \neg p$”)

$\neg \Diamond \neg p \rightarrow \Diamond p$(由“不可能非 p”真推出“可能 p”真)

除此以外,可能命题与必然命题之间在真假值方面也有着一种相互制约的关系。把握了这种制约关系,我们就可据以进行两种不同模态命题之间的推理。这两种不同模态命题之间的真假制约关系主要有:必然肯定命题与可能肯定命题、必然否定命题与可能否定命题之间的关系。这种关系是:必然命题真,则可能命题真;可能命题假,则必然命题假。按此,就可以进行如下推理:由必然命题的真,可推出可能命题的真;由可能命题的假,可推出必然命题的假。用公式表示即:

$\Box p \rightarrow \Diamond p$ (由“必然 p”,推出“可能 p”)

$\Box \neg p \rightarrow \Diamond \neg p$ (由“必然非 p”,推出“可能非 p”)

$\neg \Diamond p \rightarrow \neg \Box p$ (读为:由“不可能 p”推出“不必然 p”。其中“不可能 p”即表示“可能 p”假;“不必然 p”表示“必然 p”假)

$\neg\Diamond\neg p \to \neg\Box\neg p$（读为：由“不可能非 p”，推出“不必然非 p”）

此外，还有必然肯定命题与可能否定命题、必然否定命题与可能肯定命题之间的关系。这种关系是一种互相矛盾的关系，即它们的真假值是完全相反的，前者真则后者假，前者假则后者真；后者真则前者假，后者假则前者真。按此，我们就可以进行如下推理，用公式表示即为：

(1) $\Box p \to \neg\Diamond\neg p$　(由“必然 p”推出“不可能非 p”)

(2) $\Box\neg p \to \neg\Diamond p$　(由“必然非 p”推出“不可能 p”)

(3) $\Diamond p \to \neg\Box\neg p$　(由“可能 p”推出“不必然非 p”)

(4) $\Diamond\neg p \to \neg\Box p$　(由“可能非 p”推出“不必然 p”)

(5) $\neg\Box p \to \Diamond\neg p$　(由“不必然 p”推出“可能非 p”)

(6) $\neg\Box\neg p \to \Diamond p$　(由“不必然非 p”推出“可能 p”)

(7) $\neg\Diamond p \to \Box\neg p$　(由“不可能 p”推出“必然非 p”)

(8) $\neg\Diamond\neg p \to \Box p$　(由“不可能非 p”推出“必然 p”)

从以上公式可见，(1)—(4)是由真推假，(5)—(8)是由假推真(模态命题公式前的否定号“$\neg$”表示该公式为非，即为假)。而由(1)与(8)、(2)与(7)、(3)与(6)、(4)与(5)还可发现，$\Box p$ 与 $\neg\Diamond\neg p$、$\Box\neg p$ 与 $\neg\Diamond p$、$\Diamond p$ 与 $\neg\Box\neg p$、$\Diamond\neg p$ 与 $\neg\Box p$ 之间还是可以互推的，即由前者可推出后者，由后者也可以推出前者。这种互推关系就是逻辑上所说互相蕴含的关系，也就是等值关系，即它们在真值上是相等的。所谓真值相等，就是指二者是同真、同假的，一个真另一个也真，一个假另一个也假。也正因此，具有等值关系的两个命题在逻辑上是可以相互换用的。比如说：由公式(1)与(8)可见，$\Box p$(必然 p)与 $\neg\Diamond\neg p$(不可能非 p)是等值的，因此，当我们认定“$\Box p$”即“必然 p”(比如：“动物进行新陈代谢是必然的”)为真时，我们也就必须认定“$\neg\Diamond\neg p$”即“不可能非 p”(比如：“动物不进行新陈代谢是不可能的”)也是真的。

当我们认定“□p”即“必然 p”(比如:“每一种动物都必然长寿”)为假时,我们也就必须认定“¬◇¬p”即“不可能非 p”(比如:“每一种动物都不可能不长寿”)也是假的。其他如□¬p 与¬◇p、◇p 与¬□¬p、◇¬p 与¬□p 等各对命题之间也具有上述同样的相互等值的关系,因此,它们彼此间也是可以互推的,因而也是可以互相解释、互相换用的。显然,在我们的语言表达中,如果能依据这种等值关系,用不同的命题表达同一个思想,这无疑是可以避免用语的重复而增加我们言语表达的文采的。

三、“一年好景君须记,正是橙黄橘绿时”

——谈规范命题:必须命题与允许命题

苏轼有题为《赠刘景文》的七言诗一首:

荷尽已无擎雨盖,菊残犹有傲霜枝。
一年好景君须记,正是橙黄橘绿时。

从全诗来看,此诗写于秋末冬初时节,这时荷花落尽已经没有了荷叶的遮盖,而枯残的菊花犹存傲霜的菊枝。作者希望他的诗友(指刘景文。苏轼任杭州太守时,刘任两浙兵马都监,两人多有诗唱和)必须记住这一年中最好的景色,也就是那橙黄橘绿(即果实将熟未熟景象)的时候。这样,诗人就以高度概括的手法描绘了一幅残秋的图景,以此不仅更加凸现了“橙黄橘绿”的美景,而且也以傲霜独立的菊枝,借物喻人,颂赞了刘景文孤标傲世的品格和节操,而使这首小诗语简情笃,耐人寻味。

不过,我们在这里想着重分析的仅仅是诗的最后两句。因为正是在这后两句中包含和提出了一个现代逻辑学上所说的规范命题(或称

道义命题)："你必须记住这一年中的好景。"

所谓规范命题是指命题(或语句)中含有"必须""允许""禁止"等规范模态词的命题。如苏轼上述诗句中所表达的命题就是一个包含"必须"这一规范模态词的必须命题。

再如：同是宋人的唐庚，有《白鹭》诗一首：

> 说与门前白鹭群，也须从此断知闻；
> 诸公有意除钩党，甲乙推求恐到君。

在本诗中，诗人借咏白鹭而讽刺朝中大臣随意株连迫害、打击无辜的行径，以致诗人甚至要告诉门前的一群白鹭，要它们必须从此以后断交绝知闻，否则，朝廷中的诸公也会为了"除钩党"(清除那些互相牵连的同党)而追查到"君"(指白鹭)的头上。显然，其中的第一、二句也包含了一个必须命题："门前的白鹭群必须断交绝知闻。"

可见，所谓必须命题是指含有"必须"(在汉语中也有用"应该""应当""有义务"来表示的)这类规范词的命题。必须命题可以是肯定的，即必须肯定命题，这是规定某种行为必须履行的命题，如前述二例即是；也可以是否定的，即必须否定命题，它是规定某种行为必须不实施的命题。比如，宋人晁说之有题为《明皇打球图》的小诗一首：

> 宫殿千门白昼开，三郎沉醉打球回。
> 九龄已老韩休死，明日应无谏疏来。

本诗借咏明皇(唐明皇李隆基又称三郎)沉醉于打球，以讥讽其晚年沉溺玩乐、疏于治理朝政的腐败行径。最后两句是说：张九龄和韩休这两位唐玄宗开元时期的宰相，虽然都以敢于直言劝谏著称，但现在一老一死，明日应当不会再有对明皇沉醉打球的劝谏奏章送给皇帝，于是，皇帝也可安心沉醉于打球了。很明显，这后一句从逻辑上说就是提出了一个必须否定命题："明日应当没有谏疏奏来了。"("没有

什么”是表示对某种行为不实施的意思)

按此,如果用“○”表示“必须”或“应当”之类的模态词;用“p”表示命题,那么,必须肯定命题即“必须 p”,就可表示为“○p”;而必须否定命题即“必须非 p”,就可表示为“○¬p”。为了进一步准确理解和把握必须命题,我们还应进一步分析“必须”的语义,也就是“必须”一词的基本含义。

按我们日常的理解,所谓“必须”做的事就是不可以不做的事,也就是不允许不做的事。这就是说,我们可以用规范命题中的允许命题来对其作出解释。那么,什么是允许命题呢?允许命题是包含允许(“准于”“可以”等)规范模态词的规范命题。比如:宋人朱继芳有《贫女》短诗一首:

> 灯下穿针影伴身,懒将心事诉诸亲。
> 阿婆许嫁无消息,芍药花开又一春。

其中的第三句是说母亲(北宋时称母亲为“阿婆”)应允女儿出嫁,至今仍无消息。其中就显然包含了一个允许命题:“母亲允许女儿出嫁。”而且,这是一个允许肯定命题,即规定某种行为可予实施的命题。反之,如果“母亲允许女儿不出嫁”,这就是一个允许否定命题,即规定某种行为可以不实施的命题。如果我们以“P”(大写)表示“允许”模态词,以“p”(小写)表示命题,那么,我们就可以用符号把允许肯定命题“允许 p”表示为:“Pp”,把允许否定命题“允许非 p”表示为“P¬p”。

有了这两种规范命题:必须命题和允许命题,我们就可进一步分析它们之间的逻辑关系,并以之为根据而进行一些简单的规范命题的推演活动。

比如:前面已经提出:“必须 p”可以解释为“不允许非 p”,那就是说,“必须 p”和“不允许非 p”其逻辑含义是等同的,因而它们在真值上(真、假值上)是相等的,即“必须 p”等值于“不允许非 p”,而“不允许非

p”自然也等值于“必须p”。与此类似，“必须非p”也就等值于“不允许p”，而“不必须p”就等值于“允许非p”，“不必须非p”就等值于“允许p”。于是，我们就有规范命题的以下等值式（彼此真假值相等的公式。用等号“＝”表示等值）：

(1) $\bigcirc p = \neg P \neg p$　（“必须p”等值于“不允许非p”）

(2) $\bigcirc \neg p = \neg P p$　（“必须非p”等值于“不允许p”）

(3) $\neg \bigcirc p = P \neg p$　（“不必须p”等值于“允许非p”）

(4) $\neg \bigcirc \neg p = P p$　（“不必须非p”等值于“允许p”）

根据以上等值式，我们就可以进行下述推理（用“$\rightarrow$”表示前者真可以推出后者真）：

(1) $\bigcirc p \rightarrow \neg P \neg p$　（由“必须p”可推出“不允许非p”）

(2) $\bigcirc \neg p \rightarrow \neg P p$　（由“必须非p”可推出“不允许p”）

(3) $\neg \bigcirc p \rightarrow P \neg p$　（由“不必须p”可推出“允许非p”）

(4) $\neg \bigcirc \neg p \rightarrow P p$　（由“不必须非p”可推出“允许p”）

(5) $\neg P \neg p \rightarrow \bigcirc p$　（由“不允许非p”可推出“必须p”）

(6) $\neg P p \rightarrow \bigcirc \neg p$　（由“不允许p”可推出“必须非p”）

(7) $P \neg p \rightarrow \neg \bigcirc p$　（由“允许非p”可推出“不必须p”）

(8) $P p \rightarrow \neg \bigcirc \neg p$　（由“允许p”可推出“不必须非p”）

再考虑到“必须p”必然蕴含“允许p”（肯定必须做某事，当然也就肯定允许做某事），因此，我们还可有以下推理：

(9) $\bigcirc p \rightarrow P p$　（由“必须p”可推出“允许p”）

(10) $\bigcirc \neg p \rightarrow P \neg p$　（由“必须非p”可推出“允许非p”）

基于上述分析，我们也就不难看出，必须命题与允许命题是可以互相解释、互相定义的。比如，我们可以把“必须p”解释或定义为“不允许非p”，又可以把“必须非p”解释或定义为“不允许p”；反之，我们也可以把“允许p”解释或定义为“不必须非p”，又可以把“允许非p”解释或定义为“不必须 p”。但是,我们决不能因此而认定,必须命题或者允许命题都只能是借助于这种相互关系来互相作出解释或定义的。其实,它们都还可以用另外的规范命题来予以解释或定义,这另外的规范命题就是禁止命题。在下一篇里,我们再予以介绍。

四、“事去空垂悲国泪,愁来莫上望乡台”

——再谈规范命题:禁止命题

南宋诗人汪元量写有题名为《潼关》的诗一首:

蔽日乌云拨不开,昏昏勒马度关来。
绿芜径路人千里,黄叶邮亭酒一杯。
事去空垂悲国泪,愁来莫上望乡台。
桃林塞外秋风起,大漠天寒鬼哭哀。

这是一首抒发作者悲国哀愁之作。前半首写潼关一带的景色,于景色中寄寓沉重忧郁的心情。后半首抒哀伤南宋败亡的“悲国”之情,读来令人扼腕。但我们这里想着重分析的仅仅是其中的第六句:“愁来莫上望乡台”,因为在这一句中包含和提出了另一种规范命题,即禁止命题:“忧愁时不得登上望乡台”,以免愁上加愁。

由此可见,所谓禁止命题是包含有“禁止”(“不得”“不准”等)规范模态词的规范命题。它同必须命题与允许命题一样,也有肯定与否定之分。禁止肯定命题是规定某种行为不得实施的规范命题。例如:“忧愁时不得登上望乡台”就是一个禁止肯定命题。再如,唐代诗人高适在《别韦参军》一诗中有云:“白璧皆言赐近臣,布衣不得干明主。”其后句意为:“普通老百姓不得(不准)干谒明主”,这显然也是一个禁止肯定命题。禁止否定命题是规定某种行为不得不实施的规范命题。

比如,“学生不准不守校纪”,其中“不守校纪”是带否定词(不)的词组,所以,该命题是一个禁止否定命题。如果我们用符号“f”表示规范词“禁止”,以“p”表示命题,那么我们就可把禁止肯定命题(“禁止 p”)和禁止否定命题(“禁止非 p”)分别表示为:“fp”和“$f\neg p$”。禁止命题在日常生活和各种活动(包括科研活动)中是经常运用的规范命题。但人们在研究规范命题时,却往往不予专门研究。这是因为禁止命题完全可以用必须命题或者允许命题来予以定义。比如:“禁止 p”可以定义为“必须非 p”或者“不允许 p”;“禁止非 p”可以定义为“必须 p”或者“不允许非 p”。换句话说,下列各公式间是彼此等值的:

$$fp = \bigcirc\neg p = \neg Pp$$

$$f\neg p = \bigcirc p = \neg P\neg p$$

其中符号“=”表示等值,即“=”号两边的命题在真、假值上是相等的,也就是同真、同假的。这就是说,我们不仅可以用必须命题或允许命题来解释或定义禁止命题,而且,我们也可以用禁止命题来解释或定义必须命题或允许命题。比如,可以把“必须 p”与“必须非 p”分别解释或定义为“禁止非 p”与“禁止 p”,也可以把“允许 p”与“允许非 p”分别解释或定义为“不禁止 p”与“不禁止非 p”等。也正因此,我们就可以有以下相应的有效推理,即有效式:

(1) $fp \to \bigcirc\neg p$　(由“禁止 p”可推出“必须非 p”)

(2) $f\neg p \to \bigcirc p$　(由“禁止非 p”可推出“必须 p”)

(3) $\bigcirc\neg p \to fp$　(由“必须非 p”可推出“禁止 p”)

(4) $\bigcirc p \to f\neg p$　(由“必须 p”可推出“禁止非 p”)

(5) $fp \to \neg Pp$　(由“禁止 p”可推出“不允许 p”)

(6) $f\neg p \to \neg P\neg p$　(由“禁止非 p”可推出“不允许非 p”)

(7) $\neg Pp \to fp$　(由“不允许 p”可推出“禁止 p”)

(8) $\neg P\neg p \to f\neg p$　(由“不允许非 p”可推出“禁止非 p”)

弄清这些推出关系和等值关系(可以互相推出的关系就必然是等值关系),无疑对于我们深入理解古诗词中表示规范命题的那些语句的断定内容,从而更准确地把握古诗词的深邃意境,有着不可替代的作用。

五、“近来始觉古人书,信着全无是处”

——谈对信念句的逻辑分析

南宋词人辛弃疾有《西江月·遣兴》词一阙:

> 醉里且贪欢笑,要愁那得工夫。近来始觉古人书,信着全无是处。　　昨夜松边醉倒,问松“我醉何如?”只疑松动要来扶,以手推松曰“去!”

词里说“近来始觉古人书,信着全无是处”,提出了一个命题:(我)相信古人书全无是处。表面看,他是把古人的书全都否定了,但实际上,这只不过是他深感报国无门的悲愤心情的流露而已。因为,他从自身的经历中似乎感到:按照古人书上的教导来匡时济世,辅君治国,原是行不通的。于是,他在本词一开头就表白:要“醉里且贪欢笑”。但这哪里是他的真心话呵!这不过是借酒浇愁而已。对此,我们不想多说了。这里,我们只想指出,辛弃疾在词中提出的这个命题是一个包含信念内容的命题,表达这一命题的句子,就是逻辑学所说的信念语句,简称信念句。

什么是信念句呢?简单地说,是主句的谓语为“相信”的有信念含义的复合句。“辛弃疾相信古人书全无是处”就是一个信念句。再如,苏东坡在《续丽人行》一诗中有诗句谓:“心醉归来茅屋底,方信人间有西子。”而“方信人间有西子”可以按原意稍完整地表述为:“苏东坡相信人间有西子”,这也是一个信念句。

由此不难看出，一个信念句，如从逻辑上进行分析，它总是由表示个体即“相信者”的语词和表示“被相信者”的子句，而以表示相信者与被相信者间的联系方式的语词（逻辑上称模态词）即“相信”（现代汉语中还可为“信”等）联结起来的。这样，如果我们以“x”表示“相信者”，以“p”表示“被相信者”，以“B”表示信念模态词“相信”，那么一个信念句即可用符号表示为：

B(x,p) 读为：x 相信 p。

例如：

(1) 贾宝玉相信：他是和林黛玉结婚的。

(2) 贾宝玉相信：林黛玉是爱他的。

(3) 老张相信：重庆市的人口超过 3000 万。

(4) 老张相信：重庆市的人口超过 $2^7 \times 3 \times 5^7$。

这些都是信念句。尽管(1)的子句真值为假（因他不是和林黛玉而是和薛宝钗结婚），(2)的子句真值为真，但贾宝玉却可以相信它们都是真的，因此复合句(1)与(2)可以同时为真。而(3)与(4)的子句所表示的是相同的命题（因为：$2^7 \times 3 \times 5^7 = 3000$ 万），但是，老张可以相信(3)，而不相信(4)。这正如人们都可相信司马迁是司马迁，但却有人并不相信司马迁是《史记》的作者，虽然司马迁和《史记》的作者客观上是同一个人。这是因为他们的内涵（表达的概念）并不完全相同。所以，我们在判定一个信念句的真假时，就不能简单地看其子句的真假，也不能简单地看其子句所表示的是否是相同的命题，而必须要考虑信念句的上述特点来进行具体分析。很显然，如果我们能对诗词中所使用的信念句进行适当的逻辑分析，那无疑是会有助于我们对该信念句的理解，从而有助于我们对整个诗词内容的理解的。

六、"子规夜半犹啼血,不信东风唤不回"

——再谈对信念句的逻辑分析

宋人王令(1032—1059)著有惜春小诗一首:

三月残花落更开,小檐日日燕飞来。

子规夜半犹啼血,不信东风唤不回。

本诗借杜鹃(古时亦称"子规")的叫声而表示作者惜春、留春的心情。杜鹃不停地叫,叫得好似吐血了,不相信就不能把东风呼叫回来。其实,东风固然是呼叫不回的,但正是通过作者的这种强烈信念表现了诗人的伤春和惜春情怀。也正是从这里,我们再一次领略到信念句的生动运用。

前一篇里已经说过,信念句是一个复句,其主句的谓语为"相信",主语为"相信者"(本诗中指"我",即"诗人",在诗中省略);其子句所表示的是"被相信者"(本诗中为"东风唤不回")。因此,如果以"B""x"和"p"分别表示它们三者,那么,一个信念句就可用符号表示为:B(x·p);如果再以"¬"表示否定符号,那么,上述诗句中的"不信东风唤不回"即可用符号表示为:¬B(x·p),即"我不相信东风唤不回"。

再如,南宋大诗人陆游,写有《汉宫春·初自南郑来成都作》一首,抒发了他决心收复河山的信念,渗透着强烈的爱国主义激情。该词的收尾三句是:

君记取、封侯事在,功名不信由天。

这是对词的下阕的第一句"何事又作南来"这一提问的最后回答:破敌功名的取得,要靠人的努力,(我)不相信这是由天所决定。显然,

“功名不信由天”这是陆游强调的人定胜天的思想。因此，把它用一个句子完整表达出来即：“诗人不相信功名是由天定。”这同样可用符号表示为：

$$\neg B(x \cdot p)$$

那么，这种“不相信”与“相信”之间有什么逻辑关系呢？这就需要对信念句作进一步的逻辑分析。当然，我们这里不可能对之作较全面的分析，而只是就使用信念句常碰到的问题，作一点简要说明：

第一，一个人不相信某个语句，是否就意味着它相信该语句的否定语句呢？用符号表示即：

$$\neg B(x \cdot p) \rightarrow B(x \cdot \neg p)$$

这公式用我们的日常语言来说即：一个人不相信 p，那么他就相信非 p。这是否成立呢？以上述陆游词为例，由“诗人不相信功名是由天定”确实可以推出：“诗人相信功名并非是由天定。”即前者真，后者也真。但问题在于，这是否具有普遍性呢？比如，“某人既不相信《水浒》是部优秀古典著作(p)，也不相信《水浒》不是一部优秀古典著作($\neg$p)”，这可能吗？我以为回答应是肯定的，即是完全可能的。实际情况告诉我们，当某人“不相信《水浒》是一部优秀古典著作”时，他未必就“相信《水浒》不是一部优秀古典著作”。由此可见，由“不相信 p”是不能必然推出“相信非 p”的，亦即“$\neg B(x \cdot p) \rightarrow B(x \cdot \neg p)$”这一公式是不能成立的。

然而，它的逆命题，即“$B(x \cdot \neg p) \rightarrow \neg B(x \cdot p)$”却是成立的。因为一个人如果相信了“p”的否定，即负命题，那么他是不会相信“p”的。比如，如果“某人相信《水浒》不是一部优秀古典著作”，那么某人就一定会“不相信《水浒》是一部优秀古典著作”的。

第二，一个人相信某个语句，是否就意味着他必须相信该语句的逻辑推断呢？用符号可表示为：

$$(B(x \cdot p) \wedge (p \rightarrow q)) \rightarrow B(x \cdot q)$$

用日常语言来说即：一个人相信 p，而由 p 可以推出 q，那么他就必须相信 q。这是否成立呢？为了回答这一问题，我们先看下面的事实：有这样两个人，他们都相信几何学公理，但其中一个人相信几何学公理的逻辑推断(如两条平行线永远不能相交)，另一个人却不相信这个逻辑推断。由此可见，上述这个公式并非是必然成立的。

但是，与上述公式相类似的另一个公式：

$$(B(x \cdot p) \wedge B(x \cdot p \rightarrow q)) \rightarrow B(x \cdot q)$$

却是成立的。因为一个人如果相信 p，而且又相信由 p 能够推断出 q，那么他自然也就相信 q 了。以上例来说，如果某人相信几何学公理，而且也相信由几何学公理必然能够推出两条平行线永远不能相交，那么他自然也就相信两条平行线永远不能相交了。

除上述公式外，如果再把信念句表示的命题同其他复合命题，比如同联言命题、选言命题结合起来，我们还可以得出另一些正确公式。比如：

$$B(x \cdot p \wedge q) \rightarrow B(x \cdot p)$$

$$B(x \cdot p \wedge q) \rightarrow B(x \cdot q)$$

用日常语言说即：如果某人相信“p 而且 q”，那么某人相信“p”(前者)；如果某人相信“p 而且 q”，那么某人相信“q”。

再如：

$$(B(x \cdot p \vee q) \wedge B(x \cdot \neg p)) \rightarrow B(x \cdot q)$$

$$(B(x \cdot p \vee q) \wedge B(x \cdot \neg q)) \rightarrow B(x \cdot p)$$

用日常语言说即：如果某人相信“p 或者 q”，并且相信“非 p”，那么某人就会相信 q(前者)；如果某人相信“p 或者 q”，而且相信“非 q”，那么某人相信“p”。

当然，以上这些仅仅是对信念句所作的一些最简单的逻辑分析。

如果我们能把这些分析同其他某些正确的命题(及其逻辑公式)结合起来,我们还可以对信念句作出进一步的逻辑分析。而这些分析对于我们正确地理解古诗词中所应用的信念句来说,无疑是会有重要帮助的。

七、"君知此意不可忘,慎勿苦爱高官职"

——谈对知道句的逻辑分析

宋人叶绍翁曾客居异乡,一日静夜感秋,写下了下述情思婉转的小诗《夜书所见》:

> 萧萧梧叶送寒声,江上秋风动客情。
> 知有儿童挑促织,夜深篱落一灯明。

作客他乡的客子,在梧叶摇落的萧萧声中,被阵阵江上秋风吹动了旅中情思。忽见茫茫夜色的篱落间闪亮着一盏灯光,于是,知道了是有儿童在挑捉"促织"(即蟋蟀)。这挑起了诗人对自己童年生活的追忆,更使他陷入了对久别故乡的思念。可见,诗的第三、四句按其意思而言,其顺序明显倒置了,即诗人是由"夜深篱落一灯明",而推出"知有儿童挑促织"的。后述这一推出的句子就是逻辑学所说的"知道句"。

再如,宋代大诗人苏轼在题名为《辛丑十一月十九日既与子由别于郑州西门之外,马上赋诗一篇寄之》一诗的最后两句为:

> 君知此意不可忘,慎勿苦爱高官职。

这是苏轼对他的弟弟苏辙(即本诗题名中的"子由")提出的希望:勿恋高官,以免妨碍兄弟团聚。而苏轼表示,他的弟弟知道这个意思是不可忘记的。可见,"君知此意不可忘"也明显是一个逻辑学上所谓的知道句。

由上述例句可见,所谓知道句是一个主句的谓语为“知道”,而以表述被知道者的句子为子句的复合句。如在“知有儿童挑促织”这一命令句中,主句为“(我)知道”,子句为“儿童在挑促织”。再稍具体一点说,任一个知道句总是由“知道者”和“被知道者”通过“知道”这一模态词而联系起来的。为此,如果以符号“K”表示“知道”这一模态词,而以“x”和“p”分别表示“知道者”和“被知道者”,那么,一个知道句就可用符号表示为:

K(x · p)

由此不难想到,要正确了解一个知道句,必须弄清“知道”一词的含义。一般来说,它主要有以下几种含义:

1. 表示人们对陈述的认识态度,而不直接陈述这种认识态度是否在事实上为真。比如:“我知道是冯老师上逻辑课,但为我们上逻辑课的却是邵老师。”其中就只陈述了“我”的一种认识态度(知道是冯老师上逻辑课)但未直接陈述冯老师上逻辑课是否在事实上是真的。

2. 表示可以理解为意识到某些事情是真的。如前述苏轼的诗句:“君知此意不可忘”,就表示“君”(指苏辙亦即子由)意识到“此意不可忘”是真的。

3. 表示意味着可靠的知道或理性知道。如前述叶绍翁的诗句“知有儿童挑促织”就是由“夜深篱落一灯明”按照一定的推理形式而推出的,即由后句真而推知前句为真的。这种“知道”就是表示可靠的或理性的知道。

逻辑学所理解的“知道”,一般是第 2 种和第 3 种含义的。按此,就可用符号把“2”“3”两种含义下的“知道”分别表示为:

(2) K(x · p)→p

读为:如果 x 知道 p,那么 p 真

(3) $(K(x \cdot p) \wedge K(x \cdot p \to q)) \to K(x \cdot q)$

读为：如果 x 知道 p 而且 x 知道 p 蕴含 q，那么 x 知道 q

这样，我们就可根据公式(2)，由 x 知道 p 而推出 p 是真的，根据公式(3)，而由 x 知道 p 而且 x 知道 p 蕴含 q 而推出 x 知道 q。在此基础上，我们可以建立起较系统的逻辑推演。这是现代认知逻辑所要研究的内容，这里就从略了。

很明显，即使对知道句做上述这样极其简单的逻辑分析，那也是有助于我们对诗词中所使用的知道句的较为准确的理解，从而，也是有助于我们对整个诗词所表现的内容更准确地理解和把握的。

八、"孤村到晓犹灯火，知有人家夜读书"

——再谈对知道句的逻辑分析

宋代诗人晁冲之有一首题为《夜行》的诗，诗云：

老去功名意转疏，独骑瘦马取长途。

孤村到晓犹灯火，知有人家夜读书。

本诗表明，虽然诗人自觉"老去功名意转疏"，而"独骑瘦马取长途"了，但是，当他在长途跋涉中走近"孤村"时，发现天已破晓而犹有灯光不灭，由此推知有人仍在为追求功名而整夜苦读。于是，诗中又出现了"知有人家夜读书"这类知道句的运用。

在前文对知道句的逻辑分析中我们曾经提出，知道句及其逻辑推演是现代认知逻辑所要分析和研究的内容，而"知道"作为一种关于认知逻辑的模态词，其主要含义在于表示意味着一种可靠的或理性的知道。而这种可靠的或理性的知道，首先是表现在其所知道的内容本身乃是以可靠的知识为前提，并通过正确推理而获得的。比如，前诗中诗人“知道”的内容:“有人家夜读书”,就是通过诗人直接观察到的事实:“孤村到晓犹灯火”,以之为前提而必然推出的。我们知道,在当时的历史条件下,除了为追求功名而刻苦读书的人,是不可能“到晓犹灯火”的。因此,这个推理不仅前提是真实的,其前提与结论间的联系也是必然的,故其推知的结论“有人家夜读书”也是必然为真的。其具体推理过程可表述为:

只有有人家夜读书,才会孤村到晓犹灯火

孤村到晓犹灯火

所以,有人家夜读书

这是一个由肯定后件而肯定前件的必要条件的假言推理,因而是一个正确的,即有效的推理。在其前提为真的条件下,其结论自然也就是真的。由此可见,“知有人家夜读书”中的“知道”,显然是一种可靠的、理性的知道,因为它是由真实的前提,通过有效的推理形式而必然推出的。

再如,我们曾分析过唐代著名诗人白居易一首题名为《夜雪》的五言诗,其中“夜深知雪重”一句无疑也是一个知道句。而其所说的“知道”显然也是意味着可靠的或理性的知道。因为它是由诗的第一、二句(“已讶衾枕冷,复见窗户明”,说明雪下得很大,以致不仅使诗人警觉到被窝很冷,而且厚厚的积雪使得窗户因积雪的反光而变得明亮)提供了可靠的背景知识,而由诗的最后一句“时闻折竹声”(积雪过重而使竹枝竹竿承受不了,以致随时可听到竹子断折的声音)所必然推出的。

根据上述分析,我们再进一步讨论一个问题:如何保证和评定一个知道句是真语句呢?换句话说,如何保证和评定一个知道句所表示的命题是一个真命题,即其所提供的是真知识呢?结合前述的有关分析,我们至少可以提出以下几点作为其必要条件:

1. 知道句的子句所陈述的内容，即被知道者，应当是真实的。

我们在前文曾经说过，知道句是一个主句的谓语为“知道”，而以表述被知道者的句子为子句的复合句。这就是说，任何一个知道句总是由“知道者”和“被知道者”通过“知道”这一模态词而联结起来的。按此，如果以 x、p 和 K 依次表示前三者，则可以把知道句表示为公式：K(x · p)，读为“x 知道 p”。按此，就可把前述要求简化为：为了使一知道句为真，其必要条件之一在于“p”真。

这一要求的提出是明显的，既然任一知道句陈述的是“知道者”知道某件事的情况，如果该情况不真，再讲知道该情况自然就是毫无意义的。比如，以《夜行》一诗中的“知有人家夜读书”这一知道句而言，如果“有人家夜读书”这一事物情况是假的，是不存在的，那么，再讲“知有人家夜读书”就无疑是不能成立的，毫无意义的。所以“知道”这一模态词应含有“真实的”含义在内，即“x 知道 p”应蕴含“p 真”，用符号公式来表示即：K(x · p)在实际上应为 K(x · p)→p。

2. 知道者应当相信被知道者。即为了使一个知道句为真，不仅作为其子句所陈述的“被知道者”应在事实上为真，而且还应当是“知道者”相信其为真，也就是 x 相信 p 为真。这也是使一个知道句为真的必要条件。其所以如此也是容易理解的。因为任何人都不会知道他所不相信的事物情况。比如，以白居易的《雪夜》一诗中的“夜深知雪重”为例，当诗人提出这一知道句时，他一定会相信当天深夜确实是“雪重”的；如果他不相信“夜深雪重”这一事物情况的存在，试问，他又怎能提出“夜深知雪重”这一知道句来呢？按此，我们认为“知道”这一模态词又是含有“相信”的意思在内的，即“x 知道 p”应蕴含“x 相信 p”(“x 相信 p”是一个我们在此之前已介绍过的信念句)。即：K(x · p)实际上应为 K(x · p)→B(x · p)，其中“B”表示相信，B(x · p)表示“x 相信 p”。

3. 知道者对被知道者的“相信”即信念,应当是有根据的,也就是有充足理由的,而不应当是盲目的。这是因为盲目的信念并不能保证被相信者一定是真的,从而也就不能保证整个知道句是真的。换句话说,没有根据的信念是不可能成为知识的。比如,某人相信他所购买的彩票是会中奖的,这并不能保证在事实上他是会中奖的。因为他所相信的事物情况(指他所购买的彩票是会中奖的),是没有根据的,缺乏充足理由的。我们前述对《夜行》和《雪夜》中的知道句的分析说明,“知道者”(即诗作者)所以相信“有人家夜读书”,所以相信“夜深雪重”,那是有根据的、有充足理由的,因为它们都是由真实的前提,通过一定的推理(而且是符合逻辑规则的推理)而得出的。换句话说,“知道者”的“相信”是有根据的、有充足理由的相信,而绝不是任意的、盲目的相信。

综合上述,我们认为,任何一个知道句只有当其具备以上条件时,它才可能是一个真的语句,从而该知道句所提供的知识才可能是真正为真的知识。

九、“王师北定中原日,家祭无忘告乃翁”

——谈对命令句的逻辑分析

南宋爱国诗人陆游有著名的《示儿》诗一首:

死去元知万事空,但悲不见九州同。
王师北定中原日,家祭无忘告乃翁。

这是陆游死前给儿子留下的遗嘱。作为一个一贯反对外邦入侵、力主抗战以收复国土的爱国诗人,在生命垂危之时,想的不是家事,而是国事。他寄希望于死后有一天“王师”能“北定中原”,并指示他的儿子到时一定不要忘记把这胜利的消息告诉他在天之灵。这真可谓用血和泪写成的千古绝唱。

既然是"示儿"的遗嘱,"家祭无忘告乃翁"就是对儿子的一种要求,一种期望,一种指令,也就是一种广义的命令,它表示发令者要求受令者必须执行某种任务。一般地说,在现代汉语中的"命令"一词,既可以作动词或动名词用,也可以作名词用。前述对"命令"的含义的解释,就是作为动词或动名词用的"命令";作为名词用的"命令"则主要用来指命令的内容本身。结合上述陆游诗来说:陆游要求他的儿子在他死后,当王师北定中原的时候,必须在举行家祭时把这一消息告诉他的亡灵。这时所说的"命令",就是作为动词或动名词使用的,是指发令者(陆游)要求受令者(陆游儿子)必须执行某种任务("家祭无忘告乃翁");而当我们要回答陆游在《示儿》中提出的是什么命令时,我们对其回答的则仅仅是命令的内容本身,也就仅仅是"家祭无忘告乃翁"这个语句或命题所陈述的内容。这是作为名词而使用的"命令"的含义。

再如,唐代诗人张籍有《牧童词》一首,以牧童口吻,寓对当时官府的尖锐讽刺于轻松调侃之中。诗云:

> 远牧牛,绕村四面禾黍稠。
>
> 陂中饥乌啄牛背,令我不得戏垅头。
>
> 入陂草多牛散行,白犊时向芦中鸣。
>
> 隔堤吹叶应同伴,还鼓长鞭三四声:
>
> "牛牛食草莫相触,官家截尔头上角!"

诗的最后两句是牧童对牛的警告,要它们不要互相触角,相互争斗。否则,官家就要把"尔"(指触角的牛)头上的"角"割下来熬角汁吃掉。很显然,这种对牛的警告也就是一种指令。就其作为发令者(牧童)要求受令者(牛)执行某种任务(“牛牛……莫相触”)的这一过程而言,此处所说的“命令”是作为动词或动名词而使用的;如果就其仅仅指命令的内容本身(“牛牛食草莫相触”)而言,则是作为名词而使用的。但无论如何,通过对“命令”的上述这种分析,是会有助于我们对前述诗作的内容和含义有较深刻的理解的。

对“命令”一词的上述两种不同使用而形成的命令句,我们还可作进一步的逻辑分析。我们先对“命令”一词在作为动词或动名词使用的意义下而形成的命令句,作简要逻辑分析。

从逻辑上说,这样的命令句是一个涉及三个对象的语句:发令者、受令者、要求受令者执行的某种任务。如果我们以符号“a”“b”和“A”分别表示这三者,再引进一个三元逻辑算子 M^3,那么我们就可把命令句“a 命令 b 执行 A”表示为:

M^3abA 或 $M^3(a,b,A)$

其中的 a 和 b 表示发令者和受令者的名称,A 是一个陈述句,句中必须以受令者的名称作为主语。比如:“陆游令儿子‘家祭无忘告乃翁’”可表示为:

M^3(陆游,陆游儿子,陆游儿子“家祭无忘告乃翁”)

按此,对于命令句 M^3abA 或 $M^3(a,b,A)$,我们就可以其所表达的命题进行推理,并有下述推理形式:

(1) $M^3xy(M^3yzA)$;∴M^3xzA

(1)所表示的推理是:前提:x 命令 y 去命令 z 做 A;结论:x 命令 z 去做 A。这表达的就是所谓“命令链法则”,即由“x_1 命令 x_2 去命令 x_3……去命令 x_n 去做 A”可以推出“x_1 命令 x_n 去做 A”。

举例来说,按我国的行政系统,由“省长命令厅长去命令处长去完成某件事”就可推出:“省长命令处长去完成某件事。”

(2) $M^3zy, M^3xy(M^3zyA \rightarrow A); \therefore M^3xyA$

(2)所表示的推理是:前提:z命令y去做某事,而x命令y去做z命令y做的某事;结论:x命令y去做某事。

例如:你的老师(z)命令你(y)复习功课,以及你的父亲(x)命令你执行你的老师给你的命令,就可以推出你的父亲命令你复习功课。

要注意,这里都只是说由前提"可以推出"结论。而"可以推出"在这里同一般推理中前提推出结论的"推出"略有不同。以(1)为例,它只是表示:x要求y命令z去做某事,就意味着x要求z去做某事,而并不是说:x发出要y命令z去做某事(A)这一命令,就真的会发生x直接向z发出命令要他去做某事(A)。对公式(2)的理解与此相同,不再赘述。

以上,是在"命令"的第一种意义下(即作为动词或动名词的意义下,也就是"命令的给出"的意义下)对命令句所作的简要逻辑分析。下一篇里,我们再简介在"命令"一词的另一种意义下(即作为纯名词的意义下,也就是"给出的命令"的意义下)对命令句所作的逻辑分析。

十、"五花马,千金裘,呼儿将出换美酒"

——再谈对命令句的逻辑分析

唐代著名诗人李白有题为《将进酒》的著名劝酒诗一篇,"情极悲愤而作狂放,语极豪纵而又沉着"(《唐诗鉴赏辞典》,第225页)。以豪迈的语句表达了作者乐观自信、放纵不羁的精神。现仅摘录其诗中之"歌"的最后几句如下:

岑夫子,丹丘生,将进酒,杯莫停。

与君歌一曲,请君为我倾耳听。

钟鼓馔玉不足贵,但愿长醉不复醒。

古来圣贤皆寂寞,唯有饮者留其名。

陈王昔时宴平乐，斗酒十千恣欢谑。

主人何为言少钱，径须沽取对君酌。

五花马，千金裘，呼儿将出换美酒，与尔同销万古愁。

酒喝到几近醉态了，诗人还要“与君歌一曲”而继续劝酒。放言饭时鸣钟列鼎、食物精美如玉的富贵生活也并不足贵，只愿长醉不醒以消除“寂寞”，并以提出“古来圣贤”和“陈王”曹植来抒发自己的不平之气，继而再引发出一片豪言壮语：即使千金散尽也不惜将“五花马”“千金裘”这些名贵宝物去换取美酒，以图一醉方休，“同销万古愁”。

不过，我们在此无意于再细致地去分析李白的诗情酒兴了。我们感兴趣的是诗的最后一句：“呼儿将出换美酒”这个命令语句，并将以之为例进一步对命令句进行简要的逻辑分析。

既然是“呼儿”办事（“换美酒”），这无疑是一个命令句。而“将出（‘五花马’‘千金裘’）换美酒”显然系诗人给出的命令的内容，也就是纯名词意义的“命令”本身，就如同前一篇中所引《示儿》中的“家祭无忘告乃翁”和《牧童词》中的“牛牛食草莫相触”所表示的命令本身一样。

对这种意义下的命令句的逻辑分析实际上就是对所给出的命令本身的分析，这是同在前一篇中就“命令的给出”的意义下，亦即就“命令”一词作为动词或动名词的意义下对命令句的分析明显不同的。一般地说，“命令”本身的内容通常是借助祈使句来表达的。再如：

(1) 小王，关好窗子！

(2) 同学们，进教室去！

(3) 小陈，去向张老师借他的《辞海》！

(4) 要是气象台预报今天有大风大雨，离开教室前要关好窗子！

(5) 上课铃响必须进教室去!

(6) 借东西要还!

从这几个例句很容易看出,它们之间显然是有一定意义上的联系,因而可以形成一定的推理关系的。比如,命令(1),就可以是由(4)再加上命题"气象台预报今天有大风大雨"而推出(当然,(1)里的"小王"是在教室里学习的"小王");命令(2)是可以由(5)和命题"上课铃响了"推出来的;而(3)和(6)这两个命令(当然,(6)这一命令也是对"小陈"发出的)中则共同暗含着下述命令:

小陈要去把向张老师借的《辞海》还给他!

等等。

当然,能够表达命令的并不限于祈使句,陈述句也可表达。不过,由于在多数场合下是用祈使句来表达的,所以,我们这里分析的也就主要限于祈使句。用祈使句表达的命令本身不涉及发令者和命令来源的。因此,命令的内容一般仅由受令者和命令任务这二者构成。受令者通常都用呼语和作为主语的第二或第一人称单数和复数代词来表示,如前述的例句(1)—(3);而(4)—(6)则可看成是在表达命令时省去了受令者,而这些受令者是可以借助语境而知道或被人们所意识到的。

按此,如果我们用符号"c"表示受令者(用呼语或主语来表示的),用符号"Y"表示命令任务(用谓语来表示的),再用符号"!"表示命令词(即"算子"),那么,我们就可以把前述命令句用符号表示为:

! Y(c)

比如,其中的"c"表示"小王","Y"表示谓语"关好窗子",那么,我们就用"! Y(c)"表示了前述命令句(1):"小王,关好窗子!"

由此,也就不难看出,如果我们在一个表达命令内容的普通命题公式之前加上一个表示命令的算子“!”(“命题算子”),我们就可得到一个表示命令的命题公式。这样,我们还可以使之与各种命题连接词结合起来,而形成各种表达命令内容的复合命题公式。比如,

小王,不要关窗

就可用符号表示为:! ¬Y(c)。其中“¬”表示否定,即“并非”意。

小王和小李去关好窗子

就可用符号表示为:! (Y(c) ∧ Y(b))。其中“∧”表示合取,即“和”意。

小王或小李去关好窗子

就可用符号表示为:! (Y(c) ∨ Y(b))。其中“∨”表示析取,即“或”意。

如果今天下雨,你出门要带好伞

就可用符号表示为:! (A→B)。其中“→”表示蕴含,即“如果……那么”,“A”和“B”表示任意两个命题公式。

这样,就可进一步用这些表达命题内容的命题形式去进行各种更复杂的推理。这里就不再作具体介绍了。但从这里我们就不难清楚地看到:对任何一个含有命令句的古代诗词来说,如果我们能对其中的命令句进行如上的逻辑分析,那无疑是会有助于我们对这些诗词的内容的准确理解和把握的。

第十篇　古诗词作品中的归纳、类比和假说

一、“达亦不足贵，穷亦不足悲”

——谈历史的归纳方法与归纳推理

唐代著名诗人李白写有一首题为《答王十二寒夜独酌有怀》的诗，通过抒发个人的感慨，抨击了唐玄宗后期政治的腐败。这首长诗的最后几句是：

达亦不足贵，穷亦不足悲。
韩信羞将绛灌比，祢衡耻逐屠沽儿。
君不见李北海，英风豪气今何在！
君不见裴尚书，土坟三尺蒿棘居！
少年早欲五湖去，见此弥将钟鼎疏。

“达亦不足贵，穷亦不足悲。”固然是由于这首长诗一开始所阐发的意境（形象地揭露唐玄宗后期政治上，特别是表现在用人上的腐败：宵小才低者得到重用，贤能之士反而得不到重用）而自然得出的结论，但从上面我们所抄录的诗句来看，它同时又是诗人在潜意识中运用归纳法从在其后的各联诗句，特别是二、三、四联诗句所表达的历史事实中归纳得出的。这种以历史上的某些个别历史事实为前提而推出某个具有一般意义的历史命题的推理或方法，我们可以简称之为历史的归纳推理或历史归纳法：就其是由个别的历史事实推出关于历史事实的某种概括和总结的、具有一般性意义的结论而言，可称之为历史的

归纳推理;而就这种推理所以能得出结论其所运用的方法而言,我们则可以称之为历史的归纳方法。对此,我们仅就前述诗句作一点具体说明。

“达亦不足贵,穷亦不足悲”这明显地是一个概括历史事实而得出的具有一般性意义的命题。那么,它是由什么历史事实概括、归纳而得出的呢?

其一:“韩信羞将绛灌比,祢衡耻逐屠沽儿。”作为历史上汉王朝开国元勋之一的韩信,位高权重,瞧不起与之同朝的绛侯周勃和颍阴侯灌婴,而羞与其同列;东汉末年(三国时代)的祢衡自视学问与操守均高而轻视当时的另一些文人,并视之为“屠沽儿”即封建士大夫所认定的从事贱业的人。

其二:“君不见李北海,英风豪气今何在?”曾任北海太守的李邕(时称“李北海”),李白、杜甫等著名诗人都曾慕名前往拜访过,但后来却为李林甫所忌,年七十余获罪而遭杖杀,他的英风豪气又到哪去了呢?

其三:“君不见裴尚书,土坟三尺蒿棘居。”与李邕同被杖杀的裴敦原,曾高居“尚书”要职,后却因平海贼有功而为李林甫所忌,先被贬为淄州太守,后被杖死。

显然,上述三联诗句所表述和蕴含的历史事实:韩信官高权重瞧不起周勃、灌婴而羞与之同列,但韩信后来却被吕后等人设计杀掉;祢衡自视甚高,瞧不起他人,却也因此而被曹操杀掉;李邕、裴敦原都曾名重一时,但却遭奸臣陷害,含冤而死。由这一个个的历史事实,很自然也就可以得出一个较一般性的结论了:“达亦不足贵,穷亦不足悲。”这就是历史的归纳或者说历史归纳法的运用。

当然,李白由这一结论而引申出“少年早欲五湖去,见此弥将钟鼎疏”,表示应当在少年时就不问世事、泛舟五湖、不计富贵荣华,也就不

奇怪了。

二、“三百年间同晓梦，钟山何处有龙盘？”

——再谈历史的归纳方法与归纳推理

唐代著名诗人李商隐有《咏史》杰作一首：

北湖南埭水漫漫，一片降旗百尺竿。
三百年间同晓梦，钟山何处有龙盘？

这是诗人以三百年间六朝兴废的史实，来抒发诗人对历史的感慨，从而，预示“龙盘”之险并不可凭，封建王朝的腐朽没落（具体指正在走向衰亡的晚唐政权）和改朝换代的历史趋势的不可避免。从逻辑上说，其中就包含了一个历史的归纳推理，即以一个个典型的历史事实和历史事件为前提，推出某一表示历史上某种普遍现象的命题为结论的一种推理。

“北湖南埭水漫漫”写出了曾是六朝帝王寻欢作乐的玄武湖（即北湖）和鸣埭（即南埭），现在却成了“水漫漫”的汪洋一片；“一片降旗百尺竿”揭示了六代王朝的末代统治者，由于荒淫、昏庸，总是逃不脱纷纷举起降旗（竿长百尺的降旗）的可耻下场。于是三百年来由“一片降旗”所构成的“晓梦”一场，表明钟山哪有什么“龙盘”王气！诸葛亮所谓的“钟山龙蟠，石城虎踞，真帝王之宅也”的气势还有什么可倚仗的呢！

显然，这是用艺术的、诗的语言作出的历史的归纳，即以六朝一个个王室更迭、一个个举起降旗的事实，归纳出了作为六朝都城的金陵（今江苏南京），其“钟山”“石城”并无“龙蟠”“虎踞”之势，亦即归纳地论证了“钟山并无龙盘王气”的论题。当然，反过来说，也就是归纳地否证了"钟山有龙盘王气"的论题了。

无独有偶的是,约二百年后的王安石,在他的《金陵怀古》中,再次以金陵的兴亡为题材,对之作出了同李商隐《咏史》一诗类似的历史的归纳推理。他的《金陵怀古四首》中的第一首是:

霸祖孤身取二江,子孙多以百城降。
豪华尽出成功后,逸乐安知与祸双?
东府旧基留佛刹,《后庭》余唱落船窗。
《黍离》《麦秀》从来事,且置兴亡近酒缸。

诗一开始就提出了建都于金陵(首句诗中的"二江"系宋代的江南东路和江南西路的简称,也是建都金陵诸国的主要统辖区域)的开国之君,大都是"霸祖孤身"白手起家而夺得了天下,但其子孙却往往轻易打出降旗,把政权葬送。显然,这就包含着一个历史的归纳或者说论证:既是对以金陵为都的历代王朝开国者如何夺取天下的归纳("霸祖孤身取二江"),也是对他们的后继者大多断送政权的归纳("子孙多以百城降")。当然也可以说是对用这两句诗所分别蕴含的相关论题(比如,"封建统治者必然走向腐朽没落"这样的论题)进行了历史的归纳。显然,这同李商隐《咏史》一诗所提出的"一片降旗百尺竿……钟山何处有龙盘"的归纳是极为近似的。

当然,它们也有不同之处。《咏史》一诗在蕴含着上述历史的归纳和论证时,并未直接而明显地去揭示产生这种"一片降旗百尺竿"的历史原因(这种历史原因只是隐含在其整个诗的意境之中);而《金陵怀古》一诗则直接而明显地点出了所以出现"子孙多以百城降"的历史原因,那就是:"豪华尽出成功后,逸乐安知与祸双?"说明建都金陵的王朝之所以总是败亡相继,在于其继承者日趋奢靡逸乐、荒淫腐败,不懂得奢侈"逸乐"总是与"祸"患连在一起的。正因此,那曾是东晋简文帝

的丞相的会稽王司马道子的府第，金陵城中的“东府”，现在只剩下几间佛寺了；而那曾使陈后主成为亡国之君的淫靡之音的《玉树后庭花》遗曲，也就是唐代著名诗人杜牧所感叹的“商女不知亡国恨，隔江犹唱后庭花”的那个《后庭花》遗曲，仍然在十里秦淮的画舫中，余唱未息。以致诗人（王安石）只好感慨地认定：当年东周大夫和殷朝的旧臣悯怀故国、怀念旧都而写出的《黍离》《麦秀》之歌，其所表达的王朝间的兴亡更替，是从来如此的，人们对此是无能为力的。还是置之不论，饮酒释怀吧！

看来，通过这种历史的归纳和归纳方法的运用，诗人多少意识到了封建王朝统治者的本质决定了他们必然走向腐朽没落，走向败亡，王朝的兴衰更迭是不可避免的。因此，即使像王安石这样在封建王朝推行新政的、企图挽狂澜于既倒的名臣，也不能不感叹自己在历史发展规律面前的无能为力。这不仅是王安石个人的悲哀，也是整个封建统治者不可避免的命运！

三、“万户千门成野草，只缘一曲后庭花”

——谈判明现象因果联系的归纳方法：求同法

唐代著名诗人刘禹锡有题名为《台城》的七言诗一首：

台城六代竞豪华，结绮临春事最奢。

万户千门成野草，只缘一曲后庭花。

这是一首以“台城”这一六朝（吴、东晋和南朝的宋、齐、梁、陈等六朝）帝王起居和临政之地（故址在今江苏南京鸡鸣山南轮河沿岸北）为题而吊古伤今之作。首句是说，台城的六朝帝王（约三百年历史，先后登基四十位帝王）竞相豪华，次句则强调“结绮”“临春”两座凌空高楼

(六朝的末代帝王陈后主曾在豪华的台城中建造了“结绮”“临春”“望仙”三座高达数十丈的楼阁,以便其整日倚翠偎红)是豪华中的登峰造极者。第三句说明,当年的“万户千门”,如今已是断壁残垣,野草丛生。最后一句点明了六朝最后一代君主——陈后主的失国原因:沉迷于他自谱的新曲《玉树后庭花》的笙歌曼舞和靡靡之音中。全诗把要抒发的议论同具体形象的描绘结合了起来,发人深思,促人遐想。

其实,本诗以形象描绘的方式而总结出来的历史教训“只缘一曲后庭花”,这不仅只是六朝末代君主陈后主亡国、失败的教训,也是整个六朝各代帝王相继败亡、丧国的教训。本诗通过对典型形象的描绘让人们自然地想到:六朝各代帝王,他们各自衰败的具体历史条件和实际情况等自然是各不相同,但其中有一点却是共同的,统治者声色犬马、荒淫腐败,这也就是“只缘一曲后庭花”用形象的语言所集中概括的。

在这里,实际上就包含对判明现象因果联系的归纳方法,或者说求原因的归纳方法的生动运用。

作为归纳方法的求原因的方法,是一种通过对所研究现象的诸先行场合进行分析比较,排除那些不可能成为该现象原因的那些场合,而最后判明现象原因的方法。主要有五种,由于它们是由近代英国逻辑学家 J. S. 穆勒(或译“密尔”)所总结、概括的,所以,通称“穆勒五法”。这五种方法是:求同法、求异法、求同求异并用法、共变法、剩余法。前述刘禹锡《台城》一诗中所包含的则是其中之一的求同法。

求同法的基本内容是:在考察被研究现象出现的若干场合时,如果在这些场合中,只有一个先行情况(先于被研究现象出现的情况)是相同的,其他先行情况均不相同,那么,这个唯一相同的先行情况就是被研究现象的原因。这可用下列图式来加以表示:

场合	先行情况	被研究现象
(1)	A、B、C、D	a
(2)	A、B、E、F	a
(3)	A、C、E、G	a

所以,A是a的原因

比如,科学史上发现虹产生的原因,用的就是这种求同法。虹可以出现在各种不同的场合:夏季雨过天晴,常可以见到天际一条彩虹;飞泻的瀑布畔中的水星也常会出现虹;行船中木桨击起的水花也可以出现虹……经科学家研究,这些场合中各种不同的先行情况都被排除了,因为不同的先行情况不可能是一个共同现象(结果)的原因,后来终于在这些不同场合的先行情况中,发现了唯一共同的情况:阳光穿过水珠。于是科学家作出推断,阳光穿过水珠是虹产生的原因。

由此,我们也就不难理解,为什么说前述《台城》一诗所提出的六朝帝王相继衰败、亡国的原因("只缘一曲后庭花")正是诗人自觉或不自觉地运用了这种求同法而概括得出的。这是因为引起六朝帝王衰败、亡国的各种先行情况很多,比如,他们各自当权、执政的历史背景不尽相同;君王、大臣的气质、水平、爱好、能力……也各不相同;大政方针、措施等也会有所不同。这些不同的情况自然不可能成为他们具有共同结果(衰败、亡国)的原因。而由"一曲后庭花"所形象刻画的历代君王及其他当权者的腐败荒淫作为他们唯一共同的先行情况,自然也就成为导致他们有相同结果的共同原因。正是从这里,我们也就不难领会到,刘禹锡通过本诗对六朝败亡原因所作出的概括("只缘一曲后庭花")是多么准确而合于历史实际。由此我们也不能不赞叹作为诗人的刘禹锡眼光的敏锐、见解的深刻和艺术创作手法的高超。

四、由"昏"到"闲"与由"闲"到"昏"说明了什么?

——谈用差异法以由果溯因

据传,宋代有一书生莫仑,一日独自登山游览,进入一所寺院。该寺庭园结构精巧,修竹茂林之中,怪石嶙峋。池水如镜,一片清谧。莫仑陶醉了,不由高声吟诵起唐代诗人李涉的名作《登山》来:

终日昏昏醉梦间,忽闻春尽强登山。
因过竹院逢僧话,又得浮生半日闲。

谁知诗中说的"逢僧"竟然就在这时逢着。原来该寺的主持已恭候在他身边,并诚恳地邀他去小厅一叙。他欣然答应,以为这回果真如诗中所说,今日可以享受到"逢僧话"的乐趣,而"又得浮生半日闲"了。但谁知这个主持和尚全无一点雅意,只把莫仑当作大财主,希望他解囊布施,唠唠叨叨地围着"钱"字上打转,并大献殷勤,强留他吃午饭。

莫仑欲走不能,坐立不安,勉强应付了一阵而感烦恼不已。于是,索性要来笔墨在粉墙上书写一绝:

又得浮生半日闲,忽闻春尽强登山。
因过竹院逢僧话,终日昏昏醉梦间。

不难看出,此诗一字不改地照搬了李涉原诗的四句,只不过变换了其首尾两句的位置而已。但这样一改,就和李涉原诗大异其趣,而把莫仑当时的心情、处境真实地表现了出来,也把引发莫仑这种心情、处境的原因——该寺主持和尚令人生厌的唠叨婉转地表现了出来。只是由于该寺主持和尚并不懂诗,才未和莫仑纠缠下去。

为什么首尾两句这样一倒置，全诗的意境就会发生如此大的变化呢？从诗的内容来说，这是因为首尾两句一倒置，诗句所描绘的出发状况同结果状况也就相应改变了。李涉原诗是从出发时的“终日昏昏醉梦间”，经过“登山”“逢僧话”，而感受到“又得浮生半日闲”的心情舒畅的结果。而该诗一经莫仑改变首尾两句的位置后，就变成从出发时开开心心的“又得浮生半日闲”，经过“登山”“逢僧话”后却得到了“终日昏昏醉梦间”的恼人结果。简单地说，前者是由“昏”（“昏花”“昏迷”的“昏”）到“闲”（“闲适”“闲情逸致”的“闲”），而后者却是由“闲”到“昏”。这样一来，两首诗的情趣、意境自然也就明显不同了。这就表明，任何一首好诗，其诗句之间都是有其内在确定的逻辑联系的。正是这种联系决定着全诗所描绘的特定意境。因此，诗句之间的前后次序也就是不能随意改变的。如果改变了，其内在确定的逻辑联系也就改变了，而它所描绘的特定意境自然也就会相应改变了。

其次，进一步的逻辑分析还会使我们看到，原诗和改后的诗（诗句次序变动了的诗）之所以会在情趣、意境上出现如此大的变化，从诗句间的内在关系来看，问题显然在于“逢僧话”有所不同上。同样是登山“逢僧话”，如僧话投机，自然听者心情舒畅；如僧话不投机，当然也就让人苦恼厌烦了。就此而言，这里似乎还包含着作为归纳方法的差异法在自发地表现其作用。我们知道，所谓差异法，其基本内容是：如果某一现象在一种场合下出现，在另一种场合不出现，而在这两种场合里，其他条件都相同，但有一个条件不同（在某现象出现的场合里有这个条件，而在某现象不出现的那一场合里则没有这个条件），那么，这唯一不同的条件就是某现象产生的原因。

这样，我们如果暂时撇开其出发时的情况，仅就其过程和结果而言，两首诗所描写的结果显然不同，一是“闲”，一是“昏”。我们可以将其视为一为“闲”，一为“不闲”（即昏），或者一为“昏”，另一为“不昏”

(即“闲”),这都是说明,无论是“闲”还是“昏”,它们在两首诗所描绘的情景中,一种场合下不出现(如“昏”在前一首诗描绘的情景中不出现),在另一种场合下出现(如“昏”在后一首诗描绘的情景中出现了),而在这两种情景中,其他条件都相同,如同样是“登山”游览等(至于登山的人出发时的心境不同,并未给结果带来负面影响,故我们可以撇开不顾),只有一个条件不同,即莫仑登山后的“逢僧话”仅谈“钱”、谈“布施”;而李涉的“逢僧话”并未出现这样的情况。这样,我们就可得此结论:莫仑的“逢僧话”(谈“钱”、谈“布施”)乃是莫仑“昏”(“终日昏昏醉梦间”)的原因。这也就是我们所以能在前面明确指出:无论是由“闲”到“昏”,还是由“昏”到“闲”,关键在于“逢僧话”,也就是所逢僧人谈话内容的不同了。

五、“唯予不服食,老命反迟延”

——谈求同法与差异法的相继运用

唐代诗人白居易还写有一首题名为《思旧》的五言诗,对其友人因服食金丹之类所谓长生药物而英年早逝的现象,颇多微词;并对自己既不相信、也不服用这类药物反而得享高年(白居易写此诗时已63岁)的事实,颇为自负。从逻辑的角度看,我们在这种对比中看到了渗透于其中的归纳方法的运用,本文对此略作分析。但因本诗较长,故仅摘录如下:

闲日一思旧,旧游如目前。
再思今何在,零落归下泉。
退之服硫黄,一病讫不痊。
微之炼秋石,未老身溘然。
杜子得丹诀,终日断腥膻。

崔君夸药力，经冬不衣绵。

或疾或暴夭，悉不过中年。

唯予不服食，老命反迟延。

况在少壮时，亦为嗜欲牵。

但耽荤与血，不识汞与铅。

诗的开头四句是说作者在闲暇日子里回忆旧事，以往友人们的身影历历在目。想想他们现在到哪儿去了呢？原来是七零八落归了黄泉。读过这四句后，读者自然会提出问题：友人们为什么会这么过早地离开人世呢？接下来的十句为此作了简要的归纳：退之（一说指韩退之，即韩愈，一说指卫退之，即卫中立）因服食硫黄而中毒，以致一病而终未痊愈。微之（即元稹）冶炼丹药（以备服用），还未老就溘然长逝。杜元颖说他得到了炼丹的秘诀，从此整日再也不吃荤了。崔玄亮夸耀自己服食丹药非常有效，整个冬季都不穿棉衣。可是，他们都或生重病或突然暴死，没有一个人活到中年。以上十句可看作是作者对自己思念的友人所以英年早逝的原因的一种归纳：这些友人各自相关的具体条件（如工作状况、生活环境、原有体质、兴趣爱好等）显然并不相同，但他们都有一个同样的结果——未活到中年。原因在哪呢？不同的条件（指先行条件）不可能是他们有着相同结果的原因，只有在这些条件中具有相同性质的条件才可能成为他们有着相同结果的原因。这个相同性质的条件就是：他们都服用丹药。因此，服用丹药是这些友人英年早逝的原因。这样的归纳方法就是求原因方法中的求同法。

接下来六句的大意是：只有我不服食丹药，老命反而得以延长。虽然我在少壮的时候，也有许多嗜好，但只爱吃荤与血，而不懂得什么炼金丹的汞和铅。这六句中的前两句是关键，后四句只不过是对作者不服食丹药的进一步说明。将此与前面的归纳结论结合起来分析就可进一步发现，这里又明确地体现着求原因方法中的差异法的运用：

前引诸人由于服食了丹药皆未活到中年,而作者从未服用过丹药,却活过了中年。这就表明:有服食丹药这个情况存在,就有“未活到中年”这个结果;而没有服食丹药这个情况存在,就没有“未活到中年”这个结果。而这正是差异法的基本含义所在:有某原因(先行情况),就有某结果(被研究现象);没有某原因(先行情况),就没有某结果(被研究现象)。

这样,此诗(已摘录部分)所体现的归纳方法的运用就可具体分析为:先用求同法,后用差异法。就此而言,可以说本诗体现和隐含着求同法和差异法的相继运用。虽然这一点不一定是作者明确意识到的,但是,由于任何一种逻辑方法都无非是对人们实际思维中所运用的(自觉或不自觉的)思维方法的逻辑概括,因此,一种逻辑方法在未为逻辑学家所概括,从而也并未为人们所自觉意识的情况下,在这种或那种场合中有所运用,是完全可能的。这也表明,在诗歌创作中,特别是在说理性的诗歌创作中,艺术思维与逻辑思维是有其一致性的。

六、如何理解“男儿本自重横行”?

——谈释义中的归纳与演绎相结合的方式

唐代著名边塞诗人高适,写有题为《燕歌行》的七言诗一首,被誉为“整个唐代边塞诗中的杰作”。诗云:

汉家烟尘在东北,汉将辞家破残贼。
男儿本自重横行,天子非常赐颜色。
摐金伐鼓下榆关,旌旆逶迤碣石间。
校尉羽书飞瀚海,单于猎火照狼山。
山川萧条极边土,胡骑凭陵杂风雨。
战士军前半死生,美人帐下犹歌舞!

大漠穷秋塞草腓，孤城落日斗兵稀。

身当恩遇恒轻敌，力尽关山未解围。

铁衣远戍辛勤久，玉箸应啼别离后。

少妇城南欲断肠，征人蓟北空回首。

边庭飘飖那可度，绝域苍茫更何有！

杀气三时作阵云，寒声一夜传刁斗。

相看白刃血纷纷，死节从来岂顾勋？

君不见沙场征战苦，至今犹忆李将军！

正如《唐诗鉴赏辞典》的本诗赏析者所指出的："诗的主旨是谴责在皇帝鼓励下的将领骄傲轻敌、荒淫失职，造成战争失败，使广大兵士受到极大的痛苦和牺牲。诗人写的是边塞战争，但重点不在于民族矛盾，而是同情广大兵士，讽刺和愤恨不恤兵士的将军。"（该书第 383 页）

全诗共 28 句，集中写了一个战役的全过程。其中前八句（从"汉家烟尘在东北"到"单于猎火照狼山"）写汉兵出师行军的情况，是对出征历程的简要概括。其次八句（从"山川萧条极边土"到"力尽关山未解围"）写汉军士兵在"胡骑"卷地而来时拼死迎敌，但由于将军们仍只顾寻欢作乐，以致造成战斗危急、失利的情况。接下来的八句（从"铁衣远戍辛勤久"到"寒声一夜传刁斗"）写被围困的汉军士兵的痛苦心情。最后四句（从"相看白刃血纷纷"到"至今犹忆李将军"）写汉军士兵与敌人短兵相接，拼死奋战而浴血沙场的悲壮结局。不难看出，全诗把士兵的英勇奋战、效命死节同将领们的临战失职、纵情声色对比刻画得异常鲜明，从而使全诗主题得到深刻而又生动的显示。但在本文中我们对此不拟详谈。这里，我们仅就其中"男儿本自重横行"一句释义中所出现的不同意见，结合谈一点有关的逻辑问题。

问题首先是由《咬文嚼字》1999 年第 8 期的一篇文章提出的。该文就一本教学参考书把“男儿本自重横行,天子非常赐颜色”两句解释为“貌似揄扬汉将出征时的威武荣耀,实则讥讽,预伏下文。‘横行’一词有贬意”,提出了不同看法,认为这样的理解欠妥。其主要论据是:“前人诗文中‘横行’一词并非都指‘行动蛮横’,有时也有驰骋沙场、所向无敌之意。”

在此,我们必须指出:前文所引教学参考书对“男儿本自重横行……”所作的解释的前一句,显系照抄《唐诗鉴赏辞典》对此所作的解释(可参见该书第384页),其后一句“‘横行’一词有贬意”,则是该参考书编者自己所作出的论断。其实,仅仅从“貌似揄扬……实则讥讽”是作不出这一论断的。就此而言,教学参考书的编者在此首先就犯了“推不出来”的逻辑错误。

其次,《咬文嚼字》的该文作者,仅从引文中讲到“‘横行’一词有贬意”,而提出“前人诗文中‘横行’一词并非都指‘行动蛮横’”的论断,不仅用于反驳是根据不足的(因为“并非都指‘行动蛮横’”,并不排除有时也指“行动蛮横”);同时还有混淆论题之嫌,即把“‘横行’一词有贬意”的论断变换成“‘横行’就是指‘行动蛮横’”(指在所引教学参考书中)的论断。而这二者显然是并不完全等同的,因为由后一论断固然可以推出前一论断(把“横行”释义为“行动蛮横”,当然意味着“‘横行’一词有贬义”)然而,由前一论断却是未必能得出后一论断的(讲“横行”一词有贬意,并不等于说就是把“横行”释义为“行动蛮横”)。因为这些都涉及逻辑问题,都在不同程度上存在着“推不出来”(从推论的角度说)或混淆(暂不说是“偷换”)论题(命题的随意改变而言)的逻辑错误。因此,都是必须首先交代清楚的。

但是,我们却不能不承认,仅就该文所提出的一个论断:“前人诗文中‘横行’一词并非都指‘行动蛮横’,有时也有驰骋沙场、所向无敌之意”,却是正确的,而且,该文对这一论断的论证也是较为充分的,有

一定逻辑力量的。为此，下面我们简要详述该文所作的这一论证。

首先，该文从唐代以来的一些古诗中，摘出了一些较为典型地运用了“横行”一词的诗句，以之作为论据，论证了该文所提出的论断即论题。这些诗句主要的有：其一是李白的《塞下曲》：

> 兵气天上合，鼓声陇底闻。
>
> 横行负勇气，一战静妖氛。

这种“一战静妖氛”的“横行”，显然不具“行动蛮横”之意。

其二是杜甫的《房兵曹胡马》：

> 胡马大宛名，锋棱瘦骨成。
>
> 竹批双耳峻，风入四蹄轻。
>
> 所向无空阔，真堪托死生。
>
> 骁腾有如此，万里可横行。

杜诗在此对这匹神清骨峻的“胡马”纵横驰骋、“万里可横行”的生动刻画，当然也清楚表明这里所谓“横行”万里的“横行”决不具有“行动蛮横”之意，而是寄托和包含着诗人对这匹“胡马”及其所象征的勇士的无尽期望和崇敬。

接着，该文还举出明梁辰鱼的《古轮台·拟出塞》曲（“成败古难凭，但愿输忠荩，君不闻，男子重横行。”）和清陶澂《当垂老别》（“不如事征战，横行寄胸臆。”）表明它们所用“横行”一词也皆不具“行动蛮横”之意，而主要具有驰骋沙场之意。

显然，以上述这些较典型的诗句作为论据来论证该文所提出的前述论题，这无疑是正确的，有充分说服力的（只要指出前人诗文中至少有一篇诗文不是将“横行”用于“行动蛮横”就足以证明其论题了，何况这里举出了这么多首名诗）。这是一种归纳方式的论证，是历来诗家、诗话家解释诗词词义时所常用到的。

其次,该文还通过对《燕歌行》全诗的分析,论证"横行"一词在本诗中也无所贬意。其基本论点是:"男儿本自重横行"所指的乃是士兵"重横行"。1. 正是"男儿本自重横行",所以,汉军出征时兵精粮足,队伍浩浩荡荡,表明取得战斗胜利应是理所当然之事。但结局却落得"孤城落日斗兵稀"。其失败的原因在于将帅的骄奢淫逸、玩忽职守……这样,出征时的"横行"正好起着后来失败的反衬作用,并非开始就预伏着战斗的失败。2. 正是由于士兵们的"本自重横行",所以,他们才会在战斗中短兵相接,浴血奋战、视死如归,表现了"死节从来岂顾勋"的英雄气概。如果上言"横行"有贬意,写出了出征的骄态,那么,下文又言他们英勇无畏,岂不自相矛盾。3. 长年戍守边疆的士兵除饱受生活的艰苦,还要忍受相思的煎熬,作者在诗中对他们寄予了无限的同情。如果他们出征时的"重横行"就是"行动蛮横"而轻敌冒进,傲气十足,其失败也就是必然的,哪里还值得作者同情呢?

很明显,上述这些分析和论述实际上是进一步证明:如果把"男儿本自重横行"的"横行"解释为"行动蛮横",就会同全诗的主题相矛盾(不是将帅的失职、荒淫,而是士兵蛮横成了失败的原因,这就势必掩盖和抹杀士兵与将帅的矛盾),同全诗的基本情节相矛盾,也会同作者的本诗创作意图相矛盾。而这样一些矛盾的出现是应予否定的,所以在此把"横行"解释为"行动蛮横"的贬意,也是应予否定的。这实际上又运用了一种归谬的反驳方法(只不过这里的归"谬"是"归"向引起自相矛盾的"荒谬"),反驳了对"横行"的贬意解释,从而也就论证了同这一被反驳论题相矛盾的论题,也就是《咬文嚼字》该文作者所提出的论题:"从全诗来看,'横行'也无贬意。"

这样,该文作者就归纳而又演绎地(归谬法的反驳或论证方法是一种演绎的方法)论证了他的论题。当然,其论题是否完全正确,是否能成为反驳《教学参考书》指出的"'横行'一词有贬意"这一论断的有力论据，那是可以进一步讨论的。但是，作者在此论证自己的这一论题时，较有效地运用了归纳与演绎相结合（虽然这种结合还是初步的）的论证方法，却毫无疑问是应予肯定的。

七、欧阳修不知“夕餐秋菊之落英”吗？

——谈“以偏概全”的逻辑错误

吴景旭《历代诗话》卷五十七曾引宋人蔡絛《西清诗话》中记载的这样一则故事：王安石曾写了一篇《残菊》诗：

黄昏风雨打园林，残菊飘零满地金。

折得一枝还好在，可怜公子惜花心。

与王安石同时代的欧阳修读过此诗后笑道：“百花尽落，独菊枝上枯耳。”于是写两句诗嘲笑之：

秋英不比春花落，为报诗人仔细吟。

王安石闻之则说：“是岂不知《楚辞》‘夕餐秋菊之落英’？欧九不学之过也。”

王安石在此批评欧阳修未读过《楚辞》，当然不是事实。但他在诗中肯定当“风雨打园林”时，“残菊”会“飘零满地”确也不全是瞎说。史正志《菊谱后序》说：“菊花有落者，有不落者。花瓣结密者不落……花瓣扶疏者多落。”看来，在这个问题上，欧阳修只承认“百花尽落，独菊枝上枯耳”，而完全否认菊花也会“飘零满地”，太绝对了，或者说是缺乏一点具体分析了。从逻辑上说，欧阳修在这里的失误，可以说是一种“以偏概全”的谬误。由于人们通常所看到的菊花（即在绝大多数场合下所看到的菊花）都是在枝上“枯”而不落地的，于是，人们就以此而进行归纳,作出一个一般性结论:"所有的菊花都是不会落地的。"而欧阳修显然也相信了这个全称性的一般结论("所有菊花都是不会落地的"在逻辑上是一个全称肯定命题,所以说这样的结论是一个全称性的,即泛指全部的结论)。于是,当他用这个结论来衡量王安石的上述《残菊》诗时,自然也就要表示出他对王诗的质疑态度了。但这也恰好说明,欧阳修是把绝大多数场合(地方)的菊花不落地这个事实,片面地夸大为在一切场合(地方)菊花都是不落地的。所以我们说,他是犯了"以偏概全"或者说"轻率概括"的逻辑错误。

八、"欲把西湖比西子,淡妆浓抹总相宜"

——谈比喻、比较与类比推理

苏轼有一首脍炙人口的写西湖的诗,题名为《饮湖上初晴后雨二首》(其二),诗云:

> 水光潋滟晴方好,山色空蒙雨亦奇。
> 欲把西湖比西子,淡妆浓抹总相宜。

诗的一、二句描绘了西湖的水光山色和晴姿雨态,后二句则把西湖比喻为战国时的著名美人西施,从而作出了"淡妆浓抹总相宜"这一对西湖形象而概括的评价,被陈衍在《宋诗精华录》中赞为"西湖定评"。

在这里,诗人无疑是运用了比较或者说类比的方法,把西湖比喻为西施,从而以西施之美来赞称西湖之美。因此,有人具体化此比喻或类比为:诗人"是以晴天的西湖比淡妆的西子,以雨天的西湖比浓妆的西子",有的人则认为,诗人是"以晴天比浓妆,雨天比淡妆"。两说各有所见,也各有可取之处。虽然所比有所不同,但不管如何,其共同

之处都在于认定：诗人在诗中巧妙地运用了比较方法，作出了非常生动而形象的比喻。

由此可见，所谓比喻作为修辞学上的辞格之一，它是通过对事物间的比较，发现一事物与另事物有相似点，而以另事物来比拟该事物的一种修辞方法。这就是说，比喻是建立在事物之间的比较，发现它们具有某些相似点的基础之上的。以前诗为例，在诗人的描绘中，西湖是美的，西施也是美的，而且，二者在“美”上还有着许多相似点。比如，西湖无论晴天还是雨天都是美的，而西施则无论淡妆还是浓抹也都是美的。这些相似点无疑正是在二者的比较中显现出来的，也是人们所以能用后者（作为喻体）去比喻和说明前者（作为本体）的客观依据所在。

同时我们还应看到，有一些比喻，比如前述诗中关于用西施对西湖所作出的比喻，它不仅仅是通过喻体、喻词、类似点而对本体有着鲜明的喻示和说明作用，而且有时还暗含着某种推理的作用，能给人提供某些新的信息。比如，人们在历史的记载、传说中了解到，西施之“美”，美在其“神”，故而“淡妆浓抹总相宜”，即无论怎样打扮都是得体的、惹人喜爱的，甚至是迷人的；那么，西湖又如何呢？通过运用西施的比喻，人们就不难想象出，西湖也是美在其“神”，即不论晴天也好，雨天也好，任何时候它都是美的，因而也都是惹人喜爱的，甚至是迷人的。

这就表明，上述诗中的比喻不仅包含着两个不同对象之间的比较、类比，而且还暗含着某种推理的意向和功能。换句话说，通过诗中用西施“淡妆浓抹总相宜”而对西湖作出的比喻，还可以使我们对西湖之美引发更多的想象，获得关于西湖美的更多的联想。当然，即使如此，这毕竟还算不上就是形式规范、结构完整的推理（主要指类比推理）。因为，通过比喻而给人们提供的新的信息，是要依赖于人们的联想和想象的。而人们的联想和想象又总是受到人们不同的主观条件(如不同的经历、不同的形象思维水平)的限制和影响的。因此,它自然就不如类比推理那样结构严整,推出的知识清晰、分明。这一点,只要再对比一下类比推理就会很清楚了。

什么是类比推理呢?它是根据两个或两类对象在某些属性上的相同或相似,而推出它们在另一属性上也相同或相似的一种推理。其推理的典型结构可用公式表示如下:

A对象有属性a、b、c、d

B对象有属性a、b、c

所以,B对象有属性d

比如,据科学史的记载,光波概念的提出者、荷兰物理学家、数学家赫尔斯坦·惠更斯曾将光和声这两类现象进行比较,发现它们具有一系列相同的性质:如直线传播、有反射和干扰等。又已知声是由一种周期运动所引起的、呈波动的状态。由此,惠更斯作出推论,光也可能有呈波动状态的属性,从而提出了光波这一科学概念。惠更斯在这里运用的推理就是类比推理。

由此可见,类比推理确是通过两个或两类对象之间的比较、类比,根据其类比对象的相同或相似点而推出结论,给人提供一定新的知识或新的信息的。就此而言,它确实也同比喻有密切的关系,有一定的相似之处。比如,比喻也离不开比较、类比,也能借助喻体等而提供给人们关于对象的某种新的信息。但必须指出,比喻所可能提供的这种新的信息主要限于通过比喻而把被喻者(即本体)的某些属性突出了,变得鲜明了。就这个意义来说,认为好的比喻也具有某种推理的作用,这是未尝不可的。但是,它毕竟不同于上述所介绍的类比推理,这也是明显的。

九、“莫以今时宠，宁忘旧日恩”

——谈借古喻今的逻辑根据：类比推理的作用

相传唐玄宗时，其兄宁王李宪，因皇帝宠信而贵盛无比。王府里姬妾成群，仍不满足。王府附近有一卖饼人的妻子，长得颇有姿色，为宁王看中而不惜威胁利诱、仗势劫夺、予以霸占，并非常宠爱。一年多后，宁王问她是否还想念那个卖饼师傅，她默不作声。过了一段时间，王府举行宴会，宁王一时高兴，派人找来卖饼师傅，让他们夫妻见面，该女子久久注视着自己的丈夫，泪流满面，悲伤不已。在座客人见了也非常难过。这时宁王叫大家赋诗，作为客人之一的诗人王维，借此以古喻今，写了一首题为《息夫人》的五言小诗：

莫以今时宠，难忘旧日恩。

看花满眼泪，不共楚王言。

本诗用作诗名的“息夫人”是春秋时期息国国君的夫人，因其美丽多姿，而被时人称为桃花夫人。当时息国是一个邻近楚国的小国。楚文王为了得到息夫人，派兵灭掉了息国，并掳去息夫人作为宠妃。息夫人入宫后从未和楚王说过一句话，楚王很感奇怪。一次楚王专就此事询问息夫人。息夫人回答说：我作为一个女人，被迫跟随两个丈夫，不能保全名节去死，有什么可说的呢？

由此不难看出，王维的上述小诗，表面上是写息夫人的故事，而实际上却是代卖饼人的妻子说出了她想说的话，写出了她深埋在内心中的哀怨：不要以为我会因今日受到宠爱就忘掉过去夫妻的恩情，看着这满眼的繁荣心中更加悲伤，所以不愿同楚王说话。

宁王看了王维的诗后，总算触动了一点良知，受到了一些感动，当场让卖饼人把他的妻子领回去了。

在此,我们感兴趣的是:王维的诗直接写的是息夫人的故事,本和宁王无关,为什么却能让他受到感动,而改弦易辙把卖饼人的妻子还给卖饼人呢?关键在于:息夫人的遭遇同卖饼人妻子的遭遇有类似之处:她们都同自己原来的丈夫有着深厚的感情,她们都同样被掳掠而被迫改侍他人,她们在得到新的宠幸后都始终不忘旧情,因而也都对宠爱他们的掳掠者表示着无言的反抗……正因此,当宁王仗势劫夺了卖饼人妻子的一年之后,问她是否想念卖饼人而她默不作声时,他或许还会以为这是因她不善言辞,甚至是有不好言辞的习惯。但一当王维写诗用息夫人的故事说明,息夫人的不讲话只不过是因为她不忘旧情、不甘于跟随两个丈夫时,宁王由此触发而明白了卖饼人妻子所以不愿对他讲话,而总是默不作声的根本原因:原来这是因为她“莫以今时宠,难忘旧日恩”。这就清楚地表明,王维《息夫人》一诗所以能起到借古喻今的作用,在于其诗中所讲的“古”同其所想要喻的“今”有着许多类似之处,并由这种类似而用“古”把“今”更清晰地显示出来,正像类比推理可以由两类对象在某些点上的相似,而推出它们在另一点上也相似一样。就此而言,我们可以在一定意义上说,这样的借古喻今的逻辑基础就是类比推理。由此也可看出,借古喻今是否具备应有的喻示和说明作用,本要取决于其“古”与“今”是否有更多、更本质的相似之处。如果其中的“古”与所要喻的“今”没有类似之处,或虽有类似之处,但并不重要,或并不具有较本质的意义,那么,这样的借古喻今,就会是没有力量的。而王维《息夫人》一诗所以能起到那么明显的借古喻今的作用,恰恰在于其“古”“今”之间存在着一系列重要的类似,而且可以说是一种本质的类似。这或许就是王维《息夫人》一诗所以具有巨大感染力的一个重要原因吧!

十、“一片冰心在二胡”可能吗？

——谈仿句形成的逻辑基础：类比法和类比推理

《光明日报》1998年3月19日第6版，曾刊登了一篇介绍我国著名二胡演奏家闵惠芬的精湛演奏技艺和对艺术执着追求的高尚艺德的通讯，读来令人感动。但其标题却为《闵惠芬：一片冰心在二胡》，让人颇为费解。如何理解“一片冰心在二胡”呢？显然，这是一个仿拟古诗句而构成的语句。为此，让我们还是先看看它所仿拟的原诗句。该诗句出自唐代诗人王昌龄题为《芙蓉楼送辛渐》的一首诗。该题下有诗两首，其中的第一首是：

寒雨连江夜入吴，平明送客楚山孤。
洛阳亲友如相问，一片冰心在玉壶。

很明显，前述标题乃是仿拟本诗最后一句而成的仿句。现在的问题是：这样的仿句能够成立吗？为了回答这一问题，我们得对王诗作一点简要的分析。

从王诗的题目看，这显然是一首送别诗。诗的前两句简明而形象地介绍了“送客”的时间、地点及气候情况，然后引出了后两句临别叮咛之词：洛阳的亲友如果问到我王昌龄（一再遭到贬谪而处于众口交毁之中）的近况如何，可以告慰亲友的是：那仍是“一片冰心在玉壶”。表明诗人在此是以晶莹透明的冰心玉壶自喻，并以此自明高志的。再具体一点说，所谓“冰心”源出《宋书》卷九十二所载刘宋时代“为士民所爱咏”的良吏陆徽的话：“冰心与贪流争激，霜情与晚节弥茂。”王昌龄在此用“冰心”二字，显系表示自己与“廉洁”“奉公”的陆徽同志。“玉壶”二字则源于鲍照《代白头吟》：“直如朱丝绳，清如玉壶冰。”乃高洁的象征。其他如陆机《汉高祖功臣颂》的"周苛慷慨,心若怀冰",姚崇《冰壶诫序》的"内怀冰清,外涵玉润,此君子冰壶之德也",大抵都是指"不牵于宦情"、为官清廉之意。王昌龄以之概括而为"一片冰心在玉壶"这一名句,是说自己如同置放于清澈无瑕、澄空见底的玉壶中的一颗晶亮纯洁的冰心,以此表明自己冰清玉洁的品格和廉洁奉公的官德。(以上解释参见《百家唐宋诗新论》一书,第75页)

也正是在这里,显现出"冰心"与"玉壶"的相互依存、密不可分的内在紧密关系,它们统一地构成一个完整的比喻,是不能随意拆开使用的。因此,像前述那样提出的仿句"一片冰心在二胡",显然是极不适当的。"冰心"与"二胡"无论如何是无法搭配在一起的。这也就说明,仿句的构造是有其一定要求的。正如有的文章在谈到这一点时所指出的,由于仿句所仿拟的是句子,而句子"是词和词组按一定语法规则的组合,是句子成分之间的恰当搭配。这种由'组合''搭配'形成的意思上的完整性,正是仿句不同于仿词、仿语之处"。比如,从"诗人"可以仿拟形成仿词"板人"、从"诗话"可以仿拟形成"板话",但是,王勃从庾信的诗句"落花与芝盖同飞,杨柳共春旗一色"中,可以仿拟出"落霞与孤鹜齐飞,秋水共长天一色"的仿句,而不能仿拟出"落霞与瘦马齐飞,古道共长天一色"的仿句。因为"瘦马"是飞不起来的,而"古道"的颜色也不会与长天相同。(参见《咬文嚼字》1999年第1期,第42页)

以上分析说明,仿句的构成必须注意词或词组之间的搭配,必须遵循被仿句原有的词或词组之间的组合方式,使仿句与被仿句在这些方面尽可能类似。正是在这里,我们接触到了仿句形成的一个根本性问题,也就是仿句形成的逻辑根据问题,这就是:仿句必须与被仿句(或称原句)在词或词组的搭配与组合上尽可能相似或一致,其蕴含着的使用的方法乃是逻辑的类比法。换句话说,仿句的构成应当是建立在运用类比法的基础之上的。具体一点说：首先，应当分析原句的词或词组的组成和搭配情况；其次，再按建构新的仿句的需要，选择好同组成原句的词或词组在词性上相类似的语词或词组；最后，再按原句的词或词组的搭配方式把新选择的词或词组搭配起来。这样形成的仿句才有可能真正成为被仿原句的仿句。否则，要么形成的是与原句无仿拟关系的别的什么句子，要么是形似仿句而实则是语词搭配不当的病句。前述“一片冰心在二胡”就是这样的病句。

十一、“何时石门路，重有金樽开？”

——谈假说的提出和验证

唐代著名诗人李白于天宝三年(744)被诏许还乡，在洛阳与杜甫相识，结成深厚友谊。天宝四年，李白与杜甫重逢，重游齐鲁。深秋，杜甫西去长安，李白再游江东，两人在鲁郡东石门分手。临行时，李白写了如下题为《鲁郡东石门送杜二甫》的五言诗一首：

> 醉别复几日，登临遍池台。
> 何时石门路，重有金樽开？
> 秋波落泗水，海色明徂徕。
> 飞蓬各自远，且尽手中杯！

正如《唐诗鉴赏辞典》一书的本诗赏析者所说：“这首送别诗以‘醉别’开始，干杯结束，首尾呼应，一气呵成，充满豪放不羁和乐观开朗的感情，给人以鼓舞和希望而毫无缠绵哀伤的情调。诗中的山水形象，隽美秀丽，明媚动人，自然美和人情美——真挚的友情，互相衬托；纯洁无邪、胸怀坦荡的友谊和清澄的泗水秋波、明净的徂徕山色交相辉映，景中寓情，情随景现，给人以深刻的美感享受。”

但是,诗中“何时石门路”一句中的“石门”究竟所指何处?历来众说纷纭。一般多认定为指曲阜东北六十里的石门山。如上述赏析者曾就此指出:“石门,山名,在山东曲阜东北,是一座风景秀丽的山峦……”但《百家唐宋诗新话》一书的本诗讲评者却对此提出了不同的看法,认为“石门”并非是指石门山,而推测应是指在“鲁郡东”近处有个以石垒成的门,并为此进行了正反两方面的具体论证,其中较明显地体现着假说在其中的作用。

首先,讲评者先对把“石门”注为曲阜东北的石门山这一传统观点进行了反驳。其主要理由是:当时的鲁郡即兖州,而曲阜在兖州之东三十里,由于石门山位于曲阜东北六十里,这样,石门山就距鲁郡九十里。按此,如果“石门”指的是石门山的话,诗题就当作“鲁城东”或“鲁门东”(“鲁”指曲阜),为何诗题却写成“鲁郡东”呢?在这里,论者实际上是运用归谬法对论题进行了直接反驳:

> 如果石门指的是石门山,那么,诗题就当作“鲁城东”或“鲁门东”
>
> 诗题既不是“鲁城东”,也不是“鲁门东”(因其为“鲁郡东”)
>
> ---
>
> 所以,石门指的不是石门山

显然,这是从先假定“石门指的是石门山”这一被反驳论题为真,然后,由其进行推断,引出一个荒谬的后件,构成一个充分条件的假言命题,再通过由否定后件到否定前件的推理,而对被反驳论题作出了否定,亦即进行了直接反驳。

其次,既然否定了石门指的是石门山,那么,它指的究竟为何呢?由于在史书地理志及地方志中均无关于鲁郡(即现兖州)附近有所谓石门的记载(这正是诸家均注石门为石门山的一个重要原因),于是,讲评者只好根据相关文献资料的记载和李白的其他有关诗句,对此进行推测,从逻辑上说也就是提出了一个相应假说:“鲁郡东附近有一个

石门。”

这一假说提出的主要根据是：其一，李白有题为《鲁郡尧祠送窦明府薄华还西京》一诗，诗曰：“强扶愁疾向何处？角巾微服尧祠南。长杨扫地不见日，石门喷作金沙潭。”按《太平寰宇记》“尧祠在县东南七里”（县指瑕丘县，治于兖州）的记载，可以认为离鲁郡不远处确有“石门”，正是由它喷出的水汇聚而成了金沙潭。

其二，兖州与曲阜之间并没有山，当然也就不可能有石门山。而距鲁郡遥远之处虽然有座石门山，但它决不能“喷作”鲁郡附近的金沙潭。

这就表明，评讲者的上述推测是有一定的事实根据的。但是，推测毕竟是推测，假说也毕竟只是假说，只有当由这一假说作出的推断能得到证实，或者这一假说本身能直接找到佐证，才有可能使该假说得到证实，并有可能成为科学事实而为人们所广泛接受。后来出现的资料表明，确实存在着这样的佐证：

新出版的《学诗仿古万里行》一书，谈到兖州东二里泗河边上金口坝附近原有巨石如门，传为李白送杜甫之处。如果该书的这一记载为真，那么评讲者提出的上述假说就得到了极为有力的佐证。因为，此处东南距尧祠只有几里路远，而此石门跨金口坝两边有沟槽可用以挡水，抽开时自然也可喷水。且此石门正在泗河边上，与诗中第五句“秋波落泗水”这一近景也吻合。而且，诗中还说在李杜同游之时，“登临遍池台”，其中所说“池台”，应指当时人们的宴游之处。这一点也可从上述假说及这一佐证中得到说明。这样，讲评者提出的假说也就基本上得到了证实，从而假说得以成立。

通过上述分析，我们也就不难理解：逻辑上所谓的假说乃是指根据一定的已有事实材料和科学原理，对某一未知事物或客观规律所作出的一种推测性说明。如前述分析的假说就是一个关于未知事物

(“鲁郡东”附近有一个石门)的假说。它的提出,绝不是任意的胡思乱想,而是以一定科学事实(历史资料记载的和当前发现的)为根据的。但是,一个假说的基本思想(推测本身)总是根据已有事实和科学知识所推想出来的,因此,它是否把握了客观真理,是否是一个客观事实,还是有待证实的,这表明它同确实可靠的科学原理或科学事实也并不相同。正因此,假说提出后,还必须对其进行检验,必须加以验证。而验证的方法可以是多种多样的。大致说来有两种情况:

一是当假说的主要内容是关于可观测到的现象或对象的存在与否时,一般以观察的手段来验证假说。以前述假说来说,如果能在鲁郡(今兖州)东附近发现确有石门遗迹,前述假说自然也就得到证实,从而假说成立,并成为科学事实。

另一是当假说的主要内容不可能直接由实践加以验证时,则常常通过逻辑手段来间接地加以证实。具体地说,即从假说的整体或部分“p”出发,逻辑地推出若干事实“q”(q_1,q_2,q_3……),然后再验证“q”(q_1,q_2,q_3……)是否存在。如验证结果“q”存在,假说就得到证实;如“q”不存在,假说就被否定。但必须注意,这里所谓假说得到证实,并不等于假说得到最终证明,因为,这里的验证过程运用的是充分条件假言推理的肯定后件式(如果 p,则 q;q,所以 p),而这种推理是不能由肯定后件就必然肯定前件的。所以,假说得到证实只是表示假说得以成立,但还不等于假说成为最终证明了的科学事实或原理。但是,假说如被否证,因其所运用的乃是充分条件假言推理的否定后件式(如果 p,则 q;非 q,所以非 p),而否定后件式是充分条件假言推理的正确式,是有其必然性的。因此,只要以假说为前件而构成的充分条件假言命题是成立的,那么,当其后件所表示的事实(“q”)不存在时,该假说本身一般就会被否决,而不能成立。

第十一篇　古诗词作品中的论证（证明与反驳）

一、“勿愿寿，寿不利贫只利富”

——谈逻辑论证

北宋诗人吕南公写了一首题为《勿愿寿》的诗：

勿愿寿，寿不利贫只利富。

君不见生平龌龊南邻翁，绮纨合杂歌鼓雄，

子孙奢华百事便，死后祭葬如王公；

西家老人晓稼穑，白发空多缺衣食，

儿孱妻病盆甑干，静卧藜床冷无席。

诗的一开头就似乎超出常理地直言“勿愿寿”。这是为什么呢？后半句一下点出要害，原来是因为“寿不利贫只利富”，即长寿只对富人有利，而对穷人不利。穷人长寿只能是活受罪。这就是全诗的主旨所在。

接着，第二、三、四、五句便用富翁与贫老的不同遭遇来对上述这一主旨进行了论证。诗中举出了两个对比鲜明的人物形象：富翁“南邻翁”和贫老“西家老人”。诗的第二、三句写“生平龌龊”的“南邻翁”，身着纨绮，陶醉于笙歌鼓乐之中。其儿孙也锦衣玉食，奢华无度。其死后也如王公一样得到祭葬。形象而有力地证明了“寿利富”。

诗的第四、五句则集中描绘“西家老人”的贫寒，这位“晓稼穑”的贫苦老人,“白发空多”而缺衣少食,儿子孱弱,老妻罹病,“盆甑干”而食不果腹。老来只能静卧在草藜床上,连一张草席也没有,饥寒交迫,还有什么生的乐趣呢?因此,“西家老人”们只得喊出“勿愿寿”的沉痛呼声!形象而有力地证明了“寿不利贫”。

在这里,诗句以形象、生动的语言,通过其塑造的两个典型的人物形象的不同境遇,寓说理于叙事之中,从而鲜明地体现出诗词创作对逻辑论证的运用。

所谓逻辑论证是人们用断定为真的命题去判明另一命题的真(或假)的一种思维形式或思维过程。如判明另一命题为真者一般称为证明;判明另一命题为假者一般称为反驳。其中用来判明另一命题的真(或假)的命题称为论据,需要判明其为真的命题称为论题(需判明其为假的命题称为被反驳论题)。用论据来判明论题的真所运用的推理形式称为论证方式。按此,证明的过程就是一个以一定论据,采用一定的论证方式来判明论题真的思维过程。以前述吕南公的《勿愿寿》一诗而言,其所包含的论题为:“寿不利贫只利富。”其论据分别是:第二、三、四、五句所分别描绘的“南邻翁”和“西家老人”的典型境遇。而其采用的论证方式显然是一种运用典型事例来进行归纳推理的形式,亦即归纳论证的方式。当然,逻辑论证不仅仅可采用归纳的论证方式,也还可采用演绎的论证方式,即通过演绎推理用论据来证明论题的方式。比如,宋代著名诗人苏轼所写《於潜僧绿筠轩》一诗中,就包含着运用这种演绎的论证方式而进行的逻辑论证。该诗是:

宁可食无肉,不可使居无竹。
无肉令人瘦,无竹令人俗。
人瘦尚可肥,士俗不可医。
旁人笑此言:“似高还似痴?”
若对此君仍大嚼,世上那有扬州鹤!

可以把前三行视为全诗一个相对独立的部分,这一部分就包含着一个较为完整的演绎论证。其中第一行所表述的是论题,表现为一个联言命题。第二、三行表述的是论据,同样表现为两个联言命题。其用论据来证明论题的方式是演绎的。因为它运用的推理形式主要是演绎推理的形式。我们把表示论题和论据的各个联言命题,分别解析为两个肢命题。按此,则其推理形式如下:

凡人食无肉就会令人变瘦

令人变瘦是不要紧的("尚可肥")

所以,人食无肉是不要紧的(是可以的)

凡人居处无竹就会令人变得俗气

令人变得俗气是不可医治的

所以,人居处无竹是不可医治的(是不可以的)

这两个推理是人们经常运用的直言推理(当然也可按诗句的内容改写为其他推理形式,如假言推理的形式等),而且是形式正确的(符合该推理形式的逻辑规则的)两个推理。同时,这两个推理的前提也无疑是被苏东坡断定为真实的,可以为人们所接受的。所以,它们所推出的结论也应被断定为真实的,因而整个论证是有力的。

而我们知道,直言推理是演绎推理的一种。所以我们说上述诗中所包含的论证,乃是一个运用演绎推理来进行的论证,即演绎论证。

从上述分析中我们也不难看出,在包含议论性内容的古诗词中,常常免不了这样或那样地包含着某种逻辑论证。因此,熟悉逻辑论证的知识,对于我们深入领会某些古诗词的内容和艺术魅力,是有着重要作用的。

二、“昔人已乘黄鹤去,此地空余黄鹤楼”

——谈用多重论据进行的论证

唐代诗人崔颢曾作《黄鹤楼》七律一首:

> 昔人已乘黄鹤去,此地空余黄鹤楼。
> 黄鹤一去不复返,白云千载空悠悠。
> 晴川历历汉阳树,芳草萋萋鹦鹉洲。
> 日暮乡关何处是?烟波江上使人愁。

此诗曾被《沧浪诗话》作者严羽赞为:“唐人七言律诗,当以崔颢《黄鹤楼》为第一。”据传,李白登黄鹤楼后本欲赋诗,因见崔颢此诗而作罢:“眼前有景道不得,崔颢题诗在上头。”但人们似乎并未去仔细想一想:“黄鹤一去不复返”的“黄鹤”有没有呢?我国历来鹤类只有白头鹤、丹顶鹤、白枕鹤、白鹤、灰鹤、黑颈鹤、赤颈鹤和黄羽鹤,从未发现过什么黄鹤。在江汉地区可以见到的,仅有在长江流域和华南越冬的灰鹤,何来黄鹤呢?但是,历史上,武昌西确有黄鹤山,山西北有峭立江中的黄鹤矶,旧时也确有黄鹤楼,以致崔颢写有《黄鹤楼》,李白也登过黄鹤楼。这是为什么呢?何以没有黄鹤而偏偏却有黄鹤山、黄鹤楼呢?从古至今,不少人曾就此进行过考证,实际上也就是对之进行了逻辑论证。下面介绍的是其中的一种考证即逻辑论证:

其论证的论题是:“黄鹤”乃是“黄鹄”之误,“黄鹤楼”应为“黄鹄楼”。

其基本论据是:1. 我国历来未发现过黄鹤,在“黄鹤楼”所在地的江汉地区可以见到的鹤仅有在长江流域和华南越冬的灰鹤。2. 实际没有黄鹤,而飞临楚天名楼之鹤之所以被说成是黄色的,即黄鹤,是因

“黄鹤”一词实由“黄鹄”通变而来，即飞临楚天名楼的是黄鹄，而鹄形似鹤，故通变而为黄鹤。

这一基本论据是否可靠呢？这是必须首先辨明的(因为论题的真是靠论据的真来支撑的)，为此人们又对这一基本论据提出了如下论据来加以论证(即将这一基本论据作为论题，再以论据对其进行论证)：

(1) 清人朱骏声《说文通训定声》谓：“鹄形似鹤，色苍黄，亦有白者，其翔极高，一名天鹅。”(亦可参见商务印书馆 1983 年版《辞源》的“鹄”条，其第一义即为“天鹅”)

(2) 1979 年版《中国动物志》也提出：古之鹄即今之天鹅，“越冬期在洞庭湖、鄱阳湖及长江的沙洲上到处可见”。

(3) 清人顾祖禹《读史方舆纪要》载：“黄鹄山，一名黄鹤山。”在此鹄鹤所以互用，因“鹄与鹤古字通用”。商务印书馆 1983 年版《辞源》的“鹄”条即明确释义为“通‘鹤’”(见其第五义)。

由上不难看出，论据“1”和“2”是上述论证的基本论据。由这两个基本论据可以直接推出其论题。而基本论据“2”，又作为论题(相对于一开始提出的论题而言可称之为二级论题)可由论据(1)、(2)、(3)予以直接推出。就此我们可以说，论据(1)、(2)、(3)乃是上述论证中的第二级论据。在有的情况下，这些二级论据也需要论证，于是，它们又可成为第三级论题，而需由第三级论据加以论证。由此可见，一个较复杂的论证过程往往是一个运用多重论据的过程。而经过这样运用多重论据进行的论证，其逻辑性和说服力无疑将更为增强。一篇有价值的论说文，其逻辑结构大体上也应当是这样建立起来的。

三、"若言琴上有琴声,放在匣上何不鸣?"

——谈演绎论证及其运用

据传宋代大文豪、大诗人苏东坡所处时代曾展开过一场"琴声之辩"。辩论的主题是:人们弹琴而发声,但这琴声从何而来呢?有人说,"琴声在琴上";也有人说,"琴声在弹琴人的手指头上"。苏东坡不赞成这两种说法。为此,他曾作过一首颇富哲理(阐述了内外因之间的辩证关系)的、题为《琴诗》的七言诗,论证这两种说法都是假的、不能成立的。

若言琴上有琴声,放在匣上何不鸣?

若言声在指头上,何不于君指上听?

诗的第一、二句和第三、四句分别包含了一个从否定后件到否定前件的充分条件假言推理。其第一、二句所包含的充分条件的假言推理是:

如果琴上有琴声,那么放在匣上的琴也就会鸣,

(但事实上)放在匣上的琴是不会鸣的

所以,琴上不会有琴声

其第三、四句也同样包含了下述这样一个充分条件的假言推理:

如果琴声是在弹琴人的指头上,那么就会在指头上听到琴声,

(但事实上)在弹琴人的指头上是不会听到琴声的

所以,琴声不会是在弹琴人的指头上的

很明显,这两个推理都是从否定后件(认定后件是假的)到否定前

件(认定前件为假)的充分条件的假言推理,因而都是演绎推理,而且都是有效的演绎推理;它们的前提也都是正确的,所以,其结论也就是必然为真的。既然两个推理的结论都为真,那就证明了两个推理的假言前提的前件都是假的。这样一种通过运用演绎推理的形式来进行的论证就是演绎论证,其所运用的演绎方法就是逻辑学和数学中所说的归谬法。

那么,什么是归谬法呢?直接地说,首先是用来证明某一论题为假的一种方法,也就是一种反驳的方法。它是先假定所要反驳的某一命题"p"(在论证、反驳中,一般称为论题)为真,并从这一假定中推出一个(或一些)显然荒谬的命题"q"并以之构成一个充分条件的假言命题"如果p,则q",然后,运用充分条件假言推理的否定后件式,从命题"q"的假,推出命题"p"的假。如果用推理形式来表述,则其逻辑过程为:

所要反驳的论题(即证明其为假的命题):p

反驳方式是:

如果p,那么q

非q

所以,非p

很明显,这种推理形式正是前述苏东坡诗中为了反驳"琴上有琴声"和"琴声是在(弹琴人的)手指头上"这两个命题而运用的推理形式。所以,我们说在苏东坡的上述诗中,包含着归谬法的运用。

从这里,我们还可以看出,归谬法作为一种反驳方法,对其所要反驳的论题而言是一种直接的反驳方法,因其直接判明了所要反驳论题的假(用前述苏诗而言,即直接判明了"琴上有琴声"这一命题是假的);而作为一种证明方法,对其所要证明的论题(即证明其为真的论题)而言,则只能是一种间接的证明方法。因为,它是通过证明某一论题"p"为假(以前述苏诗为例,即通过证明"琴上有琴声"这一命题的假),来达到证明其反论题"非 p"为真(按前例即"琴上不会有琴声"为真)的一种证明方法。这种用归谬法进行的间接证明方法,其证明形式大体为:为了证明论题(即证明其为真的命题):"非 p"(或者"p")为真,其主要步骤是:

(1) 提出所要证明论题"非 p"(或者"p")的反论题"p"(或"非 p")。

(2) 用归谬法证明反论题"p"(或"非 p")为假。

(3) 由反论题"p"(或"非 p")的假,通过排中律(两个互相矛盾的命题不能同假)判明"非 p"(或"p")为真。

用公式表示即为:(假定要证明的论题为"非 p",其反论题则为"p")

如果 p,那么 q

q 假(即否定 q)

所以,p 假(即否定 p)

既然 p 假,所以其矛盾命题"非 p"必真。

仍以前述苏诗中所包含的归谬法证明为例:既然通过归谬法证明"琴上有琴声"为假,那么,就证明与之矛盾的论题"琴上不会有琴声"为真;"琴声是在弹琴人的手指头上"为假,那就证明了与之矛盾的论题"琴声不在弹琴人的指头上"为真。从而,苏东坡在上述诗句所包含的论题,也就得到了逻辑上的证明。

四、"俭存奢失今在目,安用高墙围大屋"

——谈归纳论证及其运用

唐代著名诗人白居易曾写作《新乐府》诗五十篇。其中有一首题为《杏为梁》。诗云:

杏为梁，桂为柱，何人堂室李开府。
碧砌红轩色未干，去年身殁今移主。
高其墙，大其门，谁家第宅卢将军。
素泥朱版光未灭，今日官收别赐人。
开府之堂将军宅，造未成时头已白。
逆旅重居逆旅中，心是主人身是客。
更有愚夫念身后，心虽甚长计非久。
穷奢极丽越规模，付子传孙令保守。
莫教门外过客闻，抚掌回头笑杀君。
君不见马家宅，尚犹存，宅门题作奉诚园。
君不见魏家宅，属他人，诏赎赐还五代孙。
俭存奢失今在目，安用高墙围大屋。

本诗一开始就举出了两个因违规修建奢侈豪华住宅而很快失去的实例：用杏木为梁、桂木为柱的堂堂李开府(指曾任镇海节度使的李琦，后因谋反被杀)官邸，用青砖砌成台阶的朱红色大门漆尚未干，由于李开府去年死去，今年房子已换了主人；高高的围墙，宏伟的大门，这是卢将军(指曾任昭义节度使的卢从史，后因罪被贬官为驩州司马)的府第，墙上抹的白灰和大门涂的红漆还在闪光，现今已为皇帝没收而赏赐给了别人。以此二例说明，开府的中堂、将军的住宅，房屋尚未建好而头发却已白了；一直住在旅店中，心想自己是房子的主人而实际不过是旅客。更有那些愚蠢的人，想为自己身后作出安排，心虽想得长久而策划却眼光短浅，把房子造得穷奢极欲超过了王法的规定，然后传给子孙要他们世世代代保存这份家业。这样的事真不敢让门外过客听见，否则真会让他们笑杀。接着，本诗又举出马燧将军的府第变成“奉诚园”(马燧将军的府第传至其子马畅时，因德宗皇帝下旨将其住宅园中的一棵杏树封为皇帝专有，从此马家人再不敢居住在此府第之中,被迫将整所住宅献给唐德宗,并因此而改名为“奉诚园”)和已属别人的魏徵住宅又被赐还给其五代孙(唐初名相魏徵的住宅虽早已给了别人,但唐宪宗有感于魏徵对唐太宗的辅佐之功而下令赎回赐给了他的第五代孙)的事例,进一步从正、反两方面作出归纳结论:勤俭的就能保存,奢侈的就会失掉,何必去建造用高墙围着的豪宅呢!

由此不难看出,全诗事理结合,而主要以典型事例为主来论证主题。从逻辑上说,这就是归纳论证的具体运用。具体一点说,《杏为梁》一诗的主题就是诗的最后两句所表述的:“俭存奢失今在目,安用高墙围大屋。”这从逻辑论证的角度看就是全诗所要证明的论题。而作为证明这一论题的论据,主要是具体而典型的历史事例,而且,包括有分别论证“俭存”和“奢失”的历史事例(证明前者的典型事例是“君不见魏家宅,属他人,诏赎赐还五代孙”,证明后者的典型事例是诗的前八句关于开府之堂和将军之宅分别“移主”和“别赐人”,以及“马家宅”的“宅门题作奉诚园”)。这种以个别的典型事例为论据来判明某种概括性的一般道理(诗的后二句所陈述的)的真实性的论证就是普通逻辑所谓的归纳论证,因此,白居易在这首叙事诗中所体现的思想自然也就包含着归纳论证的运用了。

五、“不言药,不言仙,不言白日升青天”

——谈归纳论证与演绎论证的结合运用

唐代著名诗人白居易的五十首总称为《新乐府》的诗歌,其中有一首题为《海漫漫——戒求仙也》。诗云:

海漫漫,直下无底旁无边。

云涛烟浪最深处,人传中有三神山。

山上多生不死药,服之羽化为天仙。

秦皇汉武信此语，方士年年采药去。

蓬莱今古但闻名，烟水茫茫无觅处。

海漫漫，风浩浩，眼穿不见蓬莱岛，

不见蓬莱不敢归，童男丱女舟中老。

徐福文成多诳诞，上元太一虚祈祷。

君看骊山顶上茂陵头，毕竟悲风吹蔓草。

何况玄元圣祖五千言：

不言药，不言仙，不言白日升青天。

这是一首以秦皇汉武为例，从事实与理论两个方面对求仙和寻不死药物之类的荒唐行为进行集中批评的诗。从逻辑上说，这可以认为是对“求仙之类行为荒唐无用”所进行的归纳与演绎的论证。

诗一开始就讲：大海漫漫，深不见底，无边无际。在那云雾缭绕浪涛翻滚的远方，人们传说有三座神山(指蓬莱、方丈、瀛洲三座神山)。山上盛产长生不老药，人要是吃了就会白日飞升成为神仙。秦始皇和汉武帝相信这种无稽之谈，年年派方士出海去神山采集长生药……结果如何呢？只要看看那骊山脚下的秦始皇陵和汉武帝的茂陵就明白了，这两个皇帝求仙求长生药那么起劲，最后还不是只剩下坟头上的悲风蔓草，供后人凭吊罢了。显然，这里包含了一个论证，即用秦始皇、汉武帝的实例为论据来论证了求仙和求长生药不过是一场空，是毫无用处的。这种用典型事例来论证一般性论题的论证，无疑是一种归纳论证。

诗的最后，又以在唐代最受崇敬的玄元圣祖即春秋时的老子李耳“不言药，不言仙，不言白日升青天”的论断作为论据来进一步论证求仙、求长生药是无用的：既然在最受崇敬的玄元圣祖所写的五千字《道德经》中，根本未提到长生药，也未谈到要去求神拜仙，更没有谈过白日升天成神仙的荒诞不经之事，那就表明求仙、求长生药是没有用处的。这里又包含着一个充分条件假言推理否定后件式的运用(其推理为:如果求仙、求长生药……是有用的,那么《道德经》中就会讲到这些的;但《道德经》中并未讲到这些;所以,求仙求长生药是没有用的)。很明显,通过运用这种方式来进行的论证,无疑又是一种演绎的论证。

因此,我们可以说,白居易的《海漫漫》一诗所表述的论证,是一种相继运用归纳方式与演绎方式所进行的论证,是这两种论证方式在一定程度上的结合运用。

六、"白日依山尽"中的"白日"指什么?

——谈演绎的与归纳的、直接的与间接的

论证方法的结合运用

唐诗中,有题为《登鹳雀楼》的王之涣著五言诗一首(该诗是否为王之涣作,尚有不同看法,本文不予论及),诗云:

白日依山尽,黄河入海流。欲穷千里目,更上一层楼。

全诗抒发着一种积极进取、昂扬奋进的壮志豪情,故千余年来,一直被广为传诵。但人们对诗句含义的理解,历来却仍多有分歧。其中最主要的是:如何理解"白日依山尽"的"白日"一词。

从目前来看,多数赏析者都把"白日"解作"落日",从而,把"白日依山尽"解作"太阳斜斜落在山角"(见《文史知识》1983年第3期载《唐诗小札》一文),"遥望一轮落日向着楼前一望无际、连绵起伏的群山西沉"(《唐诗鉴赏辞典》,上海辞书出版社,1983年,第72—73页)。但《百家唐宋诗新话》(四川文艺出版社,1989年)一书的该诗讲评者却对此提出了异议,认为诗中的"白日"指的不是"落日",而是"白日当空,阳光普照的白天”,并对此进行了演绎的和归纳的论证。下面,我们具体分析一下该讲评者为此所作的论证。

首先,他提出《登鹳雀楼》一诗的意境是在于抒发昂扬向上的激情,这是历来对此诗公认的看法。但是,如果第一句写的是落日,就总不免有衰飒之感(如李商隐有诗句:“夕阳无限好,只是近黄昏”),而这明显与全诗意境难以协调。

显然,这是运用归谬法所进行的演绎论证。即:先假定诗的第一句写的是落日,再以此构成一个充分条件的假言命题:“如果第一句写的是落日,那么,它就会(因其不免有衰飒之感)与全诗的意境不一致”,而“诗句与全诗的意境不一致是应予否定的”,这样,原先的假设就导向荒谬,构成了一个充分条件推理的否定后件式:否定后件必然否定前件,其结论就必然为“第一句写的是落日也是应予否定的”,换句话说,也就是对“第一句写的‘白日’不能是‘落日’”这一命题作了间接论证(间接论证是指通过论证同论题相矛盾的论题的虚假而判明论题真实的一种论证方法)。

其次,该文提出,在唐代与王勃同期诗人的作品中,虽多有运用“白日”一词的,但是,“几乎没有可释为‘落日’的”。如李白的“白日与明月,昼夜尚不闲”(《杂诗》),杜甫的“白日放歌须纵酒,青春作伴好还乡”(《闻官军收河南河北》)、“渭水逶迤白日净,陇山萧瑟秋云高”(《近闻》),李颀的“白日登山望烽火,黄昏饮马傍交河”(《古从军行》)等,诗中的“白日”一词都不可释作“落日”。同时,在同时期的诗作中,“落日”一词也多有运用,如宋之问的“气冲落日红”(《初至崖口》),王维的“长河落日圆”(《使至塞上》),杜甫的“眼穿当落日”(《自京窜至凤翔喜达行在所三首》)等,表明“白日”与“落日”在唐代诗作中已有明确的区别,不能将二者等同。这就进一步证明了不可释“白日”为“落日”。

很明显,在此前者是运用了归纳论证的方法,概括出与王勃同期的唐人诗作中“白日”一词不具有“落日”的含义,因而,不可释“白日”为“落日”;后者,同样是用归纳论证的方法,判明了“落日”一词在同期诗作中有其确定用法,是同“白日”有明显区别的。这无疑都是对“不能释‘白日’为‘落日’”命题作了直接论证(直接论证是指从论据的真实直接推出论题真实的一种论证方法)。

再次,《百家唐诗新话》该诗的评讲者还进一步提出:据《元和郡县志》《禹贡锥指》《乾隆蒲州府志》(卷三)等可知,鹳雀楼在蒲州府(今山西永济县)城西黄河中的小州上,而中条山(“白日依山尽”中所指的山)则在城东南十五里处,在鹳雀楼上看落日,只能看到夕阳落向黄河之西的渭河平原,而绝不会看到夕阳依着东南的中条山下落。这是用地理事实证明了“白日依山尽”中的“白日”不可能指的是“落日”。否则,那是同地理事实相矛盾的。

显然,这又是用事实来对释“白日依山尽”中的“白日”为“落日”的一种直接反驳,从而,自然也就是对“不能释‘白日’为‘落日’”这一命题真实性的间接论证。

概括上述可见,讲评者正是通过以上一系列演绎的与归纳的、直接的与间接的论证方法,对其所主张的论题“不能释(本诗第一句中的)‘白日’为‘落日’”进行了较有力的论证。这样,自然也就间接论证了讲评者所提出的“白日应释为阳光普照的白天”这一论题。这一点就无须再作进一步具体分析了。

七、唐太宗能“亲手书写”集杜甫诗句的对联吗?

——谈逻辑论证在辨伪中的作用

《中国剪报》1999年2月2日曾载《对联之最》一文,摘自《燕赵都市报》。其文称:“有史料佐证,第一位亲手书写对联言志抒怀的帝王,为一代雄主唐太宗,其联云:'文章千古事,社稷一戎衣。'近年在山西晋祠被考古工作者发现,可谓联苑奇珍。"

这显然是一则经不起推敲的、有违历史事实的虚假报道。为什么呢?理由很简单,"文章千古事"和"社稷一戎衣"两句,是唐代著名诗人杜甫所著两首诗中的诗句。其第一句出自《偶题》一诗。诗云:

文章千古事,得失寸心知。

作者皆殊列,名声岂浪垂。(下略)

第二句出自《重经昭陵》一诗。诗云:

草昧英雄起,讴歌历数归。

风尘三尺剑,社稷一戎衣。

我们知道,唐太宗死于公元649年,而杜甫生于712年,试问:唐太宗无论有多大的能耐,他又怎么可能"亲手书写"在他逝世后63年才出生的杜甫的诗句而集之成联呢?在这里,我们用一个简单的逻辑推理即可予以证明:

前人不可能集后人诗句而成联

(而唐太宗与杜甫相较)唐太宗是前人,杜甫是后人

所以,唐太宗不可能集杜甫诗句而成联

在这一推理中,前提可以说是不证自明的道理,而推理的形式也是正确的(只不过用唐太宗和杜甫代换了前提中的前人与后人而已),故其结论是必然真实的。既然如此,自然也就证明了"文章千古事……"一联不可能为唐太宗所"亲手书写"。

当然,也许还有一个可能,"文章千古事"二句本来就出自唐太宗,只不过为后来的杜甫在写诗时所袭用罢了。这个可能性是否存在呢?仅就历史进程而言,不能说没有。杜甫既然晚出,他就有可能袭用前

人的诗句,而且,这在当时的诗坛上也并非是绝无仅有的现象。比如:据《大唐新语》载,李义府有诗云:“镂月成歌扇,裁云作舞衣。自怜回雪影,好取洛川归。”而张怀庆则云:“生情镂月成歌扇,出意裁云作舞衣。照镜自怜回雪影,时来好取洛川归。”仅将李诗每句加了两字,便成自己诗作。

再如:梁武帝有诗云“一年漏将尽,万里人未归”,戴叔伦则稍加变动而为“一年将尽夜,万里未归人”;吴均有诗云“落叶思纷纷,蝉声犹可闻”,郎士元则稍改为“暮蝉不可听,秋叶岂堪闻”;庾信有诗云“悲生万里外,恨起一杯中”,高适则化之为“功名万里外,心事一杯中。”

其实,这种袭用前人诗句而略有改动的情况,不仅在唐代诗人中如此,后来的宋代诗人中,也不乏其例。比如,刘翰《种梅》一诗云“惆怅后庭风味薄,自锄明月种梅花”,就曾为他的同时代人赵复以及元人萨都剌、明人卓敬等先后化用为:“老去空山秋寂寞,自锄明月种梅花。”“今日归来如昨梦,自锄明月种梅花。”“雪冷江深无梦到,自锄明月种梅花。”

但是,能不能因此而认定“文章千古事”两句本为唐太宗联句而后被杜甫在其诗中所袭用呢?绝不可能。理由也很充分:第一,《全唐诗》曾编录太宗皇帝诗一卷,其中并无此二句诗句。第二,如这二句确系出自唐太宗手笔,此必为当时天下人(至少为当时读书人)所共知。据此,杜甫绝不可能把同朝太宗皇帝的诗句一字不改地袭用入自己的诗中而不加以说明。这种有犯诗人之大忌的事,杜甫是决不会做,也不可能做的。第三,仇兆鳌在《杜少陵集评注》中说得非常清楚,杜甫此两句诗自有其来历和出处。“文章千古事”句乃本于曹丕《典论·论文》“文章经国之大业,不朽之盛事”;而“风尘三尺剑,社稷一戎衣”乃裁用庾信诗“终封三尺剑,长卷一戎衣”。以上诸点,显然又从不同方面,用充分有力的论据,从逻辑上证明了杜甫诗中这两句不可能是对

唐太宗联句的袭用。

综上可见,认定是唐太宗“亲手书写”了“文章千古事,社稷一戎衣”的对联,不仅在事理上是站不住脚的(违背历史事实),而且在逻辑上也是难以成立的。因此,《对联之最》一文所谓“有史料佐证”的说法,看来也是难以令人置信的。因此,我们的结论是:在山西晋祠发现的这一对联,或者是后人摘杜甫诗句以歌颂唐太宗的文治武功,或者是后人伪托唐太宗的“亲手书写”。唐太宗是绝不可能真正“亲手书写”此联的。

八、是“黄河远上白云间”吗?

——谈古诗校勘中的逻辑论证

黄河远上白云间,一片孤城万仞山。

羌笛何须怨杨柳,春风不度玉门关。

这是唐代诗人王之涣所写的《凉州词》,是一首历代广为传唱的名篇。但是,已故的我国著名气象学家竺可桢却运用地理学、气象学的知识,对该诗进行了校勘,提出这首诗的第一句本是“黄沙直上白云间”,而不知从什么时候开始却被改为现在流行的“黄河远上白云间”了。但这样的修改是并不恰当的。对此,竺可桢提出的主要理由即论据是:

首先,玉门关处于古代凉州以西,是古代通往西域丝绸之路的必经之地。但在这一带地区的春天,每天日中几乎都要刮起直冲云霄的黄沙。因此,在唐朝开元年间(714—741),曾在这个地区住过并写过边塞诗的诗人们在诗中都曾对这种景况有过不同程度的描绘。比如,曾写过不少边塞诗而与王之涣差不多同时代的诗人王昌龄,在其《从军行》七首中就有这样两首:

其第四首是:

> 青海长云暗雪山,孤城遥望玉门关。
>
> 黄沙百战穿金甲,不破楼兰终不还。

其第五首是:

> 大漠风尘日色昏,红旗半卷出辕门。
>
> 前军夜战洮河北,已报生擒吐谷浑。

前一首描写了同王之涣《凉州词》所描绘的同一地区的边塞景况。“黄沙百战穿金甲”令人宛见“日暮云沙古战场”的景象:边塞将士在大漠风沙中频繁战斗;后一首的开头一句“大漠风尘日色昏”,更是写出了风沙遮天蔽日的情景。这不都是说明“黄沙直上白云间”正是当地气象特征生动而真实的描绘么?

其次,从地理位置上看,凉州及玉门关同黄河、长江发源地的青海相距数千里,它们之间谈不上有什么关系。因此,怎么可能在凉州等处遥望“黄河远上白云间”呢?

显然,竺可桢的这一分析是有道理的,他对王之涣《凉州词》一诗第一句的校勘(应是“黄沙直上白云间”)是有其科学的与事实的根据的。

不难看出,竺可桢在此所作的校勘,实际上是建构了一个正确而有说服力的逻辑论证。王之涣《凉州词》第一句应为“黄沙直上白云间”而不是“黄河远上白云间”,这就是其论证中的论题,前述指出的两点理由即根据就是为论证这一论题而提出的论据。前一个论据论证了古凉州及玉门关一带,确实是经常风沙蔽日,直冲霄汉的,直接证明了“黄沙直上白云间”是有事实根据的;后一个论据说明凉州、玉门关同黄河在地理位置上相去甚远,因而不可能在凉州及玉门关目睹到“黄河远上白云间”,亦即证明这一诗句描绘的现象是不能成立的,没

有事实根据的。换句话说,前者是论证了“黄沙远上白云间”这一论题的真(人们通常称此为“证明”),后者是论证了“黄河远上白云间”这一论题的假(人们通常称此为反驳)。就此而言,竺可桢对此所进行的校勘乃是证明与反驳的有机结合,是一个论据充足的、有高度说服力的逻辑论证。

九、“五月天山雪,无花只有寒”

——谈古诗与考证

李白写有《塞下曲》六首。其中一首是:

五月天山雪,无花只有寒。
笛中闻折柳,春色未曾看。
晓战随金鼓,宵眠抱玉鞍。
愿将腰下剑,直为斩楼兰。

这是一首写高寒地区边塞军旅生活的诗。前四句描绘边地山区的苦寒,后四句则描写军旅生活的紧张(破晓即有战斗,晚上只能抱着马鞍歇息)及边塞将士的爱国激情(决心用佩带的宝剑,大破楼兰,为国立功)。读之令人振奋。

但不知人们是否会想到,这首立意豪励、篇法独造、对仗亦不拘常格的五律别调佳作,由于其前四句对边塞高寒山区气候的描绘,因而还成为现代科学家用以进行某些相关考证的重要依据啦!

已逝的当代我国著名气象学家和物候学家竺可桢,从青少年时代起就对我国古典文献,特别是古典诗词极为爱好,他从阅读中收集了大量的资料,对中国古代五千多年来的气候变迁作了科学的、极其令人信服的考证。比如,他曾提出过一个著名论断:长江、黄河流域海拔超过四千米的地方不但没有夏季,而且也没有春季。根据何在呢?其中一个重要论据就是上述李白《塞下曲》一诗的前四句。因为,正是这四句诗如实地描绘了这类地区的真实气象情况,内地处于盛暑期的五月,而天山还有积雪,没有鲜花可供观赏,只有寒气逼人。而且,也无杨柳可折,只能从笛声中去领略。花明柳暗的春色,在此毫无所见。这就是用事实(李白诗中所描绘的气象事实)为论据来判明了论题的真,从而有力地证明,在长江、黄河发源地的这些高寒山区,确实是既无夏季,也无春季的。

十、“坑灰未冷山东乱,刘项原来不读书”

——谈反驳:用历史事实进行的直接反驳

唐代诗人章碣曾写有嘲讽和谴责秦始皇焚书暴虐行径的短诗一首,题名为《焚书坑》,诗云:

竹帛烟销帝业虚,关河空锁祖龙居。
坑灰未冷山东乱,刘项原来不读书。

诗的第一句就揭示了秦始皇焚书意图与其实际后果之间的矛盾:焚烧“竹帛”(“竹”和“帛”是古时写书的材料,就是指书)是为了稳固帝业,但实际却是:随着竹帛化为灰烟的消失,秦始皇的帝业也就随之灭亡了。第二句进一步指出,“关河”(主要指函谷关和黄河)的地理险阻也守锁不住秦始皇奠下的基业。第三句进一步用历史事实对“焚书”进行批判。由于秦始皇与李斯等人把“书”看成祸乱的根源,因此想通过焚书以消灾弭祸,长期保存秦氏帝业。但实际情况却是:焚书坑的坑灰尚未冷却,陈胜吴广在大泽乡(“山东”指崤函以东,一说指太行山以东,泛指秦以外的其他六国地区)就举起了反秦义旗。第四句是说

刘邦和项羽这两个灭秦的主要领袖人物原来都不是读书人，进一步对秦始皇妄图用焚书的办法以永葆其帝业的企图进行了有力的驳斥。

显然，在这仅仅四句的短诗中，既剖析了事理，又显示了意象，并隐含着逻辑论证过程中反驳形式巧妙而有力的运用。

所谓反驳通常是指一种证明对方论题为假或者不能成立（即未得到证明）的论证。这就是说，反驳的主要形式之一是证明对方提出的论题是假的。如果能证明对方论题为假，当然也就达到了反驳对方论题的目的。除此以外，也可不直接证明对方论题的虚假，而证明对方论题是没有得到证明的，比如，指出对方论题是没有充分论据的，或者由对方的论据是论证不了他所提出的论题的，这样，也就在一定程度上达到了反驳对方论证的目的。

从前述《焚书坑》一诗的内容来看，它所要反驳的论题是：秦始皇、李斯等人所认定的："书"是祸乱的根源，因而"焚书"是消弭祸乱的有效措施。其反驳的主要形式即方法，是指出这一论题是同历史事实直接矛盾的，而事实胜于雄辩，历史事实判明上述被反驳论题是虚假的。具体一点说，这首诗的所有诗句，表述的都是关于历史事实的命题，只不过前两句表述的是较概括的历史事实（这一历史事实是：随着"竹帛烟销"，秦氏的"帝业"开始"虚"了；尽管关河阻隔也未保住秦始皇奠定的基业），后两句表述的是具体的历史事实：焚书坑的坑灰未冷，"山东"就开始了反秦的斗争，而作为推翻秦氏基业的首领的刘邦、项羽原来就不是读书人，没有读过书。很显然，这些历史事实，无论是概括的，还是具体的，都是与所要反驳的论题直接矛盾的。而事实就是事实，事实不可能是假的，历史事实也当然如此。既然这样，与这些事实相矛盾的命题，也就是全诗所要反驳的命题（"书是祸乱的根源"），自然也就必然是假的，从而也就达到了证明被反驳论题为假的目的。所以，我们说《焚书坑》一诗包含着反驳的运用，而且由于它是用历史事实来进行反驳的,因而它包含着的反驳是最无可争议的、最有力的反驳。弄清这一点,显然是有助于我们对《焚书坑》一诗内容的深刻理解的。

十一、“江东子弟今虽在,肯为君王卷土来?”

——谈一种常用的反驳方法:独立论证反论题的真

唐代诗人杜牧,曾在赴任池州刺史时,过乌江亭(传说项羽自刎之处),写《题乌江亭》诗一首:

> 胜败兵家事不期,包羞忍耻是男儿。
>
> 江东子弟多才俊,卷土重来未可知。

首句直截了当地说明胜败乃兵家常事,是难以预料的,因此,第二句接着指出,“包羞忍耻”才称得上是男子汉大丈夫,不能一遭到挫折就灰心丧气。第三句针对项羽自刎前所说“无颜见江东父老”提出,江东才俊之士甚多,如果重返江东,充分依靠这些才俊人士,那么,就如第四句所说,“卷土重来”也未必就没有可能。很明显,全诗是从批评项羽入手,倡导一种虽败不馁、百折不挠的精神。

对此,宋代诗人、政治家王安石以其更清醒的政治见解,写诗作了反驳。他在题为《乌江亭》的诗中写道:

> 百战疲劳壮士哀,中原一败势难回。
>
> 江东子弟今虽在,肯为君王卷土来?

明确提出,由于项羽一贯刚愎自用、不纳忠言,所带江东子弟兵在多次征战中已经是“百战疲劳”,并对项羽丧失了信心。在这种情况下,中原的垓下一仗,项羽的败势已难以挽回了。据此,诗的后两句就

杜牧“江东子弟多才俊，卷土重来未可知”而针锋相对地指出：“江东子弟今虽在”，又有谁愿意为这样的君王而卷土重来呢！这就用诗的形式、诗的语言，表达了同为宋人的胡仔在《苕溪渔隐丛话》中对杜牧诗所作的批评：《题乌江亭》一诗“好异而畔于理……项氏以八千人渡江，败亡之余，无一还者，其失人心为甚，谁肯复附之？其不能卷土重来，决矣”。

不难看出，王安石《乌江亭》一诗的主题，是同杜牧诗的主题正相矛盾的。杜诗的主题是“卷土重来未可知”，即认为“江东子弟是可能卷土重来的”，而王诗的主题正好与之相左：“肯为君王卷土来？”用反诘疑问句的形式表达了一个肯定命题：“江东子弟是不可能卷土重来的。”这无疑是对杜诗中所提出论题(“江东子弟是可能卷土重来的”)的一种反驳，而且是一种间接反驳，因为它是通过独立论证同被反驳论题相矛盾的论题的真，来证明被反驳论题假的一种反驳。这种反驳是很有力的。如用公式来说明可表示为：如以“P”表示被反驳的论题，为了反驳“P”，而独立论证与“P”相矛盾的命题“非 P”($\neg$P)为真。按照逻辑基本规律矛盾律的要求，“P”和“非 P”不可能同真，既然“非 P”真，那么“P”必假。从而，也就证明被反驳论题“P”的假而驳倒了该论题。

联系前面两首诗所提出的论题来说，如“P”表示杜诗所提论题：“江东子弟可能卷土重来”，“非 P”则表示王诗中所提论题：“江东子弟不可能卷土重来。”王诗论证了“非 P”的真，那自然就意味着杜诗的论题即“P”的假，从而驳倒了“P”。

当然，以上只是就杜诗所直接表达的论题(“江东子弟可能卷土重来”)来说的，至于杜诗中所包含的对百折不挠精神的赞颂和提倡，那当然是未能为王诗所反驳的。那也是不可能被反驳倒的，因为这种精神是应当提倡的，因而是驳不倒的。

十二、"岂能将玉貌,便拟静胡尘"

——谈间接反驳方法的具体运用

中唐诗人戎昱曾写有《咏史》一诗,对历代曾经奉行的"和亲"政策进行了尖锐的揭露和辛辣的讽刺:

汉家青史上,计拙是和亲。社稷依明主,安危托妇人。

岂能将玉貌,便拟静胡尘。地下千年骨,谁为辅佐臣。

开头二联可以说是概括了一个历史事实:历代王朝统治者凡是"计拙"时,就提倡"和亲"。于是,"社稷依明主,安危托妇人",把国家的安危托付于去"和亲"的妇女。《咏史》一诗作为一首政治讽刺诗,就是针对这种屈辱的和亲政策而写的。因此,诗的三、四联,就对一、二联所概括的这种和亲政策,进行了尖锐的揭露与批判:

"岂能将玉貌,便拟静胡尘。"怎么可能仅仅用和亲妇女玉颜容貌,就可以换得"胡尘"的安静和边疆的安宁呢?"地下千年骨,谁为辅佐臣"。这些已经逝去千年的主张和亲的历代大臣们,有哪一个还能够称得上是"辅佐"皇帝的忠臣呢?很明显,这种对和亲政策的揭露、讽刺与批判,从逻辑上说,也就包含着对"安危托妇人"这一命题的有力反驳。

由于反驳乃是确定某一论题的虚假或不能成立,而从《咏史》一诗来看,诗中只是提出了需要反驳的论题(诗的第二联所陈述的"安危托妇人",意即认定国家的安危可以寄托在和亲的妇人身上),而并未明确提出对这一论题的论证过程,因此,为了反驳这一论题就不能借助于确定该论题不能成立的方法(因为,要借助这一方法,就必须知道用

以论证该论题为真的论据,并确定这些论据是假的,或是与该论题没有推理关系的。而诗中并未提供这些论据),而只能通过确定该论题为假的方法来进行。本诗也确实是这样做的。诗的三、四联提出了一个与之针锋相对的命题:"岂能将玉貌,便拟静胡尘",即不可能仅仅以妇女的容颜就可换得胡人停止对边疆的骚扰,而保持边疆的安宁。简单地说,即不能仅仅把国家的安危托付给妇人。显然,这不仅是一个被诗作者断定为真的命题,而且也是一般人都会断定其为真的命题。而这一命题显然又是同"安危托妇人"针锋相对的。既然如此,当人们断定这一命题为真时,那么,与之相反的命题("安危托妇人")自然也就要被断定为假了(逻辑规律中的不矛盾律告诉我们,两个互相否定的命题不能同时都是真的),从而,自然也就达到了反驳"安危托妇人"这一论题的目的。

当然,如前所述,反驳不仅仅可以反驳论题,也可以反驳论据(指出对方支持论题的论据是假的)和反驳论证(指出从对方论据中推不出对方的论题)。这里就不一一例举了。

这里也还必须指出:历史上的和亲政策的是非得失是一个较复杂的问题,必须结合当时的历史条件进行具体分析。我们这里只是仅就戎昱的《咏史》一诗来进行分析的,这并不是说中国历史上的任何时期、任何历史条件下,采取和亲政策都是错误的。其实,诗人在诗中所要反对的,也只是那种用屈辱的和亲条件以换得苟安一时的和亲政策而已,似不能因此而认定诗人是绝对地反对一切和亲措施的。

十三、“万宝不赎命，千金不买年”

——谈直接反驳与间接反驳的结合使用

在唐代，妄想长生，因而求仙服食长生药(金丹)的风气盛行，不仅在王室贵胄中极其普遍，在一般老百姓中，也有很大影响。一些有识见的诗人，对此是坚决反对的。不少诗人纷纷作诗予以批评。初唐时期的一位民间通俗诗人王梵志就曾写过一首题名为《古来服丹石》的诗。诗云：

> 古来服丹石，相次入黄泉。
> 万宝不赎命，千金不买年。
> 有生即有死，何后复何先。
> 人人总巴活，注著上头天。

诗的一开始就明确指出，自古以来，服用金石(一般指各种矿物，如朱砂、钟乳石、硫黄等)炼成的丹药，冀图以此求得长生的人们，一个个相继死去。即使用了万种宝物也延长不了寿命，花费千金也买不到年寿。接着诗歌又表述了一个千古不变的真理：人既有生就会有死，无论先后总是如此。而世上的人们总巴巴地望活着，注视着老天爷对他的安排。

由此不难看出，本诗是对服用丹石之类长生药物的批评，也就是对“服丹石之类长生药可以长生”这一论题的有力反驳。其所以有力，是因为诗歌不仅是用从历史事实归纳得来的经验命题(“古来服丹石，相次入黄泉”)，对被反驳论题(“服丹石之类长生药可以长生”)进行了直接反驳(指明这一被反驳论题是同由历史事实归纳得来的经验命题相矛盾的)，而且也通过“万宝不赎命，千金不买年”“有生即有死，何后

复何先”等诗句所包含的命题，以之为论据，独立证明了反论题(人总有死的，任何宝物，自然也包括药物以及金钱也是不能使人长生的)的正确，从而对被反驳论题进行了间接反驳。因此，在本诗中也就明显包含了直接反驳与间接反驳的结合运用。当然，这里所说的“结合”主要是指它把直接反驳与间接反驳在同一反驳过程中并列地相继使用，因而就其结合的程度而言自然还只是初步的。然而，这在当时那种服食丹药以求长生的风气普遍盛行的条件下，能够做到这一点，也是不容易的、可贵的。事实上，也正是因为有了这种结合，才使得本诗对服用丹石之类所谓长生药物可以长生之类的荒诞观念的批评和反驳显得更加尖锐有力，从而也更加令人信服。

十四、“西施若解倾吴国，越国亡来又是谁?”

——谈作为证明方法的归谬法

唐代诗人罗隐(833—909)作有题为《西施》的诗一首：

家国兴亡自有时，
吴人何苦怨西施。
西施若解倾吴国，
越国亡来又是谁?

历来咏西施的诗不算少，但大多把西施写成是吴国败亡的“祸水”，把亡国的责任推到西施身上，实际上掩盖了吴国败亡的真正原因。罗隐这首诗却尖锐地反对和批判了这类不正确的传统观念。诗的第一、二句就明确提出了诗人的主张：国家的兴亡自有其深刻的历史原因，吴人何苦要把吴国败亡的责任强加在西施头上呢！紧接着第三、四句就对第一、二句所提出的主张即论题进行了扼要论证：如果把吴国的败亡归之于当时的吴王(夫差)宠幸女色,因而西施是吴国败亡的罪魁祸首,那么,当时越王并不宠幸女色,在灭掉吴国后不久也随之灭亡了,那罪魁祸首又是谁呢?显然,这是以提问的方式表达了一个肯定的见解:不能把吴国败亡的原因归之于西施。这样,诗的第三、四句就包含了一个推理,运用这个推理,有力地论证了诗的第一、二句所提出的主张即论题:吴国败亡的原因不在于西施。吴人不应因此而"怨西施"。这种论证方法,是一种常用的也是非常有力的论证方法,即归谬法的论证方法。

什么是归谬法的论证方法呢?简单地说,它是通过运用归谬法以证明反论题(与需要证明为真的论题相矛盾的论题。如要证明论题A为真,命题非A则为其反论题)为假,从而证明论题为真的一种论证方法。它的主要步骤是:

第一步,提出论题(即将证明其为真的命题)"P",在上例中即"吴国败亡的原因不在于西施"(意即吴国败亡不是由于吴王宠幸西施)。

第二步,提出反论题(即与"P"相矛盾的命题)"非P",在上例中"吴国败亡的原因是在于西施"(意即吴国败亡是由于吴王宠幸西施)。

第三步,用归谬法证明反论题假。按上例,即构造一个其前件为"非P"的充分条件假言命题,然后以其为假言前提进行否定后件式的假言推理,通过否定后件来否定前件,从而判明非P为假。即:

如果吴国败亡的原因是在于西施(意即在于吴王宠幸西施),
那么,越国就不会败亡(因越王不宠幸女人)
越国仍然败亡了

所以,并非"吴国败亡的原因在于西施"(即"吴国败亡的原因在于西施"这一命题是假的)

这个推理是合乎逻辑规则的(从否定后件到否定前件),前提也是正确的(作为推理第一个前提的假言命题和作为推理第二个前提的直

言命题都是真的)所以结论必然为真,而结论真即表明了反论题“非P”假。

这里证明反论题“非P”的假,用的就是归谬法的方法。

第四步,由反论题“非P”假,根据排中律,两个互相矛盾的命题不能同假。反论题“非P”既然为假,那么论题“P”必然为真,从而达到了证明论题(按前例即罗隐诗的第一、二句所包含的主张即论题)“吴国败亡的原因不在于西施”为真的目的。

十五、“若使琵琶能结果,满城箫管尽开花”[①]

——谈作为反驳方法的归谬法

相传古时有三个诗友聚在一起,吟诗作乐。这时有人送来一筐枇杷,纸条上却写着“琵琶四斤”,即把作为水果的“枇杷”错写成了作为乐器的“琵琶”。三人忍不住大笑起来,并就此合作赋诗一首:

> 枇杷不是此琵琶,只为当年识字差。
> 若使琵琶能结果,满城箫管尽开花。

其中第一、二句分别写出了纸条上的错字及其产生的原因;第三、四句则紧接第一、二句作出推论,其中包含了下述这样一个推理:

> 如果琵琶能结果实,那么,满城的箫管也都会开花,
> 满城的箫管是不会开花的
> ————————————————
> 所以,琵琶不能结果实

显然,其结论“琵琶不能结果实”是针对纸条上把“枇杷”错写成“琵琶”的(筐中装的是“枇杷”,是果实,而将其写成“琵琶”,那意味着

① 本诗引自《野诗谈趣》,花城出版社,1984年,第99页。

琵琶也是能结果实的)。其所运用的推理是一个充分条件假言推理的否定后件式。如以符号“p”“q”分别表示充分条件假言命题的前件和后件,则该推理的形式是:

如果 p,那么 q
非 q
————————
所以,非 p

这是一个完全符合充分条件假言推理规则(否定后件到否定前件)的有效推理。只要其前提正确,其结论就是必然正确的。

在逻辑学和数学中,常用这种推理形式来证明某个命题是假的(也就是对该命题进行反驳)。其方法是:为了证明某一命题是假的,不是直接用论据去判明它的假,而是先假定该命题为真,并以之为前件,推出一个后件(此后件事实上为假),以此构成一个充分条件的假言命题。然后,再否定其后件(因其后件事实上为假),从而在结论中否定其前件(亦证明其前件命题为假)。用上述公式来说即:为了证明“p”假,以“p”为前件而推出其后件“q”,而“q”是假的,故须否定这一后件“q”,而由于后件“q”来自前件“p”,故其结论就必然否定其前件“p”,从而证明了“p”假。

这种证明“p”假的方法,在逻辑学和数学中通常称之为“归谬法”,意即将其导致荒谬(以其作为前件而推出荒谬的后件)而对其加以否定的方法。这种方法在科学研究和日常生活中,运用都是极其广泛的。只不过往往在文字表述上并不像我们前述所举那样表现为一个完整的否定后件式的假言推理,而常常是如同上述诗的第三、四句一样,其语言表达总是有所省略的(即把推理浓缩为一两句诗,一两句话)。

比如,相传有这样一首反迷信的诗:

风水先生惯说空,指南指北指西东。

山中若有封侯地,何不拿来葬乃翁。

其中第三、四句就明显地浓缩即包含了下述这样一个归谬法的推理:

如果山中真有封侯地,那么,他(指风水先生)一定用来埋葬他死去的父亲

他并未用来葬他死去的父亲

所以,山中没有封侯地(即"山中真有封侯地"为假)

显然,这就是用归谬法来判明了风水先生所惯吹的某某"山中有封侯地"之类论题的荒谬性的。而这无疑是很有力的,因为它完全是从其所要反驳的论题(要判明其为假的命题)中必然推出来的。

十六、一场"茶""酒"之争说明了什么?

——谈证明、反驳中的逻辑错误

茶和酒是人们常用的饮料,都是人们所需要的。然而,"茶"和"酒"之间却谁也不服谁,因而经常争论不休。

一天,"茶"向"酒"唱道:

战退睡魔功不少,助成咏兴更堪夸。

亡国败家皆因酒,待客如何只饮茶?!

前两句是"茶"洋洋自得地大夸自己的功劳:战退睡魔、醒脑提神、助成诗人吟诗赋词的雅兴;第三句即指责"酒"的罪过:乃是亡国败家的祸根;最后一句,明是提问,实则肯定:正是基于前述原因,人们待客总是敬茶。

“酒”听了，当然不服气，于是反击道：

瑶台紫府荐琼浆，息讼和亲意味长。

祭祀筵宾先用我，何曾说着淡黄汤?!

前三句是说“瑶台”“紫府”这些仙人居住的地方都一致举荐美酒，因为它是神仙们喜爱的饮品；人们在宁息纠纷、举行婚礼时都免不了饮酒；祭祀和宴请宾客也需先用酒；最后一句也是明是提问、实则肯定：在上述这些场合里谁会谈起你这“淡黄汤”呢!?

这样一来，“茶”和“酒”彼此攻击，争吵不休。“水”在旁边听得实在不耐烦了。于是吟道：

汲井烹茶归石鼎，引泉酿酒注银瓶。

两家且莫争闲气，无我调和总不成。

大意是：汲井烹茶离不开“石鼎”这种高级品茗家烹茶的工具，引泉酿酒离不开华贵的酒瓶来盛装。茶、酒两家不要再争闲气，没有我(水)的调和，茶和酒都不可能冲泡和酿成。

当然，上述以“茶”“酒”“水”名义吟唱的诗，无非是诗人们用另一种形式借物以寓意而已，而且应该承认其寓意还是较为深刻而具有现实意义的。它通过“茶”“酒”之间的争辩，描绘和抨击了那种自以为老子天下第一，视自己一朵花、视别人豆腐渣的无知和浅薄，实际上是在倡导一种客观、全面地认识和评价别人，也客观、全面地认识和评价自己的正确态度。

从逻辑科学的角度说，“茶”和“酒”的吟诗自夸，都表现了只见自己长处，不见自己短处；只讲自己对人有用、有贡献的一面，不讲自己对人也有消极作用的一面(如饮酒、饮茶过多带来的危害等)；它们在讲到自己的长处，讲到自己的积极作用和有贡献的一面时，也只孤立地强调自己的作用，全不顾正如“水”所吟咏的“汲井烹茶归石鼎，引泉

酿酒注银瓶”;而且无论是酒和茶多么有用,但无水调和则“总不成”。而当着它们彼此批评对方时,则又都采取了攻其一点,不及其余的手法。“茶”只讲“亡国败家皆因酒”,完全不顾“亡国败家”并非都因酒,并且酒也确有其“息讼和亲意味长,祭祀筵宾先用我(酒)”的作用;“酒”则只讲在“息讼和亲”“祭祀筵宾”过程中“何曾说着淡黄汤”,而全不顾饮茶确有“战退睡魔”“助成咏兴”和“待客”的功用。这明显首先违背了辩证思维全面性、具体性的要求。“茶”“酒”在争论中抬高自己和贬低别人的手法,其实都只是一种片面思维和抽象思维(不具体把握对象,讲自己好就是绝对的好,讲别人坏就是绝对的坏)的表现,从实质上说,这都是一种同辩证思维相对立的形而上学思维。这是我们必须摒弃和防止的。

其次,把“茶”“酒”的自夸和彼此的相互攻击视为一种逻辑证明和反驳而言,则显然又犯了“以偏概全”的逻辑错误(这是片面思维在逻辑证明和反驳中的必然表现)和“以相对为绝对”的逻辑错误(如把在特殊情况下“亡国败家”是“因酒”这一为真的论断,当作在一切情况下都为真,并用以作为论据去进行证明和反驳)。

这是“茶”“酒”之间的争辩从反面所给予我们的一点警示。

第十二篇　古诗词作品中的辩证思维与创新思维

一、“门前流水尚能西，休将白发唱黄鸡”

——谈古诗词中辩证逻辑发展性原理的体现

宋代著名文学家苏轼，不仅善写诗，也善填词。他填有《浣溪沙》词一首：

山下兰芽短浸溪，松间沙路净无泥，萧萧暮雨子规啼。

谁道人生无再少？门前流水尚能西，休将白发唱黄鸡。

全词分上下两阕。上阕三句，写他所游至的清泉寺的幽雅风光，山下溪水潺潺，岸边有刚刚萌生的兰草嫩芽；松林间的沙路仿佛经过山泉冲洗，清洁无泥；傍晚间细雨萧萧而伴随阵阵杜鹃的叫声。一幅清新、悦目的田园风光画呈现在读者面前。

下阕由景生意，抒发人生哲理。“谁道人生无再少？”人的一生总是由少到老的。“人无再少时”，固然是不可抗拒的自然规律，但人未尝不可以老当益壮而焕发出青春的朝气？在这个意义上，谁能说青春不可回复，人生不可“再少”呢！更何况“门前流水尚能西”啦！固然，光阴犹如东流水，一去不复返。水往东流，这是流水的趋势，然而，门前的流水不是也能向西奔流而去吗？因此，人们不应用“白发”“黄鸡”之类的比喻去悲吟时光的流逝、青春的不在，而应“老牛明知夕阳短，不用扬鞭自奋蹄”，焕发青春的朝气，高唱一曲《夕阳红》。全词充满蓬

勃生机，读来催人奋进。

这首词唱出了诗人对未来的向往和追求，体现了诗人旷达乐观的性格。而诗人所以能有这样的抱负和胸襟，又同他对人生、对自然的理解有关。人生是多变的，流水也是多变的，世界上的一切人、事都在发展着变化着。人不应随波逐流，也不应甘于命运的支配。应当按照主客观的条件和需要，发挥主观能动性，努力创造条件，促使自己向有利的方向发展、转化。这是辩证法的发展观。用这种发展观作为思维的规律、作为思考问题的方法，这就是辩证逻辑的发展性原理的运用和体现。苏东坡的《浣溪沙》一词，正直接或间接地体现着、渗透着辩证逻辑的这一原理。这也正是我们阅读此词时总感到有一种催人奋进的清新气息扑面而来的一个重要原因。

二、"纸上得来终觉浅，绝知此事要躬行"

——谈古诗词中辩证逻辑实践性原理的体现

南宋著名诗人陆游给他最小的儿子子聿写过一首短诗，题为《冬夜读书示子聿》。诗云：

> 古人学问无遗力，少壮工夫老始成。
> 纸上得来终觉浅，绝知此事要躬行。

这是一首非常明显的谈论学习问题的哲理诗。诗的第一、二句说明古人做学问不遗余力，少壮时候下了工夫到老才获得成功。第三、四句是说，即使如此，这也仅是从书本上获得的知识，终究还是较浅薄的，还必须亲自实践，才能获得有关事物真正深切的知识。

无疑，这是以诗的语言，表述了学习问题上的一个真理："实践高于（理论的）认识，因为它不但有普遍性的品格，而且还有直接现实性的品格。”(列宁:《哲学笔记》,人民出版社,1974年,第230页)因此,在学习中仅仅满足于学习和掌握书本上的理论知识是不够的,还必须通过实践,从实践中去学习。这从逻辑学的角度来说,可以说是表述和强调了辩证逻辑的实践性原理。列宁在谈到辩证逻辑的一个重要要求时曾明确指出:辩证逻辑要求“必须把人的全部实践——作为真理的标准,也作为事物同人所需要它的那一点的联系的实际确定者——包括到事物的完满的‘定义’中去”(《列宁选集》第4卷,人民出版社,1972年,第453页)陆游对实践在思维和认识过程中的作用,当然不可能有这样深入的认识,但他在诗中强调,较之实践而言,“纸上得来终觉浅”,而为了真正认识和把握某一事物,必须身体力行,参加到变革事物的实践中去,这却不能不说是对变革现实的实践活动有基本正确的认识。因此,陆游的这首诗所阐发的哲理,是会给人以启迪、值得我们重视的。

三、“试玉要烧三日满,辨材须待七年期”

——谈实践检验不能限于一时一事

唐代著名诗人白居易有诗《放言五首》,其第三首为:

赠君一法决狐疑,不用钻龟与祝蓍。

试玉要烧三日满,辨材须待七年期。

周公恐惧流言日,王莽谦恭未篡时。

向使当初身便死,一生真伪复谁知?

这是一首充满哲理的诗。它用通俗简明的诗句,表述了一个道理:对人、对事的认识要全面,要经过时间的考验,不能仅根据一时一事的现象就仓促地下结论。否则,就会根据一时流言把周公当作篡权

者，根据未篡时的“谦恭”表现而把王莽视为谦谦君子。白居易所以要写这首诗，当然是同他总结自己的遭遇有关（他和他的好友元稹均因得罪权贵而遭贬），但同时也是以诗的语言，用对比鲜明的两个历史人物，证明了一个可说是千古不易的普遍真理：实践是检验真理的标准，而时间乃是判定这一标准的最忠实的审判官。这就是说，作为检验真理标准的实践，不能是一时一事的实践，而应当是长期的，就人而言，甚至需要的是终生的实践。白居易的《放言》一诗可以说正是诗人通过形象思维而凝练成的诗的语言对这一真理作了逻辑论证，即这一真理在逻辑上的生动展现。

诗的第一、二句提出要介绍一种解决狐疑的方法，第三、四句用“试玉”和“辨材”说明了这种方法，而按全诗的内容来看，当然主要是提出了一种“辨材”的方法：这就是“辨材须待七年期”。这里所说“七年”无非是说要有一个较长时期的考验，才能对人、对“材”有更全面、更切实的了解。按此，我们大致上可以说，“辨材须待七年期”就是诗中所含逻辑论证的论题。其论据则主要是两个历史人物（一是周公，一是王莽）的活动及人们对其历史评价。周公在辅佐成王时，不少人怀疑他有篡权的野心，以致周公本人也对当时的流言而感到恐惧。但历史证明他对成王忠心耿耿，污其篡权是不真实的；而王莽在未篡位以前，假装谦恭，迷惑了不少人，以致《汉书》本传也说他“爵位愈尊，节操愈谦”。但历史最后证明，他的“谦恭”是假，代汉自立才是其本来面目。

然而，无论是周公还是王莽，他们的真面目究竟如何，都是经过较长时间的历史检验才得以分明的。如果周公在遭到流言时和王莽在表现为谦谦君子而未进行篡位活动时就已死去，那么，人们是难以辨清他们的真面目的，后人对他们一生的评价自然也就不同于历史上形成的现有评价了。这就有力地证明了全诗所蕴含的主要论题“辨材须待七年期”了。

很明显,上述这样的论证,从论证所采用的推理形式而言是一个典型的归纳论证,它是运用历史上极富典型意义的两个人物其本来面目的暴露都需要一个过程作为论据,从而证明了认识和评价一个人必须经过一定时间的考验(不能局限于一时一事)这样一个普遍道理。

四、“不识庐山真面目,只缘身在此山中”

——谈古诗词中辩证逻辑全面性原理的体现

宋代著名诗人苏轼有首脍炙人口的名为《题西林壁》的游庐山诗:

横看成岭侧成峰,远近高低各不同。

不识庐山真面目,只缘身在此山中。

关于此诗,《东坡志林》卷一“记游庐山”条自述在庐山所作诸诗,“最后与总长老同游西林”“仆庐山诗尽于此矣”。可见此诗是他游遍庐山之后对庐山全貌总结性的题咏。也正因如此,寓于诗句中的哲理就显得更为深刻,也更为全面。

诗的首句“横看成岭侧成峰”是说同一个视觉景象,由于视者所取角度的不同,会呈现出不同的形象来。横看为岭,侧看为峰,就是因为人们所取的视角不同。诗的第二句“远近高低各不同”是说对于同一视角景象不仅横看、侧看的视觉形象有所不同,而且,远处看、近处看、高处看、低处看的视觉结果也会各不一样。最后两句“不识庐山真面目,只缘身在此山中”是说身处山中一隅,不从横、侧、远、近、高、低等各个不同视角去观察庐山,那是无法领略和把握庐山真面目的。正是在这里,全诗为我们显示了整体与部分、全面与侧面以及抽象与具体、分析与综合等逻辑范畴之间的辩证关系,从而,客观上为我们揭示了

一条辩证逻辑的原理:一切事物都是多样性的统一,都是许多规定的综合,因此,只有通过逻辑思维的分析与综合,由抽象上升到具体,才能全面而具体地认识对象与把握对象,才能获得关于对象的全面认识、把握对象的具体真理。

再具体一点说,庐山作为诗作描绘的对象,当然也就是诗作者观察与认识的对象。这一对象仅就其地貌、地形而言,那也是横看、侧看不同,远看、近看、高看、低看各异的,即庐山本身就是一个多样性的统一的整体。要想认识这个整体,就必须一个方面一个方面去进行观察和认识,为此,就必须对之横看、侧看、远看、近看……不横看、侧看,固然认识不了对象,但仅仅横看、侧看,而不远看、近看也不行;反之,也当然一样。这就是说,必须把一个个部分、一个个侧面、一个个抽象(把对象某一方面从其他方面暂时分离开来单独加以考察,就是抽象)有机地结合起来,才能形成对对象整体的、全面的认识,从而把握关于对象全面的、整体的知识。否则,就会如同诗中所说,如果一个人仅仅局限于身处庐山之中,仅仅拘泥于庐山之一隅来观察和认识庐山,那就会只观察和认识到庐山的一个侧面,一个局部,从而只会获得关于庐山的某些片面认识,而不可能观察和认识到庐山的全面、整体,亦即不可能把握到庐山作为多样性的具体整体,这样,自然也就会“不识庐山真面目”了。

这就是辩证逻辑全面性原理的体现,也是苏轼《题西林壁》一诗所显示的哲理给予我们的启迪。

五、开封相国寺的“酒、色、财、气”诗

——谈古诗词中辩证逻辑具体性原理的体现

《安徽日报》1998 年 3 月 13 日曾载《相国寺的“酒、色、财、气”诗》

一文,分别介绍了几位不同身份的古人关于酒、色、财、气的不同理解以及基于这种不同理解而写成的几首不同的七言诗。这些诗再次表明了这样一条逻辑原理:由于任何一个对象(包括这些诗所描绘和反映的对象:酒、色、财、气在内)都是具有多种属性(性质与关系)之综合的统一整体,因此,人们就可以从不同角度、不同方面或不同关系去对它进行反映(包括艺术反映:描绘和刻画)。也只有通过这种从不同角度、方面或关系去对对象进行反映,才能尽可能完整地再现对象的具体整体,从而把握对象的具体真理。下面,我们结合这些诗予以具体说明。

相传,宋代大文豪苏东坡有一日在当时的京都(开封)相国寺和佛印和尚对饮。酒意兴至,佛印和尚就佛家十戒所包括的酒、色、财、气即兴挥毫:

> 酒色财气四堵墙,人人都往墙里藏。
> 若能跳出墙垛外,不活百岁寿也长。

意思很明显,佛印和尚是从佛家的戒条出发,把酒、色、财、气描绘成四垛阻挡人们走向长寿之路的墙,但人们都迷于酒、色、财、气而总想藏入这垛墙里。如果有谁能够跳出这垛墙,那么,即使不能活到百岁,也会长寿的。无疑这是就酒、色、财、气的消极面作出描绘,从而对之持批判的态度。

对此,苏东坡即席赋诗相和:

> 饮酒不醉最为高,见色不迷是英豪。
> 世财不义切莫取,和气忍让气自消。

显然,苏东坡是从人与酒、色、财、气的相互关系着眼来写就和诗的。在苏东坡看来,酒、色、财、气是客观存在,问题在于如何正确对待它们。苏诗就是从如何正确对待它们这个角度着眼的。苏诗表明,这个态度应当是：饮酒是可以的，但不应过量，以不醉为限，这才是饮酒的高明之处；“色”自然是客观存在的，但真正的英豪必须能不为色所迷；人为了生存不能无“财”，但决不能取不义之财；“气”对于人而言，自然是难免的，但人必须能自我克制，做到和气忍让，这样，气自然就会消去。无疑，这是联系酒、色、财、气，提出了一种为人处事的态度。这种态度即使对于我们今天为人处事而言，也是不无可取的。

后来，当时的宋朝皇帝神宗和宰相王安石一道同游相国寺，看到墙上的“酒、色、财、气诗”颇觉新鲜。神宗也要王安石和一绝。王安石稍加思忖，即和诗一首：

世上无酒不成礼，人间无色路人稀。

民为财富才发奋，国有朝气方生机。

这样一来，王诗中的“酒、色、财、气”都被赋予了积极向上的色彩，成了安邦定国、国富民强的重要杠杆。因为，在王诗的描绘中，“酒”成了识礼、守礼的必要条件；“色”成了人气兴旺的重要依靠；“财”成了民众发奋的动力；“气”成了国家蓬勃向上的“生机”之所在。这样的描绘无疑是对“酒、色、财、气”固有内涵的更深刻的揭示，显示了作者作为一位推行新法的宋室宰相的独创精神和积极进取的思想境界。

王安石的“酒、色、财、气”诗也引起了宋神宗的诗兴大发。他当即吟道：

酒助礼乐社稷康，色育生灵重纲常。

财足粮丰国家盛，气凝大宋如朝阳。

描绘和歌颂的完全是一幅歌舞升平、国运昌盛的太平盛世景象。这是宋神宗作为皇帝不能不自我标榜、自我吹嘘的，但它毕竟也体现了封建统治者的一种心态，一种追求和愿望，从而，也就表现了对“酒、色、财、气”的又一种理解，赋予了它们又一种社会理想。

从上不难看出,上述四首酒、色、财、气诗,都是对酒、色、财、气固有属性(性质、关系)一定方面的艺术反映。由于各人所处的地位不同、观点有异,也就决定了他们对同一对象的认识和评价的角度不同、态度各异,因而,它们显示的艺术境界也就各不相同,体现的艺术理想也各相异。但也正因如此,才构成了对“酒、色、财、气”较完整、较具体的反映,才能使读者对酒、色、财、气有更全面、更深刻的理解和认识。这种理解和认识就是辩证逻辑所要求的对具体对象的具体认识,也就是作为辩证逻辑研究对象的辩证思维所能自觉达到的一种认识。

六、“梅须逊雪三分白,雪却输梅一段香”

——谈古诗词中具体分析方法的运用和体现

宋代诗人卢梅坡曾作《雪梅》七绝一首。诗云:

梅雪争春未肯降,骚人阁笔费平章。
梅须逊雪三分白,雪却输梅一段香。

这是一首极富哲理的诗。诗的第一、二句就把问题尖锐地提了出来:“梅雪争春”难分短长,以致历代诗人都难以对之作出评判。但诗的第三、四句却告诉人们,本诗作者是以分析的态度来对待“梅雪争春”谁短谁长的问题的:“梅须逊雪三分白,雪却输梅一段香”,说明二者各有所长,各有所短。就颜色而言,虽然二者皆白,但在白的程度上,梅却逊于雪,即雪较梅花更为洁白;而就香味而言,雪虽有洁白之质,但无梅花之香,故雪却输给了梅。这样,作者就对“骚人阁笔费平章”的“梅雪争春未肯降”所提出的问题,第一次以诗的形式作出了较全面的回答。这无疑充满哲理,给人以宝贵的启示:

雪与梅通常是诗人们结合描绘的对象。仅以宋代诗人而论,王安石的《梅花》、苏轼的《和秦太虚梅花》、陆游的《梅花绝句》，无不如此。其实这也是很自然的，梅的耐寒之性，总是与雪为伴而显现出来；雪的洁白之质，总是与梅花相随而显得更为清新无瑕。梅雪并美源于其相辅相成。因此，在这种情况下，决不能把雪、梅割裂开来去进行评判"梅雪争春"的谁短谁长，只能在它们的相互作用、相互辉映中去进行具体分析、具体比较。这样，就不难发现，雪有洁白之质，而无梅花之香；梅也有洁白之质，但较雪之白却有一定差距。通过这样的具体分析和比较，即可发现它们各有所长，也各有所短。也正是因为它们各有短长，所以，它们才能在相互辉映中相得益彰。这就正如同一诗人的另一首咏梅诗中所说："有梅无雪不精神，有雪无诗俗了人。日暮诗成天又雪，与梅并作十分春。"说明梅与雪总是相互衬托、相互扶持、缺一不可的。

这给予我们的启示，也确实是宝贵而深刻的。对人、对事、对物的认识和评判，必须尽可能全面、具体。任何事物按其本性而言，都是各有短长的，既不应以一方之长，度另一方之短；也不应以一方之短，扩大另一方之长。同时，在分析一人、一事、一物之短长时，既不要只见其长，不见其短，一俊遮百丑；也不要只见其短，不见其长，攻其一点，而不及其余。只有这样，我们才能全面、具体地认识和评判每一个人、每一件事、每一个事物，从而尽可能用其所长，避其所短，以最大限度地发挥其作用与功能。

七、"言长本对短，未离生死辙"

——谈辩证思维相对性原理的体现和运用

诗人白居易在唐宪宗元和六年（811）至九年间，写了一首题为《赠王山人》的五言诗，诗中表现了白居易对于生与死的看法，从一定方面体现了辩证思维相对性原理的运用。

闻君减寝食,日听神仙说。
暗待非常人,潜求长生诀。
言长本对短,未离生死辙。
假使得长生,才能胜夭折。
松树千年朽,槿花一日歇。
毕竟共虚空,何须夸岁月。
彭殇徒自异,生死终无别。
不如学无生,无生即无灭。

诗的开头四句是说:听说您减少睡眠并节食,每天都在打听有关神仙的传说,暗暗地期待有异人来传给您长生的秘诀。这就提示了作者所以要写作本诗来讲述自己对生死看法的原因。接下来各句,表述了作者自己关于生死问题的基本看法。其中第五到八句,谈的是长生与短命的相对性:提出谈论长生是相对短命而言的(长生也有到头的一天),同样摆脱不了生死的轨道。只有能真正获得长生,那才算是胜过了短命。第九句至结束,再举例和举出事实来说明前述道理:松树能活上千年才腐朽,而槿花只开放一天就凋落。(但不管是千年还是一天)毕竟总是一场空,又何必去夸岁月的长短呢!长寿的彭祖算是异人,(可活了八百岁还是死了)这样的生与死终究有什么区别呢?还不如学习佛教的无生之说,因为无生也就没有死了。

很明显,诗中虽然流露出作者深受佛教教义“无生即无灭”的影响,但综观全诗,还是可以清楚看出诗人对生与死所持的基本看法。这就是:强调生命的长短——长生与短命是具有相对性的。这种相对性在诗中的主要表现是:

1. 无论是长生还是短命都未能背离生死的轨道:长生并不等于

永生，短命也并不等于无生。

2. 长生与短命就不同生物体而言，有不同的标准：松树要活上千年才会腐朽（死亡），而槿花开放一天就会凋谢（死亡），二者相较，松树固然算长生，而槿花只能算作短命。然而，就松树和槿花各自本身而言，既然松树要活千年才算长生，那就是说松树即使活了数十年，甚至上百年，也只能算作短命；而槿花开放本来就以一日为限，因此，即使它开放了一天，也算得上是长生。

3. 无论是长生还是短命，不管是活上千年还是只活一天，到头来总是一场空，没有必要去夸岁月的长短。以彭祖为例，尽管他活了八百年，但最后还是免不了一死。就此而言，生与死终究是没有多少差别的。

4. 宣扬“无生即无灭”的佛家思想，进一步强调生与死（灭）是相对而言的：有生才有死（灭），无生自然也就无死（灭）。

上述这些思想，无疑有其局限性的一面。这主要表现在作者受到佛教思想的影响而宣传“毕竟共虚空”和“无生即无灭”的思想。然而，总的来说，诗中所表露的作者关于生与死、长生与短命的相对性思想却是基本正确的。这是辩证思维的相对性原理在生与死关系上一定程度的体现。

在辩证思维看来，世界上的一切都有其具体性。而具体性的一个重要方面就在于：一切依时间、地点、条件为转移，即一切都是相对于一定时间、地点、条件而言的，这就是辩证思维的相对性。按此，生与死、长生与短命确实是有其相对性的一面的。古人言“人生七十古来稀”。在古代，人满七十岁就是很少有的，可以说是长生、长寿了；可是在当代，人活七十岁已不算什么稀奇，因而，也算不上什么长生了。这是因为，时代不同了，人们的生活条件、生活质量较之过去明显地改善和提高了，因而对长寿的标准自然也较之古时有所不同了。但不管如何,再长生也终有死的时候,再短命也有其生的过程。而且,不同的生物种群之间,其长生与短命的标准也确实有所不同。

以上分析表明,生与死、长生与短命确实是相比较而言、相对而言的。但同时也必须明确,有生即有死,无生即无死;生死之间的区别也是有其绝对性的一面的,不能因为二者之间具有相对性而否定其绝对区别的一面,得出什么“生死终无别”的结论。同样,长生与短命,就不同时代、不同条件和不同生物种群之间而言,确有其相对性,然而,在一定时间、条件下,在同一生物种群之间,何为“长生”、何为“短命”,又是有其一定客观标准的,因此,不能因为二者之间的相对性而得出什么“毕竟共虚空,何须夸岁月”的结论,否则这就不是辩证思维的相对性,而是否定相对中包含绝对、把相对性加以绝对化的相对主义了。

八、“始知无正色,爱恶随人情”

——谈辩证思维方法论的基本要求:具体问题具体分析

我国历史上,唐代人特别喜爱牡丹。唐代著名诗人刘禹锡《赏牡丹》一诗云:

> 庭前芍药妖无格,池上芙蕖净少情。
> 唯有牡丹真国色,花开时节动京城。

赞美牡丹国色天香,是最美的花卉,以致其盛开时节,轰动了整个京城。但是,唐人对牡丹的喜爱却有所偏好,多重视其深色者,尤以深红色者最为名贵。因此,在白居易的《买花》诗中,有“一丛深色花,十户中人赋”之咏。白色的牡丹则由于其颜色浅淡单调,不为人们所喜爱。唐宪宗元和三年至六年(808—811),白居易在京城长安任翰林学士期间,其同僚、翰林学士钱徽写了一首观赏白牡丹的诗,白居易读后感慨颇深，于是应和写了题为《白牡丹》的古诗一首：

城中看花客，旦暮走营营。
素华人不顾，亦占牡丹名。
闭在深寺中，车马无来声。
唯有钱学士，尽日绕丛行。
怜此皓然质，无人自芳馨。
众嫌我独赏，移植在中庭。
留景夜不暝，迎光曙先明。
对之心亦静，虚白相向生。
唐昌玉蕊花，攀玩众所争。
折来比颜色，一种如瑶琼。
彼因希见贵，此以多为轻。
始知无正色，爱恶随人情。
岂唯花独尔，理与人事并。
君看入时者，紫艳与红英。

诗中通过对白牡丹的赞美，提出了“始知无正色，爱恶随人情。岂唯花独尔，理与人事并”的思想，说明花的颜色本身并无美与不美之分（并非只有某种颜色才是美的颜色），喜欢它还是厌恶它，因人而异。而且，不仅花是如此，世界上的其他事物也同样如此。很明显，白居易通过这些诗句所告诉和启迪我们的是主张摒弃一切片面的、绝对化的观念，倡导一种具体问题具体分析的思想，这是极为可贵的。

确实，牡丹花是美的，特别是那“香胜烧兰红胜霞”（白居易《看浑家牡丹花戏赠李二十》一诗中的首句）的红牡丹更易令赏者心醉。但是，我们却不应将此绝对化，认为只有红色的牡丹才是美的，其他颜色的牡丹，特别是白色的牡丹就是不美的。因为，不同颜色的牡丹具有不同的特点，会给人以不同的美感。红色牡丹固然是“千片赤英霞烂烂，百枝绛点灯煌煌”(白居易《牡丹芳》)，而白牡丹却也“留景夜不瞑，迎光曙先明。对之心亦静，虚白相向生”。有了这白色的牡丹，夜晚不会那么黑暗，曙光也会最先降临。面对这素雅洁白的花朵，人们的心情也会为之平静，达到澄澈明朗的心境。不仅如此，基于人们不同的心理、生理需要以及人们不同的审美观和价值观，人们对不同颜色的牡丹也会有不同的爱好。有的人喜欢红色，有的人喜欢白色，另一些人可能喜欢另一些颜色，这是不应该，也不可能强求一律的。更何况，作为社会性与客观性相统一的“美”还常常是同“善”联系在一起的。诗人白居易不也正因为有感于深红色牡丹的妖艳使人发狂，却疏于过问农桑的状况，写出了“我愿暂求造化力，减却牡丹妖艳色。少回卿士爱花心，同似吾君忧稼穑”的让人震撼的著名诗句么！而且，不仅花是如此，世界上的一切事理都是如此。因此，我们对于任何物、任何人、任何事的认识、评价都不能绝对化、片面化(绝对化必然片面化)，必须采取具体问题具体分析的态度，这是辩证思维方法论的基本要求，也是白居易的《白牡丹》一诗所给予我们形象而深刻的启示。

九、唐代诗人的几首咏蝉诗说明了什么？

——谈对象属性的多样性决定着艺术形象的多样性

清人施补华《岘佣说诗》云：“三百篇比兴为多，唐人犹得此意。同一咏蝉，虞世南‘居高声自远，非是藉秋风’，是清华人语；骆宾王‘露重飞难进，风多响易沉’，是患难人语；李商隐‘本以高难饱，徒劳恨费声’，是牢骚人语。比兴不同如此。”

其中所举三首诗都是唐人托咏蝉以寄意的名作。但由于诗作者在社会中的地位、遭遇和个人气质的不同，虽然他们都工于比兴寄托，咏唱的对象同为鸣蝉，却塑造出不同的富有个性特征的艺术形象，成为唐代文坛“咏蝉”诗的三绝。下面，我们对此作一点较具体的考察和分析。

初唐诗人虞世南(558—638)有题名为《蝉》的诗一首，这是唐人咏蝉诗中最早的一首：

垂緌饮清露，流响出疏桐。居高声自远，非是藉秋风。

据《唐诗鉴赏辞典》的解释，首句中的“緌”为古人结在颔下的帽带下垂部分，蝉的头部有伸出的触须，形似下垂的冠缨，故称“垂緌”。按此，首句是通过写蝉的形状(垂緌)和食性(饮清露)，比兴显臣贵宦的清廉，表示显贵与清廉的统一。第二句写蝉声“流响”穿透出疏旷的梧桐林。以此比兴人格的清华隽朗。第三、四句，画龙点睛，以居高处的蝉声远播，并非凭借秋风的传送，比兴立身品格高洁的人，并不需要某种外在的凭借，从而表达出对人的内在品格的热情赞美和高度自信。这也就是《岘佣说诗》所以称“居高声自远，非是藉秋风”为“清华人语”的缘故(古人常以“清华”指清贵的官品)。

稍后，初唐四杰之一的骆宾王有题为《咏蝉》的诗一首：

西陆蝉声唱，南冠客思深。
不堪玄鬓影，来对白头吟。
露重飞难进，风多响易沉。
无人信高洁，谁为表予心？

本诗作于唐高宗仪凤三年(678)。作者当时因在侍御史任上，上疏论事触忤武后，而被诬陷，以贪赃罪下狱。本诗借咏蝉以寓寄当时心情。第一、二句是说：秋天(“西陆”指秋天)里蝉声高唱，引起客居他乡的囚犯(“南冠”指囚徒)的深深思念。这是以起兴的手法，以蝉声来引起客思。第三、四句是说，看到两鬓乌玄的秋蝉，对比自己的满头白发,真是何堪回首呵！第五、六句是说由于露重(“露”指露水)而使飞跃困难,由于风多而使鸣响易于低沉。以“露重”“风多”比喻当时环境的压力,以“飞难进”和“响易沉”比喻政治上的失意和言论上的受压制。最后两句是说,没有人相信它(高居树上、餐风饮露的秋蝉)的高洁,又有谁能够理解其心情呢？以此自喻作者本身高洁的品性不为时人所了解,而自叹又有谁能为自己的遭受诬陷而雪冤呢！

很明显,作者在此是以咏蝉来比兴自身的不幸遭遇,难怪《岘佣说诗》认为骆宾王的“露重飞难进,风多响易沉”,是“患难人语”了！

到了唐代中后期,诗人李商隐也有题为《蝉》的诗一首：

本以高难饱,徒劳恨费声。
五更疏欲断,一树碧无情。
薄宦梗犹泛,故园芜已平。
烦君最相警,我亦举家清。

这是一首借咏蝉以寄情的五言诗。第一、二句说：蝉居高树而饮露吸风是“难饱”的,其鸣声不过是徒劳而已,以此影射诗人自身身世：清高而生活贫困,且难以得到有力者的帮助而摆脱困境。第三、四句说：蝉鸣到五更已经稀疏得快要断绝了,可是,树叶还是那么碧绿而对“疏欲断”的蝉声毫不动情,进一步以写蝉而比兴自己的身世遭遇。第五、六句说：诗作者自己作为一个“薄宦”即小官,经常辗转各地,就像大水中的木头到处漂流,使他常常怀念家乡,而故乡的田园已经荒芜得和杂草连成一片了。最后两句是说：蝉的鸣声使得与蝉境相似的诗人警觉到,我也举家清贫,该回归故园了。

由此可见,这是一首咏物寓情的好诗。《唐诗鉴赏词典》一书曾录钱锺书先生对本诗的评论：“蝉饥而哀鸣,树则漠然无动,油然自绿也(油然自绿是对碧字的很好说明)。树无情而人(我)有情,遂起同感。

蝉栖树上，却恝置（犹淡忘）之；蝉鸣非为‘我’发，‘我’却谓其‘相警’，是蝉于我亦‘无情’，而我与之为有情也，错综细腻。”或许也正是基于与此相类似的分析，故《岘佣说诗》称李商隐的“本以高难饱，徒劳恨费声”，是“牢骚人语”了。

以上是我们对唐代三首咏蝉诗的介绍和简要分析，从中可见，这三首诗都是咏蝉以寄情的好诗，都共同地运用着比兴手法，然而，它们所寓之情不同（由作者身世不同所决定），比兴之意相异（由比兴之对象——鸣蝉具有各种不同性质所决定）。不同的作者基于自身不同的社会地位、遭遇和气质，分别择取了鸣蝉固有性质的某个方面侧重进行比兴，从而创造出了各具特色的艺术形象。在这里，不仅表现了三位诗人在诗歌创作中不落旧套的创新精神，而且也生动地表明，任何对象（包括艺术创作所反映、所描写的对象，如前三首诗所反映的“蝉”）本身都是多种规定性（特性、属性）的综合，都是复杂物的统一，因而都是具体的。正因此，诗人、艺术家们才有可能从自己所熟悉的或者感受最深的对象的一定侧面（规定性的某个方面，复杂物的某个侧面）去进行艺术创造，去塑造出对象的富有个性色彩的艺术形象。否则，如果对象本身不具有多样性和丰富性，一句话，不具有具体性，我们又怎么可能就同样的对象创作出不同的艺术形象来呢？正是在这里，我们不是再一次看到了辩证逻辑的具体性原理在艺术创作中的生动体现吗？

十、“请君莫奏前朝曲，听唱新翻杨柳枝”

——谈对诗词创作中创新思维的呼唤

唐代诗人刘禹锡写有著名的《杨柳枝词》九首，其中的第一首明确提出了艺术创作必须创新的要求，呼唤在诗词创作中创新思维的运用和体现。诗云：

> 塞北梅花羌笛吹，淮南桂树小山词。
>
> 请君莫奏前朝曲，听唱新翻杨柳枝。

首句指出，起源于塞北的《梅花落》曲，是用笛子(羌笛是笛子的一种)吹奏的。次句讲的是：《楚辞》中的《招隐士》篇是淮南小山的歌词(相传西汉淮南王刘安门客小山之徒作《招隐士》篇来表现对屈原的哀悼，该篇首句为"桂树丛生兮山之幽"。除此外，文中还有"攀援桂枝兮聊淹留"的句子，所以刘禹锡在诗中是以"桂树"来指代《招隐士》篇)。由于《梅花落》歌咏梅花，《招隐士》多次咏及桂树，它们同咏柳的《杨柳枝词》都以树木为歌咏的对象，所以刘禹锡用前二者以之与《杨柳枝词》作比较。

第三、四句就紧接着向时人提出，像《梅花落》《招隐士》这样的词曲都是前朝之曲，不要再奏它了，还是听我现在改旧翻新的《杨柳枝词》吧！很明显，刘禹锡通过这首诗不仅表现了他那推陈出新的创作精神，也表现了诗人在诗歌创作中对创新思维的自觉要求。这一点，在南宋词人刘克庄的《贺新郎》一词中也表现得极为明显。

刘克庄有写九月九日重阳节的《贺新郎》词一首，其后片云：

> 少年自负凌云笔。到而今、春华落尽，满怀萧瑟。常恨世人新意少，爱说南朝狂客，把破帽、年年拈出。若对黄花孤负酒，怕黄花、也笑人岑寂。鸿北去，日西匿。

"常恨世人新意少"，无疑是对当时诗词创作中少有新意现状的不满和批评，也表现了作者对诗词创作贵在创新的深切理解和真诚追求；"爱说南朝狂客，把破帽、年年拈出"巧妙地运用了"孟嘉落帽"的典故。据《晋书·孟嘉传》记载："九月九日，(桓)温燕龙山，僚佐毕集。时佐吏并著戎服，有风至，吹嘉帽堕落，嘉之不觉。"此事成了后人津津

乐道的典故，而且在一些大诗人笔下，这一典故的运用多富有新意。比如，杜甫在《九日蓝田崔氏庄》一诗中有句云：

羞将短发还吹帽，笑倩旁人为正冠。

担心落帽而露出稀疏的短发。而苏轼则在《南乡子·重九涵辉楼呈徐君猷》一词中有句云：

酒力渐消风力软，飕飕。破帽多情却恋头。

却反其意而用之，帽子不肯落下是由于其多情而恋头，寓意此身还不至于被故人抛弃。这些无疑都是有新意的。而刘克庄在词中所说世人"把破帽年年拈出"，当然不是指这些对典故富有新意的运用，而是对那些沿用这一典故却毫无新意者的讽刺和嘲笑。反过来说，自然也就是对诗词创作必须有创新、必须有创新思维的运用的强烈追求了！

十一、《人间词话》的一处古词集句

——谈创新思维过程的形象概括

近人王国维在《人间词话》中，曾从唐宋诗词中集句，用以描述成就一切事业者无不经历的三种境界："古今之成大事业、大学问者，罔不经过三种之境界：'昨夜西风凋碧树。独上高楼，望尽天涯路。'此第一境界也。'衣带渐宽终不悔，为伊消得人憔悴。'此第二境界也。'众里寻他千百度，蓦然回首，那人却在，灯火阑珊处。'此第三境界也。"形象而深刻地描绘了古往今来一切成就大事业、大学问的人无不必然经历过的奋斗历程，实际上也就是描绘和揭示了创新思维的基本过程。但是，如果我们把这些集句放回它们本来的诗词中去考察的话，就会清楚地看到，它们同王国维要用以说明的这三种境界本是没什么直接关联的。然而，当我们像王国维一样把它们集聚在一起，借用来说明创新思维过程所必然经历的这三个阶段时,却不能不由衷地感到,它们是那么传神地刻画了这个过程,以致可以毫不夸大地说,它们是创新思维过程最生动、最确当的形象概括。下面,我们就此稍作一点具体分析。

用以说明第一种境界的三句来自晏殊的《蝶恋花》一词:

槛菊愁烟兰泣露,罗幕轻寒,燕子双飞去。明月不谙离恨苦,斜光到晓穿朱户。　　昨夜西风凋碧树,独上高楼,望尽天涯路。欲寄彩笺兼尺素,山长水阔知何处!

这是一首通过描绘秋晓庭圃中的景物来抒发女主人公在离恨的煎熬中面对月光彻夜无眠的情景,并表现出主人公在萧索、孤独中对广远境界的骋望和对音书无寄的无限怅惘。就此而言,王国维借用下片的起首三句来比喻古今成大事业、大学问的第一种境界,显然与词作的原意没有直接关系。因为这三句的本意只是说:昨晚一夜西风使碧树尽凋,足见西风之劲厉肃杀,主人公一个人独自登上高楼,望尽广远的天涯之路,也不知心中思念的友人的去处。这描绘的仍然是一种离恨之情。然而,如果我们把这种境界设想为:一个成就大事业、大学问的人在他确立奋斗目标的初期,面对崎岖而风险重重的人生征途所必然产生的对未来的一种憧憬、一种悬想,这未必不可以视为是对一个人奋斗历程中开始学习、钻研阶段心境的一种形象刻画。

王国维借用来说明第二种境界的两句,集自唐人柳永的《蝶恋花》一词:

伫倚危楼风细细,望报春愁,黯黯生天际。草色烟光残照里,无言谁会凭栏意。　　拟把疏狂图一醉,对酒当歌,强乐还无味。衣带渐宽终不悔,为伊消得人憔悴。

这同样是一首怀人、离恨之作。全词描绘了一个漂泊异乡的游子

的落魄感受：他伫倚在危楼之上，在微风吹拂中极目天涯，引起了一种黯然魂销的“春愁”。在“草色烟光”、夕阳残照的景象中，无人理解他登高远望的心情，他只好默默无言地凭栏“伫倚”了。“愁”自然使人感到痛苦，于是主人公想借酒浇愁，把不拘形迹的疏狂“图一醉”。但结果是：没有真正欢乐的心情，却要强颜欢笑又有什么兴味可谈呢？于是，人消瘦了，衣带显得“渐宽”了，也决不后悔，因为这一切都是为了思念中的“她”，那个让主人公钟情的她呵！

由此可见，词的这后两句本意是写一个老诚男子对他思念中的恋人的刻骨相思之情，但是，如果我们把这个“伊”想象为是人们立志追求的奋斗目标，人们为了实现这个目标而不惜殚精竭虑、刻苦钻研、穷思苦想，以致日夜冥思而变得“衣带渐宽”“人憔悴”，这不正是历来成大事业、大学问者在奋斗历程中的又一必经阶段的形象而真实的写照么！

王国维用来说明第三种境界的四句，摘自宋末著名爱国诗人辛弃疾的《青玉案·元夕》一词：

> 东风夜放花千树。更吹落、星如雨。宝马雕车香满路。凤箫声动，玉壶光转，一夜鱼龙舞。　　蛾儿雪柳黄金缕，笑语盈盈暗香去。众里寻他千百度，蓦然回首，那人却在，灯火阑珊处。

本词上片描绘了元夕夜晚灯火辉煌的喧嚷景象：东风吹开了元宵的火树银花，吹落了如雨的彩星（燃放的烟火，自空落下，恰似陨星雨降）。装饰华美的车马沿路流香。优雅的凤箫在吹奏，月光流转，精彩的鱼龙百戏，通宵表演不停。下片着重写人：那些看灯的妇女，一个个雾鬓云鬟，戴满了元宵特有的闹蛾儿、雪柳等饰物，笑语不停地走去，留下幽香阵阵。但是，要寻找的意中关切之人，在喧哗的人群中寻找了千百回也不见她的踪影，忽然回头一看，她却独自站在那灯火稀落的地方。由此不难看出,词人是通过对元夕满城灯花、满街游人、通宵歌舞等景物的描写,来衬托他所追慕的、站在冷落处、不爱繁荣、不同凡俗的意中人的形象,以此表现词人自身在恶势力打击、排斥下不肯随波逐流、趋炎附势的孤高品格。就此而言,它同王国维借用来描绘治学的第三种境界,显然也是没有直接关系的。然而,如果我们把“众里寻他千百度”而不见,只是“蓦然回首”却发现在“灯火阑珊处”的“那人”设想为一个人长期探索的问题突然得到解决,多年追求的治学目标忽然得到实现,那么,这词的后面四句不正是对治学者的豁然贯通境界的形象而深刻的刻画吗?

综上可见,王国维的上述集句,虽然直接是借用来比喻和说明古往今来成就大事业、大学问的人,在他们的治学过程中所必然经历的各种阶段及其所达到的各种境界,但由于治学的过程在实质上是一个创造性思维的过程、创新思维的过程,因此,它在实际上也是对创造性思维,或者说创新思维历程的各个阶段的最概括的描绘和揭示。因而,王国维借用集句来比喻和说明的这三种境界,实际上也就是对创新思维,或者说创造性解决问题过程的各个阶段的形象描绘。这些阶段大体是:第一,准备阶段。解决问题者通过在各种预备知识基础上的自由联想和思索,取得对所面临问题的特点和艰巨性的初步意识,并对急需解决的问题初见端倪。第二,孕育阶段。为了问题的解决而从各个方面去进行探索,为寻找解决问题的方法和途径而冥思苦想。第三,明朗阶段。在对问题进行集中探索、冥思苦想的基础上,突然触发灵感,出现顿悟,而使长期探讨的问题得到解决。(参见克雷奇等著《心理学纲要》,周先庚等译,文化教育出版社,1980年,第224—225页。其中提到创造性思维过程还有第四阶段即“验证”阶段,这是对第三阶段问题是否真正得到创造性解决的检验和证实阶段)很明显,王国维集句比喻的三种境界同现代心理学家所概括的创造性思维历程的上述三个阶段是暗合的。难怪长期以来，人们对王国维的这一比喻是那么津津乐道，甚至奉为圭臬了。

十二、“豆在釜中泣”还是“萁在釜下泣”？

——谈古诗词中的艺术想象及创新思维

汉魏时期的曹植，曾以其《七步诗》闻名于世：

煮豆持作羹，漉豉以为汁。
萁在釜下燃，豆在釜中泣。
本是同根生，相煎何太急。

曹诗通过强调豆萁与豆的同根关系，然后用豆萁烧豆的事实来展开想象，以“豆在釜中泣”的“泣”来换取人们的同情，并以此暗讽曹丕借故骨肉相残的行径。这样的想象是符合曹植当时的独特身份和处境的，因而，也是符合逻辑的。

后来的宋代诗人梅尧臣写过一首题为《田家》的小诗：

南山尝种豆，碎荚落风雨。
空收一束萁，无物充煎釜。

梅诗仍按豆萁与豆同根生的思路，而展开艺术想象的翅膀：南山种植的豆，荚碎而使荚中的豆散落于风雨之中，豆子收不着，“空收一束萁”，虽可用萁充燃料，但釜中却因豆子无所收成而无物可煮了。从而，形象地说明了“田家”（种田人）的困苦生活。这样的想象引导读者去触及封建社会的内在矛盾，无疑是有深刻意义的，也是符合逻辑的。

近人鲁迅、郭沫若，同样立足于豆萁与豆的同根关系，分别从他们各自所处的历史背景和社会条件出发，展开了不同的想象。鲁迅为了揭露和讽刺20世纪30年代曾任北京女子师范大学校长的杨荫榆邀人策划对进步学生的迫害而大办教席的行径，利用曹植的《七步诗》“活剥一首，替豆萁伸冤”：

煮豆燃豆萁，萁在釜下泣——我烬你熟了，正好办教席。

“豆在釜中泣”变成了“萁在釜下泣”。于是豆萁虽然烧成灰了，但豆子却煮熟了。这样，就可用豆子去“办教席”了。这样来想象豆萁与豆子的关系，既完成了特定的讽刺任务，又完全符合事物自身固有的内在逻辑。

当代诗人郭沫若的想象同样别开生面。他在其《论曹植》一文中说：“站在豆的一方面说，固然可以感觉到萁的煎迫未免过火，如果站在萁的一方面说，不又是富于牺牲精神的表现吗?”按此，他作《反七步诗》一首：

煮豆燃豆萁，豆熟萁已灰。
熟者席上珍，灰作田中肥。
不为同根生，缘何甘自毁?

郭诗一反萁、豆相煎的思路，从豆萁的烧尽是完成豆熟的基本条件出发，颂扬了豆萁为使同根生的豆子能成为席上珍品而甘愿“自毁”的自我牺牲精神。这无疑是同我国社会主义革命和建设时期大力提倡为国家、为集体要勇于自我牺牲的历史条件相适应的，其独特的想象自然也是完全符合逻辑的。

以上表明，对于同一种对象或对象间的关系，我们都是可以从不同的角度去对其进行认识、进行艺术想象的，而这种艺术想象实际上都渗透着逻辑推理，想象的最后结果，大体也就是推理的结论。而这些不同的想象，只要它们是合于艺术想象的法则的，也就会是合乎逻辑规律和规则的，因而，也就是合情合理的，自有其一定的艺术感染力在的。在这里,需要特别提出的是:上述这些不同的想象以及基于这些想象而写成的诗,它们都有一个明显的特点:不落前人的窠臼,即都在前人想象的基础上,有新的发现、新的思路。这是最可宝贵的。而由这种新的想象及在其基础上所写成的新的诗,体现着诗作者的创新意识,贯穿着诗作者的创新思维。这正是包括诗词创作在内的一切艺术创造活动的生命力之所在。

当然,也正是基于上述这样的认识,我们并不认为围绕豆子与豆萁的同根关系而展开的上述各种艺术想象就穷尽了在这个问题上的一切想象。其实任何对象,包括艺术创作所描绘和反映的对象,都是多种规定性的综合,因而都是复杂物的统一。它们的性质、关系是无限多样的,人们是完全可以从不同视角、不同方面去进行创造性思维和进行想象的。比如,就以上述关系而言,我们是否还可以把二者的这种关系视为一种互助的关系而去驰骋我们的想象呢?我看是可以的。如果是这样的话,我们似乎也可“剥”《七步诗》而得如下小诗一首:

> 煮豆燃豆萁,豆在釜中嘻。
> 乐为席上珍,同根相扶持。